KB179839

기쁨의 천가지 이름

A Thousand Names For Joy

Copyright ⓒ 2007 by Byron Kathleen Mitchell
This translation published by arrangement with Harmony Books,
an imprint of the Crown Publishing Group, a division of Random House, Inc.
All rights reserved

Korean translation copyright ⓒ 2014 by Chimmuk Books
Korean translation rights arranged with The Crown Publishing Group
through EYA(Eric Yang Agency)

이 책의 한국어판 저작권은 EYA(Eric Yang Agency)를 통한
The Crown Publishing Group 사와의 독점계약으로 한국어 판권을
'침묵의 향기'가 소유합니다.
저작권법에 의하여 한국 내에서 보호를 받는 저작물이므로
무단 전재와 복제를 금합니다.

기쁨의 천가지이름

바이런 케이티, 스티븐 미첼 지음
김윤 옮김

침묵의 향기

그대에게

차례

서문 _9
머리말 _21

기쁨의 천 가지 이름 _25

서문

이 책은 깨어난 마음이 살아가는 모습을 생생히 보여 준다. 가장 지혜로운 책이라고 불리는 위대한 고전 《도덕경(道德經)》에 대한 바이런 케이티의 답장이기도 하다.

도덕경을 지은 노자(老子)는 기원전 6세기 무렵에 살았다고 전해지는데, 어쩌면 그는 전설적인 인물일지도 모른다. 내가 상상해 보는 그의 모습은 허름하고 헐렁한 긴 옷을 걸치고 성긴 수염을 늘어뜨린 노인이며, 기쁨이 배어 있는 침묵에 잠겨 있다. 언제든 찾아오는 사람들을 마다하지 않으며, 사람들이 스스로 불행해지게 하는 무수한 방식을 평온한 눈길로 지켜보고 있다.

도덕경에서 노자는 '성인(聖人)'이라고 칭하는 인물을 통해 그 자신을 묘사하는데, 성인이란 단순히 지혜롭고 거룩한 사람이 아니라, 세상을 품고 구제하는 온전한 정신으로 나아간 성숙한 인간을 가리킨다. 성인에게는 신비한 것도 고매한 것도 없다. 그(또는 그녀)는 단순히 '실제 현실'과 '실제 현실에 대한 생각'의 차이를 아는 사람일 뿐이다. 그는 정비공일 수도 있고, 초등학교 5학년 선생님일 수도 있으며, 은행장일 수도 있고, 거리를 떠도는 노숙자일 수도 있다. 그는 여느 사람과 다를 바가 없다. 오로지 지금 이 순간 어떤 것도 '지금 이대로'와 달라야 한다는 생각을 더이상 믿지 않는다는 점이 다를 뿐이다. 그러므로 어떤 상황에 처해 있든지 그는 세상에서 편안하고, 아무 노력 없이도 효율적이며, 무슨 일이 일어나든 늘 마음이 가벼우며, 의도하지 않음에도 자기 자신과 모든 사람에게 친절하게 행동한다. 만일 당신이 자기의 마음을 이해로 만나기만 한다면, 그는 당신 자신이다.

이 책의 지은이에 대해 조금 말하고 싶다. 바이런 캐슬린 레이드(모두들 그녀를 케이티라 부른다)는 30대 초반에 심한 우울증에 빠졌다. 당시 그녀는 캘리포니아 남부의 사막 고원 지대에 있는 소도시 바스토우에서 어머니와 직장 여성으로 살고 있었다. 그러다가 십 년에 걸쳐 피해망상과 분노, 자기혐오의 나락으로 서서히 빠져들었으며 거듭되는 자살 충동에 시달렸다. 마지막 두 해가량은 침대를 떠나지도 못할 때가 많았다. 그러다가 1986년 2월의 어느 날 아침, 갑작스레 삶을 바꾸는 깨달음을 경험했다. 불교와 인도의 전통에는 이런 경험을 가리키는 여러 가지 이름이 있다. 케이티는 그 경험을 '현실로 깨어남'이라고 부른다. 그녀는 말한다. 시간이 없는 그 순간에,

나는 내 생각을 믿을 때는 고통을 받지만, 그 생각을 믿지 않을 때는 고통을 받지 않는다는 것을, 그리고 이것은 모든 사람에게 진실이라는 것을 알게 되었습니다. 자유는 그처럼 단순합니다. 고통은 우리가 선

택하는 것*이라는 걸 알게 되었습니다. 그때 내 안에서 발견한 기쁨은 한순간도 사라진 적이 없습니다. 그 기쁨은 언제나 모든 사람 안에 있습니다.

얼마 지나지 않아 바스토우의 '빛나는 여성'에 대한 소문이 퍼지기 시작했고, 사람들이 찾아와서 어떻게 하면 그녀 안에서 빛나고 있는 자유를 자신도 발견할 수 있느냐고 묻기 시작했다. 케이티는 그들에게 필요한 것은 그녀가 함께 있어 주는 것이 아니라, 자신이 깨달은 것을 그들도 스스로 발견하도록 돕는 방법이라고 확신하게 되었다.

케이티가 '생각 작업(The Work)'이라고 부르는 자기탐구 방법은 2월의 그날 아침에 그녀 안에서 깨어난 무언의 질문을 말로 표현한 것이다. '생각 작업'은 단순하지만 지극히 강력한 방법이며, 펜과 종이, 열린 마음만 있으면 누구나 할 수 있다. '생각 작업'을 통해 사람들이 경험하는 놀라운 변화들이 입에서 입으로 전해지면서, 케이티는 캘리포니아의 다른 지역에서 공개적으로 강의해 달라는 초청을 받았으며, 다음에는 미국 전역에서, 그리고 나중에는 유럽과 세계 곳곳에서 초청을 받았다. 그녀는 이제까지 15년 동안 때로는 쉬지 않고 여행을 해 왔으며, 그동안 교도소와 병원, 교회와 기업에서, 폭력피해 여성을 위한 쉼터에서, 대학교와 학교에서, 주말 집중 코스에서, 그리고 그녀

---

* 고통은 어쩔 수 없는 것이 아니라, 우리가 선택하는 것이라는 의미다. 우리는 고통을 선택할 수도 있고, 선택하지 않을 수도 있다. 진실하지 않은 생각을 믿을 때는(그런 선택을 할 때는) 고통을 받고, 그 생각을 믿지 않을 때는(그런 선택을 할 때는) 고통을 받지 않는다.—옮긴이

가 9일간 진행하는 '생각 작업' 학교에서 수십만 명에게 '생각 작업'을 전했다.

케이티는 영적 고전들에 대해 아는 바가 별로 없다. 사실, 나를 만나기 전에는 도덕경에 대해 들어 본 적도 없었다. 하지만 그녀는 기쁨과 평온함에 대해 알고 있으며, 마음에 대해, 곧 마음이 어떻게 우리를 비참하게 만들 수 있는지, 어떻게 하면 마음을 이용하여 자유로워질 수 있는지를 알고 있다. 그래서 그녀의 관점에서 보면, 노자는 그녀와 같은 일을 하는 동료이며, 이미 세상을 떠났지만 그녀와 대화를 나누는 사람이다. 이 책에는 둘 사이의 그런 흥미진진한 대화가 담겨 있다. 이 책은 도덕경이 그렇듯이 한 주제에 대한 변주곡들로 이어지며, 똑같은 근본적인 깨달음을 수많은 상황에서 수많은 방식으로 표현한다.

이제 이 책이 나오게 된 연유를 얘기하고 싶다. 케이티를 처음 만났을 때, 나는 그녀의 열린 가슴과 지혜에 깊은 감명을 받았는데 그것은 너무 맑아서 투명해 보이기까지 했다. 그 당시 그녀는 불교나 도가 사상, 또는 다른 영적 전통에 대해 읽은 적도 없고 아는 바도 없었다. 전적으로 무지한 상태였다. 그녀가 참고하는 것은 오로지 자신의 경험뿐이었다. 그런데도 더없이 놀라운 통찰들이 그녀의 입에서 불쑥불쑥 흘러나왔는데, 때로는 어느 경전이나 우파니샤드에 쓰여 있는 것과 똑같은 말을 하곤 했다. 물론 그녀는 전에 누가 그런 말을 했다는 사실을 까맣게 모르는 상태였다.

우리가 결혼하고 얼마 지나지 않을 무렵, 나는 호기심도 작용하여 노자와 붓다, 선사들, 스피노자를 비롯한 위대한 영적 스승들의 말

12

씀을 그녀에게 읽어 주기 시작했다. (그녀는 그들을 '당신의 죽은 친구들'이라고 부른다.) 케이티는 때로는 고개를 끄덕이고, 때로는 "정말 맞는 말이에요" 또는 "그래요, 정확히 그래요!"라고 말하며 그들의 말에 동의하곤 했다. 가끔은 "그 말도 어느 정도는 맞지만, 조금 '벗어났어요.' 나라면 이렇게 말하겠어요"라고 말하여 나를 놀라게 하기도 했다.

나는 케이티에게 내가 의역한 도덕경을 81장까지 모두 읽어 주고 그녀가 보인 반응을 기록했는데, 그것이 이 책의 재료가 되었다. 그녀는 나의 부탁을 받고 어느 장의 모든 행에 대해 언급할 때도 있었지만, 대개는 하나의 구절에 초점을 맞추어 말하거나, 두세 행에 대해서만 자세히 이야기했다. (각 장의 첫머리에 있는 도덕경 구절은 그녀가 얘기한 내용과 가장 연관이 많은 구절을 인용한 것이다.) 그러는 동안 나는 번역문 가운데 일부를 다듬거나 덧붙여 달라고 부탁하기도 했고, 도움이 될 만한 방향을 제안하기도 했다. 간혹 그녀는 어떤 질문에 대답하는 데 필요한 구체적인 예를 찾지 못할 때가 있었는데, 그럴 때면 내가 마치 물고기에게 물속에서 사는 것이 어떠하냐고 묻는 것처럼 느껴졌다. 예를 들어, 2장에서 나는 '아름다움'과 '추함'을 판단하기 위한 구체적인 예를 제안했다. 나는 모차르트는 무척 좋아하지만 아직 랩은 그다지 좋게 보지 않기 때문이다. 이처럼 내가 강한 호감이나 비호감을 느끼는 대상은 케이티의 설명에 도움이 되었다. 케이티가 경험하는 현실에는 존재하지 않는 '소음'과 같은 관념에 대해 얘기할 수 있게 해 주기 때문이다.

우리가 처음 도덕경에 대해 대화하기 시작했을 때, 케이티는 내게 도(道)의 의미가 무엇이냐고 물었다. 나는 도(道)의 원래 글자 뜻은

'길'이며, 궁극의 현실을 가리키는 단어라고, 또는 그녀 자신의 용어로는, '그것의 길* 즉 '지금 있는 것'**이라고 얘기해 주었다. 그녀는 기뻐했다. 그리고 말했다. "하지만 나는 '궁극의' 같은 말을 이해하지 못하겠어요. 내게는 현실이 단순해요. 그 뒤에는 아무것도 없고, 그 위에도 아무것도 없고, 그것은 어떤 비밀도 지니고 있지 않아요. 그것은 무엇이든 당신 앞에 있는 것이고, 무엇이든 지금 일어나고 있는 일이에요. 당신이 그것과 다투면 당신이 지게 돼요. '지금 있는 것'을 사랑하지 않으면 고통을 받게 되죠. 나는 더이상 마조히스트가 아니에요."

내가 처음 도덕경을 접한 것은 1973년이었는데, 1986년부터는 각별한 관심으로 살펴보면서 나만의 번역본을 쓰기 시작했다. 나는 세상의 어느 훌륭한 책 못지않게 도덕경을 소중히 여기며, 도덕경을 통해 큰 혜택을 입었고, 도덕경이 지닌 힘을 잘 알고 있다. (어느 친구는 말하길, 젊은 시절 마음이 힘든 시기에 나의 번역본을 주석을 포함하여 처음부터 끝까지 1년 내내 하루도 빠짐없이 읽었는데, 그것이 자신을 고통에서 구했다고 했다.) 삶의 기술을 알려 주는 이런 안내서가, 이처럼 지혜롭고 실용적인 책이 있다는 것을 발견한 것은 놀라운 일이었다. 하지만 있는 그대로의 현실과 조화로워지는 법에 대해 읽는다 해도, 또는 그것이 무엇을 의미하는지 이해한다 해도, 실제로 그렇게 사는 것은 이와는 꽤 다른 문제다. 심지어 가장 지혜로운 책이라 할지라도 우리에게 그 지혜를 직접 전해 줄 수는 없다. 우리가 "통제하려는 노력을 멈추어

---

* way of it. 그것의 방식. 그것의 길은 늘 '있는 그대로'다.─옮긴이
** what is. 지금 실제로 있는 것, 혹은 지금 실제로 일어나는 일. ─옮긴이

라", "완전히 현존하라", "세계를 자기 자신으로 보라", "놓아 버려라", "있는 그대로의 현실을 신뢰하라"와 같은 심오한 통찰을 읽고 고개를 끄덕인다 해도, "하지만 어떻게?"라는 주요한 질문은 여전히 남는다. 그렇게 하는 법을 '어떻게' 배울 수 있는가?

케이티는 두 권의 책을 썼는데, 이 책들은 고통을 일으키는 생각, 현실과 다투는 생각에 대해 질문함으로써 고통을 끝내는 법을 보여 준다. 놓아 버리는 법을 아는 사람은 아무도 없지만, 스트레스를 주는 생각에 대해 정확히 질문하는 법은 누구나 배울 수 있다. 예를 들어, 기분이 좋지 않은데 그 기분을 놓아 버리는 것이 불가능해 보일 때는 "나는 안전하지 않아", "나는 이렇게 할 수 없어", "그녀는 나를 떠나지 말아야 했어", "나는 너무 뚱뚱해", "나는 더 많은 돈이 필요해", "삶은 불공평해"라고 말하는 생각들에 대해 질문할 수 있다. 그런 질문을 하고 나면, 당신은 이전과 똑같을 수 없다. 그 후 당신은 어떤 행동을 할 수도 있고 아무 행동도 하지 않을 수 있지만, 이제 삶이 어떤 식으로 펼쳐지더라도 훨씬 자신감 있고 평화로운 자리에서 반응할 것이다. 그러다가 어느덧 마음이 맑아지면, 삶은 당신을 통해 노력 없이, 기쁨과 친절함으로 스스로 살기 시작할 것이다. 노자가 우리에게 가리키는 것은 바로 그런 삶이다. 비록 현실 자체는 이름 붙일 수 없는 것이지만, 기쁨에는 천 가지 이름을 붙일 수 있다고 케이티는 말한다. 왜냐하면 아무것도 분리되어 있지 않으며, 내면 깊은 곳에 자리한 기쁨은 바로 우리 자신이기 때문이다.

이 책에서 케이티가 '탐구'라는 말을 사용할 때는 구체적으로는 '생각 작업'을 의미한다. '생각 작업'은 네 개의 질문과 뒤바꾸기로 이루

15

어져 있는데, 뒤바꾸기는 당신이 믿는 생각의 정반대를 경험하는 방식이다. 네 가지 질문은 다음과 같다.

1. 그게 진실인가요?
2. 그게 진실인지 당신은 확실히 알 수 있나요?
3. 그 생각을 믿을 때 당신은 어떻게 반응하나요?
4. 그 생각이 없다면 당신은 누구일까요?

네 가지 질문을 처음 접하는 사람들에게는 이 질문들이 단순히 지적인 것에 불과한 것으로 보일지도 모른다. 네 가지 질문이 어떻게 작용하는지 이해하는 유일한 길은 스스로 이 질문들을 사용해 보는 것뿐이다. 하지만 다른 사람들이 네 가지 질문을 사용하는 모습을 지켜보는 것만으로도 이 질문들이 지닌 힘을 엿볼 수 있으며, 나아가 어떤 경험을 할 수도 있다. 이 질문들에 정직하게 답할 때, 질문들은 활력을 갖게 되며, 우리가 바깥을 바라볼 때는 볼 수 없던 진실들을 거울처럼 비춰 준다. 다음에 이어지는 글에는 케이티의 명쾌하고 애정 어린 안내를 받으며 사람들이 '스트레스를 주는 생각'들에 대해 '생각 작업'을 하는 몇몇 사례가 실려 있다. (부록에는 '생각 작업'을 하는 방법이 소개되어 있으며, 그녀의 홈페이지(www.thework.com)나 그녀의 책 《네 가지 질문》에는 더 자세한 내용이 소개되어 있다.)

'생각 작업'은 자기를 돕는 방법으로 알려져 있지만, 사실은 훨씬 그 이상이다. 그것은 자기를 깨닫고 실현하는 길이며, 고통의 끝으로 인도한다. 스트레스를 주는 생각을 살펴볼 때, 우리는 그 생각이 진실하지 않음을 스스로 발견한다. 그 원인과 결과를 알아차리게 되고, 그 생각을 믿을 때 정확히 어떤 형태의 고통과 혼란이 초래되는지를 정신이 번쩍 들 만큼 구체적으로 깨닫게 된다. 그 뒤에 우리는 빈 거울을, 즉 세상에 대한 우리의 이야기 너머에 있는 실제 세계를 언뜻 보고, 그 생각이 없을 때 우리의 삶이 어떠할지를 보게 된다. 마지막으로는 우리가 그토록 확고히 믿었던 생각의 정반대를 경험하게 된다. 우리가 어떤 생각에 대해 깊게 질문하면, 그 생각은 우리에게 고통을 일으키는 힘을 잃게 되며, 마침내 더이상 일어나지 않게 된다. 케이티는 말한다. "나는 생각을 놓아 보내지 않습니다. 나는 생각을 이해로 만납니다. 그러면 생각이 나를 놓아줍니다."

진실해 보이는 생각들, 심지어 우리 정체성의 일부처럼 느껴지기도 하는 생각들에 대해 질문하는 데는 용기가 필요하다. 이 책《기쁨의 천 가지 이름》에서 케이티는 독자들이 탐구의 '건너편'에 있는 자유를 자세히 보도록 강력히 용기를 북돋운다. 이미 알아차렸을지 모르지만, 이 책은 단순히 도덕경 해설서에 그치는 것이 아니다. 존재를 깊이 들여다보는 것이며, 30여 년 동안 노자의 도덕경처럼 살아온 한 여성의 삶을 들여다보는 것이다. 이 책에 담긴 심오하고 평화로운 지혜는 이론적인 것이 아니라, 정말로 참된 것이다. 이 책이 대단히 생생하고 매력적인 까닭은 그 때문이다. 이 책은 또한 그녀가 아기 손녀와 춤을 추고 있든, 그녀의 집이 도둑들에게 다 털리고 남은 것이 하나도 없든, 그녀를 죽이려 하는 남자 앞에 서 있든, 또는 주방을 향해 걸어가는 모험을 떠나든, 그녀가 실명할 것이라는 의사의 진단을 듣든, '당신은 얼마나 좋은 연인인가요?' 테스트에서 낙제점을 받든, 암 진단을 받든, 언제나 흔들림 없이 기뻐하는 한 여성의 모습을 담은 초상이다. 이 책은 어떤 상황에서도 완전히 편안한 마음의 이야기들을 담고 있지만, 단지 깨어난 마음을 묘사하는 것만이 아니며, 당신으로 하여금 행동하는 그것을 보고 느끼게 한다.

당신은 믿을지 모른다. 수천 년 전에는 소수의 깨달은 마스터들이 자유를 얻을 수 있었을지 몰라도, 현대 사회에서 사는 사람들은 그런 상태에 도달할 수 없고, 특히 당신의 경우에는 더더욱 그렇다……. 《기쁨의 천 가지 이름》은 그런 믿음을 바꿀 힘이 있다.

_스티븐 미첼

노트 본문에서 말하는 '도덕경'은 내가 의역한 책 《도덕경: 새로운 영어 버전(Tao Te Ching: A New English Version)》을 가리킨다. 이 책 《기쁨의 천 가지 이름》을 즐기기 위해서 그 책에 대해 알아야 할 필요는 없으며, 이 책을 독립적인 텍스트로 읽을 수 있다. 하지만 각각의 장은 나의 도덕경에 있는 해당 장에 관련되므로 두 책을 옆에 놓고 읽으면 도움이 될 것이다.

기쁨의 천 가지 이름

머리말

　도덕경은 있는 그대로의 현실과 조화로운 마음을 놀랍도록 정확히 묘사합니다. 먼 옛날의 중국이나 지금의 미국이나 무슨 차이가 있을까요? 시간도 없고 공간도 없습니다. 당신이 자기의 생각을 믿지 않을 때, 삶은 아무 노력 없이도 저절로 이루어집니다.

　내 경험에 따르면, 혼란이 유일한 고통입니다. '지금 있는 것'과 다툴 때는 혼란이 생깁니다. 당신이 완전히 맑을 때는 지금 있는 것이 바로 당신이 원하는 것입니다. 그러므로 지금 있는 것과 다른 어떤 것을 원할 때, 당신은 자신이 매우 혼란스러운 상태라는 것을 알 수 있습니다.

　자기의 생각에 대해 질문해 보면, 하나의 믿음이나 이야기(story)에 대한 집착이 어떻게 고통을 일으키는지 알아차리게 됩니다. 마음의 자연스러운 상태는 평화입니다. 그러다가 하나의 생각이 들어오면, 당신은 그 생각을 믿게 되고, 이제 평화는 사라지는 것처럼 보입니다. 그 순간 스트레스 받는 느낌을 알아차릴 수 있으며, 그 느낌은 당신이 그 생각을 믿음으로써 지금 있는 것에 맞서고 있음을 알려 줍니다. 현실과 전쟁을 벌이고 있음을 말해 줍니다. 그런 느낌의 이면에

21

있는 생각에 질문하여 그 생각이 진실하지 않음을 깨달을 때, 당신은 그런 이야기에서 빠져나와 지금 여기에 현존(現存)하게 됩니다. 그러면 그 이야기는 '알아차림(앎, Awareness)*의 빛 속에서 사라지고, 지금 실제로 있는 것에 대한 알아차림(앎)만이 남게 됩니다. 이야기가 없을 때 당신은 평화입니다. 스트레스를 주는 또 하나의 이야기가 나타나기 전까지는……. 마침내 탐구는 당신의 내면에서 살아 있게 되며, 생각들이 일어나면 그 생각을 알아차리고, 자연스러운 무언의 반응으로 탐구가 이루어집니다.

도덕경에서는 성인(聖人)에 대해 이야기할 때 마음이 평화로운 사람, 지금 있는 것을 사랑하는 사람을 묘사하고 있습니다. 도덕경에서 그런 용어를 사용하고 있으므로 이 책에서 나도 성인이라는 말을 사용합니다. 그리고 내가 얘기할 수 있는 것은 오직 나의 경험뿐이므로 성인을 가리키는 대명사로 '그녀'를 씁니다. 하지만 성인 혹은 스승은 내가 평소에 사용하는 말이 아닙니다. 이 말은 우리 모두가 동등하게 가르치고 있지 않음을 암시합니다. 그것은 진실이 아닙니다. 모든 사람에게는 동등한 지혜가 있습니다. 그 지혜는 모든 사람에게 절대적으로 동등하게 주어졌습니다. 다른 사람보다 더 지혜로운 사람은 아무도 없습니다. 결국에는 당신 자신 말고는 아무도 당신을 가르칠 수 없습니다.

---

* 이 책에서 말하는 '알아차림(앎)'이란 노력이 필요한 알아차림이 아니며, 끊임없이 저절로 이루어지는 자연스러운 앎이자 현존이다. 머리로 아는 게 아니라 그냥 늘 아는 우리의 본성이다. 이 앎은 우리가 꿈 없는 깊은 잠을 잘 때도 끊이지 않는다.—옮긴이

나는 조언을 하지 않습니다. 모든 사람이 자기의 길을 알고 있음을 알며 신뢰하기 때문입니다. 나는 43년 동안 길을 잃고 헤맨 뒤에야 비로소 길을 발견했습니다. 혹은 그 길이 나를 충분히 발견할 수 있을 만큼 내가 열렸습니다. 그래서 나는 당신도 길을 발견할 수 있음을 신뢰합니다. 아무도 다른 사람보다 더 특별하지 않습니다. 당신을 마법처럼 깨닫게 할 수 있는 구루(guru; 영적 스승)는 아무도 없습니다. 하지만 만일 영적 스승이란 행복한 삶을 살고, 현실과 다투지 않으며, 노력 없이, 기쁨으로, 내면의 갈등 없이 순간순간 살아가며, 현실을 있는 그대로 사랑하는 사람이라면, (그리고 만일 내가 어딘가에 존재한다면) 나도 어쩌면 영적 스승일지 모릅니다.

나는 마음이 가져오는 모든 것, 삶이 가져오는 모든 것에 열려 있습니다. 나는 내 생각에 질문했고, 생각이 진실하지 않다는 것을 알게 되었습니다. 나의 내면은 이해의 기쁨으로 빛납니다. 나는 괴로움에 대해 알고, 기쁨에 대해 알며, 내가 누구인지를 압니다. 나는 곧 당신입니다. 아직 당신이 그 사실을 깨닫지 못하고 있다 해도……. 어떤 이야기도 없을 때는 과거도 미래도 없고, 걱정할 것도 없고, 해야 할 일도 없고, 가야 할 곳도 없고, 되어야 할 사람도 없고, 모두가 좋습니다.

1

말할 수 있는 도(道)는
영원한 도가 아니다.

실재(實在)를 말로 표현할 수는 없습니다. 그러면 실재를 제한하게 됩니다. 실재를 명사와 동사와 형용사들 속에 억지로 집어넣으면 순간순간의 흐름이 중단됩니다. 말할 수 있는 도(道)는 영원한 도가 아닙니다. 도를 말하려 하면 도를 시간 속으로 가져오기 때문입니다. 도에 이름을 붙이려 하면, 그 때문에 도는 시간 속에 멈추어 버립니다. 어떤 것에 이름을 붙이면, 그것은 더이상 영원하지 않습니다. '영원'이란 자유롭고, 무한하며, 시간이나 공간 속의 위치가 없으며, 어떤 장애도 없는 것을 의미하기 때문입니다.

지금 이 의자에 앉아 있는 것*은 이름이 없습니다. 나는 영원의 경험입니다. 심지어 '신'을 생각하기만 해도 그 모든 것은 멈추어 버리고 시간 속에서 나타나며, 그렇게 '신'을 창조할 때 '신 아닌 것'도 창조합니다. '신' 대신에 다른 어떤 이름을 넣어도 마찬가지입니다. '나무'

---

* 케이티의 몸을 가리킨다.—옮긴이

를 생각하면 '나무'와 '나무 아닌 것'을 창조합니다. 원리는 같습니다. 어떤 것에 이름을 붙이기 전에는 세계에는 어떤 것도, 어떤 의미도 없습니다. 오로지 말이 없고 문제도 없는 세계의 평화만이 있을 뿐입니다. 그것은 기쁨의 침묵 속에서 모든 문제가 이미 해결되어 있는 공간입니다.

언어 이전의 이 세계에는 오로지 실재하는 것만이 있습니다. 그것은 나뉘어 있지 않고, 파악될 수 없으며, 지금 여기에 이미 현존합니다. 분리되어 보이는 것은 어떤 것도 실재일 수 없습니다. 그것은 마음이 이름을 붙여 창조한 것이기 때문입니다. 이 점을 이해하면, 실재하지 않는 것도 아름다워집니다. 왜냐하면 실재를 위협할 수 있는 것이 아무것도 없기 때문입니다. 나는 '나무'나 '너'나 '나'라고 불리는 어떤 분리된 것도 보지 못합니다. 믿든 믿지 않든 이런 것들은 상상일 뿐입니다.

이름을 붙이는 것은 환영의 세계, 꿈의 세계를 이루는 모든 것의 근원입니다. 전체의 일부를 떼어 낸 뒤 그것에 '나무'라는 이름을 붙이는 것이 첫 번째 꿈입니다. 나는 그것을 '1세대 생각'이라고 부릅니다. 그 뒤 생각은 생각을 낳고, 우리는 '큰 나무, 아름다운 나무, 그 아래 앉고 싶은 나무, 좋은 가구를 만들 만한 나무, 보호해야 하는 나무'를 갖게 되며, 꿈은 계속 이어집니다. 어린아이가 맨 처음 어떤 단어를 어떤 것과 연결시킬 때, 그 아이는 순식간에 꿈의 세계, 어떤 세계의 꿈에 빠지게 됩니다. 그 생각에 질문을 하여 꿈에서 깨어나고, 모든 것—나무, 나무 아닌 것. 세계, 세계 아닌 것—의 도(道)에 감사하게 되는 것도 순식간에 할 수 있습니다.

마음이 자기의 생각을 믿을 때, 마음은 이름 붙일 수 없는 것에 이름을 붙이고, 이름을 통해 그것을 실재하는 것처럼 보이게 합니다. 마음은 그 이름들이 실재한다고 믿고, 자기와 분리된 세상이 바깥에 있다고 믿습니다. 그것은 환상입니다. 온 세계는 투사(投射)*되는 것입니다. 당신이 마음의 문을 닫고 무서워할 때는 세상이 적대적으로 보입니다. 반면, 지금 있는 것을 사랑할 때는 세상에 있는 모든 것이 사랑하는 연인으로 변합니다. 안과 밖은 언제나 일치합니다. 둘은 서로의 반영입니다. 세상은 당신의 마음이 거울에 비친 모습입니다.

생각을 믿지 않을 때, 당신은 근본적인 욕망, 즉 현실(現實)이 지금과 달라야 한다는 생각으로부터 자유롭습니다. 당신은 말로 표현할 수 없는 것, 생각할 수 없는 것을 깨닫습니다. 모든 '비밀스러운 것'은 스스로 만들어 낸 것임을 이해합니다. 실제로는 어떤 비밀도 없습니다. 모든 것은 대낮처럼 환하고 분명합니다. 그리고 단순합니다. 사실은 어떤 것도 없기 때문입니다. 오로지 지금 나타나는 이야기만 있을 뿐입니다. 실은 그것조차 없습니다.

결국 '비밀스러운 것'은 '드러난 것'과 동등합니다. 당신은 그저 새로운 시각으로 바라볼 뿐입니다. 세계는 시각적인 환영입니다. 세상은 당신 자신일 뿐입니다. 불행하고 제정신이 아닌 당신, 혹은 평화롭고 기뻐하는 당신. 결국 '욕망'은 '욕망으로부터의 자유'와 동등합니다. 욕망은 선물이며, 알아차림의 씨앗입니다. 모든 일은 '당신에게' 일어나는 것이 아니라, '당신을 위해' 일어납니다.

---

* 영사기로 필름을 스크린에 투사하듯이.―옮긴이

나는 내 생각들에 질문을 던졌고, 지금 있는 현실과 다투는 것은 미친 짓이라는 것을 알게 되었습니다. 그래서 지금 일어나는 일 말고는 어떤 일도 일어나기를 원하지 않습니다. 예를 들어, 올해 연세가 아흔인 어머니는 췌장암으로 죽음을 눈앞에 두고 있습니다. 나는 어머니를 보살피고, 어머니를 위해 요리하고 청소하며, 어머니 옆에서 자고, 하루에 23시간 동안 어머니의 아파트에서 지냅니다(아침에는 남편이 나를 데리고 산책을 나갑니다). 이 생활은 이제 한 달이 되었습니다. 어머니의 호흡이 내 생명의 맥박인 것만 같습니다. 나는 어머니를 목욕시키고, 구석구석 몸을 씻겨 드리고, 어머니에게 약을 드리고, 크나큰 감사를 느낍니다. 그녀는 저기에 있는, 암으로 죽어 가는, 효과 좋은 진통제를 복용하는, 텔레비전을 보고 이야기를 나누며 얼마 남지 않은 나의 마지막 날들을 보내고 있는 나 자신입니다. 나는 어머니의 몸, 곧 내 몸의 아름다움과 정교함, 복잡함에 감탄합니다. 그리고 어머니 삶의 마지막 날, 내가 어머니의 침대 머리맡에 앉아 있을 때, 어머니의 호흡에 어떤 변화가 일어납니다. 나는 이제 몇 분밖에 남지 않았음을 알아차립니다. 그 뒤 또 한 번의 변화가 일어나고, 나는 알아차립니다. 우리의 눈이 감기고, 잠시 뒤 어머니는 떠났습니다. 나는 마음이 비워진 눈, 마음이 없는 눈, 무심(無心)의 눈을 더 깊이 들여다봅니다. 그리고 어떤 변화가 일어나기를 기다립니다. 눈이 죽음을 보여 주기를 기다리지만, 아무것도 바뀌지 않습니다. 어머니는 여전히 그대로 있습니다. 나는 어머니에 대한 나의 이야기를 사랑합니다. 어머니가 달리 어떻게 존재할 수 있었을까요?

한 남자가 나의 배에 권총을 들이밀고 공이치기를 잡아당기며 말합니다. "널 죽여 버리겠어." 나는 그가 자기의 생각을 그리도 진지하게 믿고 있다는 사실에 충격을 받습니다. 자신을 하나의 '나'로(개인으로) 믿는 사람에게는 죽인다는 생각이 죄책감을 일으키고, 이 죄책감은 고통스러운 삶으로 이어집니다. 그래서 나는 그에게 그러지 말라고 최대한 다정하게 얘기합니다. 내가 염려하는 것은 그가 받을 고통이지만, 그 말은 하지 않습니다. 그는 나를 죽여야 한다고 말합니다. 이해합니다. 예전에는 나도 '어떻게 해야 한다'고 믿었음을 기억합니다. 나는 그가 최선을 다하고 있음을 고마워하고, 내가 매료됨을 알아차립니다. 그녀는 이렇게 죽는가? 이야기는 이렇게 끝나는가? 기쁨이 내 안에서 차오르는 동안, 나는 이야기가 여전히 이어지는 것이 기적 같다고 느낍니다. 우리는 결코 그 끝을 알 수 없습니다. 심지어 이야기가 끝날 때에도……. 하늘, 구름, 달빛에 비친 나무들을 보며 나는 깊은 감동을 받습니다. 이 놀라운 삶을 내가 한 순간도, 한 호흡도 놓치지 않음을 사랑합니다. 나는 기다립니다. 또 기다립니다. 그리고 결국, 그는 방아쇠를 당기지 않습니다. 그는 그 자신에게 그렇게 하지 않습니다.

우리가 '나쁘다'고 하는 것과 '좋다'고 하는 것은 둘 다 같은 자리에서 나옵니다. 도덕경에서는 모든 것의 근원이 '어둠'이라 불린다고 말합니다. 얼마나 아름다운 이름인가요(만일 우리가 어떤 이름을 가져야 한다면)! 어둠은 우리의 근원입니다. 결국 그 어둠은 모든 것을 껴안습니다. 그것의 본성은 사랑입니다. 하지만 혼란에 빠진 우리는 그것을 공포와 추함이라고 이름 붙이고, 받아들일 수 없는 것, 견딜 수 없는 것이라고 이름 붙입니다. 우리가 온갖 스트레스를 받는 까닭은 그 어둠 속에 무엇이 있다고 상상하기 때문입니다. 우리는 어둠이 우리 자신과 분리되어 있다고 상상하며, 어떤 끔찍한 것을 그 어둠에 투사합니다. 하지만 어둠은 실제로는 언제나 인자합니다.

'어둠 속의 어둠'이란 무엇일까요? 그것은 어느 한 물건도 알지 못하는 마음입니다. 이 '모르는 마음(don't know mind)'은 우주의 중심입니다. 그것이 우주입니다. 그 바깥에는 아무것도 없습니다. 이 어둠을 이해하면, 아무것도 당신에게서 분리되어 있지 않음을 분명히 알게 됩니다. 어둠이 모든 이해로 통하는 입구인 까닭은 이 때문입니다. 이름 없음, 생각 없음은 궁극적인 의미에서 진실할 수 있습니다. 모든 것이 일시적이고, 모든 것이 변합니다. 어두운 것, 이름 없는 것, 생각할 수 없는 것, 그것은 완전히 신뢰할 수 있는 것입니다. 그것은 변하지 않으며 인자합니다. 이 점을 깨달으면 웃을 수밖에 없습니다. 삶이나 죽음에 관해 심각할 것은 전혀 없기 때문입니다.

2

어떤 것들을 좋은 것으로 보면,
다른 것들은 나쁜 것이 된다.

자기의 생각을 믿을 때, 사람들은 실재를 상반되는 것들로 나누게
됩니다. 그들은 어떤 것들만이 아름답다고 생각합니다. 하지만 맑은
마음에게는 세상 모든 것이 저마다 아름답습니다.

자기의 생각을 믿을 때만 우리는 '실재하는 것'을 '실재하지 않는
것'으로 만들 수 있습니다. 만일 현실에 이름을 붙이고 그 이름이 실
제라고 믿음으로써 현실을 나누고 구분하지 않는다면, 어떻게 우리
가 어떤 것을 거부할 수 있을까요? 어떻게 어떤 것이 다른 것보다 못
하다고 믿을 수 있을까요? 마음은 자기의 생각이 옳음을 증명하려
하고, 이것을 저것과 비교하고 판단함으로써 그렇게 합니다. 만일 이
것이 좋음을 저것을 통해 증명할 수 없다면, 어떻게 마음이 이것을
좋게 여길 수 있을까요? 증명할 수 있는 근거가 없다면, 어떻게 이것
이나 저것이 존재할 수 있을까요?

예를 들어, 만일 모차르트만이 아름답다고 생각한다면, 당신의 세
계에는 랩이 자리할 공간이 없습니다. 물론 당신은 그런 견해를 가

질 권리가 있지만, 다른 사람들은 랩을 아주 좋게 봅니다. 랩이 추하다고 믿을 때 당신은 어떻게 반응하나요? 당신은 랩을 들을 때 괴로움을 느끼게 되고, (아마 당신이 부모이거나 조부모라서) 어쩔 수 없이 랩을 들어야 할 때는 마치 고문실에 앉아 있는 것처럼 느껴질 것입니다. 마음을 이해하게 되면, 거기에는 모차르트뿐 아니라 랩이 자리할 공간도 있습니다. 나는 어떤 소리도 소음으로 듣지 않습니다. 내게는 자동차의 경적 소리가 새의 노랫소리만큼이나 아름답습니다. 그 모든 것은 신의 소리입니다. 마음은 본래 무한합니다. 자기의 믿음에 질문하기만 하면, 마음은 모든 것에서 아름다움을 발견할 것입니다. 마음은 그처럼 열려 있고 자유롭습니다. 이것은 어떤 철학이 아닙니다. 세계는 실제로 그러합니다.

만일 우리가 어떤 사람의 행위를 나쁘다고 믿는다면, 그 안의 좋은 점을 어떻게 볼 수 있을까요? 그 행위로 인한 좋은 점을, 몇 년 뒤에 밝혀질지도 모르는 그 좋은 점을 어떻게 알아볼 수 있을까요? 만일 어떤 사람을 나쁘게 본다면, 우리 모두가 동등하게 창조되었다는 것을 어떻게 이해할 수 있을까요? 우리 모두는 저마다 살아가는 방식으로 가르치는 선생입니다. 술에 취해 인사불성이 된 사람은, 늘 경건하게 생활하면서 술을 마시지 않는 사람보다, 술을 마시면 안 되는 이유를 더 잘 가르쳐 줄 수 있습니다. 남들보다 더 선하거나 덜 선한 사람은 아무도 없습니다. 이제까지 살았던 사람 중에 당신보다 더 낫거나 못한 사람은 아무도 없습니다.

자기의 판단들에 질문하지 않는 마음은 세상을 몹시 작고 위험한 곳으로 만들어 버립니다. 그런 마음은 세상을 계속 나쁜 것과 나쁜 사람들로 가득 채우고, 그러면서 자기의 고통을 창조합니다. 이제까지 일어난 최악의 일은 오로지 과거에만 존재합니다. 지금은 그 일이 전혀 존재하지 않는다는 뜻입니다. 바로 지금, 최악의 일은 스트레스를 주는 마음속 생각일 뿐입니다.

좋은 것과 나쁜 것, 좋은 사람과 나쁜 사람. 이런 정반대의 것들은 오직 비교와 대조를 통해서만 성립됩니다. 어떤 것이 나빠 보이는 이유는 아직 그것을 충분히 분명하게 보지 못했기 때문일 수도 있습니다. 그럴 가능성은 없는 걸까요? 현실 자체가 그렇듯이, 현실 속의 모든 것, 모든 사람도 당신의 능력으로는 제대로 판단할 수가 없습니다.

자기의 생각을 더는 믿지 않으면, 당신은 함이 없이 합니다. 다른 가능성은 없기 때문입니다. 자기를 행위자로 여기는 모든 생각은 진실이 아닙니다. 내가 나의 것이라고 부르는 손이 찻잔을 향해 움직이는 것을 나는 지켜봅니다. 그 손은 대단한 지성을 지닌 채, 분명한 목적을 가지고 공중을 미끄러지듯 나아가, 찻잔에 도착하고, 손가락들이 손잡이를 쥐고, 손이 잔을 들어 올리고, 잔을 입술로 가져오며, 잔을 기울이고, 찻물이 입 속으로 흘러들어 옵니다. 아아. 그런데 언제나, 아무도 그렇게 하고 있지 않습니다. 행위자는 전혀 다른 존재이며, "내가 한다"라는 이야기 너머의 존재입니다.

일들이 일어나는 것처럼 보입니다. 성인(聖人)은 그 일들이 가도록 놓아줍니다. 그 일들은 이미 가 버렸기 때문입니다. 이런 외견상 놓아줌은 어떤 숭고한 내맡김의 행위가 아닙니다. 애초에 아무것도 그녀에게 속한 적이 없습니다. 과거나 미래의 이야기로만 존재할 뿐 실제로는 존재하지 않는 것을 어떻게 그녀가 놓아주지 않을 수 있을까요?

그녀는 자신이 가지고 있다고 믿는 것만 가질 뿐입니다. 그래서 그녀는 아무것도 가지고 있지 않으며, 아무것도 필요하지 않습니다. 그녀는 행동하고, 지금 있는 현실의 기적을 기다리며, 아무것도 기대하지 않습니다. 기대는 깜짝 놀라는 즐거움을 망치기 때문입니다. 일을 마치면 그녀는 잊습니다. 기억할 것이 없기 때문입니다. 그 일은 끝났습니다. 가 버렸습니다. 그녀는 존재하지 않는 것은 볼 수가 없습니다.

그녀의 '생각 작업'이 잘되었나, 잘못되었나? 얼마나 우스운지요! 그 '생각 작업'이 깊이 꿰뚫었나, 아니면 아무 효과도 없었나? 마치 그 '생각 작업'이 그녀의 일이라도 되는 것처럼! '생각 작업'이 영원히 계속될 것인가? 그것이 심지어 한순간이라도 지속되었던가요?

3

함이 없으니
모든 일이 알맞게 이루어진다.

훌륭한 사람들을 지나치게 존경하면, 자기 안의 훌륭함을 알아차
릴 수 없습니다. 당신이 높게 평가하는 다른 사람의 훌륭함은 결국
'당신'이 보는 것이며, 당신이 보는 것은 당신에게서 나옵니다. 그 훌
륭함이 있는 자리를 바꾸고 그 훌륭함을 참된 근원과 분리시키면*,
당신은 자기 자신을 과소평가하게 됩니다. 예수의 사랑이나 붓다의
지혜를 한없이 찬미하는 것은 좋지만, 그렇다고 해도 만일 그 사랑이
나 지혜를 자기 안에서 발견하지 못한다면 그들의 그런 훌륭함이 당
신에게 무슨 소용이 있을까요?

마음은 언제나 가치를 찾으려 합니다. 마음이 좋은 성품들을 바깥
으로 투사하면, 마음은 자기의 가치를 스스로 박탈하게 됩니다. 그러
면 마음은 자기에게 그런 것들이 결핍되어 있다고 생각하게 되고, 결
핍을 채우기 위해 바깥으로 여행을 떠나게 됩니다. 마음은 끝없이 바

---

* '자리를 바꾼다'는 것은 자신에게 있는 것을 바깥에, 즉 다른 사람에게 있다고 오해
 하는 것이며, 그 훌륭함의 참된 근원이란 자기 자신을 가리킨다.―옮긴이

깥을 여행하지만 결코 자기의 집을 발견하지 못합니다.

성인(聖人)은 그 존재만으로 인도합니다. '존재'는 설거지를 하고, 전화와 이메일에 응답하고, 쇼핑을 하고, 일하러 가고, 아이들을 차에 태워 학교에 데려다주고, 개에게 먹이를 주는 것처럼 보입니다. 그녀는 한 번에 한 가지씩만 하며, 그녀에게는 과거나 미래가 없습니다. 그녀는 사람들의 마음을 비우지 않습니다. (설령 그럴 수 있다고 해도) 그럴 필요가 없습니다. 그녀는 '알지 못함', '알 수 없음', '알 필요 없음', '아는 것이 가능하지 않음', '알아야 할 것이 아무것도 없음'으로 살아가며, 그런 삶으로 사람들을 돕습니다. 사람들은 한없이 가벼운 가슴으로 살아가는 삶에 이끌립니다. 그들은 스트레스를 주는 생각이 없는, 살아 있는 거울을 들여다보면서 자신이 누구이며 어디에 있는지를 알아차리기 시작합니다.

나는 샐러드를 준비합니다. 색깔들이 언뜻언뜻 보입니다. 나를 부르는 채소를 향해 내 손이 나아갑니다. 빨강! 근대를 향해 손을 뻗습니다. 주황! 당근을 향해 손을 뻗습니다. 초록! 시금치를 향해 손이 움직입니다. 표면의 감촉이 느껴지고 흙이 느껴집니다. 자주! 나는 양배추를 향해 움직입니다. 모든 생명이 내 손 안에 있습니다. 초록색, 붉은색, 주황색, 자주색 채소들, 아삭아삭하고 즙이 많은, 피처럼 색이 선명하고 흙처럼 향긋한 채소들을 다듬어 샐러드를 만드는 것보다 즐거운 일은 없습니다. 나는 조리대로 움직입니다. 자르기 시작합니다.

삶이 더없이 좋아서 이보다 나아질 수는 없을 것이라고 생각할 때, 전화벨이 울리고 삶은 더 나아집니다. 나는 그 음악을 사랑합니다.

전화기를 향해 걸어가는데 현관문을 두드리는 소리가 들립니다. 누구일까? 나는 문을 향해 걸어갑니다. 야채의 향기들, 전화벨 소리로 가득한 공간을……. 그것들은 주어진 것이며, 그것들을 위해 내가 수고한 것은 아무것도 없습니다. 나는 발을 헛디뎌 넘어집니다. 영락없이 바닥이 거기에 있습니다. 나는 바닥의 결을 느끼고, 바닥의 안전함, 바닥의 불평하지 않음을 경험합니다. 사실은, 반대로, 바닥이 자기의 전부를 나에게 내줍니다. 바닥에 누워 있는 동안 나는 바닥의 서늘함을 느낍니다. 분명히 지금은 잠시 쉴 시간입니다. 바닥은 나를 아무 조건 없이 받아들이며 묵묵히 받쳐 줍니다. 내가 일어날 때 바닥은 "돌아와, 돌아오란 말이야. 너는 나를 버리고 있어, 너는 내게 빚을 졌어, 너는 내게 고맙다고 말하지 않았어, 너는 고마워할 줄 몰라"라고 말하지 않습니다. 예, 그것은 나와 같습니다. 바닥은 자기의 일을 합니다. 바닥은 있는 그대로 있습니다. 주먹이 문을 두드리고, 전화벨이 울리고, 샐러드는 기다리고, 바닥은 나를 놓아줍니다. 인생은 좋습니다.

현실은 욕망 없이 펼쳐지면서도 우리의 상상 이상으로 더 아름답고 더 풍요롭고 더 기막힌 놀라움들을 가져옵니다. 마음은 욕망에 따라 살 때 몸에게 자기를 따르라고 요구합니다. 마음이 최초의 원인(욕망)을 달리 어떻게 거울처럼 비춰 줄 수 있을까요? 화, 슬픔, 좌절은 우리가 있는 그대로의 현실과 전쟁을 벌이고 있음을 알려 줍니다. 원하는 것을 얻은 뒤에도 우리는 그것이 지속하기를 원하지만, 그것은 지속하지 않으며, 그럴 수도 없습니다. 삶은 마음의 투사입니다. 그래서 마음이 혼란에 빠져 있으면 삶에는 평화가 없습니다. 하지만 삶이 물처럼 흐르도록 허용하면 당신은 그 물이 됩니다. 그리고 삶이 늘 당신에게 필요한 것보다 더 많이 주면서 완전히 살아지는 것을 지켜봅니다.

아침에 일어나면 눈이 잘 보이지 않습니다. 전날 밤에는 사물들을 볼 수 있었지만, 이제는 안개 낀 것처럼 뿌연 유리창을 통해 보듯이 모든 것이 흐릿합니다. (나는 최근 푹스 이영양증이라는 각막퇴행 상태라고 진단을 받았습니다. 아직은 치료법이 없는 질병인데 지난 몇 년 동안 훨씬 악화했습니다.) 지금 나는 처음 와 보는 호텔에 묵고 있는데, 이제 양치질을 하고 샤워를 하고 짐을 꾸려야 합니다. 가방이 어디 있지? 그러자 내 손이 알고 움직여서 가방을 가져옵니다. 세상은 흐릿하지만 나는 그렇게 흐릿한 가운데서도 차이를 분간할 수 있습니다. 그리고 이런 차이들과 옷감의 감촉을 통해서, 오늘 입을 옷을 찾는 데 필요한 모든 것을 봅니다. 나는 욕실로 가는 길을 느낌으로 알아차리고, 치약과 칫솔을 찾고, 치약을 짭니다. 오! 치약을 아주 많이 짰군요. 얼굴에 미소가 번집니다. 오늘 아침에는 내 치아들에게 더 많은 치약이 필요하나 봅니다. 양치를 한 뒤 샤워실로 들어갑니다. 욕실 설비의 차이점을 파악하는 것은 꽤 까다로운 일입니다. 뜨거운 물이 나오게 하려면 손잡이를 어느 쪽으로 돌려야 하지? 물이 나오는 곳을 수도꼭지에서 샤워꼭지로 바꾸려면 어떻게 해야 하지? 샤워 커튼은 물이 바닥에 튀기지 않도록 욕조 안에 들어가 있나? 물비누 병의 뚜껑이 보이지 않습니다. 뚜껑이 선반에 놓여 있을까? 욕조 배수구에 떨어져서 쓸려 내려갔을까? 배수구는 열려 있을까, 닫혀 있을까? 나는 뚜껑을 찾기 위해 욕조의 테두리를 따라 손으로 더듬어 봅니다. 손에 짠 샴푸의 양은 적당할까? 샴푸의 양은 분명 아무 문제가 없습니다. 부족하든 너무 많든 언제나 완벽한 양이기 때문입니다. 물이 뜨겁습니다. 보일러가 돌아가고 있습니다. 샤워를 마치고 밖으로 나올 때 나는 무척 감사해합니다. 그런데 내가 밟고 있는 이것은…… 내 목욕 가운일까요, 아니면 욕실 매트일까요?

화장은 재미있습니다. 나는 세 가지 화장품만을 사용합니다. 하나는 눈을 위해, 하나는 볼을 위해, 하나는 입술을 위해……. 나는 여성용품을 가지고 최선을 다합니다. 잘된 것 같습니다. 더 좋아졌든 안 좋아졌든 화장이 끝났습니다. 이 얼굴은 지금 이대로 이러해야 합니다. 얼굴은 외출할 준비가 되었습니다. 얼굴은 얼굴의 일을 할 것입니다. "여보, 이 옷이 잘 어울리나요? 이 윗옷은 갈색인가요, 아니면 검은색이나 파란색인가요?" 남편의 눈빛을 보니 옷이 내게 잘 어울리나 봅니다. 이제 나는 인터뷰를 하러 나가야 합니다. 남편이 길을 안내해 줄 수 있어서 얼마나 기쁜지 모릅니다. 말하지 않아도 그의 몸짓을 통해서 나는 문손잡이가 어디에 있는지, 계단이 어디 있고 길이 어디 있는지를 알아차립니다. 마침내 오후가 되자 내 눈은 차츰 밝아지면서 길을 보여 주기 시작합니다. 나는 이 모든 일이 이루어지는 방식을 사랑합니다. 아침이 삶을 위해 나를 준비시켜 주는 방식을, 상상할 수밖에 없었던 모습들을 오후의 시력이 조금씩 보여 주는 방식을 사랑합니다.

4

도(道)는 영원한 허공 같아서
무한한 가능성으로 가득하다.

우리는 도(道)를 '현실'이라고 부를 수 있습니다. 또는 '마음'이라고 부를 수도 있습니다. 마음은 절대로 고갈되지 않는 천연자원입니다. 마음이 더는 자기의 생각을 믿지 않을 때, 마음은 무한의 차원으로 들어갑니다. 마음은 한없이 깊은 우물과 같아서 언제나 생명의 물을 주며, 당신은 그 우물에서 언제나 생명의 물을 길어 낼 수 있습니다. 마음은 완전히 열려 있으며, 아무것도 진실하지 않음을 봅니다. 그래서 마음은 우리가 상상할 수 있는 것보다 더 많은 가능성으로 가득합니다.

노자는 "누가 그것을 낳았는지 모르겠다"고 말합니다. 나도 그렇습니다. 안다고 생각하는 것 너머에 있는 것에 마음이 열릴 때마다 '당신'은 그것을 낳습니다. 그리고 당신의 마음이 열릴 때, 앎의 너머에 있는 것, '신'보다 오래된 것이 선물로 흘러듭니다. 그 선물은 끝이 없습니다.

5

도(道)는 한쪽을 택하지 않으며
선과 악을 낳는다.

어두움, 공(空), 텅 빈 공간은 마음이 들어가기를 두려워하는 곳이지만, 모든 생명이 시작되는 근원입니다. 그것은 존재의 자궁입니다. 그것과 사랑에 빠져 보세요. 그러면 그것은 즉시 당신 안에서 나올 것이고, 당신은 빛의 탄생을 목격합니다. 도(道)는 한쪽을 택하지 않습니다. 도는 어둠과 빛을 다 껴안습니다. 둘은 동등합니다.

성인은 어느 한쪽을 택할 수 없습니다. 그녀는 현실을 사랑하며, 현실은 모든 것을 포함합니다. 모든 것의 양쪽 면을 다 포함합니다. 그녀는 그 모든 것을 두 팔 벌려 환영합니다. 그녀는 모든 것을 자기 안에서 발견합니다. 모든 범죄, 모든 거룩함도 그렇습니다. 그녀는 성인을 성인으로 보지 않으며, 죄인을 죄인으로 보지 않습니다. 그들은 단지 고통을 받고 있거나 받고 있지 않은 사람, 자기의 생각을 믿고 있거나 믿지 않는 사람일 뿐입니다. 그녀는 의식의 상태들 사이에 어떤 차이점도 보지 않습니다. 지극한 행복이라는 것과 평소의 마음이라는 것은 동등합니다. 전자는 후자보다 더 높은 상태가 아닙니다.

얻으려 애쓸 것도 없고 버릴 것도 없습니다. 오로지 하나만 있을 뿐이며, 그것조차 아닙니다. 당신이 아무리 단절되려 노력해도 단절되는 것은 불가능합니다. 스트레스를 주는 생각을 믿는 것은 그 연결을 끊으려는 시도입니다. 그것이 몹시 불편하게 느껴지는 이유는 그 때문입니다.

모든 고통은 마음의 문제입니다. 고통은 몸이나 상황과는 아무 상관이 없습니다. 심한 통증을 느끼면서도 전혀 고통받지 않을 수 있습니다. 당신이 통증을 느껴야 한다는 것을 어떻게 알까요? 왜냐하면 지금 그 일이 일어나고 있기 때문입니다. 스트레스를 주는 이야기 없이 사는 것, 지금 있는 현실을, 심지어 통증까지도 사랑하는 것, 그것이 천국입니다. 통증을 느끼고 있는데 통증을 느끼면 안 된다고 믿는 것, 그것이 지옥입니다. 통증은 실제로는 친구입니다. 통증은 내가 없애고 싶은 것이 아닙니다. 만일 내가 없앨 수 없다면……. 통증은 사랑스러운 손님이며, 원하는 만큼 오래 머물 수 있습니다. (그렇다고 해서 내가 진통제를 복용하지 않을 것이라는 뜻은 아닙니다.)

통증조차도 투사되는 것입니다. 통증은 언제나 사라져 갑니다. 당신이 의식하지 않을 때도 몸이 통증을 느낄 수 있나요? 몸에서 통증을 느낄 때도, 어떤 전화를 간절히 기다리는데 전화벨이 울리면, 마음은 그 전화벨에 초점에 맞추어지고, 그러면 통증이 없습니다. 생각이 바뀌면 통증도 바뀝니다.

어느 이스라엘인 친구는 목부터 발가락까지 몸이 마비되어 있습니다. 그는 자기를 피해자로 여기고 있었고, 그 믿음을 뒷받침하는 모든 증거를 가지고 있었습니다. 마음은 증거를 모으는 일에 능숙합니다. 그는 삶이 불공평하다고 확신했습니다. 그렇지만 한동안 '생각 작업'을 한 뒤에는 현실은 단지 그래야 하는 대로일 뿐임을 깨닫게 되었습니다. 그에게는 이제 문제가 없습니다. 그는 몸이 마비된 채로 행복한 사람입니다. 그런데 그는 마음을 바꾸기 위해 아무것도 하지 않았습니다. 단지 자기의 생각에 질문했을 뿐입니다. 그러자 마음이 변했습니다.

남편이나 아내, 자녀를 잃은 사람들도 똑같은 자유를 누릴 수 있습니다. 질문되지 않은 마음이 유일한 고통의 세계입니다. 전에 나는 샌쿠엔틴 교도소에서 살인이나 강간, 다른 강력 범죄들로 무기징역을 선고받은 남자 죄수들과 '생각 작업'을 하고 있었습니다. 나는 그들에게 화가 나거나 원망하는 생각들을 "나는 ＿＿＿에게 화가 난다. 왜냐하면 ＿＿＿＿ 때문이다"라는 문장으로 써 보라고 요청했습니다. 그 뒤 한 사람씩 돌아가면서 자신이 쓴 첫 번째 문장을 읽어 보라고 했습니다.

한 남자는 너무 심한 분노로 몸이 부들부들 떨려서 첫 문장을 다 읽을 수도 없었는데, 그 문장은 "나는 아내에게 화가 난다. 왜냐하면 아내는 우리 아파트에 불을 질러 어린 딸을 타 죽게 했기 때문이다" 였습니다. 그는 오랜 세월을 분노와 상실, 절망의 지옥 속에서 살고 있었습니다. 하지만 그는 흔치 않은 사람이었고 정말로 진실을 알고 싶어 했습니다.

이후 그가 "딸은 살아 있어야 한다"라는 문장을 읽었을 때, 나는 '생각 작업'의 두 번째 질문을 던졌습니다. "당신은 그게 진실인지 확실히 알 수 있나요?" 그는 대답을 찾기 위해 내면으로 들어갔고, 그 결과는 놀라웠습니다. 그는 "아니요, 확실히 알 수는 없어요"라고 말했습니다. 그 뒤 내가 "당신은 숨을 쉬고 있나요?"라고 묻자, 그는 "예"라고 대답했고, 그의 얼굴이 환히 밝아졌습니다. 마침내 그는 딸이 살아 있어야 하는 건 아니라는 것을, 그의 모든 분노와 절망 아래에서 그는 괜찮았다는 것을, 그리고 딸에게 무엇이 최선이었는지를 자신은 확실히 알 수는 없다는 것을 발견했습니다. 그때 그가 쏟아 낸 눈물과 웃음은 세상에서 가장 감동적인 것이었습니다. 이 경이로운 남자와 함께 앉아 있는 것은 내게 굉장한 특권이었습니다. 그런데 그가 한 일이라고는 단지 자기의 믿음에 질문하는 것뿐이었습니다.

6

텅 비어 있으나 다함이 없으며,
무한한 세계를 낳는다.

마음은 무한한 세계를 낳습니다. 이것과 저것의 세계, 상실과 슬픔
의 세계, 좋은 것과 나쁜 것의 세계. 마음은 처음부터 완전하지만, 그
런데도 없는 것을 만들어 내는 데 다함이 없습니다. 생각을 믿으면
자아의 끝없는 드라마 속으로 빠져듭니다.

당신 안에 평화가 없으면 세상에도 평화가 없습니다. 당신이 세상
이고, 당신이 지구이기 때문입니다. 이 땅 위의 이야기가 이 땅과 그
너머에 있는 모든 것을 담고 있습니다. 밤에 꿈도 없는 깊은 잠을 자
고 있을 때, 거기에 세상이 있나요? 당신이 잠에서 깨어 "나"라고 말
하기 전에는 세상이 없습니다. '나'가 일어날 때, 당신이 자기라고 생
각하는 사람의 영화가 시작됩니다. 하지만 그 생각에 질문을 하면 집
착하지 않게 되며, 그것은 단지 근사한 영화일 뿐입니다. 팝콘을 준
비하세요, 영화가 시작됩니다!

나는 완전함 안에서 살아갑니다. 우리 모두가 그렇습니다. 그렇다
는 것을 깨닫지 못할지라도……. 나는 아무것도 모릅니다. 아무것도

이해할 필요가 없습니다. 나는 아무 소용이 없었던 43년 동안의 생각을 포기했고, 이제 '모르는 마음'으로 존재합니다. 그럴 때 나의 삶에는 오로지 평화와 기쁨만이 남습니다. 그것은 내 앞에서, 나로서 펼쳐지는 모든 것을 지켜보는 완전한 충만입니다.

7

그것은 태어난 적이 없다.
그러므로 결코 죽지 않는다.

죽음이 무엇인가요? 당신은 어떻게 죽을 수 있나요? 당신이 태어났다고 누가 말하나요? 오직 질문되지 않은 생각이 태어나고 죽을 뿐입니다. 오직 마음이 있을 뿐입니다. 당신이 "나는 죽을 거야"라는 생각을 하고 나면, 그 생각은 어디로 갔나요? 그 생각이 진실하다고 하는 유일한 증거는 또 하나의 생각이 아닌가요? 당신의 이야기가 없다면 당신은 누구일까요? 세상은 그렇게 시작됩니다. "나." "내가 있다." "나는 여자다." "나는 양치질을 하고 일하러 가기 위해 일어나고 있는 여자다." 이런 생각은 계속 이어져서 세상은 더욱더 복잡해집니다. "내가 있다"—이 생각에 질문해 보세요. 세상은 그 자리에서 끝이 납니다. 남아 있는 다음 관념이 탐구되기 위해 돌아올 때까지는. 당신은 죽음 뒤에도 계속될까요? 마음에 충분히 깊이 질문한다면, 참된 당신은 삶과 죽음의 너머에 있음을 알게 될 것입니다.

질문된 마음은 더이상 추구하지 않으며, 그래서 한없이 자유롭게 여행합니다. 그 마음은 자기가 태어난 적이 없으므로 결코 죽지 않는다는 것을 이해합니다. 그 마음은 무한합니다. 자기를 위한 욕망이 없기 때문입니다. 그 마음은 주지 않는 것이 아무것도 없습니다. 그 마음은 조건 없이, 끊임없이, 두려움 없이, 지치는 법 없이, 제한 없이 줍니다. 그 마음은 주어야 합니다. 본성이 그러하기 때문입니다. 그 마음은 언제나 자기를 자기에게 돌려주고 받습니다. 모든 존재는 그 자신의 소중한, 반영된 자아들이기 때문입니다.

갇혀 있는 마음이 유일한 죽음입니다—고문에 의한 죽음. 질문되지 않은 마음은 자기의 생각을 믿으며 막다른 골목에서 살아갑니다. 좌절하고, 희망이 없고, 언제나 출구를 찾으려 애쓰지만, 또 하나의 막다른 골목을 경험할 뿐입니다. 그리고 문제가 해결될 때마다 또 다른 문제가 나타납니다. 질문되지 않은 마음은 그렇게 살아갈 수밖에 없습니다. 그 마음은 가장 오래된 이야기들 속에 갇혀 있습니다. 마치 공룡이 지금도 여전히 먼 옛날의 똑같은 풀을 씹고 있는 것처럼.

1986년에 현실로 깨어났을 때, 먼 옛날부터 인류를 계속 괴롭혀 온 이야기들이 내 안에서 일어나는 것을 알아차렸습니다. 그래서 이제까지 얘기된, 스트레스를 주는 모든 이야기를 해결하는 데 전념해야겠다고 느꼈습니다. 나는 세상의 마음이었습니다. 그래서 이야기들 중 하나의 정체가 실제로 무엇인지 간파되어 내 안에서 사라질 때마다, 그것은 온 세상에서도 사라졌습니다. 생각하는 자는 하나뿐이기 때문입니다.

성인은 뒷자리에 머무르며, 배우는 학생의 자리에서 언제나 지켜보고 알아차리고 경험하고 깨닫습니다. 매 순간 있는 그대로 존재합니다. 그래서 그녀는 어떤 문제도 일어나기 이전의 상태에 머무릅니다. 낭비되는 것은 없으며, 받아들여지지 않는 것도 없습니다. 그녀는 어떤 것도 제외하지 않습니다.

어떤 것들이 올 때 그녀가 원하는 것은 그것이며, 그것들이 갈 때 그녀가 원하는 것도 그것입니다. 그런 의미에서 그녀는 모든 것으로부터 초연합니다. 그녀에게는 모든 것이 좋습니다. 그것이 오고 갈 때 그녀는 그것과 사랑에 빠집니다. 그녀는 그 모든 것과 하나입니다. 나뭇가지가 산들바람에 흔들립니다. 그 모습을 지켜볼 때 그녀는 그 표현이 진실하지 않음을 알며, 그 분리 없음 안에서 그녀는 산들바람에 흔들리는 나뭇가지가 됩니다. 그녀는 쓰레기차의 소리를 듣고 그 소리가 되며, 자신이 그것임에 감사하는 마음이 솟아납니다. 놓아 보내야 할 자아가 어디에 있을까요? 세상은 그녀와 함께 시작하고, 그녀와 함께 끝납니다. 바로 지금.

8

가장 좋은 것은 물과 같다.
물은 애씀 없이도 만물을 이롭게 하며,
사람들이 싫어하는 낮은 곳에서
만족한다.

맑은 마음은, 가장 좋은 그것은 물과 같습니다. 그것은 투명하고 반짝이며, 막힘없이 모든 곳으로 흐릅니다. 그것은 아름답고 심오하며, 애씀 없이 내면의 모든 것을 양육하는 자양분입니다.

맑은 마음은 겸손의 자리에 있습니다. 그 본성이 그러합니다. 그 마음은 낮은 자리를 사랑합니다. 그리고 연단 위에 있기보다는 청중 가운데 있기를 더 좋아합니다(세상이 주목하는 자리에 처하게 될 때는 그것도 사랑하지만). 그 마음은 다른 모든 것의 발밑에서 살아갑니다. 그 마음은 다른 모든 것이기 때문입니다. 자신이 아름다운 모든 것임을 감사하면서 그 마음은 우리가 돌, 나무, 거지, 개미, 풀잎이라고 부르는 성인의 발아래 고개 숙여 절합니다. 그 마음은 하늘 높이 솟구치는 새가 자신임을 발견하며, 나는 법을 모르지만 어쨌든 날고 있음을 알아차립니다.

마음이 맑을 때 삶은 아주 단순해집니다. 일어나서 설거지를 하라는 생각이 떠오릅니다. 이 생각에 따라 몸이 일어날 때는 깊은 흥분이 느껴집니다. 주방을 향해, 싱크대를 향해 움직일 때 그 마음은 얼마나 어린아이 같은지요. 나는 수도꼭지를 돌리고, 손 위로 떨어지는 물을 경험하고, 물비누를 수세미에 조금 붓습니다. 놀랍습니다. 이것은 그저 그릇을 설거지하는 일만이 아닙니다. 나는 접시 하나를 집어들고, 접시에 달라붙어 있던 찌꺼기가 물에 젖고 비눗물에 씻겨 반질반질 윤이 나고, 마르고, 그래서 다시 쓰일 수 있게 변하는 것을 봅니다. 모든 것이 변합니다. 나는 어떤 것이 어떻게 될지 모릅니다. 미래에 대한 생각을 믿지 않을 때는 무엇이 나 자신이고 무엇이 접시이며, 비누이며, 물이며, 거품과 윤기의 세계인지 알 길이 없습니다.

맑은 마음은 의자에서 싱크대로 움직이는 동안 들려오는 자기의 음악을 사랑합니다. 그리고 비록 남아 있는 생각들이 매혹적으로 아름답지만 그 역시 진실하지 않음을 알아차립니다. 삶이 펼쳐지는 것처럼 보일 때, 생각들은 영원히 의미 없는 음악이고 영화의 사운드 트랙입니다. 누가 영화의 사운드 트랙과 전쟁을 벌이려 할까요? 어떤 광기가 그 단순함에 대항할 수 있을까요? 몸이 일어나서 싱크대로 움직인다, 물비누, 물, 빛난다—이것은 마지막 판단입니다. 그것은 아름다운 이야기입니다. 삶은 그게 전부입니다. 그것이 유일한 삶입니다.

나는 63세인 이 여자여서 행복합니다. 나는 몸무게가 72킬로그램인 것을 사랑하고, 지금의 나보다 더 총명하지 않음을 사랑하고, 피부가 주름지고 늘어지는 것을 사랑하고, 눈이 침침하여 세상이 흐릿하고 앞이 분간되지 않는 어떤 아침들도 사랑합니다. 내 손이 놓여 있는 곳을 사랑하고, 내가 숨 쉬고 자리 잡고 몸을 기울이는 방식을 사랑합니다. 그리고 창밖을 내다볼 때 지금 보이는 것을 사랑합니다. 그것은 하나의 분리 없는 완전한 그림입니다. 나무들, 하늘, 잔디, 벽돌 굴뚝, 부겐빌레아, '내놓은 집'이라는 표지판, 울타리, 수로(水路), 오리들. 나는 어느 하나를 다른 것과 분리할 수 없습니다.

나는 이층으로 향하는 계단을 올라갈 때 내 걸음이 너무 빠르지도 너무 느리지도 않고 너무 멀리 내딛지도 않는 것을 사랑하고, 두 발이 자기의 지혜로 알맞은 리듬에 맞춰 알맞은 계단 지점을 밟고 오르는 것을 사랑합니다. 이 두 발의 움직임은 얼마나 기적처럼 경이로운지요! 나의 손은 생각이나 이유 없이 계단의 난간을 향해 내뻗습니다. 그리고 다시 걸어 오르고, 손이 움직이고, 머리는 위를 쳐다봅니다. 벽에 무지개가 그려져 있습니다. 그 무엇도 이 순간보다 나을 수는 없습니다.

우리 모두가 자기의 방식으로 계단을 올라갈 수 있고 서 있을 수 있고 움직일 수 있는데, 내가 왜 당신이나 다른 사람이 되려 하겠어요? 자기 자신으로 존재할 기회, 자기 자신을 사랑하고 자기 자신으로 만족할 기회는 누구에게나 평등하게 있습니다. 그러니 내가 왜 비교하거나 경쟁하려 하겠어요? 비교란 과거를 미래인 것처럼 꾸며내는 이야기를 믿는 것에 불과합니다. 나 자신으로 있는 것이 훨씬 더 단순합니다.

9

일을 하고, 뒤로 물러나라.
평정심으로 가는 유일한 길이다.

매사에는 자연스러운 균형이 있습니다. 만일 당신이 한쪽 극단으로 너무 멀리 가면, 삶은 당신을 다시 중심 쪽으로 친절하게 데려옵니다. 올라가면 내려와야 하며, 내려오면 올라가야 합니다. 올라감과 내려옴은 같은 것의 다른 측면입니다.

내면과 외부도 마찬가지입니다. 사람들은 세상이 자기의 바깥에 있다고 생각합니다. 그들은 삶을 거꾸로 삽니다. 돈을 많이 벌고 칭찬을 많이 받으면 영원히 행복해지기라도 할 듯이 안전과 인정을 추구합니다. 그러나 우리의 바깥에는 우리가 진정으로 찾는 것을 줄 수 있는 것이 아무것도 없습니다.

나는 나의 일을 한 뒤 물러날 필요조차 없습니다. 애초에 그 일은 나의 일이 아니기 때문입니다. 아무것도 나의 것이 아닙니다. 모든 것은 오고 갑니다. 평정심은 열린 문입니다.

10

마음이 떠돌지 않고
본래의 하나임을 떠나지 않게 할 수 있는가?

생각을 믿지 않을 때, 지금 있는 것은 당신 자신입니다. 여기에는 분리가 없습니다. 당신은 모든 것입니다. 오로지 질문되지 않은 마음만이 당신을 하나의 몸 안에 살고 있는 하나의 '나'라고 믿습니다.

본래의 하나임이란 무엇일까요? '의자', '손', '컵', '창문', '하늘' 이전의 의자-손-컵-창문-하늘입니다. 당신은 그 하나로 돌아갈 필요가 없습니다. 한 번도 떠난 적이 없기 때문입니다. 당신이 어떻게 그곳을 떠날 수 있을까요? 달리 어디로 갈 수 있을까요? 우주의 중심은 어디든지 당신이 있는 곳이며, 그것은 모든 곳에 있습니다. 그것은 시작되는 곳이고 끝나는 곳이며, 어둠의 아름다움이며, 텅 빔의 기쁨입니다. 그 중심만이 실재합니다. 그 점을 이해하면 하나임조차 필요 없음을 깨닫게 됩니다.

그것은 자기와 사랑에 빠지는 것과 같습니다. 거기에는 할 일이 없고, 되어야 할 사람도 없고, 책임도 없고, 의미도 없으며, 고통도 없고, 죽음도 없습니다. 당신은 더이상 자기 자신을 하나의 분리된, 동떨어진 극성(極性)이라고 믿지 않습니다. 어떤 것이 옳다는 것을 증명하기 위해 대단한 노력을 기울이는 하나의 작은 점을 자기 자신이라고 동일시하지 않습니다. 자신이 본래의 하나임(Oneness)을 한 번도 떠난 적이 없음을 깨달으면, 자신은 태어난 적이 없고 죽을 수도 없음을 깨닫게 됩니다.

이 점을 깨달으면 얼마나 유연해지는지요! 그러면 당신은 마음이 현실 위에 무엇—실망이든 슬픔이든—을 덧씌우든 그 어떤 것에도 영향을 받지 않습니다. 가진 돈을 다 잃어도 좋습니다. 암에 걸려도 좋습니다. 남편이 나를 떠나도 좋습니다. 남편이 머무르면 그것도 좋습니다. 현실과 사랑에 빠져 있다면, 어느 누가 현실에게 언제나 '예스'라고 말하지 않을까요? 무슨 일이 생기든 온 마음으로 환영하지 않을 수 있을까요?

나는 나에게, 당신에게, 세상에게 무엇이 최선인지를 모릅니다. 그래서 당신이나 누구에게 내 의지를 강요하지 않습니다. 당신을 변화시키거나 향상시키거나 바꾸거나 돕거나 치유하기를 원하지 않습니다. 그저 오고 가는 모든 것을 환영할 뿐입니다. 그것이 참된 사랑입니다. 사람들을 인도하는 가장 좋은 길은 그들이 자기의 길을 발견하도록 놓아두는 것입니다.

내가 내면에서 '생각 작업'을 처음 발견한 뒤 한두 해가 지났을 때입니다. 어느 날, 두 아들이 거실에서 싸우기 시작했습니다. 내가 앉아 있던 소파 옆에서였죠. 아들들은 둘 다 20대의 다 큰 성인이었는데, 그 아이들이 바닥에서 몸싸움을 하고 주먹으로 때리면서, "엄마, 엄마, 애 좀 그만두라고 해요!"라고 소리치고 있었습니다. 내가 본 것은 두 남자가, 다른 방법을 알지 못한 채, 서로 연결되기 위해 애쓰는 모습이었습니다. 나는 그저 그들을 지켜보고 그저 그들을 사랑하며 그 자리에 앉아 있었고, 그 순간 끼어들고 싶은 생각은 조금도 들지 않았습니다. 행위도 없었고 의도도 없었습니다. 그리고 갑자기 그들은 알아차렸고, 싸움을 멈추었습니다. 나는 그들이 자신의 해결책을 발견하여 기뻤습니다. 그것이 그 아이들의 마지막 싸움이었습니다.

11

우리는 있음을 가지고 일하지만,
우리가 쓰는 것은 없음이다.

마음이 자기 자신을 깨달으면 더는 자기의 생각과 동일시하지 않
게 됩니다. 그러면 수많은 빈 공간이 생깁니다. 성숙한 마음은 어떤
생각이라도 즐길 수 있으며, 반대나 갈등을 위협으로 느끼지 않습니
다. 자신은 방해받을 수 없다는 것을 알기 때문입니다. 방어할 자리
나 보호할 정체성이 없을 때, 그 마음은 어디든지 갈 수 있습니다. 잃
을 것은 아무것도 없습니다. 애초에 존재하는 것이 없기 때문입니다.
그 점을 알아차리면 웃음이 솟아나고, 자기의 본성을 경험하며 감사
의 눈물이 흘러내립니다.

모든 것이 내 안으로 들어오는 것 같습니다. 나에게서 나오는 것을
나는 지켜보고 알아차립니다. 나는 모든 것의 중심입니다. 나는 견해
들과 관념들을 듣고, '나'라고 동일시할 것이 없기에 그 모든 것을 '있
음'으로서 받아들이며, 그 경험에서 나오는 모든 것은 '없음' 안에서
씻기고 지워지고 다시 나옵니다. 그것은 들어오고 합쳐지고 지워지
며, 밖으로 나가는 것은 '있음'으로 나타나는 '없음'입니다. 자신이 아

무도 아니라는 것을 깨달으면 누구와 함께 있든 편안합니다. 그들이 아무리 가망이 없거나 사악해 보일지라도……. 내가 들어가지 못할 괴로움은 없습니다. 그것이 이미 해결되었다는 것을, 내가 만나는 것은 늘 나 자신이라는 것을 알기 때문입니다.

자신이 믿고 있는 생각에 질문할 때, 우리는 자기라고 생각했던 사람이 아님을 알게 됩니다. 마음의 무한한 양극성에서 빠져나올 때 그런 변형이 일어나는데, 이는 우리가 거의 경험해 보지 못한 것입니다. "나는 알아" 하는 마음(I-know mind)이 너무 많이 통제해 왔기 때문입니다. 우리가 탐구할 때 우리의 세계는 변합니다. 왜냐하면 우리는 투사된 대상이 아니라 투사하는 자—마음—를 다루고 있기 때문입니다. 우리는 우리의 세계 전체를, 우리가 이해하는 세계를 잃게 됩니다. 그리고 탐구할 때마다 현실은 더욱더 친절해집니다.

질문을 하는 부분은 마음의 중립적인 부분이고, 중심이며, 그것은 마음의 한쪽 극성(極性)을 반대쪽으로 데려갈 수 있습니다. 이 중립적인 부분은 혼란스럽고 갇혀 있고 "나는 알아" 하는 극성으로 하여금, "나는 알아" 하는 마음을 이해시킬 온전하고 명쾌하고 사랑 어린 대답들이 나오는 마음의 극성에 대해 열릴 기회를 줍니다. 이 중립적인 부분은 어떤 동기나 욕망이 없고, "해야 한다"나 "하지 말아야 한다"는 생각도 없습니다. 이 부분은 이 극성이 건너편으로 건너갈 수 있게 하는 다리입니다. 그리고 "나는 알아" 하는 마음은 바르게 이해하면 지혜의 극성 속에서 녹아 없어집니다. 그 뒤 남아 있는 것은 절대적으로 온전하고 나뉘지 않고 자유롭습니다. 물론 이 모든 것은 하나의 은유입니다. 오로지 하나의 마음만 있기 때문입니다. 마음이 닫히면 가슴도 닫히고, 마음이 열리면 가슴도 열립니다. 그러니 가슴을 열고 싶다면 생각에 질문을 하세요.

생각을 탐구할 때마다 이야기가 줄어듭니다. 이야기가 없다면 당신은 누구일까요? 탐구하기 전에는 모릅니다. 어떤 이야기도 참된 당신이 아니며, 당신에게 인도하지도 않습니다. 모든 이야기는 참된 당신에게서 멀어지게 합니다. 당신은 모든 이야기에 앞서 존재하는 것입니다. 당신은 이야기가 이해될 때 남아 있는 것입니다.

탐구를 통해 건너가는 '건너편'에서의 삶은 너무나 단순하고 분명해서 미리 상상할 수가 없습니다. 모든 것은 있는 그대로 완벽해 보입니다. 이곳에서는 희망과 믿음이 필요하지 않습니다. 지상은 내가 갈망하던 천국으로 변했습니다. 지금, 여기는 늘 더없이 풍요롭습니다. 탁자가 있습니다. 바닥이 있습니다. 바닥에는 양탄자가 있습니다. 창문이 있습니다. 하늘이 있습니다. 하늘! 나는 내가 살고 있는 세계를 끝없이 찬미할 수 있습니다. 이 순간, 이 지금을 묘사하려면 평생이 걸리겠지만, 그것은 내 이야기로만 존재할 뿐 심지어 존재하지도 않습니다. 그래도 좋지 않나요? 참된 자신을 알 때 놀라운 점은, 당신이 언제나 은총의 상태에 있고, 이 세계의 풍요로움에 감사하는 상태에 있다는 것입니다. 나는 그 모든 것의 장려함과 너그러움으로 넘쳐 흐릅니다. 그런데 나는 그것을 위해 아무것도 하지 않았습니다. 알아차리는 것 말고는.

자기실현을 시험해 보는 시금석은 늘 감사하는 상태입니다. 이 감사는 당신이 찾거나 발견할 수 있는 것이 아닙니다. 그것은 다른 방향에서 와서 당신을 완전히 사로잡아 버립니다. 이 감사는 너무나 드넓어서 흐려질 수도 없고 덮일 수도 없습니다. 한마디로 그것은 '자기와 사랑에 빠진 마음'입니다. 그것은 중심 자리에서 같은 순간에 반사되는 자기의 전적인 받아들임이고 활용이며, 그것은 융합과 같습니다. 그 감사의 자리에서 살아갈 때, 당신은 집에 돌아왔습니다.

12

성인은 세상을 지켜보지만
자신의 내적 통찰을 신뢰한다.

성인은 세상의 색깔들, 소리들, 맛들, 그리고 생각들을 지켜봅니다. 그 모든 것은 마음의 반영이며, 그렇다는 것을 그녀는 분명하고 확실하게 압니다. 그러므로 그녀는 결코 속지 않습니다. 시작이 없는 것은 끝도 없습니다. 그녀는 헤아릴 수 없이 좋은 것이 그 모든 것을 낳는다는 것을 이해합니다. 그녀는 그러함을 신뢰합니다. 안도 없고 밖도 없습니다. 그 모든 것은 마음의 기뻐하는 영원성 안에서 나타납니다.

그녀는 사물들이 오고 갈 때 그것들을 지켜봅니다. 오고 가는 것은 사물의 본성입니다. 그녀가 허락하든 허락하지 않든 상관이 없습니다. 그러니 왜 그 쇼를 즐기지 않을까요? 그 모든 것은 더없이 아름답습니다. '있는 것(something)'이 없다면, '없음(nothing)'이라는 것이 무슨 재미가 있을까요?

13

세상을 자기 자신으로서 사랑하라.
그러면 모든 것을 돌볼 수 있다.

지금 있는 것을 사랑할 때, 세상은 거울에 비친 당신 자신의 얼굴임을 분명히 알게 됩니다. 그런데 '어떻게' 해야 지금 있는 것을 사랑하게 될까요? 이제까지 우리는 이 '어떻게'를 알지 못했습니다. 하지만 이제 우리의 할 일은 분명히 스트레스를 주는 생각을 조사하는 것이 전부입니다. '생각 작업'의 네 가지 질문과 뒤바꾸기는 원하는 만큼 깊이 당신을 데려갈 것입니다.

사람들은 자유로워지려면 '깨달아야' 한다고 생각합니다. 그런데 깨달음이 무엇인지는 아무도 모릅니다. 물론, 깨달음을 얘기하는 경전들이 있고, 깨달음을 얻었다고 말하는 스승들이 있습니다.

하지만 그것은 하나의 관념일 뿐이며, 과거의 이야기입니다. 진실은 깨달음이라는 것이 없다는 것입니다. 영원히 깨달은 사람은 아무도 없습니다. 그것은 미래의 이야기일 것입니다. 오직 그 순간의 깨달음만이 있을 뿐입니다. 스트레스를 주는 생각을 믿나요? 그러면 혼란스럽습니다. 그 생각이 진실하지 않음을 깨닫나요? 그러면 그 생각에 대해 깨달았습니다. 그렇게 쉽습니다. 그 뒤에 다음 생각이 오는데, 당신은 그 생각에 대해서도 깨달을 수 있고, 그렇지 않을 수도 있습니다.

스트레스를 주는 생각은 하나도 새로운 것이 없음을 나는 알게 되었습니다. 그 모든 것은 재생된 생각입니다. 사람들은 생각들을 '놓아 보내려고' 노력합니다. 그런데 그것은 자녀에게 "나는 널 원하지 않아"라고 말하며 거리로 내쫓는 것과 같습니다. 나는 세상에서 벗어나기 위해 사막으로 가곤 했지만, 온 세상이 머릿속에 담겨 사막으로 따라왔습니다. 이제껏 경험된 모든 관념이……

나는 모든 인간의 마음속에서 오가는 생각들을 해결하고 있었습니다. 생각들은 개인적인 것이 아닙니다. 모든 사람이 시청하는 텔레비전 프로그램과 다를 바가 없습니다. 전 세계 어디에서나, 모든 언어와 문화권에서 사람들은 똑같은 '스트레스를 주는' 생각들을 믿기 때문에 고통받는다는 것을 나는 알게 되었습니다.

"어머니는 나를 사랑하지 않아." "나는 좋은 사람이 아니야." "나는 뚱뚱해." "나는 더 많은 돈이 필요해." "남편은 나를 이해해야 해." "아내는 나를 떠나지 말아야 했어." "세상은 구원받아야 해."

물론 나는 사람들에게 그런 생각을 믿지 말라고 요구하지 않습니다. 그런 행위는 친절하지도 않을 뿐더러, 사람들이 스스로 믿는 것을 믿지 않는 것은 '가능하지'도 않습니다. 우리는 생각을 믿지 않을 수 없습니다. 그 생각에 질문하기 전에는……. 원래 그렇습니다.

사람들은 내가 깨달았는지 여부를 묻습니다. 그러면 나는 "모릅니다. 나는 그저 고통을 주는 것과 그렇지 않은 것의 차이를 아는 사람일 뿐입니다."라고 대답합니다. 나는 지금 있는 것만을 원하는 사람입니다. 일어난 관념을 친구로 만나면 나는 자유로워집니다.

난독증

노트 이 대화와 다음에 나오는 세 가지 대화는 350여 명의 청중 앞에서 이루어졌다. 연단 위에서 케이티의 맞은편에 앉아 있는 남자 혹은 여자는 '이웃을 판단하는 양식'에 맞추어 쓴 종이를 들고 있는데, 거기에는 이런 문구가 쓰여 있다. "당신이 아직 100퍼센트 용서하지 않은 사람에 대해 아래의 빈 란들에 쓰세요. 아직 자기 자신에 대해서는 쓰지 마세요. 짧고 단순하게 쓰세요. 제발 자기 자신을 검열하지 마세요. 당신이 실제 느끼는 대로 옹졸하게 마음껏 비판하세요. 영적인 척하거나 관대하려 하지 마세요." 다음의 대화에서 케이티의 말 중 네 가지 질문과 뒤바꾸기로의 초대는 굵은 글씨로 표시되어 있다. (부록 389-413쪽에는 '이웃을 판단하는 양식'과 '생각 작업'을 위한 안내문이 실려 있다.)

독자나 청중으로 '생각 작업'을 처음 경험하다 보면 마음이 조금 불편해질 수도 있다. 케이티는 모든 사람을 자유로운 존재로 보기 때문에 상대를 불쌍히 여기지 않지만, 자기 자신과 남들을 불쌍히 여겨 온 사람들에게는 그녀의 이 깊은 사랑이 가혹해 보일 수도 있기 때문이다. 케이티는 말한다. "나는 당신의 가슴입니다. 당신이 나를 내면으로 초대하면, 나는 당신이 귀 기울이지 않았던 깊은 내면입니다. 당신의 믿음들이 내면의 목소리를 가로막고 있으므로 그 목소리는 나를 통해 더 크게 소리를 내야 합니다. 나는 탐구의 건너편에 있는 당신입니다. 나는 믿음들로 두껍게 덮여 있어 당신이 내면에서 듣지 못하는 목소리입니다. 그래서 나는 여기에, 당신 앞에 나타나지만, 사실은 당신 안에 있습니다." 모든 참여자들—케이티, 그녀와 함께 '생각 작업'을 하는 사람, 그리고 청중—은 여기에서 같은 편이라는 점을 기억하면 도움이 될 것이다. 그들 모두가 진실을 찾고 있는 것이다. 만일 케이티가 어떤 사람을 무정하게 대하는 것처럼 보인다면, 더 자세히 살펴보기 바란다. 그러면 그녀가 조롱하는 대상은 고통받고 있는 사람이 아니라, 고통을 일으키는 생각이라는 것을 알게 될 것이다.

케이티는 '스윗하트' '허니' 등 사랑하는 사람들 사이에서 쓰는 말들을 스스럼없이 사용한다. 어떤 사람들에게는 이런 표현이 거슬릴지도 모르겠지만, 케이티에게는 그런 표현들이 문자 그대로 진실이다. 누구를 만나든 그녀는 그를 사랑하기 때문이다.

_스티븐 미첼

피터 (케이티에게 양식을 건네주며) 나는 난독증이 있어요. 그래서 어떤 사람이 나를 위해 질문을 읽어 주고 나의 대답을 써 주었습니다. 케이티, 내가 양식에 쓴 내용을 대신 읽어 줄 수 있나요?

케이티 물론이죠. (양식에 쓴 글을 읽는다.) 나는 읽지 못하고 쓰지도 못하는 난독증 때문에 화가 난다. 왜냐하면 나는 난독증 때문에 읽고, 쓰고, 대화하고, 인터넷을 하고, 이메일을 이용하고, 일을 하는 것이 어렵기 때문이다.

피터 오늘날의 세계에서.

케이티 예. 그래서 "나는 읽고 쓸 필요가 있다"―그게 진실인가요?

피터 지금 여기에 없는 사람과 소통하려면 필요합니다.

케이티 그 이유 때문에라도 "나는 읽고 쓸 필요가 있다"―그게 진실인가요?

피터 (잠시 침묵한 뒤) 아뇨. 궁극에는 진실이 아니에요.

케이티 당신은 몇 살이죠?

피터 마흔세 살입니다.

케이티 당신은 43년 동안 괜찮았어요.

피터 "괜찮았다"고 말할 수 있는 건지는 모르겠네요.

케이티 당신의 생각을 빼고 보면, 당신의 몸은 어떤가요?

피터 내 몸은 아주 좋아요.

케이티 당신의 생각을 빼고 보면, 당신은 잘 살아오지 않았나요?

피터 예. 하지만 나는 읽고 쓰는 법을 배우기 위해 수많은 교육을 받아야 했어요.

케이티 "나는 읽고 쓸 필요가 있다"―그게 진실인가요?

피터 아뇨. 사실은 읽고 쓰지는 못해도 잘 살아왔습니다.

케이티 그걸 알아서 좋군요. 느껴 보세요, 스윗하트. 43년 동안, 생각을 빼고 보면 당신은 잘 살아왔어요! 신발이 잘 어울리네요.

피터 사실 내가 만든 거예요. (청중이 폭소를 터뜨리며 박수를 친다.)

케이티 읽고 쓰는 사람들은 그 때문에 문제가 될 수 있죠. (청중이 웃음을 터뜨린다.)

피터 그렇죠.

케이티 우리는 읽고 쓰느라 너무 바쁩답니다. (청중이 웃는다.)

피터 문제는, 내 마음이 2차원에서는 무용지물이고 3차원에서만 쓸모가 있다는 겁니다.

케이티 "나는 읽고 쓸 필요가 있다"라는 생각을 믿을 때, 그런데 난독증 때문에 그렇게 하지 못할 때, 당신은 어떻게 반응하나요?

피터 (눈에 눈물이 맺히며) 부끄러워요. 당황합니다. 우리 사회는 읽고 쓰는 걸 당연하게 생각하죠. 그래서 마음이 아픕니다.

케이티 읽고 쓸 필요가 있다는 생각을 믿을 '평화로운 이유'를 얘기해 보세요. 또는 읽거나 쓸 필요가 있다는.

피터 열 살 된 아들의 숙제를 도와주면 좋겠죠.

케이티 오, 정말로요? 당신은 난독증 덕분에 그러지 않아도 되었어요! (청중이 웃는다.)

피터 맞아요.

케이티 그건 부업을 원하는 것과 같습니다. 그런데 그 현실은 아드님에게 아주 중요한 것을, 즉 스스로 책임지고 배워야 한다는 것을 가르쳐 줍니다. 그런 식으로 그는 정말로 배웁니다. 어쨌든 그것은 '평화로운' 이유가 아닙니다. 마음을 아프게 하니까요. 눈물을 흘리게 하죠. 읽고 쓸 필요가 있다는 생각을 믿을 평화로운 이유를 얘기해 주세요.

피터 (한참 침묵한 뒤) 평화로운 이유는 없습니다.

케이티 그렇다면 왜 그 생각을 믿어야 할까요? 당신은 읽고 쓸 필요가 있다고 말하지만, 그것은 진실이 아닙니다. 당신은 43년 동안 괜찮았습니다. 그러니 당신이 괜찮고 유능하고 좋은 아버지가 되기 위해 읽고 쓰는 법을 배울 필요는 없습니다. 읽고 쓸 필요가 있다는 것을 믿을 평화로운 이유를 들려주세요. 어떤 좋은 이유가 있을까요.

피터 그 생각을 믿을 평화로운 이유는 없습니다.

케이티 그러면 "나는 읽고 쓸 필요가 있다"는 생각을 믿는 것은 고통을 준다는 말이로군요.

피터 그렇습니다.

케이티 그러니 만일 고통을 원한다면 그 거짓말을 믿으세요. "나는 읽고 쓸 필요가 있다"—뒤바꿔 보세요. "나는 읽고 쓸 필요가 있다"의 반대는 무엇인가요?

피터 나는 읽고 쓸 필요가 없다. 생존할 수 있을 만큼은 이미 읽고 쓸 수 있는데, 그 이상으로 읽고 쓸 필요는 없다.

케이티 예. 진실의 품으로 오신 것을 환영합니다. 이제 읽거나 쓰지 못해서 삶이 더 나은 이유를 세 가지만 얘기해 보세요.

피터 흐음. 신문을 읽지 않으면 매일 그 모든 허튼 소리를 듣지 않아도 됩니다. (청중이 박수를 친다.) 오락이나 즐거움을 위해 나의 상상력이나 예술적인 능력을 사용할 수 있습니다.

케이티 두 가지 이유를 말했습니다. 읽거나 쓰지 않아서 삶이 더 좋은 세 번째 이유는 무엇인가요?

피터 그러면 시간이 많이 날 겁니다.

케이티 많은 시간이 나겠죠.

피터 그러면 사람들에게 스트레스를 주는 일상적인 사건들과 정치에 관여하지 않게 될 것 같아요. 예, 내 삶은 그런 면에서 더 좋습니다. 그래서 나는 읽고 쓸 필요가 없습니다. 나를 위해 그런 스트레스를 대신 받을 사람을 고용할 수도 있겠죠.

케이티 예, 당신을 위해 읽고 써 줄 사람을 고용해도 됩니다. 아니면 그냥 우리에게 부탁할 수도 있겠죠.

피터 맞습니다.

케이티 당신은 양식에 쓴 내용을 '나'에게 읽어 달라고 부탁했습니다. '나'는 승낙했죠.

피터 맞습니다. 약속을 잡을 때면 사람들에게 이메일 대신 내 사무실로 전화하라고 말했습니다. 그리고……

케이티 사무실이라고요? 읽지도 쓰지도 못하는데 어떻게 사무실을 가질 수 있죠?

피터 음…… 그냥 그럴 수 있습니다.

케이티 그래서 다른 사람들이 당신을 위해 읽고 써 줄 수 있습니다. 그러면 당신은 남는 시간에 다른 일을 할 수 있고 창조적인 에너지를 발휘할 수 있습니다. 아주 많은 자유 시간이 생깁니다.

피터 하지만 누군가에게 어떤 단어의 철자를 써 달라고 부탁하면 "이것도 모르다니, 바보예요?"라고 말하는데, 그럴 때마다 굴욕감을 느낍니다.

케이티 그럴 때 당신은 뭐라고 대답하나요?

피터 "바보 아닙니다."

케이티 그거예요! (청중이 웃는다.) "아니요"라는 단어를 말하는 데 무슨 문제가 있나요? 그 진실을 말하는 데 무슨 문제가 있나요?

피터 그렇게 대답하는 게 점점 더 좋아지더군요.

케이티 그러니 스윗하트, 그 고약한 세상, "이것도 모르다니, 바보예요?"라고 말하는 사람의 역할을 맡아 보세요. 그 세상이 되어 보세요. 나는 친절하고 정직하고 명쾌하고 난독증이 있는 남자, 당신의 역할을 맡겠습니다. 괜찮나요?

피터 좋습니다.

케이티 "안녕하세요…… 이 글 좀 읽어 주시겠어요?"

피터 "뭐가 문제인가요. 직접 읽을 수 없나요?"

케이티 "예, 그럴 수 없어요. 저는 난독증이 있거든요."

피터 "난독증이 뭔가요?"

케이티 "물어봐 줘서 고마워요. 저는 읽지를 못해요. 글자들이 거꾸로, 반대로 보여서요. 단어들이 이해되지 않아요. 제 뇌는 글자들을 그런 식으로 보죠. 그래서 읽을 수 없어요. 모든 노력을 다 해 봤고 사람들도 저를 가르치려 노력했지만, 그래도 안 되네요. 제 뇌가 그런 식으로 왜곡되어 있거든요."

피터 "당신은 멍청한 바보가 틀림없군요."

케이티 "음, 사실 제 아이큐는 꽤 높답니다. 저를 위해 이 글을 읽어 줄 수 있나요?"

피터 "아니, 읽어 주고 싶지 않아요. 그건 당신의 엿 같은 문제니까 당신이 알아서 하세요."

케이티 "좋아요. 고마워요." 그 뒤 나는 다른 사람에게 부탁하러 갑니다. 그리고 굳이 그에게 그래도 괜찮다거나, 부적당한 사람이 나를 위해 읽어 주는 건 바라지 않는다는 말은 하지 않습니다. 그리고 그는 나를 위해 읽어 주기로 되어 있지 않은 사람이 누구인지를 알려 줍니다. 그는 자신을 완전히 제외했습니다. 당신은 결국 부적당한 사람이 당신에게 읽어 주기를 원하지 않습니다. 그런 사람은 글을 제대로 읽어 주지 못할지도 모릅니다. 누가 알겠어요? 그래서 "당신은 장애인이다."─그게 진실인가요? 만일 지금 난독증이 선물인지 장애인지를 정직하게 말해야 한다면, 뭐라고 말하시겠어요?

피터 (울면서) 항상 난독증이 끔찍한 장애라고 생각했어요. 하지만 이제는 처음으로 뭔가 다른 것을 얼핏 보고 있는 것 같아요.

케이티 난독증이 있는 사람이 아니면 아무도 당신이 겪은 지옥을 알지 못합니다. 사람들이 어떻게 당신을 밀치고 모욕했는지, 난독증 있는 사람이 아니라 완고하고 바보 같은 사람으로 보았는지를……. 당신 역시 자신에게 없는 능력을 만들어 내려고 애쓰며 자신을 힘들게 했습니다. 그것은 지옥입니다.

피터 (울면서) 난독증은 내게 많은 선물을 주었지만, 나쁜 생각이 마음을 뒤덮을 때면 좋은 점이 보이지 않았어요.

케이티 그리고 계속해서 가해지는 처벌…… 그다음에는 누군가에게 들킬 것이라는 두려움.

피터 예, 학교에 다닐 때는 그 때문에 처벌을 받았고, 어른이 되어서는 내가 스스로 처벌을 했어요.

케이티 선생님들은 당신을 급우들 앞에 세워 두고 당신이 할 수 없는 것을 하라고 시켰겠죠.

피터 그분들은 말하곤 했어요. "왜 너는 급우들 앞에서 이 단락을 읽지 않는 거냐?" 그 때문에 나는 난독증을 큰 문제로 느끼게 되었죠.

케이티 자신이 읽을 줄 알아야 한다고 믿었고, 자신이 뭔가 잘못되었다고 믿었으니까요.

피터 예. 사회는 그걸 당연하게 여기죠.

케이티 누가 그걸 당연하게 여겼나요? 뒤바꿔 보세요—당신이 그랬을 거예요. 그래서 만일 지금 난독증이 선물인지 장애인지를 말해야 한다면…… 무엇이 진실이라고 말할 건가요? 희망하는 생각이 아니라, 단순히 진실을 말해야 한다면? 장애인가요, 선물인가요?

피터 선물이 되고 있습니다.

케이티 그걸 알아차리니 기쁘군요. 당신은 아주아주 아름다운 어떤 것을 경험하고 있습니다.

피터 긴 시간이 걸렸죠.

케이티 난독증은 많은 시간을 절약해 줍니다. 당신을 완전히 자유롭게 합니다. 당신은 모든 사람이 원하는 것을, 즉 시간을 갖게 됩니다. 그건 아주 좋은 일입니다. 사람들은 당신을 위해 아주 긴 문서를 읽고 요약해 줄 수 있습니다.

피터 맞아요. 나의 상황이 정확히 그렇습니다.

케이티 "나는 장애가 있다"—그게 진실인가요?

피터 어떤 날들엔 그렇게 느껴집니다.

케이티 나는 '지금' 묻고 있습니다. "나는 장애가 있다"—그게 진실인가요? "읽고 쓰지 못하는 것은 장애다"—그게 진실인가요? 나는 세상이 난독증을 보는 방식에 대해 말하는 게 아닙니다.

피터 좋습니다. 세상이 보는 방식에 대해 말하는 게 아니라면, 아닙니다.

케이티 느껴 보세요! 세상은 당신의 장애에 대해 끝도 없이 많은 이야기를 할 겁니다.

피터 맞습니다. 하지만 마트 계산대 앞에서 계산을 하려고 하는데, 수표에 글을 쓸 수 없을 때, 뒤에 있는 여성이 "좀 서둘러 주실래요?"라고 말합니다. 그럴 때는 몸이 덜덜 떨리기 시작합니다.

케이티 그러면 뭐라고 대답하나요?

피터 다른 계산대로 가세요! (피터와 케이티, 청중이 웃는다.)

케이티 "당신은 장애인이다"―그게 진실인가요?

피터 (미소를 지으며) 아뇨, 나는 장애인이 아니에요! (더 크게 웃는다.) 아뇨, 전혀 장애인이 아닙니다. 나는 지극히 재능 있는 사람이에요.

케이티 예. 그래서 당신은 어떤 것을 선택하시렵니까? 그 재능인가요, 아니면 읽고 쓰는 능력인가요? 만일 둘 중 하나만 선택해야 한다면?

피터 곤란한 질문이군요. 내 동생은 분자 유전학자죠.

케이티 다시 질문을 회피하는군요! (청중이 웃는다.)

피터 내가 회피했다구요? 예. 하지만 동생은 골다공증을 일으키는 유전자를 발견했어요.

케이티 그래서, 만일 읽고 쓰는 능력과 당신이 가진 것 가운데 하나만 선택해야 한다면……

피터 읽을 수만 있다면 오른손이라도 자를 수 있을 것 같은 날들이 있었죠.

케이티 예, 그런 날들이 있었죠! (청중이 웃는다.) 그런데 나는 '지금', 바로 지금 묻고 있습니다. 중요한 건 지금입니다. 여기는 삶이 중요한 유일한 자리예요. 바로 여기, 바로 지금, 만일 지금 가진 것과 읽고 쓰는 능력 가운데 하나를 선택해야 한다면…… 저는 당신의 재능들, 지성에 대해 얘기하고 있어요…… 당신 자신인 모든 것에 대해.

피터 아니요. 바꾸지 않겠습니다.

케이티 잠시 그 자리에 있어 보세요. (긴 침묵) 당신은 지금의 자신을 사랑하지 않나요?

피터 예, 사랑합니다.

케이티 예, 나도 그래요.

피터 고맙습니다.

케이티 아까는 이해해 주지 못하고 참을성이 너무 없는 사람들에 대해 얘기했는데, 나도 그런 사람들 가운데 하나였어요. 내 딸을 그렇게 대했죠. 그 아이에게도 독서 장애가 있었답니다.

피터 당신도 못된 여자였군요! (청중이 웃는다.)

케이티 (고개를 끄덕이며) 그래요. (침묵) 못된 여자가 뭔지 아나요? 자기의 생각을 곧이곧대로 믿는 여자. 순전한 무지! 우리가 이해할 때까지 '당신'은 그런 우리를 사랑해 줄 수 있겠죠. 당신이 행복하고 싶을 때는.

피터 (눈에 눈물이 고인 채) 고마워요.

케이티 천만에요. (침묵) 날마다 딸과 함께 앉아서 읽기를 반복 훈련시켰어요. 다시, 또다시. 결국 딸애가 눈물을 흘릴 때까지. 선생님들은 그 아이에게 계속 반복 훈련을 시켜야 한다고 말했고, 나는 선생님들을 믿었죠.

피터 예, 나도 같은 일을 겪었습니다. 형제들은 바깥에서 놀고 있을 때, 나는 책상 앞에 꼼짝 않고 앉아 있었는데, 마치 강력한 접착테이프로 책상에 묶여서 고정된 것처럼 느껴졌죠. 그리고…… "너는 이것을 해야 해, 그러지 않으면 아무것도 할 수 없어."

케이티 그 뒤 당신은 생각을 굴리는 것 말고는 아무 일도 하지 못하게 되었죠. 그리고 자신이 뭔가 부족한 것 같고 뭔가 결핍된 것처럼 느껴지는데, 늘 그것은 선물이에요! 그것은 잠들어 있는 상태입니다. 마치 내가 난독증 아이의 어머니로 잠들어 있었던 것처럼. 내 딸도 잠들어 있었죠. 자기가 읽을 수 있어야 한다고 생각하면서! 그런데 읽을 수 없었어요. 그 아이도 그 생각을 믿었고, 나도 믿었습니다. 우리 둘 다 불구였죠. 그 뒤 우리는 마음에 질문하기 시작했습니다. 알고 보니 그 아이는 아주 영특했어요. 도움이 필요할 때 나는 그 아이에게 갑니다. 그 애는 정말 놀랍습니다. 내가 보지 못하는 것들을 보죠.

피터 예. 우리는 할 수 있어요. 할 수 있어요.

케이티 세상에 난독증이 있어서 좋은 점에 감사하세요. 당신이 자기 자신으로 돌아오면 우리는 모두 혜택을 받습니다. 우리가 당신에게 믿으라고 가르친 것들에 질문을 하면, 당신은 자기 자신으로 돌아오게 됩니다. 진실은 오직 내면에서만 발견될 수 있습니다. (피터의 작업 양식을 읽으며) 나는 읽지 못하고 쓰지도 못하는 난독증 때문에 화가 난다. 왜냐하면 나는 난독증 때문에 읽고, 쓰고, 대화하고, 인터넷을 하고, 이메일을 이용하고, 일을 하는 것이 어렵기 때문이다.

피터 예, 난독증 때문에 읽고 쓰기가 어렵습니다.

케이티 예, 그럴 수 없을 때는 어렵죠. (청중이 웃는다.)

피터 마치 결코 정상에 도달할 수 없는 산을 뛰어 올라가는 것 같아요.

76

케이티 예, 그래요! 하지만 오직 43년 동안만. 그래서 난독증은 당신의 것이 아니에요. 사람들이 "당신은 수표에 글을 쓰지 못하나요?"라고 물으면, "예"라고 답해 보세요. 또는 당신이 더 빨리 할 수 없는데 "좀 더 서둘러 주실래요?"라고 말하면, "아뇨…… 저는 할 수 없어요. 난 독증이라서요"라고 대답해 보세요. 그들은 진실이 뭔지를 묻고 있을 뿐입니다. 당신이 우리를 교육시키지 않으면, 누가 그렇게 하겠어요? "저는 난독증이에요…… 저는 할 수 없어요. 당신은 그렇게 할 수 있 지만 저는 못합니다. 그러니 이 수표를 발행하도록 도와주시겠어요?"

피터 내가 난독증을 보완하는 방법을 얼마나 많이 배웠는지 몰라요. 놀 라울 정도죠. 내 수표책 한번 보세요. (그는 수표책을 케이티에게 건넨다.)

케이티 (수표책을 보면서) 오, 좋네요! 좋아요! (청중에게) 그는 1에서 1,000 까지 숫자를 써 넣은 걸 가지고 있어요. 그럼 이 숫자들을, 숫자들이 쓰인 것을 복사할 수 있겠죠. 그래서 "1, 2, 3, 4, 5, 6…… 10, 20, 30, 40…… 16000, 17000, 100000"까지 다 쓸 수 있는 거예요…… 난독 증이 있는 분은 피터에게 얘기하세요. 그는 다 적어 놓았어요. 1부터 1,000까지가 아니라 10만 단위까지 써 놓았습니다. 다 있어요. 훌륭 하네요. 놀라워요. 나라면 1에서 1,000까지 숫자를 써야 할 텐데, 그 건 나의 약점이죠. 나라면 그 모든 숫자를 일일이 써야 할 거예요!

피터 음, 하지만 '생각 작업' 양식에 쓰는 건 무척 어렵습니다. 양식에 쓸 때는 발음대로 써야 하는데, 어떤 말을 쓰려면 잠시 멈춘 뒤에 그 단어의 철자를 어떻게 써야 하는지 생각해야 합니다. 그러다 보면 원 래 하려고 했던 말을 잊어버리죠. 양식을 채우려고 노력하느라 원래 하고 싶었던 말을 제대로 쓰지 못하게 되는 겁니다. 그래서 다른 사람에게 대신 써 달라고 부탁한 거예요. 다른 사람이 대신 써 주었기 때문에 양식을 읽을 수 있게 된 거죠.

케이티 정말로 좋은 건 당신이 아드님에게 대신 써 달라고 요청할 때입니다. 그러면 아드님에게 많은 것을 주게 됩니다. 자신에게도 분명 많은 것을 줍니다. 그러니 당신을 위해 써 달라고 요청하세요. 아니면 녹음기를 써도 되겠죠.

피터 잠시 그렇게 해 본 적이 있어요.

케이티 좋아요. 중요한 건 당신이 믿고 있는 관념을 잡아내는 것입니다. 양식 전체를 다 쓸 필요는 없습니다. 만일 "나는 장애가 있어"라는 생각이 떠오르면, 그저 그 생각을 붙드세요. 그 생각과 관련하여 어떤 생각들이 떠오르는지 잠시 알아차린 뒤, 그냥 그 생각을 붙드세요. 그리고 그 생각에 질문하세요. (피터의 양식을 읽는다.) 나는 읽지 못하고 쓰지도 못하는 난독증 때문에 화가 난다. 왜냐하면 나는 난독증 때문에 읽고, 쓰고, 대화하고, 인터넷을 하고, 이메일을 이용하고, 일을 하는 것이 어렵기 때문이다. "나는 인터넷과 이메일을 통해 대화하고 일하는 것이 어렵다"—그게 진실인가요?

피터 예.

케이티 당신은 다른 사람들에게 대신 해 달라고 부탁하나요?

피터 예, 열 살짜리 아들에게요.

케이티 "나는 인터넷과 이메일을 통해 대화하고 일하는 것이 어렵다"—그게 진실인가요?

피터 예. 주위에 아무도 없을 때는요.

케이티 주위에 사람들이 있을 때도 그게 어렵나요?

피터 음…… 아니요.

케이티 좋습니다. 그러면 '때로는' 어렵지 않습니다. 다른 사람에게 대신 해 달라고 요청하거나 그렇게 해 줄 사람을 고용할 때도 당신은 그 일을 하고 있습니다. 그건 어렵지 않죠. 그 생각을 뒤바꿔 보고 어떻게 느껴지는지 봅시다. "나는 인터넷과 이메일을 통해 대화하고 일하는 것이 어렵다"—뒤바꿔 보세요. "……어렵지 않다"

피터 나는 인터넷과 이메일을 통해 대화하고 일하는 것이 어렵지 않다.

케이티 어떻게 느껴지나요?

피터 나는 자존심을 회복해야 해요.

케이티 그러지 않아도 됩니다. 고통받을 수 있어요.

피터 나는…… 나는 자존심을 회복하겠습니다.

케이티 예, 허니, 당신에게는 그럴 시간이 없어요! 당신은 인터넷, 이메일을 하기 원하고, 일하기를 원하고, 그렇게 하기를 원합니다. 자존심은 비싼 대가를 치러야 합니다. 즐겁지도 않죠. 당신은 많은 일을 겪었습니다. 그러니 그저 자신을 아주 너그럽게 대해 주고, 여유를 가지고, 다른 사람에게 도움을 요청하지 못하게 가로막는 생각에 대해 '생각 작업'을 하세요. 당신과 나 사이에 있는 모든 생각에 대해 '생각 작업'을 하세요. 내가 누구든. 도움을 요청하지 못하도록 가로막는 모든 생각에 대해 '생각 작업'을 하세요.

피터 알겠습니다.

케이티 왜냐하면 그것이 당신을 가로막고 있는 전부이기 때문입니다. 다른 사람에게 도움을 요청하지 못하도록 가로막는 당신의 모든 믿음…… 당신이 '생각 작업'을 해야 하는 것은 그것입니다. "그들은 나를 멍청하다고 생각할 거야." "그들은 거절할 거야." 그 뒤 그들에게 물어보세요. "당신은 제가 멍청하다고 생각하나요?" 그러고 나서 보세요. 당신이 치러야 할 대가는 자존심뿐입니다. 그리고 자존심은 고통스럽습니다. 자존심은 고통이라는 대가를 치르게 합니다.

피터 맞습니다. 자존심을 기꺼이 버리겠습니다. 그러기를 고대합니다.

케이티 예. 좋아요. 그렇게 사세요. 소중한 분, 고마워요.

피터 고마워요, 케이티.

14

끊임없이 이어지며 어떤 이름도 붙일 수 없는
그것은 아무것도 없는 세계로 돌아간다.

궁극적으로, 실재하는 것은 보이지 않고 들리지 않으며 생각될 수
없고 붙잡을 수 없습니다. 당신은 자기의 눈을 보고 있고, 자기의 귀
를 듣고 있으며, 자기 상상의 세계에 반응하고 있을 뿐입니다. 그 모
든 것은 애초에 당신의 마음이 창조한 것입니다. 당신이 그것에 이
름을 붙이고, 그것을 창조하고, 그것에 온갖 의미를 부여하고 있습니
다. 당신은 현실에 '무엇'을 덧붙이고, 다음에는 '왜'를 덧붙입니다. 그
모든 것은 당신입니다. 처음의 것은 새로운 것의 물결 속에 지워지는
데, 새로운 것도 이미 옛것이 됩니다. 생각은 자기 바깥의 모든 것을
지워 버립니다.

마음은 몹시 강력해서 상상으로 주먹을 만들어 벽을 치고, 당신이
그 주먹을 가진 사람이라고 실제로 믿어 버립니다. 무지한 상태에 있
는 마음은 순식간에 상상의 세계를 조합하여, 시간과 공간과 그 안의
모든 것을 창조합니다. 마음의 창조 능력은 아름다운 것입니다. 만일
마음이 자주 그러하듯이 테러리스트가 되어 공포에 떨게 하거나 불

81

친절한 세계를 창조하지만 않는다면……. 그럴 때면 나는 그 악몽에 질문해 보라고 제안합니다. 마음이 자기에 대해 어디서부터 질문하기 시작하는지는 중요하지 않습니다. "저것은 나무다'—그게 진실인가요?" 혹은 "나는 있다'—그게 진실인가요?" 마음이 창조한 세상은 쉽사리 해체될 수 있습니다. 세상은 어차피 나온 곳으로 돌아갑니다. 세상에 대한 당신의 집착이 유일한 고통입니다.

마음은 모든 것이 나오는 근원이자 본래의 비(非)세계인 '없음(nothing)'을, 절대를 이해할 수 없습니다. 그것에 '없음'이라는 이름을 붙이면, 그것을 진실하지 않은 것으로 만들어 버리게 됩니다. 그것은 아무것도 없는 것이 아닙니다. 왜냐하면 그것은 언어 이전에 있기 때문입니다. '없음'은 거울에 비친 생각의 세계에게는 두려울 뿐 아니라, 이해될 수도 없습니다. 마음은 자기가 나온 근원으로 돌아갈 생각을 하면 두려움을 느낍니다. 그 근원은 통제될 수도 없고 알려지지도 않기 때문입니다. 하나의 몸을 자기와 동일시하지 않으면 마음은 죽게 남겨질 테지만, 죽음은 결코 마음을 맞으러 오지 않습니다. 산 적이 없는 것은 결코 죽을 수 없습니다.

마침내 마음은 자기가 자유롭다는 것을, 조금도 통제될 수 없으며 한없는 기쁨에 차 있다는 것을 발견합니다. 그리고 마침내 '알 수 없는 것'과 사랑에 빠집니다. 그 안에서 마음은 쉴 수 있습니다. 그리고 더는 생각을 믿지 않으므로 마음은 언제나 평화롭습니다. 마음이 어디에 있든, 없든.

15

내면의 흙탕물이 가라앉아
물이 맑아질 때까지
인내하며 기다릴 수 있는가?
바른 행동이 저절로 일어날 때까지
가만히 있을 수 있는가?

성인은 충족을 추구할 수 없습니다. 그녀는 이미 가득 차 있으며, 한 방울도 더 들어갈 자리가 없습니다. 원하는 것을 가지고 있을 때는, 곧 자기 자신이 바로 원하는 것일 때는 자기 바깥의 어떤 것도 추구하고 싶은 욕구가 없습니다. 당신의 삶은 있는 그대로 이미 완전합니다. 그러나 추구는 그런 알아차림에서 벗어나게 합니다. 고통스럽게 느껴지는 순간에도 잘못된 것이나 부족한 것은 없습니다. 현실은 언제나 친절합니다. 일어나는 일은 일어날 수 있는 최선의 것입니다. 그것은 다른 어떤 것일 수 없습니다. 탐구를 하면 그 사실을 분명히 깨닫게 됩니다.

아내가 다른 남자와 사랑에 빠진 친구가 있었습니다. 그는 한동안 '생각 작업'을 계속했고, 슬픔과 공포에 빠지는 대신 그의 생각들에 대해 질문했습니다. "그녀는 나와 함께 있어야 해"—그게 진실인가? 나는 알 수 없다. 그 생각을 믿을 때 나는 어떻게 반응하는가? 극도로 기분이 안 좋다. 그 생각이 없다면 나는 누구일까? 나는 그녀를 사랑할 것이고, 그녀가 잘되기를 바랄 것이다." 이 남자는 정말로 진실을 알고 싶었습니다. 그래서 생각에 질문했을 때 그는 더없이 소중한 어떤 것을 발견했습니다. 그는 말했습니다. "결국 저는 그 일이 일어나야만 하는 일이라는 걸 알 수 있었어요. 그런 일이 일어났으니까요. 아내는 제게 그 일을 얘기하면서, 제가 상처받지 않도록 보호하기 위해 자기의 어떤 말도 검열할 필요가 없었죠. 저는 그중 어느 것도 개인적인 일로 받아들이지 않았어요. 아내는 저의 그런 태도가 어떻게 느껴지는지 말해 주었는데, 정말 놀라운 일이었어요. 굉장한 해방감을 맛보았죠." 그의 아내는 다른 남자와 함께 살게 되었는데, 그래도 그는 괜찮았습니다. 그는 아내가 원하지 않으면서도 자기 곁에 머무르는 것을 원치 않았기 때문입니다.

몇 달 뒤 그녀는 애인과 위기 상황을 맞게 되었고 대화를 나눌 사람이 필요했습니다. 그래서 가장 친한 친구인 남편을 찾아갔습니다. 두 사람은 그녀가 선택할 수 있는 대안들에 대해 차분히 대화했습니다. 그녀는 이 문제를 정리하기 위해 한동안 혼자 지내기로 결정했고, 많은 우여곡절 끝에 결국 남편에게 돌아왔습니다. 이 모든 드라마를 거치는 동안, 그 친구는 자신이 마음속에서 현실과 전쟁을 벌이고 있고 아픔이나 두려움을 경험하고 있음을 알아차릴 때마다, 그 순간 자신이 믿고 있는 생각에 대해 질문을 했습니다. 그래서 고요하고 유쾌한 마음 상태로 돌아왔습니다. 자신에게 생길 수 있는 유일한 문제는 질문되지 않은 생각임을 그는 스스로 알 수 있었습니다. 아내는 그의 자유를 위해 필요한 모든 것을 주었습니다.

만일 내게 기도가 있다면 이러할 것이라고 나는 종종 말합니다.

"신이여, 부디 제가 사랑받고 인정받고 존중받으려 하지 않게 해 주소서. 아멘." 물론 나는 기도할 것이 없습니다. 나에게 지금 있는 것 말고는 아무것도 원하지 않기 때문입니다. 나는 삶이 아낌없이 준다는 것을 알고 있습니다. 그러니 내가 왜 다른 무언가를 위해 기도해야 할까요? 그것은 언제나 지금 주어지는 것보다 못할 것입니다. 신은 현실의 다른 이름입니다. 현실은 완전하고 완벽하며, 더없는 기쁨으로 나를 가득 채웁니다. 지금 있지 않은 것을 요청하려는 생각은 아예 일어나지도 않습니다.

하지만 만일 내가 아직 생각을 믿는다면, 먼저 한 가지를 위해 기도할 것입니다. 사랑받고 싶어 하지 않기를……. 사랑받기를 원하면 혼란스럽고 비참해질 뿐입니다. 이 바람은 자기에게 이미 실제로 있는 것을 알아차리지 못하게 합니다. 자기 바깥에서는 결코 얻을 수 없는 것을 추구하는 것은 고통스러운 일입니다. 나는 '결코 얻을 수 없는'이라고 말합니다. 왜냐하면 당신은 자신이 무엇을 추구하고 있는지를 이해하지 못하기 때문입니다. 그것을 이해하면 추구는 끝납니다. 당신은 사랑이 어떠할 것 같고, 어떠해야 하며, 어떠하면 안 되는지 안다고 생각합니다. 그 때문에 사랑은 당신에게 보이지 않게 되었습니다. 그것은 존재하지 않는 것을 맹목적으로 찾는 행위입니다. 당신은 행복한 결말을 끝없이 추구하면서 간청하고 애원하고 애를 쓰며 온갖 종류의 감정적인 곡예를 합니다. 하지만 오로지 내면의 진실을 발견할 때만 결코 잃을 수 없는 사랑을 발견하게 됩니다. 그리고 그 진실을 발견하면 자연스럽게 감사하게 됩니다.

이것이 나의 유일한 기도일 것입니다. 이 기도에 대한 답은 시간과 공간의 종말을 가져오기 때문입니다. 그것은 모든 힘과 선함으로 해방된, 순수하고 무한한 마음의 에너지를 가져옵니다. 사랑에 대한 추구를 멈추면 아무 할 일이 없습니다. 당신은 일들이 저절로 이루어짐을, 자기의 너머에서 이루어짐을 경험합니다. 그것은 절대적으로 노력이 없습니다. 그리고 수많은 일이 그 안에서 이루어집니다. 당신이 이루어질 수 있다고 생각하는 것 이상으로.

나의 바깥에서 인정을 구하지 않을 때, 나는 언제나 스스로 인정합니다. 그리고 나는 당신이 스스로 인정하는 것을 인정하기 원합니다. 당신을 사랑하기 때문입니다. 당신이 인정하는 것이 내가 원하는 것입니다. 그것이 사랑입니다. 사랑은 아무것도 바꾸려 하지 않습니다. 사랑은 원하는 모든 것을 이미 가지고 있습니다. 사랑은 이미 원하는 모든 것이며, 원하는 그대로입니다.

16

도(道)의 경이로움에 잠기면
삶이 가져오는 것을 무엇이든
다룰 수 있으며,
죽음이 찾아올 때도 준비되어 있다.

마음에서 생각을 비워 낼 수는 없습니다. 차라리 바다에서 물을 다 비워 내는 편이 낫습니다. 생각들은 계속 돌아옵니다. 그렇게 보입니다. 그것이 생각의 방식입니다.

하지만 생각을 이해로 만나면 생각은 문제가 되지 않습니다. 현실과 전쟁을 벌이고 있지 않다면, 왜 마음을 비우고 싶어 하겠어요? 나는 내 생각들을 사랑합니다. 만일 스트레스를 주는 생각이 떠오르면, 나는 그 생각에 질문하여 나에게 평화를 주는 법을 압니다. 심지어 극심한 스트레스를 주는 생각이 나타나도 나는 즐거워할 것입니다. 1분에 만 가지 생각이 떠오를 수도 있지만, 그 생각을 믿지 않으면 가슴은 평화롭습니다.

스트레스를 주는 근원적인 생각은 하나의 '나'라는 생각입니다. 그 생각이 있기 전에는 평화가 있었습니다. 생각은 '없음'에서 태어나며, 즉시 나온 곳으로 돌아갑니다. 만일 생각들의 이전, 사이, 이후를 바라본다면, 한없는 빈 공간만이 있음을 알게 될 것입니다. 그것은 '모름'의 공간입니다. 그것이 참된 우리 자신입니다. 그것은 모든 것의 근원이며, 그 안에 모든 것이 있습니다. 삶과 죽음이, 시작과 중간과 끝이……

죽음이 삶만큼 좋다는 것을, 죽음은 언제나 제때에 온다는 것을 알지 못할 때, 우리는 그러함을 알지 못한 채 신의 역할을 떠맡을 것입니다. 그리고 그 때문에 늘 고통을 받을 것입니다. 지금 있는 것에 마음으로 대항할 때마다 슬픔과 분리감을 경험할 것입니다. 이야기가 없으면 슬픔도 없습니다. 지금 있는 것이 있습니다. 당신은 그것입니다.

어느 친구는 여러 해 동안 꾸준히 '생각 작업'을 한 뒤, 세상은 마음의 반영이라는 것을 이해하게 되었습니다. 그녀는 남편과 결혼해서 평생 사랑했는데, 어느 날 소파에 앉아 있던 그가 심장마비로 그녀의 팔에 안겨 죽었습니다. 갑작스러운 일에 충격을 받고 눈물을 흘린 그녀는 곧 깊은 슬픔이 오리라 예상했지만, 그런 슬픔은 오지 않았습니다. 친구들은 사별의 아픔을 치유하려면 깊은 슬픔이 필요하다고 말했습니다. 그래서 그녀는 몇 주 동안 슬픔이 일어나기를 기다렸지만, 오직 완전함을 느낄 뿐이었습니다. 남편이 몸으로 함께 있는 동안 그녀가 누렸던 것 중에 지금 누리지 못하는 것은 아무것도 없었습니다.

그녀는 말하길, 남편에 관한 슬픈 생각이 나타날 때마다 즉시 "그게 진실인가?"라고 물었고 뒤바꾸기를 했는데, 그러자 슬픔이 씻기고 더 진실한 것으로 바뀌었다고 했습니다. 예를 들어 "남편은 나의 가장 친한 친구였어. 나는 이제 얘기할 사람이 아무도 없어"라는 생각은 "나는 나의 가장 친한 친구야. 나는 이제 나와 얘기할 수 있어"

라는 생각으로 바뀌었습니다. "나는 그의 지혜를 아쉬워할 거야"라는 생각은 "나는 그의 지혜를 아쉬워하지 않을 거야"로 바뀌었습니다. 그녀가 그의 지혜를 아쉬워할 수는 없었습니다. 그녀 자신이 바로 그 지혜였기 때문입니다. 그녀는 남편에게 있다고 생각한 모든 것을 자기 안에서 발견할 수 있었습니다. 아무런 차이가 없었습니다. 그리고 그는 사실 그녀 자신이었으므로 그는 죽을 수가 없었습니다. 삶과 죽음에 대한 이야기가 없을 때는 오로지 사랑만 있을 뿐이라고 그녀는 말했습니다. 그는 언제나 그녀와 함께 있었습니다.

17

성인은 얘기하지 않으며, 행한다.
그녀의 일이 이루어질 때,
사람들은 말하기를, "놀랍구나.
우리가 했다. 우리 스스로!"라고 한다.

나는 보이지 않음을 좋아합니다. 거기에는 책임이 없고, 구원할 사람도 없고, 가르칠 사람도 없습니다. 나는 언제나 배우는 학생입니다. 열려 있는, 흥분된, 새로운 학생. 나는 언제나 아름다운 것으로 가득합니다. 나는 바닥이 없는 그릇이기에 언제나 더 담을 공간이 있습니다. 만일 내게 어떤 책임이 있다면, 그것은 당신이 자기의 진실을 깨닫도록 돕는 일입니다. 당신이 그 진실을 보고, 당신이 그 진실을 말합니다. 그 진실은 당신의 내면에서 나오며, 나는 목격하는 자입니다. 나의 손가락은 당신이 자기에게 돌아오는 길을 가리킵니다. 당신은 내 존재 중에서 아직 남아 있는(돌아오지 않은) 전부입니다. 당신이 존재한다고 믿는 동안은.

어떤 친구는 사람들이 임사 체험이라고 부르는 것을 경험했습니다. 그녀는 막 천국에 들어가려는 순간, 다시 돌아오라는 부름을 받았고, 우리를 구원하기 위해 세상에 돌아왔다고 말했습니다. 그녀는 먼저 그 자신을 구하지 않았고, 그 뒤에는 우리를 위해 돌아왔는데, 먼저 자신을 구하는 것이 알맞은 순서입니다. 붓다에 관해 가장 매력적인 점은 그가 한 사람을, 자기 자신을 구했다는 것입니다. 그것은 비행기의 기내 압력이 떨어질 때 나오는 안내 방송과 같습니다. "먼저 산소마스크를 잡아당겨 머리에 쓰세요. 그 뒤 자녀에게 씌워 주세요."

나는 천국에 들어가서 뒤돌아보지 않는 것이 무엇인지를 알고, 사람들이 구원받을 필요가 있다는 생각의 오만함을 압니다. 만일 내가 빛 속으로 걸어 들어갈 수 있다면, 당신도 그럴 수 있습니다. 당신은 "저기에 그것이 있어요. 나를 따르세요"라는 말로는 우리를 도울 수 없습니다. 당신이 먼저 그렇게 하세요. 그러면 우리가 따를 것입니다. 구원에 관한 이런 이야기들은 몹시 해로울 수 있습니다.

나는 나를 '영적 스승'으로 보지 않습니다. 물론 당신은 내게 질문함으로써 나를 이용할 수 있습니다. 나는 당신에게 대답하고, 당신은 내가 말한다고 여겨지는 말을 듣고, 당신은 자유로워집니다(또는 자유로워지지 않습니다). 나는 당신의 투사입니다. 당신에게 나는, 나에 관한 당신의 이야기입니다. 그 이상도 이하도 아닙니다. 당신은 내가 얼마나 훌륭한 사람인지, 또는 얼마나 형편없는 사람인지 얘기합니다. 당신은 나를 깨달은 존재로 보면서 모든 것을 다 아는 구루(영적 스승)나 어머니 신으로 만듭니다. 또는 지극히 낙천적인 뉴에이지 괴짜로 보거나, 단순히 좋은 친구로 봅니다. 당신은 나를 당신에게 주거나, 당신에게서 나를 앗아 갑니다.

나는 오직 네 가지 질문과 뒤바꾸기를 제안할 뿐입니다. 당신이 자기의 정체성을 해체할 수 있도록……. 사람들은 "나는 이러이러한 사람이다. 나는 단단하며 실재한다"고 말합니다. 나는 그 생각을 존중하지만 결코 믿지는 못합니다. 나는 내가 무엇인지를 알고, 내가 무엇이 아닌지를 알며, 그것을 모든 것으로서 투사할 수 있을 뿐입니다. 질문들에 대답할 때 사람들은 자신이라고 생각하던 사람에 관한 모든 것을, 그렇다고 믿을 때 자신의 존재에 대해 두려움을 불러일으키던 모든 것을 해체하기 시작합니다. 그리고 그렇게 악몽을 해체하는 동안, 아름다운 꿈조차 진실이 아니라는 것을 알아차리기 시작합니다. 마침내 환히 빛나고 무한하며 자유로운 우리 자신의 본성 말고는 아무것도 남지 않게 됩니다.

가정에서도 생각을 탐구할 수 있습니다. 날마다 아침 식사를 하듯이 생각을 탐구할 수 있습니다. 탐구는 선생으로서의 나를 지우고, 더 힘 있는 무엇으로 남게 합니다. 즉, 동등한 사람, 동등한 평화의 가능성, 학생과 함께 앉아 있는 학생. 이것은 가장 건강한 시나리오이며, 선생을 지우는 시나리오입니다. 그런데 선생들은, 성숙한 마음에 분명히 보이기 전까지는, 근사하지 않나요?

나는 나의 할 일이 없어지는 때를 사랑합니다! 내가 왜 지혜롭거나 거룩한 사람으로 보이길 원하겠어요? 그래 봐야 내가 이야기 말고 무엇을 얻을까요? 내게 어떤 깨달음이 있든 그것은 나를 위한 것입니다. 내가 그것을 당신에게 줄 수 있는 길은 없습니다. 설령 나의 깨달음을 당신에게 줄 수 있다고 해도, 바로 그 행위로 나는 "당신은 할 수 없어요. 내가 당신을 위해 대신 해 줄게요"라고 말하는 셈입니다. 남에게 의존하도록 가르치고, 해답들은 당신 밖에 있다고 말하는 셈입니다. 하지만 나는 질문들 말고는 당신에게 줄 것이 아무것도 없습니다.

18

큰 도(道)가 잊힐 때
선함과 경건함이 나타난다.

내가 규칙과 계획들, 종교들을 사랑하는 이유는 사람들이 그 안에서 한동안 안전하다고 느끼기 때문입니다. 그러나 내게는 어떤 규칙도 없습니다. 필요하지 않기 때문입니다. 모든 것이 움직이고 변화할 때도 늘 계속되는 질서의 느낌이 있는데, 나는 그 조화이며 당신도 그렇습니다. 이해하는 유일한 길은 모름입니다. 나는 삶이 살아질 때 모름을 통해 다음에 갈 곳을, 나의 방향을 발견합니다. 그 위에 인위적인 질서를 덧씌우려 하면 자연스럽게 아름다운 것에 저항을 하게 됩니다. 내가 왜 그래야 할까요?

의미들, 규칙들, 옳음과 그름의 세계 전체는 기껏해야 부차적입니다. 어떤 사람들은 규칙에 따라 살 필요가 있다고 생각합니다. 어째서 그러는지 이해합니다. 그들은 규칙이 없으면 통제할 수 없다고 생각합니다. 규칙이 없으면 모두가 살인자로 돌변할 수 있다고 생각합니다. 그리고 내가 보기에, 엄격하게 경건한 사람들도 나름대로 최선을 다하고 있습니다. 세상이 겉보기에 혼돈 속에서 펼쳐지는 것을 지켜보는 것이 그들에게는 몹시 두려운 일입니다. 혼돈 자체가 무한한 지성을 갖춘 신이라는 것을 깨닫지 못하기 때문입니다. 그들은 세상 즉 마음이 어떤 틀 안에 갇혀야 한다고 생각합니다. 그 틀이 그들에게 효과가 있다면, 나는 그것도 사랑합니다.

예전에는 사막에서 많은 시간을 보냈습니다. 정처 없이 그냥 걸어 다녔습니다. 때로는 길이 오른쪽이나 왼쪽으로 굽어 있어도 나는 똑바로 걸었습니다. 잃을 길이 없다는 것을 이해했기 때문입니다. 지금 있는 곳이 어디인지, 어떻게 하면 익숙한 땅으로 돌아갈 수 있는지 모를 때도 많았습니다. 하지만 어디에 있든지 그곳은 내가 그 순간에 있어야 할 곳이라는 것을 분명히 이해하면서 살았습니다. 이것은 이론이 아니라 문자 그대로 진실입니다. 만일 내가 지금 하는 일이 아닌 다른 일을 하고 있어야 한다고 생각한다면, 나는 제정신이 아닙니다.

어느 날 몇몇 친구와 함께 사막을 걷고 있을 때 우리는 모하비 초록 방울뱀과 마주쳤는데, 그 지역에서는 무척 보기 힘든 뱀이었습니다. 우리의 오른쪽 앞에서 똬리를 틀고 있던 뱀은 크고 통통하고 아름다웠습니다. 그리고 뱀은 단지 "보세요, 제가 여기에 있어요"라고 말하고 있을 뿐이었습니다. 나는 그를 가리키면서 친구들에게 "둘러서 가는 게 좋겠군요"라고 말한 것을 기억합니다. 그들은 두려움으로 반응했습니다. 이야기 속에 갇혀서 그 아름다움을 놓쳤기 때문입니다. 뱀은 지혜롭게도 최대한 빨리 우리에게서 벗어났습니다. 그는 모래, 사막 호랑가시나무, 눈에 띄지 않는 물일 수도 있었습니다. 대지는 어머니와 같습니다. 정직하고 친절하며 고요하고 움직이지 않고 끊임이 없는…….

사막에 홀로 있으면 고독의 완전함을, 비어 있음의 긍정적인 면을 이해할 수 있습니다. 낮에는 아무 소리도 없습니다. 걷고 또 걸어도 마찬가지입니다. 사막에 홀로 있을 때 상상은 사막의 드넓음을 이해하지 못합니다. 그리고 밤에는 달도 없는 세계에서, 냄새들과 침묵의 한가운데에서 나는 사막에 눕는데, 등 밑에 무엇이 있는지 알지 못합니다. 뱀인가? 선인장인가? 그래서 나는 누워서 기다리며, 별들을 올려다보고, 바닥을, 모래의 시원함을 받으며, 다리나 어깨 밑에 있는 덩이가 무엇인지를 마음이 알 수 있다는 생각을 포기합니다. 그 뒤 시간이 생각납니다. 지금은 한밤중일까? 닷새가 지난 걸까, 5년이 지난 걸까? 그리고 내가 무엇인지 궁금해하는 나는 무엇일까? 나는 알 수도 없고 별로 개의치도 않는다는 것을, 그 질문에 대한 대답은 이 순간의 기쁨 속에서 사소해진다는 것을 알고 미소가 나옵니다. 상상된 삶은 무엇이든 텅 비어 있음의 아름다움, 드넓음, 측량할 수 없는 어둠과 겨룰 수가 없습니다.

이 경이로운 사막은 나의 가장 위대한 스승이었습니다. 사막은 자신에게서 조금도 벗어나지 않습니다. 나는 사막 위에 앉습니다. 사막에는 움직임이 없고, 토론도 없으며 불평도 없습니다. 대지는 조건 없이, 아무도 모르게 그저 주기만 하며, 그것이 사랑의 증거입니다. 대지는 주기를 미루지 않습니다. 절충하지도 않습니다. 대지는 바람과 비, 사막, 바위, 자신이 창조한 것들의 소리를 통해 얘기합니다. 그녀는 뜻 없는 노래를 부를 뿐이며, 어떤 보답도 기대하지 않으면서 계속 주기만 합니다. 그녀는 당신을 평생 도울 것입니다. 그리고 설령 당신이 그녀에게 깡통을 던지거나, 그녀의 혈류에 독극물을 붓거나, 그녀에게 폭탄을 떨어뜨린다 해도, 거기에는 여전히 전적인, 무조건적인 사랑이 있을 뿐입니다. 그녀는 주고 또 줍니다. 그녀는 깨어 있는 나입니다. 그녀는 당신입니다.

19

거룩함과 지혜를 버리면,
사람들은 백배나 더 행복할 것이다.

당신은 당신이 얻으려 하는 지혜이며, 탐구는 원할 때마다 지혜를 얻을 수 있는 방법입니다. 내 경험에 비춰 보면, 더 지혜롭거나 덜 지혜로운 사람은 아무도 없습니다. 우리 모두는 그 지혜를 평등하게 지니고 있습니다. 그것이 내가 즐기는 자유입니다. 만일 자신에게 문제가 있다고 생각한다면, 당신은 혼란에 빠져 있습니다.

신의 뜻과 당신의 뜻은 똑같습니다. 당신이 알아차리든 알아차리지 못하든……. 우주에는 잘못이 없습니다. '있는 것'을 '없는 것'과 비교하지만 않으면, '잘못'이라는 관념을 가질 수가 없습니다. 마음속의 이야기가 없으면, 그 모든 것은 완벽합니다. 잘못은 없습니다. 1986년에, 낯선 사람들이 나에 대한 소문을 듣고 우리 집을 찾아오곤 했는데, 그중 몇몇 사람은 양손을 모으고 인사하며 "나마스떼"(namaste; 인도의 인사말)라고 말했습니다. 나는 그런 말을 들어 본 적이 없었습니다. 내가 살던 사막지대의 작은 소읍인 바스토우에서는 사람들이 "나마스떼"라고 인사하지 않기 때문입니다. 그래서 나는 그들이 "노우 미스테이크"(no mistake; 잘못이나 실수가 없다는 뜻)라고 말한다고 생각했습니다. 나는 우리 집에 찾아오는 사람들이 그렇게 지혜롭다는 데에 전율을 느꼈습니다. "노우 미스테이크. 노우 미스테이크."

여기에는 완벽한 질서가 있습니다. '거룩함'과 '지혜'는 우리를 우리 자신에게서 분리시키는 관념에 불과합니다. 우리는 열심히 노력해서 이루어야 할 어떤 이상적인 상태가 있다고 생각합니다. 이를테면, 지금 바로 이 순간의 우리보다 예수가 더 거룩했고 붓다가 더 지혜로웠다고 여깁니다. 자기 자신에 대한 이야기가 없다면, 당신은 누구일까요? 오직 미래에만, 결코 오지 않는 미래에만 이룰 수 있다고 믿는 이상들을 가지고 있으면 스트레스를 받게 됩니다. 무언가를 이루어야 한다는 생각을 더이상 믿지 않으면, 세상은 훨씬 더 친절한 곳이 됩니다.

죄도 역시 하나의 관념입니다. 당신이 저지른 최악의 행위를 생각해 보세요. 그 속으로 최대한 깊이 들어가 보세요. 그 당시 당신이었던 인물의 관점으로……. 그때 당신은 한정된 이해를 지닌 채 나름대로 최선을 다하지 않았나요? 그 당시 믿고 있던 생각을 믿으면서 어떻게 그때와 다르게 행동할 수 있었을까요? 충분히 깊이 들어가서 본다면, 당신은 달리 행동할 수 없었다는 것을 알게 될 것입니다. 다르게 할 수도 있었다는 것은 그 당시 상황에 대해 지금 갖는 생각일 뿐입니다. 그것은 상상 속의 과거를 실제 과거와 비교하는 것이며, 실제 과거라는 것도 실은 상상된 것입니다. 우리 모두는 나름대로 최선을 다하고 있습니다. 그리고 만일 누구에게 상처를 주었다고 느낀다면, 잘못을 바로잡고, 어떻게 살면 안 되는지를 보여 주는 그 경험에 감사하세요. 혼란스럽지 않았다면 아무도 다른 사람에게 상처를 주지 않았을 것입니다. 혼란은 이 행성 위에서 유일한 고통입니다.

언젠가 나는 가톨릭 신부와 함께 더블린의 거리를 걷고 있었는데, 그는 '생각 작업'의 진가를 알아보면서 꾸준히 실천하고 있었습니다. 어느 성당에 도착하자 그는 나를 안으로 초대했고, 우리는 한동안 성당 내부를 둘러보며 거닐었습니다. 그는 작은 부스를 가리키면서 "이건 고해성사실입니다. 안으로 들어가 보시겠습니까?"라고 했습니다. 그것이 그에게는 중요해 보였습니다. 나는 "예"라고 대답했습니다. 그러자 그는 그의 좁은 방으로 들어갔고, 나는 내 방으로 들어갔습니다. 그리고 생각했습니다. "흐음. 내가 뭘 고백해야 하지?" 나는 찾고 또 찾았지만, 아무것도 떠오르지 않았습니다. 그때 작은 창문을 통해 그가 '나에게' 고백하기 시작했습니다. 나중에 성당 밖으로 나갔을 때, 우리는 그가 고백한 상상 속의 죄들에 대해 네 가지 질문을 하고 뒤바꾸었습니다. 그는 커다란 짐을 벗은 것 같다고 말했습니다.

모든 사람이 자기의 할 일을 하고 있습니다. 다른 일보다 더 가치 있는 일은 없습니다. 우리가 너무 끔찍하다고 생각하는 세상의 일들은 실제로는 훌륭한 스승입니다. 거기에는 아무런 잘못이 없으며, 부족한 것도 없습니다. 우리는 언제나 필요한 것을 얻습니다. 우리에게 필요하다고 '생각되는' 것이 아니라……. 그 뒤 우리는 필요한 것을 이미 가지고 있으며, 그것은 우리가 원하는 것임을 알게 됩니다. 그 뒤 우리는 오로지 지금 있는 것만을 원하게 됩니다. 그런 식으로 우리는 언제나 성공합니다. 무슨 일이 일어나든지.

20

나 홀로 아무것도 소유하지 않는다.

내리막이 없으면 오르막도 없습니다. 오른쪽이 없으면 왼쪽도 없습니다. 이것이 이원성입니다. 당신에게 어떤 문제가 있다면, 틀림없이 이미 해답도 있습니다. 질문은 이것입니다. 당신은 정말로 해답을 원하시나요, 아니면 그 문제가 지속되기를 원하시나요? 해답은 언제나 있습니다. '생각 작업'은 그것을 발견하도록 돕습니다. 문제를 종이에 쓰고, 질문을 하고, 뒤바꾸세요. 그러면 해답이 주어집니다.

모든 생각은 이미 끝났습니다. 그것은 은총입니다. 생각이 없으면 문제도 없습니다. 앞서 일어난 생각을 믿지 않으면 문제가 생길 수 없습니다. 이 단순한 진실을 알아차리는 것이 평화의 시작입니다.

나는 아무것도 소유하지 않음을 알아차립니다. 남편은 결혼반지를 내 손가락에 끼워 주며 속삭입니다. "한 달만이라도 간직하려 해 보세요." 그의 작은 농담입니다. 그는 내게 선물을, 값비싼 선물을 주었는데 다음 날 사라져 버린 일을 경험한 적이 있습니다. 어떤 사람이 그것을 보며 감탄했을 때, 나는 그 물건이 그 사람의 것임을 알았기 때문입니다. 반지가 상징하는 것은 영원히 나의 것이지만, 반지 자체는 결코 나의 것이 아님을, 나는 반지가 다른 곳으로 가기 전까지만 긴다는 것을…… 남편은 깨닫습니다. 2년 전에 나는 그 반지를 우리 부부가 사랑하는 미혼 남성에게 주었지만, 그는 반지를 다시 돌려주었습니다. 그래서 반지는 5년이 지난 뒤에도 여기에, 내 왼쪽 약지에 있습니다. 남편의 관점에서는 기대하지 않은 기적 같은 일입니다. 내가 어떻게 어떤 것을 소유할 수 있을까요? 물건들은 나에게 필요할 때만 오고, 필요할 때까지만 있습니다. 그것들이 내게 필요하다는 것을 어떻게 알까요? 그것들이 지금 내게 있습니다.

어떤 일이 끝날 때, 그 일은 끝납니다. 그때가 오면 우리 모두 알게 되며, 우리는 그 사실을 존중하거나 무시할 수 있습니다. 내 손이 찻잔을 향해 뻗을 때, 나는 찻잔에 모든 관심을 기울입니다. 한 모금을 마실지, 세 모금, 열 모금을 마실지, 남김없이 다 마실지는 알지 못하지만……. 어느 친구가 내게 선물을 줄 때, 그 선물은 받음 속에 있습니다. 받음 속에서 선물은 끝나며, 그 뒤 나는 그 물건을 누구에게 주거나 한동안 간직한다는 것을 알아차립니다.

언젠가 나는 뉴욕의 식당에서 핸드백을 놓고 나왔습니다. 그런 일이 일어날 때는 무척 흥분됩니다. 나는 아주 좋아했던 그 핸드백을 생각했고, 누가 현금과 지갑, 명함, 수첩, 핸드크림, 펜, 립스틱, 치실, 안약, 근사한 새 휴대전화, 영양과자, 내 손주들의 사진을 발견할 것이라고 생각했습니다. 내가 가진 것을 전혀 모르는 사람에게 주게 되면, 그리고 주는 것이 갖는 것과 동등함을, 주는 것은 일종의 갖는 것임을 알면 즐겁고 흥분됩니다. (그렇다고 해서 내가 잃어버린 신용카드를 정지시키지 않았다는 뜻은 아닙니다.) 하지만 그 핸드백이 다른 사람에게 주어져야 했다는 점은 분명했습니다. 그녀에게 그 핸드백이 필요했다는 것을 내가 어떻게 알았을까요? 그녀가 그것을 가졌기 때문입니다. 나의 세계에는 불행한 사고라는 것이 없습니다. 지금 있는 것을 사랑할 때, 고통은 끝납니다.

21

성인의 마음은 언제나
도(道)와 하나 되어 있다.

신을 가리키는 나의 단어는 '현실'입니다. 나는 현실을 '신'이라고 부릅니다. 왜냐하면 현실이 다스리기 때문입니다. 현실은 '지금 있는 것'이며, 물질적인 것입니다. 그것은 탁자이고, 의자이며, 당신의 발에 신긴 신발이며, 당신의 머리카락입니다. 나는 신을 사랑합니다. 신은 아주 분명하고 아주 확실합니다. 그러므로 신에게 완전히 의지할 수 있습니다. 당신은 신이 하는 일을 결정할 투표권이 없으며, 신은 당신의 의견이나 허락을 기다리지 않습니다. 당신은 신을 완전히 신뢰하고 신에게 완전히 내맡길 수 있습니다.

우리는 현실이 있는 그대로 좋다는 것을 알 수 있습니다. 현실과 다툴 때면 근심과 좌절을 경험하기 때문입니다. 스트레스를 일으키는 모든 생각은 현실과 다투는 생각입니다. 그 모든 생각은 한 가지 주제—"그것은 지금과 달라야 해"—의 변주곡들입니다. "나는 ……을 원해", "나는 ……이 필요해", "그는 …… 해야 해", "그녀는 …… 하면 안 돼." 지금 있는 것과 다투면 늘 고통을 받습니다.

'지금 있는 것'이라는 말도 과거의 이야기입니다. 과거는 지나갔습니다. 그 일은 이미 일어났고, 우리는 그 일에 대해 아무것도 할 수 없습니다. '그것'과 다퉈 보세요. 건강한 마음이라면 "내가 이제 무엇을 할 수 있지?"라고 물을 것입니다. 과거는 스승이며, 인자하며, 끝났습니다. 하지만 질문되지 않은 과거와 함께 살고 있는 한, 사람들은 과거 속에서 살고 있습니다. 그리고 그것은 애초에 일어난 적이 없는 과거입니다. 그들은 과거에 관한 자기의 '이야기' 속에서 살고 있습니다. 그들은 지금 이 순간 존재하는 것을 놓치고 있는데, 지금 있는 것이 진짜 미래입니다. 나는 앞으로 무슨 일이 일어날지 전혀 모릅니다. 내가 그 일에 대해 아는 것이라고는 그 일이 좋은 일이라는 것뿐입니다.

사람들은 과거를 바꾸려 애쓰면서 평생을 허비하지만, 과거는 바뀔 수 없습니다. 과거가 달라야 했다는 생각은 희망이 없으며 단지 자학하는 것일 뿐입니다. "어머니는 나를 사랑해야 했어." "내 아이는 죽지 말아야 했어." "학살은 일어나지 말아야 했어." 이미 일어난 일을, 당신이 일어나야 했다고 생각하는 일과 비교하는 것은 신과 전쟁을 벌이는 행위입니다. (옳고 그름이라는 관념들에 집착할 때는 이 말을 경청하기가 몹시 어렵습니다.) 심지어 슬퍼하는 것은 의리를 지키는 행위이며, 사랑하는 사람과 함께 고통을 겪지 않는 것은 그들에 대한 배신이라고까지 생각하는 사람들이 있습니다. 제정신이 아닙니다.

만일 나의 딸이 죽었다면, 단지 그러할 뿐입니다. 그 사실과 다투면 마음이 지옥으로 변합니다. "우리 딸은 너무 일찍 죽었어." "나는 딸이 자라는 모습을 보지 못했어." "딸을 구하기 위해 뭔가를 더 할 수 있었어." "나는 나쁜 엄마였어." "신은 공평하지 않아." 하지만 그녀의 죽음은 현실입니다. 아무리 언쟁을 해도 이미 일어난 일에는 티끌만큼의 영향도 미칠 수 없습니다. 기도를 해도 그 사실을 바꿀 수 없고, 애원하고 간청해도 바꿀 수 없으며, 자기를 벌주어도 바꿀 수 없고, 단호한 결의도 아무 힘을 갖지 못합니다. 그러나 당신에게는 자기의 생각에 질문을 하고, 뒤바꿀 힘이 있습니다. 그리고 딸의 죽음이 왜 죽지 않음과 동등한지, 심지어 길게 보면 그 죽음이 왜 딸과 당신 모두에게 더 좋을 수도 있는지, 그 세 가지 참된 이유를 볼 수 있는 힘도 있습니다. 그러면 마음이 활짝 열리게 되며, 열린 마음은 창조적이어서 당신을 지금 있는 것과 다투는 고통에서 해방시킬 수 있습니다. 열린 마음은 평화에 이르는 유일한 길입니다. 어떤 일은 일어나야 했고 어떤 일은 일어나지 말아야 했다는 것을 안다고 생각한다면, 당신은 신을 조종하려 하고 있습니다. 이는 불행을 만드는 방법입니다.

현실―모든 순간에 있는 그대로, 정확히 지금 이대로―은 언제나 친절합니다. 우리의 시야를 흐리게 하고, 진실한 것을 모호하게 하며, 세상에 부당함이 있다고 믿게 하는 것은 현실에 대한 우리의 '이야기'입니다. 가끔 나는 말합니다. 고통받을 만한 합당한 이유가 있다고 믿을 때는 현실을 완전히 벗어난다고……. 어떤 고통이 합당하다고 믿을 때면 당신은 고통의 챔피언이 됩니다. 그러면 고통은 당신 안에서 계속됩니다. 고통이 마음 바깥의 어떤 것 때문에 일어난다고 믿는다면, 제정신이 아닙니다. 맑은 마음은 고통을 받지 않습니다. 그럴 수가 없습니다. 비록 몸에서 큰 통증을 느끼고, 사랑하는 아이가 죽고, 자신과 가족이 아우슈비츠에 수용되더라도, 진실하지 않은 생각을 믿지 않으면 고통을 당할 수 없습니다. 나는 현실을 사랑합니다. 지금 있는 것을 사랑합니다. 그것이 어떻게 보일지라도……. 그리고 그것이 내게 어떻게 오든 나는 두 팔 벌려 환영합니다.

　사람들이 고통을 겪으면 안 된다는 말이 아닙니다. 그들은 고통을 겪어야 합니다. 지금 고통을 겪고 있기 때문입니다. 만일 당신이 슬프거나 두렵거나 걱정하거나 우울한 감정을 느끼고 있다면, 그것은 당신이 그 순간 느껴야 하는 감정입니다. 그렇지 않아야 한다고 생각하는 것은 현실과 다투는 것입니다. 하지만 예를 들어 슬픔을 느낄 때는 그 슬픔이 그 이전의 어떤 생각을 믿는 결과임을 그저 알아차리세요. 그 생각을 알아차리고, 종이에 쓰고, 진실을 사랑하는 마음으로 그 생각에 질문을 하고, 뒤바꾸세요. 당신을 슬프게 한 사람은 다른 사람이 아닌 당신 자신이며, 당신을 자유롭게 할 수 있는 사람도 당신 자신입니다. 이것은 아주 좋은 소식입니다.

22

가득 채워지고 싶다면
자기를 비워라.

텅 비움, 내맡김, 도(道)에 따른 삶…… 이것은 오랜 세월 영적 수행
을 해야만 도달할 수 있는 높거나 먼 목표가 아닙니다. 진실을 사랑
하는 마음으로 내면으로 들어가서, 스트레스를 주는 개념에 대해 질
문을 할 때, 마음은 좀 더 제정신으로 돌아오고 좀 더 열리게 됩니다.
그리고 바깥에는 객관적인 세상이 없음을 알게 됩니다. 그 모든 것은
투사된 것입니다. 당신은 세상에 대한 자신의 '이야기' 속에서 살고
있습니다.

우리는 훌륭하고 너그러운 사람이 되기를 원합니다. 하지만 우리
뜻대로 일이 풀리지 않을 때는 그렇지 않은 사람으로 변합니다. 투사
하는 자인 마음을 탐구하면, 마침내 우리는 명쾌하고 친절한 상태에
서 살기 시작합니다. 우리가 원하는 대로 일이 순조롭게 풀릴 때뿐
아니라, 언제나 친절할 수 있습니다. 그러면 우리는 많은 에너지를
받아서 사람들에게 봉사할 수 있습니다.

어떤 사람에 대한 부정적인 생각—"그는 이기적이야", "그녀는 오

만해", "그는 이렇게 하면 안 돼", "그녀는 그래야 해"—을 믿으면, 그 생각을 남편이나 아내, 부모, 자녀 등 모든 사람에게 투사하게 됩니다. 머지않아 당신이 그들에게 원하는 것을 얻지 못할 때, 또는 그들이 당신의 소중한 믿음들을 위협할 때, 당신은 그런 관념들을 그들에게 덧씌울 것입니다. 그 생각을 어느 정도 이해하기 전까지는……. 이것은 짐작이 아닙니다. 우리는 그렇게 합니다. 우리는 사람들에게 집착하지 않습니다. 사람들에 대한 관념에 집착합니다.

자기를 진정으로 사랑할 때는, 사람들이 자기를 사랑하지 않는다는 생각을 투사할 수가 없습니다. 나는 자주 말합니다. "강당으로 걸어 들어갈 때, 저는 강당 안의 모든 사람이 저를 사랑한다는 것을 압니다. 단지 그분들이 그 사실을 깨달을 것이라고 기대하지 않을 뿐입니다." 그러면 청중이 큰 웃음을 터뜨립니다. 사람들은 온전히 사랑받는다고 느끼는 것이 얼마나 쉬운 일인지를 알고 기뻐하며, 그것은 다른 사람에게 달려 있지 않음을 잠시나마 알아차립니다.

만일 당신이 남편을 사랑한다고 말한다면, 그 말이 남편과 무슨 상관이 있나요? 당신은 남편에게 자신이 누구인지를 말하고 있을 뿐입니다. 당신은 남편이 얼마나 잘생기고 매력적이고 섹시한가 하는 '이야기'를 얘기하고, 남편에 대한 자기의 '이야기'를 사랑합니다. 당신은 남편이 자기의 이야기라는 것을 투사하고 있습니다. 그런데 나중에 원하는 것을 남편이 주지 않으면, 당신은 그가 얼마나 비열하고 이기적이며 통제하려 하는가 하는 '이야기'를 얘기할지 모릅니다. 그런데 그 이야기가 남편과 무슨 상관이 있나요? 만일 남편이 내게 "사랑해요"라고 말하면, 나는 생각합니다. "좋아. 나를 그의 달콤한 꿈이라고 생각한다니, 좋아. 그렇게 생각하니 그는 참 행복할 거야." 만일 남편이 내게 와서 "인생에서 가장 후회되는 날은 당신과 결혼했을 때요"라고 말하면, 그 말 역시 나와 무슨 상관이 있을까요? 그는 이번에는 슬픈 꿈을 꾸고 있을 뿐이고, 나는 "오, 가엾은 사람, 악몽을 꾸고 있구나. 그가 곧 깨어나면 좋겠어"라고 생각할 것입니다. 그런 이야기는 개인적인 것이 아닙니다. 그런 이야기가 어떻게 나와 상관이 있을 수 있을까요? 나는 그를 사랑합니다. 그리고 만일 나에 대해 남편이 한 말이 내 경험에 비춰 진실하지 않다면, 내가 그를 위해 뭘 할 수 있는지 그에게 물어볼 것입니다. 내가 할 수 있는 일이라면 그렇게 하고, 내게 정직하지 않은 일이라면 하지 않을 것입니다. 그는 그의 이야기와 함께 남겨집니다.

어느 누구도 당신을 이해하지 못합니다. 이것을 깨닫는 것이 자유입니다. 아무도 당신을 결코, 한 번도 이해하지 못합니다. 우리가 최선을 다해 이해하려 해도, 우리는 당신이 어떤 사람이라고 생각하는 우리의 '이야기'를 이해할 수 있을 뿐입니다. 당신만이 자기를 이해할 수 있습니다.

다른 사람을 사랑하지 않으면, 마음이 아픕니다. 사랑은 당신의 참된 자기이기 때문입니다. 억지로 사랑할 수는 없습니다. 그러나 자기를 사랑하게 되면 다른 사람도 저절로 사랑하게 됩니다. 억지로 남을 사랑할 수 없듯이, 억지로 사랑하지 않을 수도 없습니다. 그 모든 것은 당신의 투사입니다.

누구를 진정으로 사랑할 때, "당신은 나를 사랑해야 해"와 같은 생각은 웃음이 나오게 할 뿐입니다. 그 생각의 오만함이 들리나요? "당

신이 누구를 사랑하고 싶은지는 내 알 바 아냐. 당신은 '나를' 사랑해
야 해. 나는 속임수를 써서라도 그렇게 만들 거야." 그것은 사랑의 정
반대입니다. 만일 남편이 나를 사랑해야 한다고 생각한다면, 나는 제
정신이 아닙니다. 그가 누구를 사랑하는지는 누구의 일인가요? 물론
그의 일입니다. 뒤바꾸기는 내가 알 필요가 있는 모든 것을 보여 줍
니다. "나는 나를 사랑해야 해." "나는 '그를' 사랑해야 해." 그가 누구
를 사랑하든 사랑하게 놓아두세요. 어차피 그는 사랑할 것입니다. 누
가 누구를 사랑해야 한다는 이야기는 진실을 알아차리지 못하게 합
니다. 내가 찾고 있는 것은 나 자신이라는 진실을……. 나를 사랑하
는 것은 그의 일이 아닙니다. 그것은 나의 일입니다.

당신은 사랑에 대해 어찌할 수가 없습니다. 오직 사랑을 경험할 수
있을 뿐입니다. 당신은 누구를 포옹하고, 키스하고, 집으로 데려오고,
꼭 껴안아 주고, 밥을 주고, 돈을 주고, 목숨까지 줄 수 있을지 모르지
만, 그것은 사랑이 아닙니다. 사랑은 보여 주거나 증명할 수 있는 것
이 아닙니다. 사랑은 당신 자신입니다. 사랑은 행위가 아니며, '행해
질' 수 있는 것이 아닙니다. 사랑은 너무나 드넓어서 우리가 어찌할
수 없습니다. 당신이 사랑의 경험에 열리면, 사랑은 당신이 '자기라고
생각하는 것'을 없앨 것입니다. 사랑은 자기 외에는 아무것도 남기지
않을 것입니다. 사랑은 사랑을 가로막는 모든 것을 없앨 것입니다.

한번 사랑에게 자신을 맡기면, 당신은 그동안 알던 세계를 완전히
잃어버립니다. 사랑은 오로지 사랑만을 남깁니다. 사랑은 완전히 탐
욕적이어서 모든 것을 다 포함해야 하며, 자기의 그림자 하나도 배제
하지 않을 것입니다. 다른 모든 것은 떨어져 나가고, 당신은 가을에

아름답게 나뭇잎을 떨어뜨리는 나무와 같아집니다. 우리가 고통받는 이유는 사랑을 부인하기 때문입니다. 제한하는 것은 이기적인 행위입니다. 두려워하지 않는다면, 당신이 사람들에게 주지 않을 것은 아무것도 없습니다. 물론 당신은 자신의 때보다 먼저 너그러울 수는 없습니다. 하지만 생각을 이해로 만날 때는 잃을 것이 아무것도 없음을 알아차립니다. 그리하여 마침내 자기를 보호하려 하지 않게 됩니다. 자기의 모든 것을 주는 것은 특권으로 여겨집니다.

단 하나의 진실한 연애는 자기 자신과의 연애입니다. 나는 나와 결혼했으며, 내가 모든 사람에게 투사하는 것은 그것입니다. 나는 온 가슴으로 당신을 사랑합니다. 당신은 여기에 참여할 필요조차 없습니다. 그래서 "사랑해요"라는 말 속에는 어떤 동기도 없습니다. 그게 좋지 않나요? 나는 당신을 완전히 사랑할 수 있습니다. 그런데 당신은 그 사랑과 아무 상관이 없습니다. 내가 당신과 경험하는 그 친밀함을 당신이 가로막을 길은 없습니다.

"사랑해요"라고 내가 말할 때, 그것은 자기사랑입니다. 여기에는 개인이 없으며, 나는 나 자신에게 얘기하고 있을 뿐입니다. 사랑은 자기에게 온전히 몰입되어 있어서 다른 것을 위한 여지를 남기지 않습니다. 사랑은 언제나 스스로 사랑합니다. 분자 하나도 사랑에서 분리되어 있지 않습니다. 이원적인 듯한 세계에 사는 사람들은 그것을 당신으로, 나로 보겠지만, 실제로는 오로지 하나만이 있습니다. 그리고 그 말조차 진실이 아닙니다.

나는 내면의 목소리와 결혼했습니다. 모든 결혼은 그 결혼의 은유입니다. 결혼 서약을 할 때 나는 나의 진실에 대해 서약했으며, 거기에는 더 높거나 낮은 것이 없습니다. "이 남자를 남편으로 받아들이 겠습니까?" "예. 그런데 나중에 마음을 바꿀지도 모릅니다." 그것은 더할 나위 없이 좋습니다. 나는 오로지 신 즉 현실과 결혼했습니다. 내 서약은 그곳에 있습니다. 그것은 어느 특정한 사람에 대한 서약일 수 없습니다. 내 남편도 다르지 않을 것입니다.

진실과 결혼하지 않으면, 진정한 결혼은 없습니다. 자기 자신과 결혼하세요. 그러면 당신은 우리와 결혼한 것입니다. 우리는 당신입니다. 그것은 우주적인 농담입니다.

23

도(道)에 마음을 열고,
자기의 자연스러운 반응을 신뢰하라.
그러면 모든 것이 제자리를 찾을 것이다.

나에게는 영적 스승이 없습니다. 물론 내게는 수많은 선생님이 있습니다. 어머니를 비롯해 전 남편, 내 아이들은 물론이고, 샌타 모니카의 길모퉁이에서 누더기를 걸치고 있던 낯선 사람까지. 하지만 공식적인 스승이 없으므로 따라야 할 전통도 없습니다. 그래서 나는 열망하거나 헌신해야 할 대상이 없는 특권을 누립니다. 나라고 하는 이 존재는 있는 그대로의 자신이 아닌 다른 무엇처럼 보일 필요가 없습니다. 그러므로 기꺼이 바보가 될 수 있습니다. 사랑밖에 모르는 바보……. 그는 기뻐하는 신입니다. 그는 모든 것에서 신비와 중요성을 제거합니다. 밀어붙임과 시간을 제거합니다.

태어난 지 11개월 된 손녀 말리를 지켜보며 나는 그 아이의 음악 장난감을 따라 노래를 부릅니다. "♫ 하나 둘 셋 넷 다섯 여섯 일곱 여덟 아홉 열 ♫." 아이는 놀라고 기뻐하는 눈빛으로 나를 바라보더니 춤을 추기 시작합니다. 아이에게 저절로 춤이 시작되고, 기저귀를 찬 작은 엉덩이가 씰룩거립니다. 아이는 폴짝폴짝 뛰며 팔을 공중에 휘젓습니다. 나는 춤이 창조되는 모습을 지켜봅니다. 그 춤은 원초적이며 세상에서 처음으로 일어나고 있습니다. 그러니 나도 아이와 함께 하지 않을 수 없습니다. 이 아이도 나의 선생님입니다. 마치 세상의 역사에서 처음으로 추는 춤인 듯 우리는 최초의 인간들처럼 춤을 추고 있습니다. 아이는 올바르게 춤을 추려 하지도 않고 누구의 관심을 끌려고도 하지 않습니다. 이 아이는 순수한 자연입니다. 나도 아이처럼 자연스레 같은 몸짓으로 움직이며 폴짝폴짝 뛰고 팔을 공중에 휘젓습니다. 웃음이 쏟아져 나옵니다. 내가 느끼는 이 신나는 기분은 자연스러운 춤이 주는 기분이며, 아이에게서, 나에게서, 아이에게서 나옵니다. 노래가 멈추자 아이는 나를 올려다보고는 음악 장난감을 향해 허리를 굽힙니다. 노래가 다시 시작하도록 버튼을 누릅니다. 그런데 노래가 나오지 않습니다. 아이는 어떻게 하면 그 기적을 다시 일으킬 수 있는지 알아내려 합니다. 나는 아이가 같은 버튼을 두 번, 세 번, 그리고 마침내 음악이 나오게 할 만큼 충분한 힘으로 누르는 것을 지켜봅니다. 노래가 나오는 순간 아이는 나를 쳐다보고, 아이의 얼굴이 환해지고, 몸이 움직이기 시작하고, 춤이 다시 시작됩니다.

내 사랑하는 늙은 흰색 독일 셰퍼드 암컷인 케르만도 나의 선생님이었습니다. 그녀는 1986년에 깨어난 뒤로 내가 만난 가장 위대한 선생님 가운데 한 명입니다. 그녀의 사랑에는 조건이 없었습니다. 삶의 끝이 가까워지자 그녀는 뒷다리와 궁둥이를 쓰지 못하게 되어 걸을 수가 없었습니다. 그래서 사람들이 부르면 그들을 만나려고 방바닥에 몸을 끌며 나오곤 했습니다. 죽음이 가까워지면서는 입에서 피를 흘리기 시작했습니다. 그러자 나는 세 아들딸을 집으로 불러 말했습니다. "안락사를 시켜야겠구나. 그러면 안 되는 이유를 너희가 찾지 못하면 말이야." 상태가 얼마나 악화되었는지를 보고 나서 그들은 그 길이 최선이라는 데 동의했습니다. 그래서 우리는 그녀에게 좋아하는 음식을 주고, 그녀가 사랑하는 모든 것과 함께하는 성대한 파티를 열어 주었습니다. 그리고 더는 조심하지 않으면서 그녀와 마음껏 놀았습니다. 어린아이들은 함께 씨름을 했습니다. 아이들이 부르면 그녀는 얼굴에 강아지의 미소를 띠고 기어왔습니다. 기뻐하는 표정으로 몸을 끌고 방을 가로질러 왔습니다. 고통은 잊어버린 것 같았습니다. 주는 것 말고는 아무것도 모르는 것 같았습니다.

수의사에게 데려갈 때가 되었을 때 우리는 다 같이 함께 갔습니다. 아홉 명 혹은 열 명, 그녀의 모든 친구와 가족이. 우리는 주위에 둘러서 있었고, 아들 로스는 탁자에 몸을 굽혀 그녀와 눈을 마주 보았습니다. 의사가 주사를 놓았고, 한순간이 지나자 그녀는 움직이지 않았습니다. "갔어요"라고 로스가 말했을 때 우리 모두 그렇다는 것을 알았습니다. 그녀는 그곳에 있었는데 그 뒤에는 없었습니다. '그녀'는 남아 있지 않았습니다. 작별 인사를 할 '그녀'는 그곳에 없었습니다. 무척 감미로운 순간이었습니다.

나무들에게도 배웠습니다. 사슴이 나를 보고도 달아나지 않던 레드우드 숲속을 걸으면서……. 바람이나 벼락에 맞아서 꺾인 나무들이 보였습니다. 그들은 죽은 듯 보였지만 그들의 위에도, 안에도 하나의 세계 전체가 있었습니다. 이끼와 곤충들과 눈에 띄지 않는 온갖 종류의 생명이……. 그들은 죽어서까지 창조하고 있었고 남은 것을 주고 있었습니다.

자연은 주지 않고 미루는 것이 하나도 없습니다. 마침내 줄 것이 하나도 남아 있지 않을 때까지. 자연은 미소를 머금은 우리의 흰색 셰퍼드와 같습니다. 내가 부르면 입에서 피를 흘리면서도 뒷다리와 궁둥이를 질질 끌면서 기어오던……. 알아차리든 못 알아차리든 우리 모두는 그렇게 하고 있습니다. 사람들은 내가 탈진한 몸을 끌고 기어오는 모습을 보았습니다. 나는 그렇게 할 필요가 없고, 다른 무엇도 할 필요가 전혀 없습니다. 그런데도 그렇게 합니다. 그렇게 하는 것이 기쁘기 때문입니다. 그런 상태에서도 비행기를 타면 나는 자유만을 느낍니다. 이 알아차림은 나의 기쁨입니다. 그런 식으로 보이지 않을지도 모르지만, 나는 겉으로 보이는 피로가 아니라 내면의 기쁨과 함께 여행을 합니다. 그런데 나는 다른 어떤 사람보다 더 많이 주고 있지 않습니다. 흰색 셰퍼드는 더 많이 주지 않았고, 레드우드 숲도 그렇습니다. 우리는 모두 동등하게 줍니다. 우리의 이야기들이 없다면, 우리는 모두 순수한 사랑입니다.

24

자신을 규정하는 사람은
자신이 진정 누구인지 알 수 없다.

마음이 맑을 때는 현실이 매우 분명합니다. 더이상 단순할 수가 없습니다. 사람들은 그 뒤에 무언가 감추어진 것이 있을 것이라고 느끼지만……. 현실은 알기 쉽습니다. 보는 대로이기 때문입니다. 일어나는 일은 다 좋습니다. 그렇게 생각하지 않는다면, 마음에 질문을 해보세요. 나는 이야기 없이 사람과 사물을 봅니다. 그래서 그들에게 다가가거나 떠날 때는 다투는 생각 없이 움직입니다. 나는 그러지 않아야 할 이유를 알지 못합니다. 움직임은 언제나 완벽하게 이루어지며, 나는 그 움직임과 아무 상관이 없습니다.

감추어진 것이 아무것도 없으므로 현실은 이런 것 같습니다─찻잔을 들고 의자에 앉아 있는 여자. 이보다 좋을 수는 없습니다. 그것이 지금 있는 것이기 때문입니다. 나는 그것을 마지막 이야기라고 부릅니다. 지금 있는 것을 사랑할 때는 세상에서 사는 일이 무척 단순해집니다. 모든 것은 정확히 그래야 하는 대로 있다는 것을 이해하기 때문입니다.

흔히 나는 개인의 입장에서, 인류의 입장에서, 지구의 입장에서, 신의 입장에서, 바위의 입장에서 얘기합니다. 그런 것을 믿지는 않지만……. 설령 이런 것들이 존재한다 해도, 그 모든 것의 근원은 나 자신입니다. 그리고 나는 나 자신을 '그것'이라고 부릅니다. 나에게는 분리를 확인할 기준이 없기 때문입니다. 나는 그 모든 것이며, 그렇지 않다는 어떤 관념도 내게는 없습니다. 나는 사람들과 멀어지지 않는 방식으로 말하는 법을 배웠을 뿐입니다. 그러면 나는 상냥하고, 눈에 띄지 않고, 알려지지 않게 되며, 편안한 자리에서 사람들과 대화할 수 있습니다. 나는 친구의 자리에서 그들과 얘기합니다. 만일 사람들이 나를 신뢰한다면, 그건 내가 그들과 같은 자리에서 만나기 때문입니다. 나는 사랑에 빠져 있습니다. 그것은 자기와의 연애입니다. 마음이 자기를 사랑할 때는 자기가 투사하는 모든 것을 사랑합니다. 사람들과 같은 자리에서 아무 조건 없이 그들을 만날 때, 그건 아무 조건 없이 나 자신을 만나는 것입니다. 나는 모든 것과 사랑에 빠져 있습니다. 그것은 전적인 자기사랑입니다. 나는 내가 걷는 땅에 입을 맞춥니다. 그 모든 것이 나입니다.

나는 한 사람으로서 얘기하기를 좋아합니다. 그것은 일종의 위장입니다. 현실로 깨어났을 때 나는 무엇보다 먼저 모습과 사랑에 빠졌습니다. 나는 사람의 눈과 바닥, 천장과 사랑에 빠졌습니다. 나는 그것입니다. 나는 그것입니다. 그것은 아무것도 아니며, 그것은 모든 것입니다. 어느 하나도 나뉘어 있지 않습니다. 바로 지금, 눈을 뜨고, 이 좋음으로 태어나는 것으로 충분합니다.

이 완벽한 날에 하늘을 바라볼 때, 나는 그것이 하늘인지도 모릅니다. 마음이 그것에 이름을 붙이기 전에는……. 그 순간, 그것은 존재하게 됩니다. 마음이 나를 '나'라고 부르고 이름들을 만들어 내기 전에는 세상이 없습니다. 질문되지 않은 마음은 현실이 이름들을 따라 이것, 이것, 이것, 이것으로 나뉘어 있다고 믿게 됩니다. 나는 내 마음이 내 마음을 믿지 않아서 좋습니다. 의미가 없다면 어떻게 분리가 있을 수 있을까요? 나는 옛것과 새로운 것, 시작과 끝으로 나타나며, 나는 당신이며, 나는 모든 것입니다―이 황홀한 파동, 이 이름 없는 기쁨, 이 움직임 없는 춤, 이 전율시키는 눈부신 무(無).

25

우주가 태어나기 전에는
모양이 없고 완전한 무엇이 있었다.

처음에는 단어가 있었습니다.* 그것은 당신이 아침에 깨어날 때 일어나는 일입니다. 그것은 당신의 단어입니다. 세상은 그렇게 창조됩니다.

시작이 있기 전에는 오로지 현실만이 있습니다. 모습이 없고 완전하며, 홀로 있고, 무한하며, 자유로운 현실. 그것은 이름이 없으며, 하나의 이름이라는 물결도 없습니다. 이름이 물결입니다. 그 물결 안에서 온 호수가 일어납니다. 물결도 없고, 호수도 없습니다.

실재하는 것은 이름이 없습니다. 그것은 변하지 않으며, 흐르지 않으며, 떠나거나 돌아오지 않으며, 심지어 존재하지도 않으며, 존재 너머 혹은 비(非)존재입니다.

그것을 무엇이라 불러도 당신이 얻는 것은 없습니다. 그러니 원한다면 그것을 도(道)라고 부르세요. 도는 여느 이름만큼이나 좋은 이

---

* 요한복음 1장 1절 "태초에 말씀이 계시니라"의 인용으로 보인다.—옮긴이

름입니다. 그것을 무엇이라고 부르든, 그것은 그것이 아닙니다. 그리고 그것이 언제나 시작입니다.

26

성인은 하루 종일 여행하면서도
집을 떠나지 않는다.
풍경이 아무리 아름다워도
자기 안에 고요히 머문다.

평화는 우리의 자연스러운 상태입니다. 오직 진실하지 않은 생각을 믿을 때만 우리는 평화를 떠나 슬픔이나 분노 같은 감정으로 들어갈 수 있습니다. 믿음들이 끌어당기지 않으면, 마음은 고요히 머물며 다가오는 모든 것에 열려 있습니다.

예를 들어 다른 사람의 관심을 받아야 한다는 이야기가 없다면, 사람들과 함께 있을 때 당신은 누구일까요? 당신은 사랑 자체일 것입니다. 사람들이 당신에게 관심을 가져야 한다는 미신을 믿을 때, 당신은 너무나 애정에 굶주려 있어서 사람들이나 자기 자신에게 관심을 갖지 못합니다. 사랑의 경험은 다른 사람에게서 올 수 없습니다. 자기의 내면에서만 올 수 있습니다.

예전에 나는 어떤 남자와 사막을 걷고 있었는데, 그에게 뇌졸중이 시작되었습니다. 우리가 자리에 앉았을 때 그는 말했습니다. "오, 세상에, 나는 곧 죽을 겁니다. 어떻게든 해 주세요!" 그는 입의 한쪽만을 움직여 얘기하고 있었습니다. 다른 쪽이 마비되었기 때문입니다. 내가 한 일은 그저 그의 곁에 앉아서, 그를 사랑하고, 그의 눈을 들여다보고, 우리가 전화기와 차에서 멀리 떨어져 있음을 알아차리는 것뿐이었습니다. 그는 "당신은 걱정하지도 않는군요, 그렇죠?"라고 말했고, 나는 "예"라고 대답했습니다. 그러자 그는 눈물이 흘러내리는 얼굴로 웃음을 터뜨리기 시작했고, 나도 그랬습니다. 그리고 마침내 그의 신체 기능이 원래대로 회복되었습니다. 뇌졸중은 머물려고 온 게 아니라 지나가려고 왔던 것입니다. 이것이 사랑의 힘입니다. 나는 그를 걱정해 준다는 이유로 그에게서 떠나지는 않을 것입니다.

어떤 사람이 내 앞에서 칼에 찔렸다면, 연민(compassion)은 어떻게 할까요? 물론 나는 그를 돕기 위해 할 수 있는 모든 일을 할 것입니다. 하지만 만일 이런 일이 일어나지 말아야 했다고 생각한다면, 그것은 현실과 다투는 생각입니다. 그것은 효율적이지 않습니다. 만일 내가 걱정을 한다면, 나는 나 자신인 하나임을 벗어나게 됩니다. 걱정을 하면 나는 현실을 벗어나게 되고, 칼에 찔린 사람과 분리됩니다. 나는 모든 것입니다. 자기의 우주 안에 나타나는 것 중에 어떤 것이든 배제한다면, 그것은 사랑이 아닙니다. 사랑은 모든 것과 함께합니다. 사랑은 괴물도 배제하지 않습니다. 사랑은 악몽도 피하지 않습니다. 오히려 그것을 고대합니다. 왜냐하면 좋아하든 좋아하지 않든 그 일은 일어날 수 있기 때문입니다. 마음속에서만이라도……. 나는 모든 것을 나 자신으로서 경험하며, 걱정이 그 경험을 방해하도록 놓아두지 않습니다. 사랑은 모든 세포를, 모든 원자를 포함해야 합니다. 사랑이 모든 세포이며 모든 원자입니다.

어떤 일이 옳게 느껴지면 나는 그 일을 합니다. 그렇게 보살피며 살아갑니다. 나는 그런 식으로 삶에 기여합니다. 거리의 쓰레기를 줍고, 폐품을 재활용하고, 노숙자와 함께 앉고, 부유한 사람과 함께 앉고, 마음 깊이 혼란스러운 사람들이 자기의 생각에 질문하도록 돕는 것으로……. 나는 지금 있는 것을 사랑하고, 그것이 나의 손과 당신의 손을 통해 변화되는 방식을 사랑합니다. 내가 변화시킬 수 있는 것을 변화시키는 것은 아름다운 일이며, 그 일은 언제나 노력 없이 이루어집니다.

연민이란 다른 사람의 아픔을 느끼는 것이라고 생각하는 사람들이 있습니다. 터무니없는 말입니다. 다른 사람의 아픔을 느낄 수는 없기 때문입니다. 당신은 그 사람의 입장이라면 어떻게 느낄지 상상하고, 자신이 투사한 느낌을 경험할 뿐입니다. 자기의 이야기가 없다면, 당신은 누구일까요? 아픔이 없는, 행복한 사람, 그리고 누가 당신을 필요로 할 때 온전히 도울 수 있는 사람, 귀 기울여 듣는 사람, 집 안의 선생님, 집 안의 붓다…… 그렇게 사는 사람일 것입니다. 당신이라는 개인이 있고 나라는 개인이 있다고 생각한다면, 몸들을 분명히 이해합시다. 분리된 몸들에 대해 내가 좋아하는 점은, 당신이 아플 때 나는 아프지 않다는 것입니다. 지금은 내 차례가 아닙니다. 그리고 내가 아플 때 당신은 아프지 않습니다. 당신은 우리 사이에 자신의 고통을 끼워 넣지 않고 나를 위해 그냥 있어 줄 수 있나요? 당신의 고통은 내게 바른 길을 보여 줄 수 없습니다. 고통은 고통을 가르칠 뿐입니다.

불교인은 세상의 고통을 인식하는 것이 중요하다고 말하는데, 물론 맞는 말입니다. 하지만 더 깊이 들여다보면, 그런 말조차 하나의 이야기입니다. 세상에 어떤 고통이 있다고 말하는 것은 하나의 이야기입니다. 우리는 자기의 생각들에 알맞게 질문하지 않기 때문에 고통을 상상합니다. 어떤 사람들이 극심한 고통 중에 있을 때, 나는 그 고통을 실재하는 것으로 보지 않으면서 그들과 함께 있을 수 있습니다. 그리고 만일 그들이 원한다면, 내가 보는 것을 그들도 보도록 전적으로 도울 수 있습니다. 그들 자신만이 스스로 변화할 수 있지만, 나는 친절한 말과 탐구의 힘으로 함께 있을 수 있습니다.

고통을 사랑의 증거라고 믿는 사람이 얼마나 많은지 놀라울 정도입니다. 그들은 생각합니다. "당신이 고통을 겪을 때 나도 함께 고통을 겪지 않는다면, 그건 내가 당신을 사랑하지 않는다는 뜻이야." 이 생각이 어떻게 진실할 수 있을까요? 사랑은 고요하며 평화롭습니다. 사랑은 두려움이 없습니다. 만일 당신의 마음이 상대방의 아픔은 어떠할 것이라고 상상하느라 바쁘다면, 어떻게 당신이 그녀와 함께 온전히 현존할 수 있을까요? 그녀가 아픔의 경험을 통과하는 동안, 어떻게 당신이 그녀의 손을 잡고 온 가슴으로 그녀를 사랑할 수 있을까요? 그녀가 왜 당신도 함께 아픔을 느끼기를 원할까요? 그녀는 그보다 당신이 함께 있어 주기를 원하지 않을까요? 만일 그들의 아픔을 느낀다고 믿는다면, 당신은 사람들을 위해 온전히 현존할 수 없습니다. 만일 어떤 사람이 자동차에 치여 깔려 있을 때, 그 사람이 어떻게 느낄지를 상상한다면 당신은 온몸에 힘이 빠져 움직일 수 없게 되어 버립니다. 하지만 그런 위기를 당하면 마음이 판단 기준을 잃고 더는 상상할 수 없을 때가 있습니다. 그럴 때면 당신은 생각하지 않고, 그저 행동하며, 달려가서 "이건 불가능한 일이야"라는 생각이 들기도 전에 차를 들어 올립니다. 그 일은 순식간에 일어납니다. 당신의 이야기가 없다면 당신은 누구일까요? 차가 공중에 들려 있습니다.

슬픔은 늘 자신에게 진실하지 않은 생각, 스트레스를 주는 생각을 믿고 있음을 보여 주는 신호입니다. 슬픔은 가슴을 죄며 기분이 좋지 않습니다. 세상의 지혜는 다르게 말하지만, 슬픔은 이성적이지 않으며, 자연스러운 반응이 아니며, 결코 당신을 도울 수 없습니다. 그것이 진실입니다. 슬픔은 현실의 상실, 사랑을 아는 알아차림의 상실을 나타낼 뿐입니다. 슬픔은 지금 있는 것과 벌이는 전쟁입니다. 언짢은 기분입니다. 우리는 신과 다투고 있을 때만 슬픔을 경험할 수 있습니다. 마음이 맑을 때는 어떤 슬픔도 없습니다. 있을 수가 없습니다.

지금 있는 현실을 온전히 받아들이는 자세로 상실의 상황 속에 들어가면, 상실처럼 보이는 상황에서 흥분되고 깊은 감미로움을 느끼게 하는 무언가를 경험할 수도 있습니다. 마음에 질문을 하면, 스트레스를 주는 이야기를 있는 그대로 알아차리면, 당신은 어떻게도 마음을 아프게 할 수 없습니다. 그러면 자신이 경험한 최악의 상실이 사실은 가장 큰 선물임을 알게 됩니다. "그녀는 죽지 말아야 했어"나 "그는 떠나지 말아야 했어"와 같은 이야기가 다시 떠오를 때면 작은 유머와 작은 기쁨을 경험하게 됩니다. 삶은 기쁨입니다. 그리고 환상이 일어나고 있음을 이해하면 그것이 기쁨으로서 일어나는 자신임을 이해하게 됩니다.

연민은 어떤 식일까요? 장례식에 가면 그저 음식을 드세요. 무엇을 해야 할지 알 필요는 없습니다. 할 일은 저절로 펼쳐집니다. 누군가 당신의 품에 안기고, 친절한 말들이 저절로 흘러나옵니다. 당신이 그 말을 하는 것이 아닙니다. 연민은 어떤 행위가 아닙니다. 그들의 고통 때문에 당신이 고통을 받든 안 받든, 당신은 서 있거나 앉아 있습니다. 하지만 고통을 받지 않을 때는 편안하고, 고통을 받을 때는 그렇지 않습니다.

친절하게 행동하기 위해 좋지 않은 기분을 느낄 필요는 없습니다. 오히려 고통을 덜 받을수록 자연스럽게 더 친절해집니다. 그리고 만일 연민이란 다른 사람들이 고통에서 해방되기를 원하는 것이라면, 당신이 자신에게 주고 싶지 않은 것(고통)을 어떻게 다른 사람들을 위해 원할 수 있을까요?

어느 유명한 불교 스승의 인터뷰를 읽었는데, 그는 2001년 9월 11일에 비행기가 세계무역센터 건물에 충돌했을 때 얼마나 큰 충격을 받고 망연자실했는지 얘기했습니다. 이런 반응이 일반적이지만, 그것은 열린 마음과 가슴의 반응은 아닙니다. 이런 반응은 연민과는 아무 상관이 없습니다. 그런 반응이 나오는 까닭은 질문되지 않은 생각들을 믿기때문입니다. 그는 예를 들어 "이 일은 일어나지 말아야 했어" 또는 "이건 끔찍한 일이야"라는 생각을 믿었습니다. 그를 고통스럽게 한 것은 그 사건 자체가 아니라 이러한 생각들이었습니다. 그는 질문되지 않은 생각들로 '자기 자신'을 망연자실하게 만들고 있었습니다. 그의 고통은 테러리스트들이나 죽은 사람들과는 아무 상관이 없었습니다. 당신은 이 말을 받아들일 수 있나요? 그는 붓다의 길 —고통의 끝—에 헌신해 왔지만, 그 순간 자기의 마음에 테러를 가해 공포에 떨게 했고, 스스로 자기를 비통하게 만들었습니다. 비행기가 충돌하는 건물에 무서운 의미들을 투사하여, 자기의 질문되지 않은 생각들로 자신을 죽이고 자기 은총의 상태를 앗아 간 사람들에게 나는 연민을 느꼈습니다.

고통의 끝은 바로 이 순간에 일어납니다. 테러리스트의 공격 장면을 지켜보고 있든, 설거지를 하고 있든……. 그리고 연민은 가정에서 시작됩니다. 나는 내 생각을 믿지 않기 때문에 슬픔이 존재할 수 없습니다. 그래서 나는 사람들이 초대하면 그들의 고통 깊은 곳까지 들어가서 그들의 손을 잡고 현실의 햇빛 속으로 데리고 나올 수 있습니다. 나 자신이 그 길을 직접 걸었기 때문입니다.

고통스러운 생각들이 없으면 평화를 위해 활동하지 않을 것 같아서 그런 생각들을 내려놓지 못한다고 말하는 사람들이 있습니다. 그들은 말합니다. "만일 내가 완전히 평화롭다면 왜 행동을 하겠어요?" 나는 대답합니다. "사랑이 그렇게 하니까요." 올바른 일을 하도록 동기를 부여하려면 슬픔이나 분노가 필요하다고 생각하는 것은 제정신이 아닙니다. 그것은 마치 더 맑고 더 행복해지면 덜 친절해질 것이라고, 자유를 발견하면 하루 종일 입가에 침이나 흘리며 앉아 있기만 할 것이라고 생각하는 것과 같습니다. 내 경험은 정반대입니다. 사랑은 행동입니다. 사랑은 명쾌하고, 친절하며, 노력이 들지 않고, 억제할 수가 없습니다.

27

좋은 사람이란 나쁜 사람의 선생이 아니고
무엇이겠는가?
나쁜 사람이란 좋은 사람의 할 일이 아니고
무엇이겠는가?
이를 이해하지 못하면, 아무리 지성적인
사람이라도 길을 잃을 것이다.
이것이 크나큰 비밀이다.

누가 내게 도움을 청하면, 내가 어떻게 응하지 않을 수 있을까요? 나는 사람들을 있는 그대로 사랑합니다. 그들이 자신을 성자로 여기든 죄인으로 여기든. 나는 우리가 저마다 범주로 묶일 수 없으며 측량할 수 없는 존재임을 압니다. 사람들에 대한 당신의 이야기를 믿지 않는다면 그들을 거부할 수 없습니다. 그리고 실제로 나는 받아들이거나 거부하지 않습니다. 두 팔 벌려 모든 사람을 환영할 뿐입니다.

그렇다고 해서 사람들이 끼치는 해악이나 어떤 형태의 잔인함을 묵과한다는 뜻이 아닙니다. 하지만 본래 나쁜 사람은 없습니다. 어떤 사람이 다른 사람에게 해를 끼칠 때는 그가 혼란스럽기 때문입니다. 이는 보통 사람들뿐만 아니라, 내가 교도소에서 만난 살인범과 강간범에게도 진실입니다. 그들은 철석같이 믿는, 스트레스를 주는 생각들을―죽도록―투사하고 있었습니다.

예를 들어, 만일 자녀를 때리는 어머니를 본다면, 나는 가만히 서서 그 일이 일어나도록 방관하지 않으며, 그 어머니를 훈계하지도 않습니다. 그녀는 한 번도 질문해 보지 않은 하나의 믿음 체계 때문에 순진하게 행동하고 있을 뿐입니다. 그녀는 스트레스를 주는 생각들—"이 아이는 나를 존중하지 않아", "그는 내 말을 경청하지 않아", "그는 말대꾸하지 말아야 해", "그는 그렇게 하지 말아야 했어", "그는 강제로 복종시킬 필요가 있어"—을 믿고 있으므로 때리지 않을 수 없습니다. 혼란스러우면 무척 고통스럽습니다. 그래서 나 자신인 그녀가 나 자신인 아이를 때리는 모습을 볼 때, 나는 그 어머니에게 다가갑니다. 그 어머니가 문제의 원인이기 때문입니다. 나는 그녀에게 다가가서 아마 "내가 도울 수 있을까요?" 또는 "자녀를 때리는 것이 얼마나 고통스러운 일인지 알아요. 나도 그렇게 해 봤으니까요. 나도 그 자리에 있어 봤어요. 이 문제에 대해 얘기해 보시겠어요?"라고 말할 것입니다. 사랑은 방관하지 않습니다. 사랑은 명쾌함의 속도로 움직입니다. 사랑은 어머니와 아이를 모두 품습니다. 어머니가 자기의 생각들을 조사해 보도록 돕는 것은 아이를 돕는 길이기도 합니다. 그리고 궁극적으로 나는 그들을 위해 그렇게 하고 있는 것이 아님을, 나 자신을 위해, 옳게 느껴지는 일을 위해 그렇게 하고 있음을 압니다. 그래서 행동은 개인을 위해 이루어지며, 내 경험에 따르면 행동은 마음이 맑고 어떤 의도가 없을 때 더욱 효과적입니다.

　약속의 경우도 마찬가지입니다. 나는 사람들과 한 약속을 지킵니다. 그것은 나와 한 약속이기 때문입니다. 그것은 '나의' 일입니다. 다른 사람과는 상관이 없습니다. 여러 해 전 독일 쾰른에 있을 때, 독일인 친구가 내게 전화를 걸어 빨리 호스피스(말기 환자를 위한 병원)로 와 달라고 부탁했습니다. 그는 죽음을 눈앞에 두고 있다면서, 죽을 때 내가 그의 손을 붙잡고 눈을 들여다보아 주는 것이 가장 큰 소망이라고 말했습니다. 나는 "알았어요. 금방 갈게요"라고 말했습니다. 그 호스피스는 차로 한 시간가량 떨어진 다른 도시에 있었습니다. 다른 독일인 친구가 나를 차로 데려다주겠다고 자원했습니다. 그런데 그는 내가 죽음을 앞둔 남자와 함께 앉아 있는 동안 그 도시에서 다른 볼일을 보려는 목적이 있었습니다.

우리가 호스피스에 가까이 갔을 때, 그는 길 가는 사람에게 자신이 가려는 곳으로 가는 방향을 묻기 시작했습니다. 나는 지켜야 할 약속이 있다는 사실을 그에게 상기시켰습니다. 그는 내 말을 무시했고 계속 방향을 물었습니다. 나는 그의 어깨를 툭툭 치고 그의 눈을 똑바로 바라보면서 단호하게 말했습니다. "얼른 차를 출발시켜 주세요. 지금 호스피스에 가야 합니다." 그는 주의를 기울이지 않았습니다. 5분쯤 후에 방향을 알게 된 그는 차를 몰고 나를 호스피스에 내려 주었습니다. 나는 병동으로 달려가서 문을 두드렸습니다. 두 명의 간호사가 어두운 표정으로 나왔습니다. 내가 나를 소개하자, 그들은 내가 너무 늦었다고, 게어하르드는 방금 세상을 떠났다고 말했습니다.

그러자 "아, 내가 너무 늦었구나"라는 생각이 들었는데, 동시에 "그게 진실인가?"라는 말없는 질문이 떠올라 그 생각과 만났습니다. 나는 따뜻한 내면의 미소를 느꼈습니다. 만일 너무 늦었다는 생각을 믿었다면, 나는 슬픔과 실망감, 나를 데려다준 친구에 대한 분노, 그가 곧바로 그곳에 데려다줄 거라 믿은 나 자신에 대한 분노를 느끼고,

죽음의 순간에 게어하드를 홀로 내버려 둔 데 대해 비통해했을지도 모릅니다. 하지만 나는 현실의 때는 나의 때보다 더 낫다고 언제나 확신합니다. 나는 최선을 다했고, 이 시간은 명백히 내가 도착할 완벽한 순간이었습니다. 너무 이르지도 너무 늦지도 않은.

간호사들에게 게어하드의 방에 가고 싶다고 말하자, 그들은 나를 그곳으로 안내했습니다. 나는 그의 곁에 앉았습니다. 그의 눈은 놀란 듯이 크게 뜨여 있습니다. 나는 그의 손을 잡고 곁에 앉아서 고요하고 근사한 시간을 보냈습니다. 나는 약속을 지키는 것을 좋아합니다.

28

남성성을 알면서
여성성을 유지하라.
세상을 품에 안아라.

이야기가 없다면, 나는 개인도 아니고 비개인도 아니며, 남성도 아니고 여성도 아닙니다. 참된 나를 위한 단어는 없습니다. 그것을 '아무것도 아닌 것(nothing)'이라고 부르는 것은 '어떤 것(something)'이라고 부르는 것만큼이나 진실이 아닙니다. 삶과 죽음의 한가운데에서 누가 그것을 위한 이름을 필요로 할까요? 그것은 자기가 하는 일을 합니다. 그것은 기쁨으로 먹고, 자고, 요리하고, 청소하고, 친구와 얘기하고, 자기의 길을 갑니다.

나는 생각을 사랑하지만, 생각을 믿으려 하지는 않습니다. 생각들은 바람과 같고, 나무에 매달린 나뭇잎과 같고, 떨어지는 빗방울과 같습니다. 생각들은 개인의 것이 아니며, 우리에게 속한 것도 아니며, 그저 오고 갈 뿐입니다. 생각을 이해로 만나면 생각은 친구가 됩니다. 나는 나의 이야기들을 사랑합니다. 나는 여성인 것을 사랑합니다. 비록 참된 나는 여성이 아니지만……. 나는 63년 된 이 몸이 흘러가고 열리는 방식을 사랑합니다. 나는 여성적인 상징들을 사랑합니다.

아름다운 옷과 옷감, 귀고리들과 그것들이 반짝이고 달랑거리는 방식을, 목걸이, 색깔, 향수의 향기, 샴푸와 비누의 감촉을 사랑합니다. 내 피부의 부드러움과 매끄러움을 사랑합니다. (간혹 남편의 손을 십 분쯤 어루만지다가 그게 내 손이라는 걸 깨닫곤 합니다.) 나는 피부의 너그러움을, 신체 기관들이 효율적으로 일하는 방식을, 그리고 내 다리의 우아함을 사랑합니다. 때때로 스웨터를 꺼내려고 팔을 들다가 내 가슴을 보는데, 그럴 때면 말할 수 없는 기쁨을 느낍니다. "어쩌면 이렇게 아름다운 몸을 투사할 수 있는 것일까?" 나는 생각합니다. "얼마나 아름답고 기이한가!"

남편이 나를 만질 때마다 나는 번번이 충격을 받고 놀라움을 느낍니다. 그리고 그 목적이 무엇인지 생각하느라 접촉을 방해하지도 않고, 무슨 일이 일어나고 있는지, 그 접촉이 무슨 의미인지를 나 자신에게 속으로 설명하지도 않습니다. 그냥 그 접촉의 힘과 따스함, 내적인 힘, 느낌들의 물결을 느낄 뿐입니다. 그것은 사랑하는 사람에게 열리는 경험입니다. 그것이 전부입니다. 그것은 미지의 것이며, 검열되지 않고, 끊이지 않고, 지속되지 않는 것이며, 다음 물결과 그 다음 물결에 두려움 없이 열립니다. 접촉에 응하여 나타나는 반응들, 다른 사람을 만질 때 나타나는 반응들은 불가사의합니다. 그리고 더이상은 열릴 수 없을 것이라고 막 생각할 때, 그것은 다시 열립니다. 나는 그것이 무엇인지, 내가 무엇을 만지고 있고 무엇이 나를 만지고 있는지 모릅니다. 단지 그것이 언제나 새롭고 말할 수 없이 좋다는 것을 알 뿐입니다. 그리고 나는 그 감촉과 모습, 부드러움, 냄새, 묘미, 그리고 각 부분이 자연스럽게 들어맞으면서 흐르는 것, 그것에 대한 상대방의 반응, 그의 받아들이는 능력을 사랑합니다. 몸은 전기가 가득 흐르는 전선처럼 변하며, 나는 몸—나의 몸, 그의 몸—이 어디로 갈 것인지, 무슨 일이 일어나고 있는지, 무슨 일이 일어날지를 알지 못하고 신경도 쓰지 않습니다. 알아차림(앎)은 언제나 살아 있고, 고요함 속에 깨어 있으며, 영향받지 않고, 늘 지금 여기에 현존하며, 알아차리고 집중하며 지켜봅니다. 그 영원한 변화로서, 그 자신의 기적으로서.

29

세상은 성스럽다.
세상은 더 나아질 수 없다.
쓸데없이 손을 대면 세상을 망칠 것이다.
세상을 하나의 대상처럼 대하면
세상을 잃을 것이다.

세상은 완전합니다. 마음에 질문하면 이 진실이 더욱더 분명해집니다. 마음이 변하면, 그 결과로 세상도 변합니다. 맑은 마음은 치유가 필요한 모든 것을 치유합니다. 그 마음은 세상에 티끌만큼이라도 문제가 있다는 생각에 속지 않으며 믿지도 않습니다.

하지만 어떤 사람들은 세상이 완전하다는 통찰을 하나의 관념으로 만들어 버린 뒤, 정치나 사회 활동에 관여할 필요가 없다는 결론을 내립니다. 그것은 분리입니다. 만일 누가 찾아와서 "나는 고통받고 있어요. 제발 도와주세요"라고 말하면, "당신은 있는 그대로 완전합니다"라고 대답하며 외면할 건가요? 우리의 가슴은 도움이 필요한 사람과 동물에게 자연스럽게 반응합니다.

깨달음은 삶으로 표현되기 전에는 가치가 없습니다. 나는 고통을 겪는 한 사람을 위해 지구의 끝까지 여행할 것입니다. 절망하고 희망을 잃은 사람들은 내 몸의 깨어나지 못한 세포들입니다. 나는 나 자신

136

의 몸에 관해 얘기하고 있으며, 세상이라는 몸이 나의 몸입니다. 나 자신이 존재하지도 않는 물속에 빠져 익사하도록 내가 내버려 둘까요? 나 자신이 상상으로 만들어진 고문실에서 죽도록 내가 내버려 둘까요? 나는 생각합니다. "맙소사, 문제가 있다고 정말로 믿는 사람이 저기 있구나." 나도 문제가 있다고 생각하던 시절이 있었습니다. 그러니 그 사람이 도움을 청할 때 어떻게 거절할 수 있을까요? 그것은 나 자신을 거절하는 것입니다. 그래서 나는 갈 수 있으면 "예" 하고 갑니다. 그것은 특권입니다. 아니, 그 이상입니다. 그것은 자기사랑입니다.

사람들은 지금 그대로 완전합니다. 아무리 깊은 고통을 받고 있어도……. 하지만 그들은 아직 그 사실을 깨닫지 못합니다. 그래서 나는 고통받는 사람을 만날 때 "아무 문제가 없어요. 모든 것은 완전해요"라고 말하지 않습니다. 비록 나는 어떤 문제도 없음을 볼 수 있고, 그 사람도 그러함을 보도록 도울 수 있지만, 내가 보는 것을 그에게 말하는 것은 친절한 행동이 아닐 것입니다. 내 몸의 그 부분은 고통을 겪고 있으며, 그 사람에게는 모든 것이 완전하지 않습니다. 완전하지 않다고 믿기 때문입니다. 나 역시 마음의 고문실에 갇혀 있었습니다. 그래서 나는 그가 필요하다고 생각하는 것을 듣고, 그의 슬픔이나 절망을 듣고, 그 사람에게 이용될 수 있습니다. 그것은 완전한 행동주의입니다. 문제를 보지 않는 사람과 함께 있으면 문제가 사라집니다. 문제가 없음을 보게 됩니다.

사람들은 묻습니다. "어떻게 당신은 이 모든 문제를 날이면 날마다 귀 기울여 들을 수 있나요? 그러면 에너지가 고갈되지 않나요?" 음, 그렇지 않습니다. 나는 스트레스를 주는 생각들에 질문을 했고, 그 생각들 가운데 어느 하나도 진실하지 않음을 보았습니다. 맹독을 품은 뱀처럼 보이던 모든 생각이 실제로는 새끼줄입니다.* 나는 천 년이라도 그 새끼줄 위에 서 있을 수 있으며, 다시는 그것을 보고 두려워하며 떨지 않을 것입니다. 나는 새끼줄을 분명히 보지만, 어떤 사람들은 아직 직접 보지 못합니다. 세상의 모든 사람이 새끼줄을 보고 비명을 지르며 달아날지 모르지만, 나는 그들을 염려하지 않고 안타까워하지도 않으며 조금도 걱정하지 않습니다. 사실은 그들이 위험에 처해 있지 않으며, 절대적으로 안전한 곳에 있다는 것을 알고 있기 때문입니다. 그들이 뱀을 보고 비명을 지를 때, 내 눈에는 오로지 새끼줄만 보입니다.

만일 어떤 사람이나 세상의 상태에 문제가 있다고 느낀다면, 스트레스를 주는 생각을 종이에 쓰고 그 생각에 질문을 던져 보세요. 세상을 구하기 위해서가 아니라, 진실을 사랑하는 마음으로 그렇게 해보세요. 앞의 말을 뒤바꿔 보세요: 자신의 세상을 구하세요. 당신이 세상을 구하고 싶어 하는 것은 무엇보다 그 때문이 아닌가요? 그래서 당신이 행복해질 수 있도록? 중개인은 건너뛰고, 지금 여기에서 행복하세요! 당신이 그것입니다. 당신이 바로 그럴 수 있는 사람입니다. 이 뒤바꾸기에서 당신은 여전히 능동적이지만, 그 안에는 두려움이 없고 내면의 전쟁이 없습니다. 그래서 평화를 가르치려 애쓰는 전쟁이 그치게 됩니다. 전쟁은 평화를 가르칠 수 없습니다. 오직 평화

---

* 뱀과 새끼줄의 비유에서 인용. 저녁에 길을 걷던 행인이 앞에 똬리를 틀고 있는 뱀을 보고 두려워하여 앞으로 나아가지 못했는데, 사실 그것은 새끼줄이었으며 행인이 착각했다는 이야기. 실재에 대한 착각을 지적하기 위해 인용된다.—옮긴이

만이 평화를 가르칠 수 있습니다.

나는 세상을 바꾸려 하지 않습니다. 세상은 <u>스스로</u> 바뀌며, 나는 그 변화의 일부입니다. 나는 지금 있는 현실을 절대적으로, 완전히 사랑하는 사람입니다. 사람들이 도움을 요청하면 나는 "예"라고 말합니다. 우리는 함께 질문하고, 그들은 고통을 끝내기 시작하며, 그 안에서 세상의 고통을 끝내기 시작합니다.

나는 나의 진실 안에 서 있으며, 이 행성에게 무엇이 최선인지를 안다고 여기지 않습니다. 세상이 완전하다는 것을 안다고 해서 올바르게 여겨지는 일을 하지 않거나 그만두는 것은 아닙니다. 예를 들어 당신이 환경에 관심이 있다면, 우리에게 모든 사실을 알려 주기 바랍니다. 열심히 공부하고, 필요하면 대학원에도 가고, 밖에 있는 우리를 도와주세요. 어떤 결과를 의도하지 않고 우리에게 분명하게 얘기하면, 우리는 당신의 말에 귀를 기울일 것입니다. 당신은 우리와 같은 수준에 있기 때문입니다. 당신은 우월한 위치, "나는 알아" 하는 위치에서 우리에게 얘기하고 있지 않습니다. 우리 모두가 동등하며 저마다 최선을 다하고 있음을 안다면, 당신은 지구에서 가장 힘 있는 행동가가 될 것입니다.

사랑은 힘입니다. 나는 인류의 마음 깊이 들어갈 수 있는 활동가가 되는 유일한 길을 알고 있습니다. 그것은 사실을 전달하는 것이며, 자신의 경험을 정직하게 얘기하는 것이며, 아무 조건 없이 사랑하는 것입니다. 그러지 않으면 당신은 세상에게 어떤 것도 납득시킬 수 없습니다. 비록 그것이 세상에게 좋은 것일지라도. 왜냐하면 당신의 독선은 결국 간파될 것이고, 당신은 환경을 오염시키는 기업들과 논쟁을 벌일 것이며, 분노하여 삿대질을 하게 될 것이기 때문입니다. 그것은 당신이 "나는 이 지구에 무엇이 최선인지 알아"라고 믿을 때 감추고 있는 것입니다.

대기를 파괴한다는 이유로 기업의 간부를 공격한다면, 당신의 정보가 아무리 타당하더라도, 그가 당신이 하는 말에 마음을 열까요? 당신은 그런 태도로 그를 위협하고 있으며, 사실들은 실종될 수 있습니다. 왜냐하면 당신이 두려움과 정의로운 분노로 말을 하고 있기 때문입니다. 그가 당신에게 듣는 말은 오직 그가 잘못하고 있고 그것이 그의 책임이라는 것뿐입니다. 그러면 그는 부인을 하고 저항을 하게 됩니다. 하지만 만일 지금 이 순간 모든 것은 그래야 하는 대로 있다는 것을 완전히 확신하면서 그에게 스트레스 없이 말한다면, 당신은 미래에 대한 두려움 없이 친절하고 효과적으로 말할 수 있습니다.

폭력은 폭력만을 가르칩니다. 스트레스는 스트레스를 가르칩니다. 당신이 자기의 정신적인 환경을 깨끗이 청소한다면, 우리는 우리의 물질적인 환경을 훨씬 더 빨리 깨끗이 청소할 것입니다. 그런 식으로 작동하게 됩니다. 그리고 만일 당신이 진심으로, 가슴속에 폭력이 없이, 분노 없이, 기업을 적으로 지목하지 않고 그렇게 한다면, 사람들이 알아차리기 시작합니다. 우리는 평화롭게 변화할 수 있다는 것을 전해 듣고 알아차리기 시작합니다. 그것은 한 사람과 함께 시작해야 합니다. 당신이 그 사람이 아니라면 누구이겠습니까?

세상은 모든 면에서 당신을 시험할 것입니다. 아직 끝마치지 않은 내면의 마지막 작은 조각까지 깨달을 수 있도록……. 그것은 완벽한 장치입니다. 장군!

30

그녀는 우주가 영원히
통제될 수 없으며,
사건들을 지배하려 하는 것은
도(道)의 흐름에 역행한다는 것을
이해한다.

통제될 수 없는 듯한 세상에 우리는 어떻게 반응하나요? 세상이
그런 식으로 보이는 이유는 세상이 정말로 통제될 수 없기 때문입니
다. 우리가 원하든 원하지 않든 태양은 떠오르고, 토스터는 고장 나
고, 일하러 가는 당신을 누가 방해합니다. 우리에게는 통제권이 없습
니다. 일들이 생각대로 진행되면 우리는 스스로 통제할 수 있다는 환
상을 갖게 됩니다. 일들이 생각대로 되지 않으면, 우리는 통제력을
잃었다고 말합니다. 그리고 이 모든 것을 초월한 어떤 깨달음의 상
태, 우리가 다시 통제권을 갖게 될 것이라고 상상하는 그런 상태를
추구합니다. 하지만 우리가 정말로 원하는 것은 평화입니다. 우리는
통제권을 갖거나 '깨달음'(그런데 이것이 무엇을 뜻하는지는 아무도 모릅니
다)을 얻게 되면 평화를 찾을 것이라고 생각합니다.

1986년에 현실로 깨어나기 전까지 나에게는 통제를 나타내는 상징
이 있었는데, 아이들의 양말이 그것이었습니다. 매일 아침 아이들의

양말은 바닥에 놓여 있었고, 매일 아침 나는 "아이들은 양말을 주워야 해"라고 생각했습니다. 그것은 나의 종교였습니다. 나의 세계는 점점 더 통제 불능 상태에 빠져서 내 마음속에서는 어디에나 양말이 있었습니다. 내 마음은 분노와 우울로 가득 차곤 했습니다. 왜냐하면 이 양말들이 거실 바닥에 있지 않아야 한다고 믿었고(비록 아침마다 거실 바닥은 양말들이 있는 장소였지만), 양말을 줍는 것은 아이들이 할 일이라고(비록 아침마다 그들은 그러지 않았지만) 믿었기 때문입니다. 나는 양말이라는 상징을 사용하지만, 당신의 경우에는 똑같은 생각이 환경이나 정치, 돈에 적용될 수도 있습니다. 우리는 이런 것들이 지금 있는 그대로와 달라야 한다고 생각하며, 그런 생각을 믿기 때문에 고통을 당합니다.

십 년간 깊은 우울증과 절망을 겪은 뒤, 마흔세 살 때 나의 진정한 삶이 시작되었습니다. 내가 고통을 받은 원인은 통제하지 못해서가 아니라는 것을 그때 알게 되었습니다. 고통은 현실과 다툰 결과였습니다. 생각을 믿을 때는 고통을 받고, 생각을 믿지 않을 때는 고통받지 않는다는 것을 나는 깨달았습니다. 이것은 모든 사람에게 진실입니다. 자유는 그처럼 단순합니다. 고통은 선택하는 것임을 알게 되었습니다. 나는 내 안의 기쁨을 발견했으며, 그 기쁨은 한순간도 사라지지 않았습니다. 그 기쁨은 모든 사람 안에 언제나 있습니다. 진실에 대한 사랑으로 마음에 질문을 할 때, 당신의 삶은 언제나 더욱 행복해지고 더욱 친절해집니다.

탐구는 고통받는 마음이 현실과의 다툼에서 빠져나오도록 돕습니다. 탐구는 우리가 끊임없는 변화와 함께하도록 돕습니다. 결국, 우리가 좋아하든 싫어하든, 변화는 일어납니다. 모든 것이 변합니다. 그렇게 보입니다. 하지만 변화가 어떤 식으로 이루어져야 한다는 생각에 집착하면, 통제하지 못하는 상황이 불편하게 느껴집니다.

탐구를 통해 우리는 통제할 수 있는 영역, 즉 생각으로 들어갑니다. 예를 들어, 세상이 어째서 미쳐 가는 것처럼 보이는지에 대한 생각에 질문합니다. 그러면 그 광기는 결코 세상 속에 있지 않으며 우리 안에 있음을 알게 됩니다. 세상은 우리의 생각이 투사된 것입니다. 우리는 생각을 이해할 때 세상을 이해하게 됩니다. 그리고 세상을 사랑하게 됩니다. 그 안에 평화가 있습니다. 세상이 더 나아져야 한다는 생각이 없다면, 나는 누구일까요? 지금 내가 있는 곳에서 행복할 것입니다. 햇볕을 받으며 의자에 앉아 있는 여자. 아주 단순합니다.

내 아이들은 이제 자기의 양말을 줍는다고 말합니다. 그 아이들은 이제 이해하며, 조건 없이 나를 사랑합니다. 내가 고요해질 때 그들은 자기 내면의 말을 들을 수 있기 때문입니다. 내가 어떤 매듭을 풀면, 그들에게서도 풀립니다. 왜냐하면 그들은 나 자신이며, 내가 믿었던 대로 살고 있기 때문입니다. 겉으로 보이는 세상은 메아리와 같습니다. 메아리는 나에게서 43년 동안 나갔고, 이제는 돌아오고 있습니다. 그 모든 것은 호흡과 같고, 호수와 같습니다. 호수에 조약돌을 던져 생긴 잔물결이 계속 퍼져 가다 이제 돌아오고 있습니다. 나는 혼란에서 빠져나왔고, 내 아이들도 그러고 있습니다. 그들은 내가 가르쳤던 수많은 관념들에 대한 집착을 잃고 있고 고요해지고 있습니다. '생각 작업'이 모든 사람을 위해 하는 일이 그것입니다. 자기에게로 돌아온다고 말할 때 내가 의미하는 바는 그것입니다.

세상의 광기처럼 보이는 것은, 다른 모든 것과 마찬가지로, 우리가 마음을 해방시키기 위해 쓸 수 있는 선물입니다. 예를 들어 당신이 지구에 대해 가지고 있는, 스트레스를 주는 모든 생각은 당신이 어디에 갇혀 있는지를 보여 줍니다. 그리고 삶을 조건 없이, 있는 그대로, 온전히 만나지 못하는 동안 에너지가 어디에서 허비되고 있는지를 보여 줍니다. 자기 마음 바깥에서 이른바 '깨달은' 상태를 발견함으로써 자신을 해방시킬 수는 없습니다. 자신이 믿는 생각에 질문할 때, 당신이 찾고 있던 깨달음은 바로 자기 자신이라는 것을 마침내 알게 됩니다. 지금 있는 것—모든 것, 폭력과 광기로 보이는 것까지 포함하여—을 사랑할 수 있기 전까지, 당신은 세상에서 분리되어 있으며, 세상을 위험하고 두려운 것으로 보게 될 것입니다. 나는 이런 두려운 생각들을 종이 위에 적고, 그 생각들에 질문하고, 자유로워지도록 모든 사람을 초대합니다. 마음이 자신과 전쟁을 벌이지 않을 때는 그 안에 분리가 없습니다. 나는 예순세 살이고 한계가 없습니다. 만일 내가 이름을 갖는다면, 그것은 '섬김'일 것입니다. 만일 내가 이름을 갖는다면, 그것은 '감사'일 것입니다.

당신은 미래를 다룰 필요가 없다는 것을, 지금 나타나는 것이 당신이 얻는 모든 것이며, 이것조차 언제나 즉시 사라져 버린다는 것을 알게 될 것입니다. 그리고 현실과 벌이는 전쟁을 그만둘 때, 당신은 어떤 통제도 없이 변하는 그것입니다. 끝없이 변화하는 그 상태는 한계 없는 창조입니다. 설명할 수 없이 아름답고 효율적이며 자유로운.

31

무기는 두려움의 도구다.

방어는 전쟁의 첫 번째 행동입니다. 과거에 사람들이 "케이티, 당신은 내 말을 듣지 않는군요"라고 말하면, 나는 즉시 발끈하며 반박하곤 했습니다. "아니, 듣고 있어요! 어떻게 감히 그렇게 말할 수 있죠? 당신이 뭔데요? 나는 듣고 있어요!" 그때는 깨닫지 못했지만, 나는 나를 방어함으로써 전쟁을 일으키는 사람이었습니다. 그리고 전쟁을 끝낼 수 있는 사람도 나 자신이었습니다. 전쟁을 끝내는 데는 두 사람이 필요하지 않습니다. 한 사람만 필요합니다.

자아는 비판받는 것을 싫어하고 동의받는 것을 좋아합니다. 사실, 자아에게 사랑이란 동의에 불과합니다. 자아에게 하나의 인간관계란 서로의 이야기에 동의하는 두 사람입니다. 내가 당신에게 동의하면, 당신은 나를 사랑합니다. 그러나 내가 당신에게 동의하지 않는 순간, 또는 당신의 신성한 믿음 중 하나에 의문을 표시하는 순간, 나는 당신의 적이 되고, 당신은 마음속에서 나와 이혼합니다. 그 뒤 당신은 왜 자신이 옳은지를 증명하는 모든 이유를 찾기 시작하고, 자기 바깥에 계속 관심을 기울입니다. 바깥에 관심을 기울이면서, 자기의 문제가 그 순간 믿고 있는 이야기에 대한 집착이 아니라 다른 사람 때문에 생긴다고 믿을 때, 당신은 자기 자신에 의한 희생자이며, 그 상황은 희망이 없어 보입니다.

배우자는 당신을 비추어 주는 거울입니다. 당신이 그를 인식하는 방식을 제외하면, 그는 당신에게 심지어 존재하지도 않습니다. 당신은 그를 어떤 사람이라고 보는데, 결국 그런 인식은 당신의 생각일 뿐입니다. 그것은 다시, 다시, 또다시 당신의 생각일 뿐이며, 이런 식으로 당신은 자기 자신에게 눈이 먼 채로 스스로 정당화하고 길을 잃습니다. 배우자가 당신을 비춰 주는 거울이 아닌 다른 것이라고 생각하면 마음이 아픕니다. 당신의 눈에 그가 어떤 면에서 흠이 있는 것으로 보인다면, 그곳은 틀림없이 당신 자신의 흠이 있는 곳입니다. 그 흠은 당신의 생각 속에 있습니다. 당신은 그 흠을 투사하는 사람이기 때문입니다. 당신이 우리를 어떻다고 판단할 때, 사실은 그 순간 당신이 그런 사람입니다. 어떤 예외도 없습니다. 당신이 자기 자신의 고통입니다. 당신이 자기 자신의 행복입니다.

배우자에게 뭔가를 받아야 하지만 받지 못하고 있다는 믿음에서 자유로워지지 않으면, 배우자와 진정으로 함께할 수가 없습니다. 사랑하는 사람을 희생시킬 만큼 가치 있는 것은 아무것도 없습니다. 남편이라도 당신이 남편을 사랑하지 못하도록 가로막을 수는 없습니다. 오직 자기의 생각을 믿을 때만 당신은 남편을 잃을 수 있습니다. 그것이 남편을 잃는 유일한 길입니다. 당신은 남편과 하나입니다. 하지만 남편이 어떤 모습이어야 하고, 당신에게 뭔가를 주어야 하고, 그 자신이 아닌 다른 어떤 사람이 되어야 한다는 생각을 믿는 순간, 당신은 남편과 이혼합니다. 바로 그때 그 자리에서 당신은 결혼을 잃어버립니다.

하지만 물론 남편의 곁을 떠나는 것이 가장 좋은 길일 때가 있습니다. 만일 남편이 폭력적이라면, 왜 그의 곁에 머물고 있는지 생각해 보고, 그 생각들에 질문해 보세요. 진실에 눈을 뜨면, 그를 떠나는 것만이 건전한 선택임을 알게 될 수도 있습니다. 그를 가슴 깊이 사랑하더라도 그와 함께 살 수는 없다는 것을 알아차릴 수도 있습니다. 우리는 결혼을 끝내기 위해 두려워하거나 증오하거나 분노할 필요가 없습니다. 아직 떠날 준비가 되지 않았다면 결혼생활을 더 지속할 수도 있지만, 그럴 때는 당신이 그에게 학대당하도록 허용함으로써 자기 자신을 어떻게 학대하는지 잘 알아차리세요. 그것은 대문에 "개가 뭅니다"라는 큰 표지판이 달린 마당과 같습니다. 당신이 처음 마당에 들어가서 물리면, 개가 당신을 문 것입니다. 그런데 두 번째로 마당에 들어가서 물렸다면, 당신이 당신을 문 것입니다. 이 알아차림은 모든 것을 변화시킬 수 있습니다. 자기의 마음에 질문하면, 궁극적으로는 아무도 당신을 해칠 수 없다는 것을, 오직 당신만이 그럴 수 있다는 것을 깨닫기 시작합니다. 자기가 자기의 행복에 100퍼센트 책임이 있다는 것을 알게 됩니다. 이것은 아주 좋은 소식입니다.

만일 남편이 다른 여자와 연애를 하는데 그 일이 나에게 괜찮지 않으면, 나는 말할 것입니다. "여보, 당신이 연애하고 있다는 걸 아는데, 당신이 그렇게 할 때는 내 안의 뭔가가 당신에게서 멀어지는 것 같아요. 그게 뭔지는 모르겠지만, 그렇다는 건 알아요. 그건 당신이 내게서 멀어지는 걸 거울처럼 반영해요. 당신이 그걸 알기 원해요." 그 뒤 만일 그가 다른 여자와 지내는 것을 더 좋아하여 계속 연애를 하면, 나는 내가 멀어지는 것을 알아차리지만 화가 나서 그를 떠나지는 않을 것입니다. 그와 머물기 위해 내가 할 수 있는 일은 하나도 없고, 그와 이혼하기 위해 할 수 있는 일도 없습니다. 이 쇼를 상영하는 것은 내가 아닙니다. 나는 그와 함께 머물 수도 있고, 완전히 사랑하면서도 그와 이혼할 수 있습니다. 그리고 "정말 재미있고 신기하구나. 우리는 언제나 함께하겠다고 약속했는데, 지금 나는 그와 이혼하고 있어"라고 생각하며 아마 웃을 것이고, 그가 원하는 것을 가졌다는 사실을 사랑하며 앞으로 나아갈 것입니다. 내 안에는 전쟁이 없기 때문입니다. 어떤 사람은 "그는 불륜을 하면 안 돼", "그는 내 마음을 아프게 해", "그는 나와 함께 살 자격이 없어", "그는 약속을 깨뜨렸어", "그는 무정해"와 같은 생각을 하면서 남편과 이혼할 수 있습니다.

어느 쪽이든 움직임은 똑같습니다. 유일한 차이점은 '이야기'입니다. 당신은 어느 쪽으로든 여행할 것입니다. 문제는, "발로 차고 비명을 지르면서 갈 것인가, 아니면 당당하고 너그럽고 평화롭게 갈 것인가?"입니다. 억지로 후자의 길을 가려 하지 말고, 그런 척 가장하지도 말고, 영적인 척하거나 사랑하는 척하지도 마세요. 그저 정직하세요. 그리고 자신의 생각에 질문을 하세요. 그러면 나중에 사람들이 "아, 이혼이라는 건 정말 끔찍한 일이에요"라고 말할 때 당신은 얘기할 수 있습니다. "왜 그렇게 보는지는 이해하지만, 제 경험은 그렇지 않아요."

결혼생활의 전쟁을 끝내는 데는 두 명이 필요하지 않습니다. 한 사람만 필요합니다. 그리고 만일 두 사람이 전쟁을 끝내면 삶은 두 배로 아름다울 수 있습니다.

나는 일을 마치고 집에 와서 냉장고 문을 엽니다. 내가 좋아하는 스낵이 기다리고 있습니다. 나는 그것을 놓아둔 정확한 위치를 알고 있습니다. 맨 위 선반, 오른쪽······ 아니, 없네요! 남편이 먹어 버렸나 봅니다. 마음속에서 빙그레 웃음이 나옵니다. 여기에는 "그이는 배려심이 없어. 내 것인 줄 알면서도 먹어 버렸어. 내가 그걸 먹으려고 얼마나 기다렸는데. 그이가 모든 걸 망쳐 버렸어"와 같은 스트레스 주는 생각이 없습니다. 만일 내가 이런 생각을 하고 그 생각을 믿으면, 남편에게 짜증이 나기 시작할 것입니다. 심지어 화까지 나고 원망할지도 모릅니다. 현실은, 남편이 내 스낵을 먹었다는 사실이 나에게 더 좋다는 것을 내가 즉시 이해한다는 것입니다. 사실, 나는 남편이 그 스낵을 먹어서 기쁩니다. 저절로 웃음이 나옵니다. 그 순간에는 알아차리지 못했지만, 결과적으로 나는 남편을 위해 그 스낵을 산 것입니다. 내가 이처럼 잘 배려한다는 점을 알아서 기쁩니다. 일어난 일을 이런 식으로 보는 것은 나 자신에 대한 배려이기도 합니다.

남편이 집에 돌아오자 나는 이 일을 얘기해 줍니다. 우리는 함께 웃습니다. 남편은 내가 먹으려고 스낵을 산 줄은 몰랐다고 말합니다. 나는 그이가 먹어서 좋았다고 말하고, 다음에는 스낵을 먹어도 되는지 물어봐 달라고 부탁합니다. 그는 동의합니다. 나는 그가 이 말을 기억할 수도 있고 못할 수도 있다는 것을 깨닫습니다. 그리고 내가 세운 계획이 현실에 미치지 못함을 알고 전율을 느낍니다. 내가 스낵을 먹을 것이라고 상상했는데, 오히려 더 근사한 일이 일어났습니다.

32

만일 힘 있는 남자들과 여자들이
도(道)의 중심에 머무를 수 있다면,
모든 것이 조화로울 것이다.

'이야기'라는 필터가 사라지면, 현실을 있는 그대로 보기 시작합니다. 현실은 단순하고 근사하며, 당신의 상상보다 더 친절합니다. 거기에는 결코 중심을 떠나지 않는 공명이 있습니다. 당신은 현실을 존중하게 됩니다. 현실 바깥에는 진정한 삶이 없다는 것을 깨닫기 때문입니다.

어디에 서 있든 당신은 우주의 중심에 있습니다. 거기에는 큰 것도 작은 것도 없습니다. 은하계들과 전자들은 오로지 당신의 지각 안에서만 존재합니다. 모든 것은 당신을 중심으로 돌고 있습니다. 모든 것은 당신에게서 나와 당신에게로 돌아옵니다.

이 말이 자기중심적인 말로 들릴지 모릅니다. 하지만 그것은 자기중심적인 것과 정반대이며, 전적인 너그러움입니다. 그것은 만나는 모든 사람과 모든 것에 대한 사랑입니다. 왜냐하면 당신은 자기 자신을 깨달았기 때문입니다. 자신이 '그것'임을 아는 것보다 더 친절한 것은 없습니다. 자기 자신을 알게 되면, 이제까지 늘 존재했고 앞으로도 늘 존재할 유일한 자신을 알게 되면, 당신은 저절로 중심에 있게 됩니다. 자기 자신과 사랑에 빠집니다. 자기를 경이로워하고 자기를 기뻐합니다. 당신은 혼자입니다, 영원히. 그게 좋지 않나요? 당신의 아름다운 자기를 바라보세요!

과거에 나는 당신이라는 개인과 나라는 개인이 따로 있다고 믿었습니다. 그 뒤 당신이 없으며, 사실은 당신이 바로 나라는 것을 알게 되었습니다. 둘이 없고, 셋이나 넷도 없으며, 10억도 없습니다. 오직 하나만 있습니다. 얼마나 안도하게 되는지요! 얼마나 굉장한지요! "할 일이 아무것도 없다는 말인가요? 내가 괜찮으면 모든 게 괜찮다는 뜻인가요?" 예, 정말 그렇습니다. 그것이 자기 깨달음입니다. 모든 것은 순조롭게, 노력 없이 당신에게 주어집니다.

당신은 중심일 뿐 아니라 주변이기도 합니다. 당신은 원 전체이며, 원 둘레 바깥의 모든 것이기도 합니다. 아무것도 당신을 제한할 수 없으며 한계를 정할 수 없습니다. 당신은 그 모든 것입니다. 당신은 상상할 수 있는 그 모든 것입니다―안, 밖, 위, 아래. 당신에게서 나오지 않는 것은 아무것도 존재하지 않습니다. 이해되시나요? 만일 어떤 것이 당신에게서 나오지 않는다면, 그것은 존재할 수 없습니다. 당신은 무엇을 나타나게 하고 있나요? 별들? 우주들? 나무? 새? 돌멩이? 누가 생각하는 자인가요? 살펴보세요. 당신이 어떤 것을 생각하기 전에도 그것이 존재했나요? 당신이 꿈도 없는 깊은 잠에 들었을 때, 세상이 어디에 있나요? 오직 나만 있다는 것을 처음 깨달았을 때, 나는 웃기 시작했고, 웃음은 더 깊어졌습니다. 나는 부인(否認)보다 현실을 더 좋아하게 되었습니다. 그것이 불행의 끝이었습니다.

33

중심에 머무르며
죽음을 온 마음으로 껴안을 수 있다면,
당신은 영원히 지속될 것이다.

　내 혈액 샘플을 가져갔던 의사가 침통한 얼굴로 돌아왔습니다. 그는 나쁜 소식을 가져왔다고 말한 뒤, 유감스럽게도 나에게 암이 있다고 했습니다. 나쁜 소식이라고요? 나는 웃지 않을 수 없었습니다. 그런 나를 보고 그는 깜짝 놀라는 것 같았습니다. 모든 사람이 이런 웃음을 이해하지는 못합니다. 나중에 암이 아니라는 사실이 밝혀졌는데, 그것도 역시 좋은 소식이었습니다.

　암을 사랑하기 전까지는 신을 사랑할 수 없습니다. 그것이 진실입니다. 우리가 어떤 상징—가난, 외로움, 상실—을 쓰는지는 중요하지 않습니다. 우리가 고통을 받는 이유는 좋다거나 나쁘다는 관념에 집착하기 때문입니다. 어느 날 나는 몸에 커다란 종양이 있는 친구 곁에 앉아 있었는데, 그녀는 앞으로 살날이 몇 주밖에 남지 않았다는 말을 의사들에게 들었다고 합니다. 내가 그녀의 침상에서 일어나 떠날 때 그녀는 내게 "사랑해요"라고 했습니다. 나는 말했습니다. "아니, 그렇지 않아요. 당신은 저를 사랑할 수 없어요. 그 종양을 사랑하기 전에는. 당신은 그 종양에 덧씌우는 모든 관념을 결국 저에게도 덧씌울 거예요. 제가 당신이 원하는 것을 주지 않거나 당신의 믿음을 위협하는 순간, 당신은 금세 그 관념을 제게 덧씌울 겁니다." 이 말이 가혹하게 들릴지 모르지만, 그 친구는 언제나 진실을 얘기해 달라고 내게 부탁해 놓은 터였습니다. 그녀는 말했습니다. 그녀의 눈에서 흘러내리는 눈물은 감사의 눈물이라고……

무엇이 좋고 무엇이 나쁜지 아는 사람은 아무도 없습니다. 죽음이 무엇인지 아는 사람은 아무도 없습니다. 아마 그것은 '어떤 것 (something)'이 아니며 '아무것도 없는 것(nothing)'조차 아닐 것입니다. 그것은 전혀 알려지지 않은 것이며, 나는 그것을 사랑합니다. 우리는 죽음을 '어떤 존재의 상태'나 '아무것도 없는 상태'라고 상상하여, 자기의 관념들로 자기를 두렵게 합니다. 나는 지금 있는 것을 사랑합니다. 나는 질병과 건강을, 오는 것과 가는 것을, 삶과 죽음을 사랑합니다. 그리고 삶과 죽음을 동등하게 봅니다. 현실은 좋습니다. 그러므로 죽음은 좋은 것일 수밖에 없습니다. 만일 그런 것이 있다면, 그것이 무엇이든.

몇 달 전에 니들즈에 갔는데, 그곳은 딸 록산이 살고 있는 캘리포니아 남부 사막지대의 작은 도시입니다. 딸과 함께 식료품 가게에 있을 때, 몇십 년 동안 보지 못한 옛 친구들이 나를 알아보고는 "케이티!" 하고 소리쳐 불렀습니다. 그들은 환한 얼굴로 다가와서 나를 포옹하고는 내가 어떻게 지내는지 물었고, 나는 대답을 했습니다. 그리고 그들이 "그런데 어머니는 어떻게 지내시나요?"라고 묻자, 나는 "어머니는 잘 계세요. 돌아가셨어요"라고 대답했습니다. 침묵. 갑자기 미소들이 사라져 버렸습니다. 나는 그들이 곤란해한다는 것을 눈치 챘지만 왜 그러는지는 알 수 없었습니다. 우리가 가게에서 나왔을 때 딸은 나를 돌아보며 말했습니다. "엄마, 그렇게 말씀하시면 사람들이 당황해요." 내게는 그런 생각이 떠오르지 않았습니다. 나는 진실을 말했을 뿐입니다.

죽음을 선물로 경험하지 못한다면, 당신의 '생각 작업'은 아직 끝나지 않았습니다. 그러므로 만일 죽음을 두려워한다면, 다음에 질문해야 할 것이 무엇인지 알게 됩니다. 그밖에는 할 일이 없습니다. 당신은 이런 유치한 이야기를 믿고 있든지, 아니면 그 이야기에 질문하고 있습니다. 다른 선택은 없습니다. 죽음에 관해 좋지 않은 점이 무엇인가요? 당신은 매일 밤 눈을 감고 잠이 듭니다. 사람들은 잠을 고대하며, 어떤 사람들은 실제로 잠자는 것을 더 좋아합니다. 그런데 죽음은 잠과 다를 바가 없습니다. 거기에 다른 무엇이 있다고 하는 당신의 믿음을 제외하면. 하나의 생각 이전에는 아무도, 아무것도 없습니다. 오직 평화뿐입니다. 자기를 평화로 인식하지도 않는……

피할 수 없을 때는, 아무도 당신을 구하러 오지 않는다는 것을 알 때는 두려움이 없습니다. 그것이 죽음에 관해 내가 아는 점입니다. 그럴 때 당신은 근심하지 않습니다. 당신이 죽음을 앞두고 있을 때 일어날 수 있는 최악의 일은 '믿음'입니다. 지금까지 그보다 나쁜 일은 일어난 적이 없습니다. 그래서 만일 당신이 임종을 앞두고 병상에 누워 있는데, 의사가 더는 할 수 있는 일이 없다고 말하고 당신이 그 말을 믿는다면, 모든 혼란은 멈춥니다. 당신은 더이상 잃을 것이 없습니다. 그리고 그 평화 안에서, 오직 당신만이 있습니다.

154

아무 희망이 없음을 아는 사람은 자유롭습니다. 결정은 그들의 손 안에 있지 않습니다. 언제나 그런 식이었지만, 어떤 사람들은 그 사실을 깨닫기 위해 몸의 죽음을 경험해야 합니다. 임종을 맞으며 그들이 미소 짓는 것은 놀라운 일이 아닙니다. 죽음은 그들이 평생 고대해 왔던 전부입니다. 그들은 자신이 책임을 진다는 망상을 포기했습니다. 선택할 것이 없으면 두려움도 없습니다. 하나의 꿈 말고는 아무것도 태어난 적이 없고, 하나의 꿈 말고는 아무것도 죽지 않는다는 것을 그들은 깨닫습니다.

죽음을 분명히 이해하면, 죽어 가는 사람과 함께 완전히 현존할 수 있습니다. 그리고 그녀가 어떤 고통을 경험하고 있는 것처럼 보여도, 당신의 행복은 영향을 받지 않습니다. 당신은 그저 자유롭게 그녀를 사랑하고 안아 주고 보살핍니다. 그렇게 하는 것이 당신의 본성이기 때문입니다. 그 사람에게 두려움으로 다가가면 두려움을 가르치게 됩니다. 그녀는 당신의 눈을 들여다보고는 자신이 큰 곤경에 빠져 있다는 메시지를 받게 됩니다. 하지만 당신이 두려움 없이 평화롭게 다가가면, 그녀는 당신의 눈을 들여다보고서 어떤 일이 일어나든 다 좋다는 것을 알게 됩니다.

죽는 것은 사는 것과 똑같습니다. 죽음은 자기의 길이 있으며, 당신은 그 길을 통제할 수 없습니다. 어떤 사람들은 "죽을 때 의식하고 싶어"라고 생각합니다. 가망 없는 일입니다. 지금부터 10분 동안 의식하기를 원하는 것조차 가망이 없는 일입니다. 오직 지금만 의식할 수 있습니다. 당신이 원하는 모든 것은 지금 이 순간 여기에 있습니다.

어떤 친구는 죽기 직전에 어떤 계시가 주어지기를 기다리며, 에너지를 아끼고, 완전히 의식하려 애쓰고 있었습니다. 마침내 그는 눈이 휘둥그레지더니 숨을 헐떡이며 말했습니다. "케이티, 우리는 애벌레예요." 임종을 앞둔 그의 심오한 자각. 나는 말했습니다. "스윗하트, 그게 진실인가요?" 그 친구에게서 웃음이 터져 나왔습니다. 계시가 없다는 것이 계시였습니다. 모든 것은 있는 그대로 좋습니다. 오직 관념만이 우리에게서 그런 알아차림을 앗아 갈 수 있습니다. 며칠 뒤 그는 얼굴에 미소를 지은 채 죽었습니다.

죽음을 앞두고 있던 다른 친구는 언제 마지막 순간이 올지를 알 수 있다고 확신했습니다. 그런데 우리는 정확히 제때에 죽습니다. 한순간도 이르거나 늦지 않습니다. 이 남자는 '티벳 사자의 서' 같은 것을 하려고 했고, 친구들은 그의 침대 곁에 와서 책에 쓰여 있는 의식을 행해 주기로 약속했습니다. 그가 친구들을 부르자 모두 와서 그 의식을 행했지만, 그는 죽지 않았고 친구들은 집으로 돌아갔습니다. 며칠 뒤 그는 다시 한 번 마지막 순간이 다가왔다고 확신했습니다. 친구들이 찾아와서 그 모든 의식을 다시 했는데, 역시 그는 죽지 않았습니다. 같은 일이 두세 번 더 반복되자, 모두들 "이 친구는 언제 떠나려는 거지?"라고 생각하게 되었습니다. 그들은 너무 많이 불려왔으니까요. 마치 늑대가 온다고 외친 양치기 소년 같았습니다. 그는 내가 어떠어떠한 날에 아주 긴 시간 동안 그곳에 있어 줄 수 있느냐고 물었고, 나는 "그곳에 갈 수 있다면 그렇게 할게요"라고 대답했습니다. 하지만 그가 정말로 죽을 때는 그의 부탁으로 장례 책임을 맡은 사람들이 내게 연락조차 하지 않았습니다. 그것은 그가 계획한 방식이 아니었지만, 대신 완벽했습니다.

오, 이야기들—나는 그것들을 사랑합니다! 그밖에 또 무엇이 있나요?

34

큰 도(道)는 모든 곳으로 흐른다.

마음은 모든 곳으로 흐르는 것처럼 보이지만, 움직이지 않으며, 움직인 적이 없습니다. 그것은 모든 것으로 나타납니다. 마침내 마음은 자기가 어디에도 있지 않음을 알게 됩니다.

마음이 끊임없이 하는 일은 자기를 깨닫는 것입니다. 마음은 겸허합니다. 창조되지 않은 것을 자기의 것이라고 주장할 수는 없음을 알기 때문입니다. 마음에게는 겸허함의 광휘만이 남습니다. 마음은 모든 것에 대해, 그 자신에 대해 늘 감사하게 됩니다.

마음이 세계들을 하나하나 깨달아 갈 때, 마음은 비(非)존재를 깨닫게 됩니다. 그래서 마음은 어떤 것도 붙잡을 수 없습니다. 붙잡을 것은 아무것도 없으며, 그것이 마음의 자유입니다. 마음은 끊임없이 다시 시작합니다. 평범한, 균형 잡힌, 중심 잡힌, 시작이며 끝인 자기의 무한한 비(非)세계들 안에서.

35

도(道)의 중심에 머무르는 그녀는
원하는 곳이면 어디든지 안전하게 갈 수 있다.
그녀는 가슴속에서 평화를 찾았으므로
우주의 조화를 알아차린다.
심지어 큰 고통을 겪고 있을지라도.

괜찮기 위해 생각할 필요는 없습니다. 우리는 생각을 하고 있지 않으며, 생각되고 있습니다. 알아야 할 것은 아무것도 없습니다. 그러니 뭔가를 아는 척할 필요가 없습니다. 당신은 절대로 안전합니다. 살기 위해 할 수 있는 일도 없고, 죽기 위해 할 수 있는 일도 없습니다.

현실에 중심을 두고 있다면, 원하는 곳이면 어디든지 안전하게 갈 수 있습니다. 그러기 위해 용기를 낼 필요도 없습니다. 아무런 위험이 없습니다. 위험은 오직 미래에만 일어나기 때문이며, 미래는 결코 올 수 없기 때문입니다. 아무것도 궁극적으로 실재하지 않습니다. 그래서 사람들이 폭력에 대해 얘기할 때 나는 그들이, 바로 지금, 현실에 대항하여 사용하고 있는 폭력을 알아차립니다. 왜 현실을 두려워해야 할까요? 현실은 인자합니다. 분명히 볼 수 있는 사람들에게는……

1986년에 깨어난 뒤 얼마 지나지 않았을 때, 어느 목사가 내게 말했습니다. "당신은 너무 열려 있습니다. 어떤 경계도 없고 전혀 저항하지 않는데, 그러면 위험합니다. 당신의 모든 문이 열려 있기 때문에 악령들이 들어와서 당신을 차지할 수 있습니다. 그러면 그들은 당신과 우리에게 끔찍한 해를 입힐 수 있습니다." 그 당시 나는 아기와 같아서 사람들의 말을 거의 항상 믿었습니다. 하지만 이 사람이 악에 대해 말했을 때, 나는 그가 말하는 일이 가능하지 않다는 것을 알았습니다. 악령 같은 것들이 있다고 그가 말했을 때 나는 그의 말을 믿었습니다. 그때 내게는 믿지 않을 이유가 없었기 때문입니다. 하지만 내게 '악'은 '혼란'을 의미했습니다. 악이 존재한다고 생각하는 사람은 두려워하게 되고, 그래서 혼란스러워집니다. 그리고 나는 여기에서는 모든 것이 환영받는다는 것을 알았습니다. 모든 것이……. 이 몸은 나의 것이 아닙니다. 그러니 들어올 필요가 있는 것은 무엇이든 환영합니다. 나는 그것을 기뻐합니다. 이 몸으로 들어올 수 있는 것이 진실을 견디고 살아남을 수 있을까요? 진실은 우리를 자유롭게 하는 힘이며, 누구도 진실에 대해 어떻게 할 수가 없습니다. 세상에는 끔찍한 것이 없습니다. 악이라는 것은 우리가 사랑에 대해 열리지 못하게 가로막는 또 하나의 이야기일 뿐입니다. 내가 아는 것은, 신은 모든 것이며 신은 좋다는 것입니다.

나는 어디로도 갈 수 있습니다. 모든 것은 내게 은유이기 때문입니다. 그 모든 것은 내면적인 것입니다. 외부는 나의 내면입니다. 그래서 나는 두려움 없는 삶을 살지 않을 수 없습니다. 나는 현실에 뿌리 내리고 있습니다. 나는 현실을 사랑하며, 사랑 말고는 어떤 것도 투사할 수 없습니다.

예루살렘에서 열린 모임에 팔레스타인 사람이 참여했는데, 그는 나를 가자 지구로 초청했습니다. 예, 물론 나는 갈 것입니다. 가지 않을 이유를 모르기 때문입니다. 정통파 유대교 이스라엘인 친구들은 만류합니다. "아니, 아니, 가면 안 돼요. 그곳은 매우 위험하고, 끔찍할 정도로 가난하고, 그들은 절망해 있고 폭력적인 사람들이에요. 그들은 당신이 유대인을 가르치는 것을 싫어할 거고, 당신은 이스라엘로 돌아오는 걸 허락받지 못할지도 몰라요." 그들은 이야기에 몹시 집착하면서 자신들이 나를 구출하려 애쓰고 있다고 생각합니다. 그들은 그 모든 이야기가 존재하지도 않는 미래에 대한 생각이라는 것을 깨닫지 못합니다. 그 이야기 중 어느 하나도 나에게는 타당하지 않습니다. 나는 열린 마음으로 듣습니다. 그리고 그들이 믿는 생각을 믿을 수 없기 때문에, 장벽 너머에 있는 새로운 아랍 친구를 만날 준비를 계속합니다.

그리고, 오, 장벽과 검문소라니! 나는 가자 지구로 들어갑니다. 거리에는 덮개도 없는 하수구들이 이어져 있고, 방이 두 개인 아파트에 이삼십 명이 살고 있으며, 어떤 건물들에는 크게 갈라진 구멍들이 있습니다. 다 좋습니다. 나는 어디든지 걷습니다. 맨발의 아이들이 환하게 웃으며 나를 맞으러 나오고, 나는 초대를 받아 집들을 방문하며, 거리에서 훌륭한 음식들을 먹고, 친구의 통역을 통해 사람들과 얘기합니다. 우리는 '생각 작업'을 합니다. 어떤 사람은 몸에 일곱 개의 총알구멍이 있다고 말합니다. 그는 내게 몇 개의 구멍을 보여 주고는, 이스라엘 군인들에게 돌을 던졌다는 이유로 총에 맞았다고 말합니다. 정치에 관해 얘기하는 동안 그는 혼란과 절망으로 속이 끓어오릅니다. 그는 돌을 던지는 것이 변화를 가져오는 길이라고 여전히 믿고 있습니다. 총알들은 그를 달리 생각하도록 설득하지 못했습니다. 그것은 제정신이 아닌 생각을 믿는 힘입니다.

나는 세상의 어느 곳이든, 누구와든, 어느 때든 자유롭게 걷습니다. 나는 위험을 투사할 수 없습니다. 내가 가는 곳은 제한되지 않습니다. 나는 가기를 좋아합니다. 나와 동행하는 것을 사랑하기 때문입니다. 제정신은 결코 고통받지 않습니다. 맑은 마음은 아름답고, 그 자신의 반영만을 봅니다. 그 마음은 자기에게 겸손하게 절합니다. 자기의 발밑에 엎드립니다. 어떤 것도 덧붙이거나 빼지 않습니다. 그 마음은 단지 실재하는 것과 실재하지 않는 것의 차이를 알 뿐입니다. 그러므로 위험은 있을 수 없습니다.

지금 있는 것을 사랑하는 사람은 모든 일을 고대합니다. 삶, 죽음, 질병, 상실, 지진, 폭탄을, 그리고 마음이 '나쁜 것'이라고 부르고 싶어질 수 있는 어떤 것이라도……. 삶은 우리에게 필요한 모든 것을 가져올 것입니다. 우리가 아직 끝마치지 못한 일이 무엇인지를 보여 주기 위해서. 우리 밖의 어떤 것도 우리에게 고통을 줄 수 없습니다. 우리의 조사되지 않은 생각 말고는, 모든 곳이 낙원입니다.

생각 작업

"내 아이들은 고통을 겪지 않아야 합니다."

새라 나는 내 아이들을 보호할 필요가 있다. 그러지 않으면 어떤 나쁜 일이 아이들에게 일어날 것이다.

케이티 "나는 내 아이들을 보호할 필요가 있다"—그게 진실인가요?

새라 논리적으로는 이 말이 우습다는 걸 알아요. 그 아이들은 다 컸고, 잘 살고 있고, 유능한 어른들이고, 자녀들까지 있으니까요. 하지만 이건 본능적인 충동 같아요. 아이들을 보호해야 한다고 느낍니다.

케이티 예, 스윗하트, 그런데 당신의 대답은 '예'인가요, '아니요'인가요?

새라 '예'입니다. 하지만 나 자신이나 아이들에게 더는 이렇게 하고 싶지 않아요. 힘들어서요.

케이티 당신은 자녀들을 보호하고 싶다고 말하는 것 같군요.

새라 맞아요. 맞습니다.

케이티 좋아요. 그래서 우리는 당신에게 진실한 것이 무엇인지 알아가고 있습니다. "나는 아이들을 더는 돌보고 싶지 않다. 그들은 내가 그러는 것을 좋아하지 않는다. 나는 지쳤다. 나는 더는 그렇게 하고 싶지 않다"—그게 진실인가요? 아니요. (청중이 웃는다.)

새라 아니요.

케이티 "나는 자녀들을 보호할 필요가 있다"—당신은 그게 진실인지 확실히 알 수 있나요?

새라 (잠시 침묵한 뒤) 아뇨, 알 수 없어요. 내게 진정으로 필요한 것이 그것인지는 알 수 없어요.

케이티 좋아요, 스윗하트. 그게 중요합니다. 그게 스스로 깨달아야 할 중요한 점이에요. 그 생각을 믿을 때 당신은 어떻게 반응하나요? 당신은 아이들을 보호할 필요가 있다고 믿지만, 사실 그들은 당신의 보호 없이도 완벽하게 좋을 때, 당신은 어떻게 반응하나요? 그것이 증거입니다. 당신의 마음이 "예, 하지만……"이라고 생각하는 것을 지켜보세요. 당신은 "내 아이들을 보호할 필요가 있어"라는 생각을 믿지만, 자녀들은 당신의 도움을 원하지 않거나, 당신이 자녀들에게 다가갈 수 없거나, 자녀들에게 필요해 보이는 도움을 줄 수 없을 때, 당신은 어떻게 반응하나요?

새라 더 규제합니다. 아이들에 대해 항상 걱정합니다.

케이티 그렇게 규제하고 걱정할 때, 당신은 자녀들을 어떻게 대하나요? 구체적으로 얘기해 보세요.

새라 지나치게 과보호하는 것 같아요.

케이티 "같아요"는 빼겠습니다. (청중이 웃는다.) 구체적으로 어떻게 하나요?

새라 음, 아이들에게 항상 충고를 해요. 늘 조심하라고 하고, 위험한 일은 하지 말라고 하죠. 아이들이 잘 지내고 있을 때도 한 발짝 앞을 내다보며 다음에 닥쳐 올 일에 대해 걱정해요. 그들의 삶을 통제하려고 노력하죠. 그래서 나는 그다지 재미있는 사람이 아니에요.

케이티 오, 허니. 그 생각이 없다면 당신은 누구일까요? "나는 아이들을 보호할 필요가 있어"라는 생각을 아예 떠올릴 수조차 없다면, 당신은 누구일까요?

새라 (잠시 침묵한 뒤) 훨씬 덜 걱정할 거예요. 나 자신의 삶을 살고, 아이들은 자기의 삶을 살도록 내버려 두는 여자일 거예요. 자녀들을 위해 세상을 안전하게 통제할 필요가 있다고 생각하지 않는 사람이겠죠. 행복할 거구요.

케이티 이제 그 생각을 뒤바꿔 봅시다. "나는 내 아이들을 보호할 필요가 있다"—뒤바꿔 보세요.

새라 나는 내 아이들을 보호할 필요가 없다.

케이티 그게 원래 생각만큼 또는 그보다 더 진실한가요?

새라 더 진실해요. 알겠어요. 하지만 케이티, 나는 그 아이들이 고통받는 것을 원하지 않아요. 이건 뿌리 깊은 생각이에요.

케이티 당신은 그들이 고통받는 것을 원하지 않는군요. 왜 그러죠?

새라 모든 어머니가 그렇게 느끼지 않나요? 아이들이 행복하기를 바랄 뿐이에요.

케이티 왜 당신은 그들이 고통받는 것을 원하지 않나요? 그들이 고통을 받을 때, '당신'에게 무슨 일이 일어나나요?

새라 나도 고통을 받아요.

케이티 '당신'이 고통을 받습니다. 그래서 그들이 고통받는 걸 원치 않는 것 아닌가요? 이유를 확실히 아는 것이 중요합니다.

새라 확실히는 모릅니다. 내 아이가 고통받는 걸 보는 건 내가 고통받는 것보다 더 안 좋아요.

케이티 더 안 좋겠죠. 당신은 그들이 겪고 있다고 생각하는 걸 투사하고 있으니까요. 당신은 자기의 느낌을 그들에게 투사하고 있어요. 당신을 아프게 하는 건 그들의 아픔이 아니라 당신의 느낌이에요.

새라 (잠시 침묵한 뒤) 맞아요.

케이티 당신이 그렇게 할 때는 누가 그 일을 겪고 있나요? 누가 고통을 받고 있나요? 바로 당신입니다.

새라 으음.

케이티 당신은 그들의 고통을 바라보고 그것을 투사합니다. 그런데 이를테면 1부터 10까지 눈금이 있는 저울이 있다고 할 때, 그들의 고통은 1밖에 안 되지만, 그들의 고통을 생각하며 당신이 겪는 고통은 7일 수가 있습니다.

새라 그럴 수 있겠네요.

케이티 내가 자주 하는 말이 있습니다. 몸들이 분리되어 있어서 좋은 점은, 당신이 아플 때 나는 아프지 않다는 겁니다. 지금은 내 차례가 아닙니다. 그리고 내가 아플 때, 나는 그 사실에 대해 정직할 겁니다. 나는 아픕니다. 내 눈에 맺힌 눈물을 보세요. 이것은 나의 아픔이지 당신의 아픔이 아닙니다. 당신은 지금 아픔이 없고, 원하면 나를 도울 수 있습니다. 하지만 만일 당신이 내 아픔을 투사하여 자신의 아픔으로 경험하고 있다면, 당신이 어떻게 나를 도울 수 있겠어요? 그리고 당신이 아플 때, 나는 아플 필요가 없습니다.

새라 어떻게 해서 그렇게 하는 걸 멈추게 되었나요?

케이티 '생각 작업'을 했어요. 나의 마음에 질문을 했습니다. 나는 고통

166

에 지친 상태였고, 마음이 어떻게 자유로워질 수 있는지를 보고 매료되었죠. 더 자유로워질수록 자기를 더 많이 사랑하게 됩니다. 그리고 자기사랑은 보이는 모든 것을 사랑합니다. 마음이 세상에 투사해야 하는 것은 자기사랑이 전부입니다. "네 이웃을 너 자신처럼 사랑하라." 나는 언제나 그랬습니다. 나를 미워할 때 당신을 미워했죠. 오늘 나는 나를 사랑합니다. 그러니 나는 당신을 사랑하지 않을 수가 없습니다. 그런 식으로 이루어집니다. 이제 당신의 삶에서 최악의 순간을, 이제까지 겪은 일 중에서 최악의 일을 생각해 보세요.

새라 예.

케이티 당신은 그 일을 극복했습니다. 그렇지 않나요?

새라 물론이에요. 힘든 시간이었지만 극복했어요.

케이티 예. 그런데 왜 그들은 난관을 극복할 수 없다고 믿나요? 당신이 그렇게 할 수 있다면, 그들도 삶이 어떤 난관을 가져다주든 극복할 수 있습니다. 그런데 왜 그럴 수 없다고 믿죠?

새라 알겠어요.

케이티 예, 스윗하트. 당신은 자신의 난관을 극복했어요. 그런데 무슨 이유로 그들은 적어도 당신만큼 유능하고 용감하지는 않다고 믿나요? 무슨 이유로 그들의 생존 기술이 당신보다 부족하다고 믿나요?

새라 그 아이들이 어릴 때는 그런 생존 기술을 가지고 있지 않았으니까요.

케이티 정말인가요? 좋은 이유로군요. "그들은 어릴 때 그런 생존 기술을 가지고 있지 않았다"─뒤바꿔 보세요. "나는……"

새라 나는 생존 기술을 가지고 있지 않았다……

케이티 "……그들이……."

새라 그들이 어릴 때.

케이티 예. 두려움이 없고 창조적인 '당신'은 생존하지 못했습니다. 나는 아이들을 지켜보면서, 우리가 두려움을 가르치기 전에는 그들이 얼마나 두려움이 없는지를 보았습니다. 나는 여전히 아이들에게 생존 기술을 배우고 있습니다. 그들은 문에 부딪치면, 누가 보았을까 싶어 주위를 둘러보지 않습니다. (청중이 웃는다.) 나는 두 살짜리, 세 살짜리 손주들에게서 생존 기술을 배웁니다. 성장한 자녀들에게도 배웁니다. 그들이 삶의 난관들을 나의 도움 없이도—믿을 수 있나요?—헤쳐 가는 것을 놀라워하며 지켜봅니다. 하지만 그 아이들이 그럴 수 있었던 건 내가 물러앉아서 지켜보았기 때문입니다. 나는 내 아이들을 알고 싶습니다. 그런데 만일 내가 모든 것을 고치려고만 한다면, 그들이 생존 기술을 가지고 있다는 것을 알 수가 없습니다. 그렇다는 것을 알아차리기도 전에 항상 개입하기 때문입니다. 그리고 내가 언제나 곁에 있으면서 도와주면 그들은 그런 기술을 배울 필요를 느끼지 못합니다. 요청받기도 전에 계속 개입할 때 우리가 가르치는 것은 그것입니다.

새라 알겠어요.

케이티 아이들이 고통받기를 당신이 원하지 않는 이유는 그들이 고통받을 때 '당신'이 고통받기 때문입니다. 모두가 당신에 관한 일입니다. 이제 만일 그 아이들이 없다면, 만일 무슨 일이 그들에게 일어난다면, 어떻게 될까요? 가령 그들이 끊임없이 통증을 느끼는 상태에 있는데, 의사들은 "이제 우리는 아무것도 할 수 없습니다"라고 말하면,

168

그리고 합법적인 안락사도 할 수 없다면.

새라 최악의 악몽이죠.

케이티 예, 그곳은 질문되지 않은 마음이 가는 곳입니다. 당신의 아이들은 언제까지나 고통을 받겠지만, 당신이 어찌할 수 있는 일은 없습니다. 그리고 당신에게는 자기 자신과 자기의 고통이 남게 됩니다. 당신은 이 일을 통제할 수 없기 때문입니다. 이제 당신이 다루어야 할 것은 자기 자신뿐입니다. 그래서 나는 삶이 일어나기 '전에' 자기를 다루는 걸 좋아합니다. 그런 식으로 나는 삶을 위해 준비하며, 사람들에게 훨씬 많은 도움이 될 수 있습니다. 그것은 훨씬 효율적입니다. 나는 할 수 없는 일이나 필요하지 않은 일을 위해서가 아니라, 할 수 있는 일을 하기 위해 여기에 있습니다.

새라 예, 알겠어요.

케이티 다른 사람이 고통을 받을 때, 내가 어찌할 수 있는 일은 없습니다. 아마도 안아 주거나, 차 한 잔을 주거나, 필요하면 언제든 도울 수 있다는 점을 알려 주는 것 말고는……. 하지만 거기까지입니다. 나머지는 그들에게 달려 있습니다. 나는 스스로 그 과정을 통과했기 때문에 그들도 그럴 수 있다는 것을 압니다. 나는 특별한 사람이 아니에요.

새라 심오하군요.

케이티 삶은 당신을 시험할 것입니다. 그래서 자녀들이 고통을 겪고 있을 때, 합법적인 안락사를 해 줄 수 없을 때, 당신이 살인죄로 감옥에 가고 싶지는 않을 때, 그들이 남은 평생, 이를테면 20년이나 50년 이상 고통을 겪을 것이라고 의사들이 말할 때, 당신이 할 수 있는 일은 하나도 없습니다. 모든 의사는 어찌할 방법이 없다고 말하고, 실제로 그렇고, 자녀들은 극심한 통증을 느낍니다. 그럴 때 "당신은 그일을 감당하지 못할 것이다"—그게 진실인가요?

새라 맙소사, 분명히 진실한 것 같아요.

케이티 나는 당신에게 더 깊이 바라보라고 요청하고 있습니다. 여기에서 현실을 조금 더 조사해 봅시다. "나는 그 일을 감당하지 못할 것이다"—당신은 그게 진실인지 확실히 알 수 있나요?

새라 (잠시 침묵한 뒤) 아니요, 확실히 알 수는 없어요. 혹시 감당할 수 있을지도 모르죠.

케이티 물론 당신은 그 일을 감당할 수 있습니다! 이 방에서 그 일을 감당할 수 없는 사람은 아무도 없어요. 원래 그렇습니다. 당신은 거기에 서서 그들의 고통을 생각하며 고통을 받고 있는데, 화장실에 가야 할 일이 생깁니다. 그 뒤 화장실에서 볼일을 보고 돌아오는 중에 뭔가를 보거나 어떤 냄새를 맡고는 그 순간 아이들이 고통받고 있다는 사실을 잠시 까먹습니다. 그 뒤 배가 고파집니다. 그래서 밥을 먹는데, 맛있게 먹을 수도 있고, 음식을 맛있게 먹었다는 데 대해 죄책감을 느낄 수도 있습니다. 그 뒤에는 병실이 지루하게 느껴집니다. "신선한 공기가 필요해!" 그래서 밖으로 나갈 구실을 만들려 하고, 병실을 떠나려 한다는 이유로 자신을 형편없는 어머니라고 생각할 것입니다. 나가고 싶어 못 견뎌 하는 자신을 보며……. 그 뒤에는 병실의 긴 의자가 집에 있는 소파보다 편하지 않다고 생각하고, 마침내 집에 가서 잠이 들 것입니다. 어떻게든 당신은 그 일을 감당할 것입니다.

새라 맞는 말 같아요. 내 경험에 비춰 보면 맞는 것 같아요.

케이티 "나는 그 일을 감당할 수 없어"라는 생각을 믿을 때, 당신은 어떻게 반응하나요? 이 거짓말을 믿을 때 당신은 어떻게 반응하나요? 내가 거짓말이라고 하는 이유는, 당신 스스로 그 말은 진실이 아니라고 했고, 그 말이 진실인지 알 수 없다고 말했기 때문입니다.

새라 목이 조여드는 것 같아요. 가슴과 배가 무겁게 느껴지구요. 그리고 다음에 일어날 더 끔찍한 일들에 대해 공상을 합니다.

케이티 맞습니다. 당신의 마음은 미래로 들어가고, 지옥을 창조하고, 심지어 자신이 다루고 있는 분명한 문제보다 더 심한 고통을 창조하죠. 마치 하나로는 충분하지 않다는 듯이. 그 뒤 당신은…… 그런 끔찍한 고통을 겪고 있는 따님을 어떻게 대하나요? "나는 그 일을 감당할 수 없어"라는 생각을 믿을 때, 당신은 따님을 어떻게 대하나요?

새라 겁에 질리고 부담감에 짓눌립니다. 딸에게서 벗어나려 합니다. 나 자신의 고통에 너무 짓눌려서 진심으로 딸의 곁에 있어 주질 못합니다.

케이티 "나는 그 일을 감당할 수 없어"라는 생각을 믿을 때, 당신은 삶을 어떻게 대하나요? 삶과 분리됩니다. 그렇지 않나요? "나는 정말 감당할 수 없어! 차마 이런 딸을 볼 수 없어!" 음, 그녀는 당신의 딸입니다. 그 생각이 없다면 당신은 누구일까요?

새라 훨씬 차분할 것 같아요. 더 자신감을 갖게 될 거예요. 그 애의 눈을 들여다보고 손을 잡을 수 있을 거예요. 그 애가 아무리 심한 고통을 받고 있어도.

케이티 예, 스윗하트. 그게 당신의 본성에 더 맞을 거예요. 뒤바꿔 보세요.

새라 나는 그 일을 감당할 수 있다.

케이티 예. 나는 이런 딸을 볼 수 있다. 나는 여기에서 고통받는 사람이 아니다! 고통받는 사람은 그녀입니다. 당신은 혼란스러웠습니다. 모두가 당신에 관한 일입니다. 나, 나, 나, 나, 나, 나, 나. 그리고 또 나, 나, 나, 나. 당신의 딸이 누워서 죽어 가고 있을 때 "나는 그 일을 감당할 수 없어!"라고 생각하면, 당신의 가슴이 닫히게 됩니다. 그러면서도 우리는 자신이 왜 삶과 분리되어 있는지 몰라 의아해합니다. 그 까닭은 우리가 "나는 그 일을 감당할 수 없어"와 같은 생각을 믿기 때문입니다. 우리는 언제나 감당할 수 있습니다.

새라 오, 세상에! 정말 놀랍네요. 이제까지는 그렇다는 것을 전혀 이해하지 못했어요.

케이티 현실로 깨어나면 놀라게 됩니다. 자기의 힘에 대해, 자기의 사랑에 대해, 자기의 헌신에 대해 놀라게 되죠. "나는 그 일을 감당할 수 없어"라는 생각이 없다면, 그 아이와 함께 있는 당신은 누구일까요?

새라 지금 여기에 깨어 있을 것 같아요.

케이티 아마 그럴 거예요. 나는 시험을 받았어요. 그래서 고통받는 아이나 죽어 가는 어머니와 온전히 함께 있는 것이 무언지 알죠. 그 안에는 분리가 없습니다. "나는 그 일을 감당할 수 없어"라는 생각을 믿지 않으니까요. 나는 그들과 매우 친밀합니다. 만일 그들이 죽는다면, 나는 그들과 함께 있는 한순간도 놓치고 싶지 않습니다. 하지만 "나는 그 일을 감당할 수 없어"라는 생각은 우리를 계속 분리시킵니다. 그럴 때 그들은 여전히 살아 있지만, 우리의 마음속에서는 죽어 있습니다.

새라 나는 그 일을 감당할 수 있다.

케이티 현실을 알아차리면 좋습니다. 어머니가 현실을 알아차리는 것은 정말 좋은 일이죠.

새라 정말 고마워요, 케이티. 이 대화가 얼마나 도움이 되었는지 말로 표현할 수가 없네요.

케이티 천만에요. 삶이 가져오는 것은 무엇이든지 감당할 수 있다는 것을 당신이 깨달아서 기쁘군요. 그건 자녀에게 도움이 됩니다. 당신에게도 분명히 도움이 됩니다. 그리고 사랑의 힘을 보여 주는 분명한 사례를 보여 줍니다.

36

어떤 것을 없애려면
먼저 번성하도록 허용해야 한다.

비난이라는 것은 없으며 오직 의견들만 있습니다. 만일 내 마음이 열려 있다면, 나를 깨우치지 않는 의견은 없습니다. 어느 누가 무슨 말을 하든지 내가 동의하지 못할 수 있을까요? 만일 누가 나에게 끔찍한 인간이라고 말하면, 나는 내면으로 들어갑니다. 그리고 내가 언제 끔찍한 인간이었는지를 2초 안에 찾을 수 있습니다. 오래 찾을 필요가 없습니다. 또 만일 누가 나에게 훌륭한 사람이라고 말하면, 나는 그것도 쉽게 찾을 수 있습니다. 이것은 옳고 그름의 문제가 아니라, 자기를 알아차리는 문제입니다. 자유에 관한 문제입니다.

예를 들어 내가 거짓말을 했다고 누가 말하면, 나는 그 사람의 말이 옳은지 알아보기 위해 내면으로 들어갑니다. 만일 그들이 언급한 상황에서 나의 거짓말을 발견하지 못하면, 다른 어떤 상황에서 내가 한 거짓말을 쉽게 찾을 수 있습니다. 그것은 수십 년 전의 일일 수도 있습니다. 나는 그걸 발견했다고 큰 소리로 말하지는 않지만, 나의 내면에서 우리는 함께 만납니다. 그 뒤 나는 말할 수 있습니다. "나

는 거짓말쟁이에요. 당신의 말이 어떤 점에서 옳은지 알아요." 우리
는 동의합니다. 그 사람은 내가 과거에 어떠했는지를, 내가 20년 전
에 알아차리기 시작했던 사실(자신이 거짓말쟁이였다는 것—옮긴이)을 알
아차리고 있습니다. 나는 나에게 화를 내는 사람들과 사랑에 빠집니
다. 그들은 임종의 자리에서 고통받는 사람과 같습니다. 우리는 그들
을 발로 차면서 "일어나요"라고 말하지 않습니다. 누가 당신에게 화
를 내며 공격하고 있을 때도 마찬가지입니다. 그는 혼란에 빠져 있는
사람입니다. 만일 내가 명쾌하다면, 그를 만날 수 없는 곳이 어디일
까요? 그때 우리는 가장 행복하며, 아무 조건 없이 우리 자신을 내줍
니다.

나는 이런 일을 수없이 경험했습니다. 전 남편은 나에게 고함칠 때
가 많았는데, 1986년에 내가 조금 명쾌해진 뒤 특히 더 그랬습니다.
그는 나의 변화를 좋아하지 않았습니다. 그는 집 안 곳곳에서 불평
하며 소리치곤 했습니다. "제기랄, 당신은 누구야? 나와 결혼한 여자
는 어디 있어? 당신은 그 여자를 어떻게 한 거야? 당신은 나를 사랑
하지 않아. 나를 사랑한다면 집에 있겠지. 여행한다고 돌아다니는 대
신에 말이야. 당신은 나만 사랑하는 게 아니라 다른 사람들도 다 사
랑하잖아." 그의 관점에서는 물론 그의 말이 옳습니다. 그는 그가 원
하는 대로 내가 해 주는 것을 사랑이라고 생각했고, 그의 이야기는
항상 현실보다 우선했습니다. 내게 고함을 칠 때 그는 가슴과 얼굴
이 커지고, 풍선처럼 부풀어 오르고, 얼굴이 몹시 붉어지고, 목소리
가 커지고, 팔을 많이 흔들었습니다. 나의 눈에 보이는 것은 오로지
나를 잃을까 봐 두려워하며 최선을 다해 노력하던 소중한 한 사람이

었습니다. 그는 자신에게 소리치고 있었습니다. 그게 나라고 생각하면서……. 나는 그저 그를 사랑하고 그에게 고마워하며, 그의 불평이라는 음악을 귀 기울여 듣곤 했습니다. 그의 상상은 돌보지 않는 아내를 창조하고는 현실로부터 점점 더 멀어져서 이내 간격을 메울 수 없을 만큼 멀어졌습니다. 결국 그는 아파하고 분노하면서, 마치 내가 존재하지 않는 것처럼 나를 외면했습니다.

만일 어떤 비판을 듣고서 마음이 아프면, 당신이 방어를 하고 있다는 뜻입니다. 아픔을 느끼거나 방어를 할 때는 몸이 분명히 알려 줍니다. 주의를 기울이지 않으면, 그런 감정이 일어나서 화로 변하며 방어나 정당화의 모습으로 공격하게 됩니다. 그것은 옳거나 그른 것이 아니며, 단지 지성적이지 않을 뿐입니다. 전쟁은 지성적이지 않습니다. 효과도 없습니다. 만일 당신이 마음의 평화에 정말로 관심이 있다면, 비판으로부터 자신을 방어하려 하는 태도를 더욱더 알아차리게 될 것입니다. 그러다가 마침내 비판하는 사람이 알려 주고 있는, 자신의 잃어버린 조각들을 발견하는 데 매료되고, 그 사람에게 더 많이 얘기해 달라고 요청할 것입니다. 더욱더 깨우칠 수 있도록.

비판은 자기를 깨닫는 데 관심이 있는 사람들에게는 커다란 선물입니다. 반면, 그렇지 않은 사람들에게는 지옥으로 들어가게 하는 원인이 되고, 배우자나 짝, 이웃, 자녀들, 상사와 전쟁을 일으키게 하는 원인이 됩니다. 비판을 두 팔 벌려 환영할 때는 당신 자신이 바로 자유로 가는 직접적인 길입니다. 당신은 우리를, 또는 당신에 대한 우리의 생각을 바꿀 수 없기 때문입니다. 친구로서 친구와 함께하는 유일한 길은 당신 자신입니다. 심지어 그녀가 당신을 적으로 인식할 때도……. 우리가 당신을 아무리 안 좋게 생각하더라도, 당신이 우리와 친밀해지기 전에는 당신의 '생각 작업'은 아직 끝나지 않았습니다.

한동안 생각을 탐구하고 나면 어떤 비판이라도 방어나 정당화 없이, 열린 마음으로, 즐겁게 귀 기울여 들을 수 있습니다. 그것은 결코 통제될 수 없는 것, 즉 다른 사람의 인식을 통제하려는 시도의 종말입니다. 그러면 마음은 푹 쉬게 되고, 삶은 더 친절해지며 나중에는 완전히 친절해집니다. 혼란스러워 보이는 상황 속에서도……. 자신이 배우는 학생임을 알아차릴 때, 세상의 모든 사람은 당신의 선생님이 됩니다. 아무것도 방어하려 하지 않을 때는 오직 감사만이 남게 됩니다.

37

도(道)는 아무것도 하지 않지만,
도를 통해 모든 일이 이루어진다.

아무것도 하지 않으려 해 보세요. 그럴 수는 없습니다. 당신은 숨 쉬어지고 있고, 생각되고 있고, 움직여지고 있고, 살아지고 있습니다. 밥먹을 때면 먹지 않기 위해 할 수 있는 일이 없고, 잠을 잘 때면 자지 않기 위해 할 수 있는 일이 없습니다. 무엇이든지 오는 것은 오도록, 가는 것은 가도록 허용하면서 그저 지켜본다면, 지금 가진 것 말고는 아무것도 필요하지 않음을 매 순간 깨달을 수 있습니다.

당신의 손은 바로 지금 어디에 있나요? 누가 그 손을 거기에 두었나요? '당신'이 그렇게 했나요? 그 뒤 당신이 뭐라고 생각하든지 당신ー그것ー이 다시 움직였습니다. 그것은 아마 당신의 발을 움직였을 것입니다. 그것은 아마 뭔가를 삼켰을 것입니다. 또는 당신의 눈을 깜박였을 것입니다. 그저 알아차리세요. 그것이 무위(無爲)로 들어가는 방법입니다. 무위에서는 모든 일이 순조롭게 이루어집니다.

기적과 같은 무위의 삶에는 그 자체의 지성이 있습니다. 나는 내가 아무것도 하지 않고 있음을 깨닫습니다. 그리고 그 알아차림 안에서,

늘 현존하는 완전함이 인식됩니다. 나는 일들이 이루어질 때 내가 콧노래를 부르거나 미소 짓는 것을 알아차립니다. 그리고 동등하게 아름다운 상대는 거울처럼 완전함을 반영합니다. 신은 신을 거울처럼 반영합니다. 그 경험은 알려지지 않은 눈으로 지켜보는, 개별성이나 노력이 없는 기쁨입니다.

나의 말도, 나의 현존도, 나에 관한 어떤 것도 다른 사람에게는 가치가 없습니다. 귀중한 것은 보이지도, 들리지도 않습니다. 나는 보이지 않습니다. 하지만 사람들이 탐구를 통해 볼 수 있는 것은 자기 자신의 진실입니다. 가치 있는 것은 그 진실이며, 그것은 당신이 고통에 지칠 때 경험될 수 있습니다. 손만 내밀면 그 진실을 가질 수 있습니다. 그것은 당신 자신의 것이기 때문입니다. 마치 내가 진실을 가진 사람인 양, 진실이 개인의 것으로 보인다면, 진실은 받아들여질 수 없습니다. 왜냐하면 개인의 것은 아무것도 없으며, 사람들은 내면 깊은 곳에서 이 점을 알고 있기 때문입니다. 당신은 네 가지 질문을 통해 자기 자신을 발견할 수 있습니다. 네 가지 질문은 자기 자신으로 돌아오는 길입니다. 그 질문들은 이야기가 무엇인지에는 관심이 없습니다. 단지 당신이 질문들에 대답하기를 기다릴 뿐입니다.

38

성인은 아무 일도 하지 않지만,
마치지 않은 일이 없다.

성인은 힘을 가지려고 하지 않습니다. 그것이 얼마나 쓸모없는지를 깨닫기 때문입니다. 힘은 계획이 필요하지 않습니다. 모든 것은 힘을 향해 자연히 끌립니다. 매 순간 새로운 선택의 대안들이 생깁니다. 대안들은 마치 독립기념일의 작은 폭죽과 같습니다. 성냥으로 폭죽에 불을 붙이면 사방으로 불꽃이 튀듯이 선택의 대안들도 그렇습니다. 매 순간이 그처럼 새롭게 이용할 수 있는 기회입니다. 만일 누가 '아니요'라며 거절하면, 성인은 중심에서 바깥으로 튀는 불꽃처럼 수없이 생겨나는 선택의 대안들을 봅니다. 그 '아니요'는 이전에는 예견할 수 없었던 무언가를 위한 문을 엽니다. 여기에 길이 있고, 저기에 길이 있습니다. 성인은 가능성들에 열려 있고, 그 열림에서 각각의 길이 나옵니다. '아니요'의 지혜를 알기에 그녀는 더 나은 무언가를 위해 문을 열어 둡니다.

나는 내가 하지 않은 어떤 일을 마치지 않았다고 느낀 적이 없습니다. 나는 마치지 않은 일을 다른 때가 필요한 일로 봅니다. 나와 세상은 지금은 그 일 없이도 더 좋습니다. 내 컴퓨터에는 답장을 기다리는 수백 개의 이메일이 있습니다. 그중 일부는 나의 대답을 절실히 요청하는 사람들이 보낸 것입니다. 하지만 나는 그 이메일들에 답할 시간을 내지 못한다고 해서 좌절감을 느끼지는 않습니다. 나는 최선을 다하지만, 사람들에게 내가 필요하지 않다는 것을 분명히 압니다. 왜냐하면 우리 모두는 같은 지혜에서 나오며, 만일 내가 도울 수 없다면 그들은 필요한 것을 스스로 자신에게 줄 수 있기 때문입니다. 정말로 중요한 것은 언제나 모든 사람에게 이용될 수 있습니다. 제때에 앞서 오는 것은 없으며, 일어날 필요가 없는 일은 한 번도 일어난 적이 없습니다.

사람들에게 탐구를 전하는 것이 나의 일입니다. 그 뒤에는 더이상 줄 것이 없습니다. 궁극적으로는 사람들에게 나의 도움이 필요하지 않다는 것을 나는 압니다. 나는 사람들을 도우면서 온 세계를 다니지만, 겉으로는 그러는 것처럼 보이지만, 사실은 오직 나 자신을 돕고 있을 뿐입니다. 당신이 "도와주세요"라고 말할 때, 나는 그 말을 이해합니다. 나도 그런 자리에 있었기 때문입니다. 하지만 설령 내가 당신에게 자유를 줄 수 있다고 해도, 나는 그렇게 하지 않을 것입니다. 그러기에는 당신을 너무나 사랑하기 때문입니다. 그래서 나는 당신의 자유를 당신에게 맡깁니다. 그것은 선물입니다.

나의 할 일은 나 자신을 지우는 것입니다. 만일 내 삶을 나타내는 차량용 스티커가 있다면, 그것은 WWW.THEWORK.COM(바이런 케이티의 '생각 작업' 관련 홈페이지—옮긴이)이라고 쓰여 있을 것입니다. 내가 모든 사람을 나와 함께하도록 초대하는 곳은 그곳입니다. 나와 함께하고, 당신의 아름다운 자아를 지우세요. 그것은 우리가 만날 수 있는 유일한 곳입니다. 나는 그것을 사랑이라고 부릅니다.

39

성인은 부분들을 연민으로 본다.
전체를 이해하기 때문이다.
그녀는 늘 겸손하다.

나는 내면의 목소리를 존중합니다. 나는 그 목소리와 결혼했습니다. 이 삶은 나의 것이 아닙니다. 목소리는 말합니다. "설거지를 해" —예. 왜 그래야 하는지는 모르지만, 나는 그냥 설거지를 합니다. 만일 내가 그 지시를 따르지 않으면, 그것도 역시 좋습니다. 하지만 이것은 내가 이 목소리를 따를 때 삶이 나를 어디로 데려가는지에 관한 게임입니다. 그런 목소리에 "예" 하는 것보다 더 흥분되는 일은 없습니다. 나는 잃을 것이 하나도 없습니다. 나는 기꺼이 바보일 수 있습니다.

만일 거울에 나 자신을 비춰 볼 수 없다면, 신이라 한들 무슨 재미가 있을까요? 그리고 내가 좋아하든 안 하든, 그것이 나입니다. 나는 공허(空虛)입니다—전적인 공허. 그래서 사람들이 자신의 외모와 건강에 집착할 때, 그것은 정직한 근원에서 나오고 있습니다. 단지 오도되었을 뿐입니다. 그것은 순전한 무지입니다.

에고—하나의 몸, 하나의 당신으로서 투사된 마음—는 자기를 신이라고 생각하며 세상을 오해하고 있는 거울 이미지(거울에 비친 모습)에 불과합니다. 에고는 자기가 근원이라고 생각하며, 자기를 '그것'의 반영에 불과한 것으로 보는 대신, 자기를 '그것'으로 오해하고 있는 거울 이미지입니다. 에고는 자기가 분리되어 있다는 고통스러운 환영에 사로잡혀 있습니다. 하지만 진실은, 에고는 신이 가는 곳으로 간다는 것입니다. 신─현실─은 그 모든 것입니다. 에고는 선택권이 없습니다. 에고가 아무리 반대를 한다 해도, 신이 움직이면 에고도 움직입니다.

어떤 사람이 세상은 끔찍한 곳이라고 말할 때, 그는 고통의 챔피언이 됩니다. 그는 여기에 뭔가 잘못된 것이 있으며, 뭔가 아름답지 않은 것이 있다는 생각을 투사합니다. 그것은 자기가 거울 이미지일 뿐임을 알지 못하는 거울 이미지입니다. 당신은 있음(the is)이고, 거울에 비친 모습이며, 이야기 없는 움직임입니다. 당신이 그 점을 깨닫는 순간, 근원과 합일되고, 거울에 비친 모습은 다툼 없이 근원으로서 움직입니다. 그것은 단순한 알아차림(앎)이며, 사람들이 세상이라 부르는 것, 내가 춤추는 신 자체의 이미지라고 부르는 것의 기쁨입니다.

자기 자신에게 사로잡히고 드러날 때 당신은 겸손해지며, 자신이 아무도 아니라는 것을, 그동안 어떤 사람이 되려고 노력해 왔다는 것을 깨닫습니다. 당신은 죽고, 그 진실이 남게 됩니다. 당신은 죽고 당신이 그동안 한 행위들, 그리고 당신이었던 사람만이 남게 되는데, 그것은 무척 감미로운 것입니다. 그 안에는 죄책감이나 수치심이 없기 때문입니다. 당신은 어린아이처럼 완전히 열립니다. 방어와 정당화는 계속 떨어져 나가며, 당신은 죽고 실재하는 것만이 환히 남게 됩니다.

내가 자아의 사라짐을 알아차리고 자아가 쌓아 올린 관념들이 어떤 근거도 없음을 보았을 때, 남은 것은 그 알아차림을 통해 겸손해졌습니다. 모든 것이 해체되었습니다. 내가 나 자신이라고 상상했던 모든 것이……. 나는 그 어느 것도 내가 아님을, 내가 옹호했던 모든 것이 실체가 없고 우스꽝스럽다는 것을 깨달았습니다. 그러자 남아 있던 것도 떨어져 나갔으며, 마침내 겸손할 것*이 아무것도 남지 않았고, 겸손할 사람도 남아 있지 않았습니다. 만일 내가 어떤 무엇이라면, 나는 감사였습니다. 이런 식으로 원이 완성될 때, 그 느낌이 겸손인지 감사인지 구별하기는 어렵습니다. 어떤 이름도 더이상 적합하지 않습니다.

겸손을 경험한 뒤에 남는 것은 감사입니다. 감사는 내가 좋아하는 자리입니다. 감사는 땅바닥에 입맞춤을 하는 느낌이고, 땅바닥의 순수한 맛있음을 경험하기 위해 핥는 느낌이며, 예외 없이 모든 것인 성인의 발에 입맞춤을 하는 느낌입니다. 나는 더이상 내가 안다고 생각하던 사람이 아니며, 밀실 공포증이 느껴질 만큼 좁은 마음으로 살아가야 하는 사람이 아닙니다. 이 점을 자각할 때 깊은 감사가 느껴집니다. 그런데 물론 나는 그 사람이기도 합니다. 나는 그런 생각을 믿었을 때를 기억하며, 그래서 다른 사람들이 생각을 어떻게 보는지 이해합니다. 나는 그들의 혼란을 그저 사랑으로 지켜봅니다. 왜냐하면 그들은, 순진한 어린아이들처럼, 뭔가가 비뚤어져 있다고 느끼면서도 아무 효과가 없는 양극단을 향해 계속 움직이기 때문입니다. 그

---

* 예를 들어 '내가 이룬 업적'에 대해 겸손하다면, 여기서 말하는 '겸손할 것'이란 '내가 이룬 업적'을 가리킨다.—옮긴이

곳에서 그들은 이기기를 원하고, 올바르게 하기를 원하고, 더 많이 하기를 원하고, 더 많이 갖기를 원하며, 계획하기를, 방어하기를, 보호하기를, 사랑받기를, 칭찬받기를 원합니다. 가슴이 소망하는 것보다 못한 것에 머무르는 고역을 치르려 합니다.

40

돌아감이 도(道)의 움직임이다.
놓아둠이 도의 길이다.

도(道)를 가질 수는 없습니다. 당신이 이미 그것이기 때문입니다. 당신은 원하는 것을 이미 가지고 있으며, 이미 자신이 원하는 것입니다. 이보다 더 좋을 수는 없습니다. 그것은 지금 이렇게 나타납니다 —완벽한, 흠 없는. 그것과 다투면 거짓말을 경험하게 됩니다. '생각 작업'은 거짓말을, 진실의 힘을, 지금 실제로 있는 것의 아름다움을 알아차리게 합니다.

네 가지 질문은 각각의 이야기를 해체하며, 뒤바꾸기는 이야기를 늘어놓는 이야기꾼, 즉 당신에게로 돌아오게 합니다. 당신이 이야기 꾼입니다. 당신은 자신에게 들려준 이야기들이 되었습니다. 하지만 당신은 모든 이야기 이전에 살아 있는 존재입니다. 모든 이야기, 모든 것은 신입니다. 현실입니다. 그것은 그것 자체에서 나오며, 삶으로서 나타납니다. 그것은 언제까지나 이야기 속에서 살아갑니다. 이야기가 끝날 때까지. 그것 자체에서 나는 나의 이야기로서 나타납니다. 질문들이 나를 집으로 데려올 때까지. 나는 탐구의 확실함을 사랑합니다. 이야기는 고통을 일으킵니다. 탐구는 이야기를 없애므로 고통도 없습니다. 언제 어느 때든 자유로울 수 있습니다.

나는 "최악의 적 앞에서도 온전히 행복하지 않다면, 나의 '생각 작업'은 아직 끝나지 않았습니다"라고 말합니다. 사람들은 이 말을 탐구의 동기로 여길 수 있겠지만, 그렇지 않습니다. 탐구는 관찰입니다. 만일 어떤 동기를 가지고 '생각 작업'을 한다면, 심지어 남편을 돌아오게 하거나 몸을 치유하거나 세상을 구하겠다는 등 가장 좋은 동기를 가지고 '생각 작업'을 하더라도 그것은 참된 탐구가 되지 못할 것입니다. 이미 어떤 식의 대답을 기대하고 있기 때문입니다. 그러면 더 깊은 대답들이 표면에 떠오르도록 허용하지 않게 됩니다. 오로지 무엇을 고대하는지 모를 때만 당신의 삶을 바꿀 대답들에 마음이 열릴 수 있습니다. 진실에 대한 사랑 말고는 어떤 동기도 효과가 없을 것입니다. 당신을 자유롭게 하는 것은 진실입니다. 이 말은 정말 맞는 말입니다. 단지 성경 어디에 쓰여 있는 말만이 아닙니다. 그리고 우리가 얘기하는 진실은 다른 어떤 사람의 진실이 아니라, 당신 자신의 진실입니다. 그것이 당신을 자유롭게 하는 유일한 진실입니다.

마음이 맑을 때는 '그것의 길'을 따르거나 내맡기는 것이 쉬운 일입니다. 사람들이 내맡김이라고 부르는 것은 실제로는 알아차림입니다. 당신은 모든 것이 계속해서 사라지는 것을 알아차리며, 그것이 나온 근원으로, 즉 비존재로, 창조되지 않은 것으로 돌아가는 것을 즐깁니다. 그리고 마침내 내맡김은 더이상 필요하지 않게 됩니다. 그 단어는 당신 바깥에 내맡길 무엇이 있다는 것을 암시합니다. 하지만 당신은 지금 있지 않은 것, 가 버린 것, 무엇보다도 존재했음을 증명할 수 없는 것—소리, 이름, 풍경, 목소리—을 그저 알아차릴 뿐입니다. 당신은 계속 알아차립니다. 마침내 내맡길 것이 아무것도 없을 때까지.

마음은 자기 자신에게 내맡깁니다. 마음이 자기와 전쟁을 벌이지 않을 때, 마음은 완전히 친절한 세상을 경험하며, 자비로운 마음은 자비로운 세상을 투사합니다. 그 마음은 더이상 이 지구에서 고통을 확인할 수 없습니다. 자기 안에서 고통을 끝냈기 때문입니다. 그 마음은 아무도 불쌍히 여기지 않으며, 완전히 사랑하게 됩니다.

사람들은 묻습니다. 만일 아무것도 의미가 없고 나는 아무도 아니라면, 내가 어떻게 살아갈 수 있느냐고……. 대답은 단순합니다. 우리는 살아지고 있습니다. 우리가 사는 게 아닙니다. 이야기가 없을 때 우리는 힘들이지 않고, 물 흐르듯이, 저항 없이 움직입니다. 자기가 통제해야 한다고 생각하는 사람들은 이런 삶이 몹시 두렵게 느껴질 수 있습니다. 그러니 자기의 생각들에 질문해 보고, 삶이 어떻게 당신 없이 훨씬 더 친절하게 흘러가는지를 보세요. 설령 세상이 무너지는 것처럼 보여도, 나는 오직 기쁨만을 봅니다.

당신이 얼마나 중요한 존재인지를 안다면, 당신은 무수한 조각으로 나뉜 빛일 것입니다. 모든 관념은 당신이 그것을 알아차리지 못하도록 가로막습니다. 만일 이야기가 없는 자신이 누구인지를 정말로 안다면, 당신은 이름이 없고 한계가 없으며 기쁨에 넘치는 존재일 것입니다. 사랑에 미친 바보일 것입니다. 그 빛의 바깥에서 사는 것은 몹시 고통스러운 일입니다. 사람들이 어떻게 그렇게 사는지 모르겠습니다. 그런 삶이 너무나 고통스러워서 나는 43년밖에 살 수 없었습니다. 4,300년 같았던 43년밖에.

41

직접적인 길은 멀어 보인다.

직접적인 길은 멀어 보일 수 있습니다. 마음은 당신에게 거리를 얘기하고, 자기의 증거들로 당신에게 최면을 걸기 때문입니다. 그 생각을 믿을 때, 당신은 그 믿음에 따르는 탈진과 무거움, 스트레스를 느끼게 됩니다. 하지만 직접적인 길은 멀지 않습니다. 사실, 그 길에는 거리가 전혀 없습니다. 당신이 바로 지금 있는 곳 말고 어디로 가겠습니까? 어떻게 다른 곳으로 갈 수 있겠습니까? 모든 여행의 시작과 끝은 당신이 늘 있는 곳입니다. 직접적인 길이란 그것을 깨닫는다는 뜻입니다.

당신은 결정을 할 수 없습니다. 단지 자신이 어떻게 그런 결정을 했는지에 관한 이야기를 경험할 수 있을 뿐입니다. 결정은 저절로 이루어집니다. 결정은 자연히 일어나는 것이며, 때가 되면 오는 것입니다. 나는 이렇게 질문합니다. "당신은 스스로 숨을 쉬고 있나요?" 아니라고요? 음, 아마 당신은 스스로 생각하고 있지 않으며, 스스로 결정하지도 않을 것입니다. 아마 현실은 움직이기 전에는 움직이지 않을 것입니다. 호흡이 그러하듯, 바람이 그러하듯. 당신은 완벽하게 흐르는 자연이지만, 자신이 어떻게 스스로 결정하는지에 관한 이야기를 할 때면 자신이 그런 자연임을 알아차리지 못하게 됩니다. 자신이 직접 결정해야 한다는 이야기가 없다면, 당신은 누구일까요? 만일 결정을 하는 것이 당신 자신이라면, 한번 결정해 보세요. 그런데 5분도 안 되어 마음을 바꾸고 그것을 다시 '당신'이라고 부를지도 모릅니다.

나는 마음이 변하는 모습을 사랑합니다. 나는 마음의 변화를 지켜보며, 한결같이 그 기쁨 안에 있습니다. 나는 그 기분 좋은 움직임을, 마음이 변하는 맛을 사랑합니다. 나는 마음이 움직일 때 움직입니다. 티끌만큼의 저항도 없이……. 마음은 바람처럼 방향이 바뀝니다. 나는 '예'라고 말합니다. '아니요'라고 말할 이유가 없기 때문입니다. 그런데 아주 쉽게 '아니요'라고 말하기도 합니다. '아니요'도 '예'처럼 노력이 들지 않습니다. 나는 나에게 진실하다고 아는 것만을 말합니다. 때때로 사람들은 이 말을 혼동하고 오해하지만, 그 역시 그럴 필요가 있어서 그러는 것입니다. 나는 '아니요'가 '예'만큼 사랑하는 것임을 분명히 압니다. 나는 언제나 나 자신에게 '예'라고 말하기 때문입니다. 정직한 '아니요'는 '예'이기도 합니다.

마음은 끊임없이 변하는 것 같지만, 실제로는 전혀 변하지 않습니다. 나는 변할 수 없는 것에 뿌리를 내리고 있습니다. 당신이 어떤 상태에 있든지 나는 당신을 만나기 위해 같은 자리에 있을 것입니다. 내 말 중 일부가 모순되어 보이는 까닭은 그 때문입니다. 나는 때에 따라 다른 방향에서 다가가며, 그것들은 모두 진실합니다. 모든 방향이 동등합니다. 내가 하는 말은 일관성이 없는 것처럼 보일 수도 있고, 자기 꼬리를 좇는 강아지처럼 제자리를 맴도는 것처럼 보일 수도 있습니다. 또는 수수께끼 같은 얘기를 하는 것처럼 보일 수도 있습니다. 무슨 말인지 모를 수도 있고, 어떤 지점에서는 더이상 이해하기 어렵다고 느낄지도 모릅니다.

그런데 나와 함께 '생각 작업'을 하는 어떤 사람은 내 말을 전혀 모순으로 느끼지 않을 수도 있습니다. 그 순간 우리는 아주 밀접하게 연결되어 있기 때문입니다. 반면에 청중 속에 있는 어떤 사람에게는 그 말이 뜻 모를 말처럼 들릴 수도 있습니다. 그러나 만일 내 말의 의미에 대해 생각하지 않고 그냥 귀 기울여 듣는다면, 만일 그 경험에 그냥 몰입하여 다른 사람이 대답하기를 기다리는 대신 내면으로 들어가서 스스로 질문들에 대답한다면, 그 말이 뜻 모를 말로 들리지 않을 것입니다. 완벽하게 이해될 것입니다.

어떤 사람과 '생각 작업'을 할 때 나는 그 결과에 대해 생각하지 않습니다. 당신이 그것을 받아들이는지, 얼마나 깊이 통찰하는지, 그 통찰로 어떻게 하는지 또는 그 통찰과 함께 얼마나 멀리 가는지, 완강하게 저항하는지, 아니면 깊은 깨어남을 경험하고 있는지 등의 여부에 개의치 않습니다.

나는 당신이 관심 있는 것에 관심이 있습니다. 만일 당신의 대답들이 얕고 제한적이라면, 그래도 내게는 좋습니다. 지금 당신의 세계에 필요한 깊이는 그 정도라고 보기 때문입니다. 만일 당신이 조금도 앞으로 나아가지 않는 것처럼 보인다면, 나는 당신이 붙들고 있는 망상이 당신에게 소중하다는 것을 이해합니다. 그리고 만일 당신이 그러고 싶다면, 나도 역시 그러길 원합니다. 또는 만일 반대로, 당신이 질문들에 답할 때 밑바닥이 떨어져 나간다면, 당신이 안다고 생각하는 모든 것이 떨어져 나간다면, 당신이 현실의 심연 속으로 가라앉는다면, 당신이 그것을 자신에게 주어 나는 기쁩니다. 나는 당신이 들어간 극성(極性)을, 모르는 마음을 사랑하며, 당신이 난생처음 삶을 발견하는 어린아이와 같은 그곳, 모든 것이 놀랍고 신선하고 멋진 그곳을 사랑합니다. 하지만 당신이 그곳을 좋아하기 전에는 나도 그곳을 좋아하지 않습니다. 왜 내가 당신의 세계를 당신에게서 앗아 가고 싶어 하겠어요? 설령 그럴 수 있다고 해도. 아무것도 제때에 앞서 오지 않습니다.

우리는 모두 어린아이입니다. 우리 중 가장 지혜로운 사람이라도 그렇습니다. 우리는 모두 삶이라는 것을 다루는 법을 배우는 다섯 살짜리 아이들입니다. 어떤 사람이 나보고 지혜롭다고 할 때, 나는 삶을 너무 작게 생각하는 게 우스워서 웃음을 터뜨립니다. 무한한 마음은 언제나 세상을 멀리 앞지르며 자기를 뛰어넘습니다. 그 마음은 언제나 자기의 천재성을 능가합니다. 그 마음은 어린아이이며, 나이를 먹지 않습니다. 그 마음은 '모름' 속에서 살고, '모름' 위에서 번성합니다. '모름'은 그 마음의 자양분이며 기쁨입니다. '모름'은 마음의 창조력이 자유롭게 펼쳐지는 곳입니다.

어느 서점에서 나의 책을 낭독한 뒤 독자들의 책에 서명을 하고 있을 때, 지적 장애인이 다가옵니다. 그의 허리는 거대하고 머리는 작아서 거의 원뿔처럼 보이며, 혀는 개의 혀처럼 입 밖으로 나와 늘어져 있고, 손과 팔은 마구 휘저어지고 있고, 눈은 산만합니다. 나는 그 사람을, 그의 솔직함과 그 아름다운 방식을 사랑하지 않을 수 없습니다. 그는 분명히 내가 자기에게 가까이 다가오기를 원합니다. 나는 그의 세계로 초대를 받고 있습니다. "안녕하세요." 그는 말합니다. "내 이름은 밥입니다." 그는 분명하지 않은 발음으로 아주 천천히 말을 하며, 입에서는 침을 흘립니다.

나는 초대를 받아들이고 그에게 다가갑니다. 우리는 이마를 맞댑니다. 그의 눈이 나의 눈과 만나고, 이어 그의 눈길은 여기저기 옮겨 다닙니다. 나는 그의 두 눈을 똑바로 바라보며 그 눈이 돌아오기를 기다립니다. 갑자기 그는 두 팔로 나를 감싸고는 나의 볼을 그의 입술로 끌어당긴 뒤, 조그맣게 않는 듯한 소리를 내며 내게 뽀뽀를 합니다. 이 따뜻한 마음을 표현할 말은 없습니다. 그 순간은 계속 이어집니다. 그는 내가 아는 것을 아는 것 같습니다. 그가 내 삶의, 내 세계의, 내 모든 것의 빛이라는 것을……. 나는 그의 눈을 들여다봅니다. 그리고 말합니다. "뽀뽀해 줘서 고마워요." 그리고 나는 이 감사가 얼마나 알맞은 것인지를 알아차립니다. 이 사랑의 경험은 거대한 깊이로 마음을 온통 사로잡아 버립니다. 고맙다는 말이 그 경험에 얼마나 충분할 수 있을까요? 그러나 그렇습니다. 당신이 사랑에 완전히 사로잡힌다 해도, 필요한 모든 것은 "고마워요"라는 말뿐입니다.

내가 어떻게 나의 삶에 대한 사랑을 떠날까요? 나는 말합니다. "잘 가요, 밥. 사랑해요." 그리고 그의 곁을 떠나 걸을 때 삶—사람들, 벽들, 입구—이 내게로 들어오는 것을 알아차립니다. 그 사랑스러운 사람이 흘러들어 오듯이 삶은 내게로 계속 흘러들어 옵니다. 걸음걸음마다 그곳에 내가 있습니다. 겉으로는 내가 움직이는 것처럼 보여도……. 세상을 필요로 하지 않는 것, 세상을 향해 밖으로 나가지 않는 것, 하지만 언제나 삶이 나와 만나고 내게 들어오도록 허용하는

194

것, 그것은 얼마나 아름다운지요. 나는 모든 것, 모든 사람, 모든 상황, 존재의 모든 맛을 위한 공간이 내 안에 있음을 알아차립니다. 나는 내가 그 열림인 것을 사랑합니다.

42

보통 사람들은 홀로 있음을 싫어한다.
하지만 성인은 홀로임을 이용하며,
홀로임을 껴안고,
자신이 온 우주와 하나임을 깨닫는다.

우리는 홀로 태어났고, 홀로 죽으며, 저마다 자기 지각의 행성 위에서 홀로 살아갑니다. 어떤 두 사람도 이제껏 만난 적이 없습니다. 심지어 당신이 가장 잘 아는 사람, 가슴 깊이 사랑하는 사람도 당신 자신의 투사입니다. 조만간 당신은 홀로 남게 될 것입니다. 그것이 얼마나 아름다운 일인지 아시나요? 결국, 당신은 당신이 함께 잠들고 함께 깨어나는 사람이며, 당신이 좋아하는 음식을 주문해 주고 좋아하는 음악을 사랑하는 사람입니다. 당신은 언제나 당신이 좋아하는 주제였습니다. 당신의 '유일한' 주제. 모두가 당신에 관한 일입니다.

나 자신과 함께 있는 것보다, 나 홀로 있는 것보다 기분 좋은 일은 없습니다. 생각들의 즐거움이란, 놀라움이란! 생각들은 놀라운 능력으로 정말 실제인 것처럼 보이고, 온 세상을 창조하며, 그것의 위엄과 유희를, 느낌들의 삶을, 마음이 자기에게 만들어 주는 감로인 기쁨들을 창조합니다. 생각들은 난데없이 나타나서, 구름처럼 움직이며, 변하고 흩어지고 사라집니다. 누가 하늘에게 이름을 붙였을까요?

그는 그것을 어떻게 알았을까요?

나는 앉아서 눈을 감습니다. 두 시간이 지난 뒤, 하나의 생각도 일어나지 않았음을 알아차립니다. 기쁨의 눈물이 볼을 타고 흘러내립니다. 기쁨은 내가 담을 수 없을 만큼 커 보이지만, 나는 눈물을 멈추지 않습니다. 기쁨인, 기쁨이었던, 늘 기쁨일 수 있는 모든 것은 지금 최고의 힘으로 살도록 초대받습니다. 기쁨이 나를 죽여도 좋습니다. 상관없습니다. 나는 그것을 멈추지 않아야 한다는 것을 압니다. 나는 환히 밝아지고 무게가 없는 듯 가벼워지고 살아지며, 기쁨이 나를 통해 자기의 삶을 온전히 살도록 두려움 없이 허용합니다. 그리고 모든 것이 분명히 보일 때, 나는 기쁨의 본성을 봅니다. 그것은 사랑입니다. 이 기쁨이 나와 함께할 때 다른 모든 것은 소멸됩니다. 나는 땅에 입맞춤을 할 수 있고, 먼지와도, 시멘트, 나뭇잎, 흙과도 사랑할 수 있습니다. 심지어 붙잡을 수 없는, 손가락 사이에서 느껴지는 현실의 감촉과도 사랑할 수 있습니다. 아무것도 붙잡을 수 없고, 아무것도 통제될 수 없습니다. 나는 어떤 말이 아니라, 볼에 댄 손바닥으로 찬미하고 있음을 알아차립니다. 이 사랑이 어디에서 끝날까요? 내가 어찌 그걸 알겠어요? 그리고 마침내 흐느낌은 가장 부드러운 속삭임으로, 호흡으로 바뀌고, 다음에는 그것조차 아닙니다.

43

세상에서 가장 부드러운 것이
가장 단단한 것을 이긴다.

세상에서 가장 부드러운 것은 열린 마음입니다. 그 마음은 자기의
생각을 믿지 않습니다. 그래서 유연하고 잘 통과시키며 대립하지 않
고 방어하지 않습니다. 아무것도 그것보다 강하지 않습니다. 아무것
도 그것에 저항할 수 없습니다. 세상에서 가장 단단한 것, 즉 닫힌 마
음도 열려 있음의 힘에는 저항할 수 없습니다. 결국, 진실은 바위를
통과하는 물처럼 그 마음속으로, 그 마음을 통해 흘러갑니다.

마음이 처음 자기에 관해 배우는 학생이 될 때, 마음은 세상 어느
것도 자기와 싸울 수 없다는 것을 배웁니다. 모든 것은 마음을 위해
있습니다. 모든 것은 마음에 더해지며, 마음을 깨우치고, 마음을 기르
고, 마음을 드러냅니다. 마음은 계속해서 열립니다. 왜냐하면 마음이
두려워하지 않고 방어하지 않는 상태에 있기 때문입니다. 앎에 굶주
려 있기 때문입니다. 그리고 자기가 아무것도 아님을 깨달을 때, 마
음은 어디든지 꿰뚫을 수 있습니다. 심지어 마음을 위한 공간이, 마
음을 받아들일 자리가 없을 때도.

사람들은 텅 빔이기를 두려워합니다. 하지만 텅 빔은 마음의 한 측면일 뿐입니다. 그것은 전혀 두려워할 것이 아니며, 오히려 축하할 이유입니다. 스트레스를 주는 이야기가 없으면, 스트레스가 없습니다. 그것은 분명한 사실입니다! 자기의 생각을 믿지 않을 때는 오직 웃음과 평화만이 있습니다. 그런 자리를 위한 이름들이 있습니다. 나는 그것을 천국이라고 부릅니다. 그리고 사람들이 여전히 자기의 생각을 믿는다면, 텅 빔이 무엇인지 그들이 어떻게 알까요? "있는 것이 없는 것보다 낫다." 당신은 그게 진실인지 확실히 알 수 있나요?

참으로 열린 마음은 자기 자신으로 있는 것 말고는 어떤 목표나 목적도 없습니다. 그 마음은 자신이나 타인이라는 관념에 집착하지 않습니다. 그리고 궁극에는 사람들도 없고 마음도 없다는 것을 깨닫습니다. 마음이 열릴 때, 당신은 모든 것을 기꺼이 잃습니다. 나는 한 여성으로서 여기에 앉아 있고, 다음 순간 내가 하나의 은하계 또는 한 마리 개미라는 것을 깨닫습니다. 상관없습니다. 당신은 모든 것을 잃고, 그 뒤 다시 들어갑니다. 헤어스타일이 마음에 쏙 드는 날에는 즐겁게 거울을 들여다보지 않나요? 그와 같습니다. 당신은 아무것도 없는 거울을 들여다보며 즐거워합니다. 당신이 텅 빔일 때, 그때는 언제나 좋은 날입니다.

나는 세상이 무엇으로 변할지 알 수 없습니다. 내 몸은 두 번 다시 똑같지 않습니다. 그 몸은 지쳐 있고, 원기가 회복되었고, 살쪄 있고, 다음에는 곧 살이 빠져 있습니다. 나는 그것을 알아보지 못합니다. 그 몸은 늙어 보이고, 사랑스럽습니다. 그 뒤 그것은 내 눈앞에서 다시 변하고, 어린 소녀의 몸이 됩니다. 그것은 어떤 것을 언뜻 보는 것

과 같고, 그 뒤 다시 바라보니, 그것은 전혀 그것이 아니었습니다. 그
것은 정말로 아름답고, 그 뒤 그것은 불가해한 어떤 것으로 변합니
다. 나는 그 몸이 무엇인지, 누구의 몸인지, 왜 있는지 모릅니다. 그리
고 그 몸이 하는 일은 매혹적입니다. 그 몸의 손이 그 몸의 다리를 어
루만지기 시작합니다. 로션이 필요 없는 피부에 로션을 바르기 위해
서입니다. 그 뒤 그 몸은 어떤 음료, 예를 들어 내가 차라고 부르는 음
료가 담긴 컵을 들고 마시겠지만, 나는 그것도 알 수 없습니다. 나의
세계는 끊임없이 변하는 모습들의 세계입니다. 그 세계에는 내가 확
신할 수 있는 것이 하나도 없습니다. 나의 나이도, 나의 몸도, 누가 나
와 함께 있는지도, 나의 정체성도, 몇 세기인지도, 내가 어떤 행성에
살고 있는지도.

마음은 나타나며, 만일 마음이 나타나면 결국 스스로 끝이 납니다.
투사된 세상이 먼저 사라지고, 다음에는 그것을 투사한 마음이 사라
집니다. 흔적도 남지 않습니다. 오직 침묵만이 남을 뿐입니다. 애초에
존재하지도 않은 열림만이……. 내가 사는 곳은 그곳입니다. 그것은
끝날 때 끝납니다. 당신은 그것을 창조할 수도 없고, 없앨 수도 없습
니다. 당신은 그러기를 원하지 않을 것입니다.

200

44

부족함이 전혀 없음을 깨달을 때,
온 세상은 당신에게 속한다.

성공이란 어딘가에 도착했다는 '이야기'입니다. 상상된 과거로부터 상상된 미래로 가는 길에서……. 내게는 성공을 판단하는 기준이 없습니다. 내가 하는 모든 일이 나에게는 성공입니다. 궁극의 성공. 온 세상이 내 안에 있습니다. 나는 지금 있는 것—의자에 앉아 있는 여자—이라는 단순함 속에서 살기 때문입니다. 이밖에는 아무것도 없으며, 이밖에는 한 생각도 없습니다. 이 방이 온 세상입니다. 나는 앉아 있는 데 성공하는 사람입니다. 그리고 숨 쉬는 데 성공하는 사람입니다. 만일 내가 지금 죽는다면, 나는 숨 쉬지 '않는' 일에 성공한 사람이 됩니다. 내가 무엇에 실패할 수 있을까요? 마음이 맑을 때는 세상에 어떤 잘못도 없다는 것을 알게 됩니다.

현실은 친절합니다. 현실의 본성은 중단되지 않는 기쁨입니다. 내가 바이런 케이티의 꿈에서 깨어났을 때, 남아 있는 것은 하나도 없었고, 자비롭지 않은 것은 하나도 없었습니다. 그것은 너무나 자비로워서 다시 나타나지도 않고, 자기를 다시 창조하지도 않을 것입니다.

최악의 일이, 가장 끔찍한 상상이 일어날지도 모르고, 지구가 사라져 버릴지도 모르지만, 그것은 그 일까지도 은총으로 여기고 축하하며 두 팔 벌려 노래할 것입니다. "할렐루야!" 그것은 너무나 명쾌하며, 지금 있는 것과 너무나 사랑에 빠져 있습니다. 그래서 오히려 불친절해 보이고, 심지어 비인간적으로 보일 수도 있습니다. 그것은 완전히 보살핍니다. 그런데 또한 전혀 상관하지 않으며, 눈곱만큼도 상관하지 않고, 설령 우주의 모든 살아 있는 생명체가 한순간에 사라져 버린다 해도 상관하지 않습니다. 그것이 어떻게 기쁨보다 못한 반응을 보일 수 있을까요? 그것은 지금 있는 것과 사랑에 빠져 있습니다. 지금 있는 현실이 어떤 모습을 취한다 해도.

현실은 좋지도 않고 나쁘지도 않습니다. 현실은 좋고 나쁨보다 거대합니다. 현실은 상대가 없으며, 현실이 아닌 것은 아무것도 없고, 현실과 다른 것은 아무것도 없습니다. 이원성의 끝은 세상의 끝이 아니라, 고통의 끝입니다. 환한 것, 밝은 것—만일 그것에 어떤 이름을 붙인다면, 나는 그것을 신이라고 부르겠습니다. 존재하지 않는, 존재 너머에 있는 그것은 태양보다 더 밝습니다. 내가 진행한 주말 집중 프로그램에서 어떤 남자가 기쁨으로 환히 빛나는 얼굴로 말했습니다. "방금 이해했어요! 놀랍네요. 당신이 말하는 것은 땅 위의 천국이로군요!" 나는 말했습니다. "이해하시는군요. 저는 정말 천국에서 땅에게 얘기하고 있답니다." (나는 나의 작은 농담을 좋아합니다.)

당신이 지옥이나 연옥이라는 꿈에서 깨어날 때, 천국은 상상으로는 이해할 수 없는 방식으로 드러납니다. 그리고 자신이 믿는 생각들에 대해 계속 질문할 때, 당신은 천국도 그저 하나의 시작일 뿐임을 깨달습니다. 천국보다 나은 것이 있습니다. 그것은 영원한, 뜻 없는, 무한히 창조적인 마음입니다. 그 마음은 시간이나 공간, 심지어 기쁨을 위해서도 멈출 수 없습니다. 그것은 너무나 환해서 당신의 남은 잔재들을 떨쳐 내어 깊은 경이의 심연 속으로 사라지게 할 것입니다.

그 환함의 바깥에는 아무것도 없습니다. 그것은 어디에나 있으며, 언제나 사라집니다. 심지어 그것이 일어나기 전에도……. 모습은 그렇게 일어나는 것처럼 보입니다. 그리고 모습이 일어날 즈음에는 최초의 원인이 벌써 사라집니다. 그렇게 맛, 냄새, 풍경은 일어나는 것처럼 보이는 순간에도 사라져 버리며, 마음은 너무나 기뻐서 그 결과를 결코 경험하지 않습니다.

삶의 비밀을 알면, 늘 계속되는 우주적인 농담을 알면, 당신도 즐거워하지 않을까요? 아무것도 없습니다. 그것이 농담입니다. 당신은 스트레스를 주는 모든 생각이 이미 사라진 것을 보고, 그 생각들에는 아무 실체가 없음을 깨닫습니다. 그리고 크나큰 기쁨을 느낍니다. 그 뒤 아름다운 모든 것, 사랑하는 모든 것, 모든 위대한 예술과 음악과 문학, 가장 소중히 사랑하는 모든 사람, 우리의 모든 문명, 사랑하는 지구 자체, 무한한 우주 전체도 역시 사라지는 것을 봅니다. 그리고 당신은 세 배의 기쁨으로 미소를 짓습니다. 그것들만 실재하지 않는 것이 아니라, 당신 역시 실재하지 않음을 깨닫기 때문입니다.

45

참된 완전은 불완전해 보이지만,
그것은 완벽히 그것 자체다.

완전은 현실의 다른 이름입니다. 어떤 것을 불완전하게 볼 수 있는 유일한 길은 그것에 대한 생각을 믿는 것입니다. "그것은 부족해, 그것은 추해, 그것은 불공평해, 그것은 흠이 있어"—그게 진실인가요? 지금 탁자 위에 이 빠진 커피 잔이 있습니다. 이 커피 잔을 그저 바라본다면, 이 잔이 어떠해야 한다는 생각 없이 그저 바라본다면, 이 잔은 얼마나 아름다운지요. 또는 인도 위에서 비틀거리며 걷는, 바지에 갈색 얼룩들이 길게 묻어 있는 노숙자는. 또는 신문의 1면에서 읽는 전쟁과 살인, 폭격들은……. 그 현실이 있는 그대로 완전하다고 볼 때는 현실의 멋지고 끊임없고 가차없는 방식에 놀라지 않을 수 없습니다.

나의 두 다리는 발목에서 꼬여 커피 탁자 위에 놓여 있습니다. 이 모습을 보고 어떤 사람은 "얼마나 숙녀답지 않은가"라고 생각할 수 있고, 다른 사람은 "얼마나 편안할까"라고 생각할 수 있습니다. 하지만 그런 생각들이 있든 없든 내 다리는 완벽한 자세로 있습니다. 그 뒤 나는 두 다리가 풀려 있음을 알아차리고, 다시 두 다리를 꼽니다.

내가 삶이라는 영화를 볼 때 영화의 각 장면은 저마다 완전하고, 완전하고, 완전합니다. 삶의 어떤 장면을 정지시켜 바라보아도 완전한 자기의 길이 아닌 것은 하나도 없습니다. 오직 자기의 생각을 믿는 마음만이 불완전을 창조할 수 있습니다.

좋지 않은 일이 일어날 수 있을까요? 나의 두 다리가 꼬이고, 풀리고, 뻗고, 접힙니다. 두 다리는 대개 편안하지만, 때로는 가만있지 않고 일어나 움직여야 합니다. 모두 좋습니다. 일어나는 모든 일은 신의 뜻입니다. 그 점을 깨달으면 안전한 집에 있는 것과 같습니다.

나는 불편함, 실명, 부상, 죽음에 활짝 열려 있습니다. 오늘 아침에는 발밑이 보이지 않아 계단에서 발을 헛디뎌 굴러떨어질 뻔했습니다. 나는 내가 균형 잡는 모습을 지켜보며 매료되었습니다. 마치 손자와 함께 롤러코스터를 타는 것 같았습니다. 얼마나 좋은 경험이었는지요! "나는 살아야 해"—그게 진실인지 나는 확실히 알 수 있는가?

어느 날 물을 마셨는데, 물은 사람들이 '잘못된 관(管)'(기도를 가리킴—옮긴이)이라고 부르는 곳을 타고 내려갔습니다. 즉 그 물은, 사람들이 잘못된 관이라고 부르는, 올바른 관을 타고 내려갔습니다. 나는 공기가 아니라 물을 호흡하고 있었습니다. 하지만 그 관에는 공기만 들어가야 한다는 이야기를 믿지 않았기에 아무 문제가 없었습니다. "숨을 쉬어야 해"라는 관념이 없었으므로 나는 잠시 물고기와 같았습니다. 물은 내려갔다가 올라왔습니다. 그 일은 아주 부드럽게 이루어졌고, 마치 나의 허파가 씻기는 것 같았습니다. 하지만 그때 만일 "숨을 쉬어야 해"라는 관념을 믿었다면, 아마 스트레스를 받았을 것입니다. 사실 우리는 양서류입니다. 우리는 물로 오랫동안 호흡할 수는 없지만, 필요할 때는 할 수 있습니다. 이야기가 없으면 저항도 없습니다. 이야기는 저항이며, 경험이 아닙니다. 그 물이 이 관을 통해 내려가야 했다는 것을 내가 어떻게 알까요? 그 물이 그곳으로 내려갔기 때문입니다.

하지만 모든 일이 신의 뜻이라는 통찰은 많은 사람에게는 논란의 끝이 아니라 시작입니다. 신앙이 깊은 사람들도 "일어나는 모든 일은 다 좋은 일"이라는 것을 믿는 데 애를 먹습니다. 그들은 이 말이 지나치게 단순하다고 생각합니다. 하지만 단순한 진실이 어떻게 '지나치게' 단순할 수 있을까요? "신은 모든 것이다, 신은 좋다"는 하나의 견해가 아닙니다. 그것은 현실입니다. 당신은 그것이 진실이라는 것을 알 수 있습니다. 현실에 저항하면 고통을 받기 때문입니다. 나는 그것을 마지막 이야기라고 부릅니다. 그 이야기를 간직하고 멋진 삶을 누리세요. 그런데 만일 당신이 더 깊이 들어가고 싶다면, 그 이야기조차 진실이 아닙니다.

텅 비어 있다는 것은 지금 있는 것을, 그것이 무엇이든, 사랑하지 못하도록 가로막는 장애물이 마음속에 전혀 없다는 뜻입니다. 맑은 마음은 절대적으로 고요합니다. 기울어진 것들은 그 마음의 알아차림(앎) 속으로 들어오면 다시 바로잡힐 것입니다. 그 마음은 언제나 질서에서 어긋난 것을 찾아보지만 오직 질서만을 봅니다. 그 마음은 모든 것이 이해되게 하며, 자기의 끊임없는 알아차림(앎) 안에서 휴식합니다.

지금 나는 동베를린의 호텔 방에서 남편 스티븐 미첼에게 구술하고 있습니다. 그는 방금 노트북 키보드에 놓여 있던 오른손을 들어

코를 긁었습니다. 나는 놀라워합니다. 나는 그것이 무엇인지 말할 수가 없습니다. 나는 그것을 완전히 받아들이고, 기다리고, 그것이 아닌 모든 것을 봅니다. 그것은 코가 아니고, 얼굴이 아니고, 사람이 아니며, 어떤 것도 아닙니다. 그리고 나는 그 몸짓의 아름다움, 그 재미있음을 보고, 그것이 어떻게 다시 키보드 위에 놓인 손과 같은지, 그리고 두 동작이 어떻게 아무것도 아닌지를 보며, 거기에서 사랑이 흘러 나옵니다.

그것은 모두 하나의 끊어지지 않는 흐름입니다. 나도 없고, 그도 없으며, 분리도 없습니다. 이것은 방해받을 수가 없습니다. 그의 코 위에 놓인 그의 손을 보는 것은 충격적인 일이었고, 지금 그의 손이 키보드 위로 움직이는 것을 보는 것도 충격적인 일입니다. 그 방식은 너무나 기이하고, 그것은 마치 흐르는 기하학 형상과 같으며, 언제나 올바른 질서 안으로 흘러듭니다. 무슨 일이 일어나든 사랑은 흘러 나가며, 아무것도 사랑을 방해할 수 없습니다. 울음도, 비명도, 웃음도 사랑을 방해할 수 없습니다. 사랑은 언제나 일하고, 언제나 알아차리고 현존하고 지켜보며 세심합니다. 만일 지금 커피 탁자 위에 놓인 이 두 발을 내가 어떻게 보는지 당신이 이해할 수 있다면, 당신은 배꼽을 잡고 웃느라 바닥으로 굴러떨어질지도 모릅니다. '봄'은 '보는 자'의 순수한 기쁨 외에는 모든 것을 죽일 것입니다.

텅 빈 마음이란 얼마나 놀라운 세계인지요! 모든 것이 그것을 가득 채웁니다. 발, 다리, 커피 탁자, 코, 팔, 손, 노트북, 벽, 바닥, 창문, 커튼…… 그 모든 것은 이름이 없고, 서로에게 흘러들며 서로에게서 흘러 나갑니다. 텅 빔으로 가득함을, 그것의 기묘함을, 어떻게 그것만이 이치에 맞을 수 있는지를 상상해 보세요. 그리고 끊임없이 이어지는 완전함을 낳는 그것의 본성을, 모든 것을 완전히 담을 수 있는 그릇을 상상해 보세요. 그것에는 한계가 없습니다. 현실은 우리 안으로 부어지며, 그렇게 확장되며, 그렇게 자기의 무한한 풍요로움을 드러냅니다.

그래서 그것은 한계 없는 가득함입니다. 그것은 밖으로 나갈 수 있지만, 안에 머무릅니다. 현실은 열린 마음에는 너무 크지 않습니다. 현실은 삶만큼 방대하고, 분리되어 있지 않으며, 새로워 보이는 것이 나타나기를 기다리고 자기의 무한한 확장 안에 그것을 포함합니다. 그것은 모든 것을 포함하는 무한한 그릇이며, 그것이 감당하지 못할 것은 하나도 없고, 그것이 환영하지 않는 것은 하나도 없으며, 그것이 담지 않거나 담을 수 없는 것은 하나도 없습니다.

질문되지 않은 마음이 알 수 있는 범위 너머에 완전함이 있습니다. 그것은 당신이 있을 필요가 있는 곳이면 어디로든, 당신이 거기에 있을 필요가 있을 때면 언제든, 그리고 언제나 정확히 제때 당신을 데려갑니다. 마음은 이 온 우주를 창조한 이름 없는 지성의 반영일 뿐입니다. 이를 스스로 이해할 때 마음은 기쁨으로 가득 찹니다. 마음은 자기가 모든 것임을 기뻐하며, 자기가 아무것도 아님을 기뻐합니다. 마음은 자기가 눈부시게 친절하고 어떤 정체성도 없음을, 자기의 무한하고 중단될 수 없고 상상할 수 없는 삶을 기뻐합니다. 그리고 이제껏 아무 일도 일어난 적이 없고, 이제껏 일어난 모든 일—이제껏 일어날 수 있었던 모든 일—이 다 좋다는 것을 이해하며, 그 이해의 빛 속에서 춤을 춥니다.

46

두려움보다 더 큰 환상은 없다.

우리는 오직 자신이 무엇이라고 믿는 것만을 두려워할 수 있습니다. 우리가 아직 이해로 만나지 않은 내면의 것들만을⋯⋯. 만일 당신이 나를 이를테면 지루한 사람으로 볼지 모른다는 생각이 나에게 들면, 그 생각은 내게 두려움을 불러일으킬 것입니다. 그 생각에 대해 질문해 보지 않았기 때문입니다. 그래서 내게 두려움을 불러일으키는 것은 다른 사람들이 아닙니다. 나를 두렵게 하는 것은 바로 나 자신입니다. 내가 나를 두렵게 합니다. 이 두려움을 스스로 조사해 보기 전에는⋯⋯. 일어날 수 있는 최악의 일은 '내가 나를 어떤 사람이라고 생각하는 것과 똑같이 당신도 나를 그런 사람으로 생각한다'라고 내가 생각하는 것입니다. 그래서 나는 온통 나에 둘러싸여 있습니다.

모든 두려움은 이와 같습니다. 자기의 생각을 믿기 때문에 두려움이 일어납니다. 그 이상도 이하도 아닙니다. 그것은 언제나 미래의 이야기입니다. 그러니 두려움을 느끼고 싶다면, 미래를 생각하세요. 자기의 마음에 질문하면 두려움이 일어날 수 없습니다. 두려움은 오로지 마음이 과거의 이야기를 미래로 투사할 때만 경험될 수 있습니다. 과거의 이야기가 없다면 미래를 투사할 수 없습니다. 만일 과거의 이야기에 집착하지 않는다면, 우리의 미래는 아주 밝고 아주 자유로워서 우리는 굳이 시간을 투사하려 하지 않을 것입니다. 우리가 이미 미래를 살고 있다는 것을, 그때는 언제나 지금이라는 것을 알아차릴 것입니다.

몇 년 전 어느 날, 나는 나중에야 사유지라는 것을 알게 된 도로를 걷고 있었습니다. 그러다가 막다른 길에 다다랐을 때 커다란 개 몇 마리가 사납게 짖으면서 나를 향해 달려왔습니다. "저 개들이 나를 물어뜯으면 어떻게 될까" 하는 생각이 들었습니다. 하지만 나는 개들이 그럴 것이라는 생각을 투사할 수 없었기에 어떤 두려움도 없었습니다. 개들은 나를 향해 달려들었고, 으르렁거리면서 이빨을 드러냈고, 멈추었고, 코를 쿵쿵거리며 나의 냄새를 맡았습니다. 나는 기다리며 지켜보았고, 삶이 이제까지 무척이나 좋았다는 것을 알아차렸습니다. 그 뒤 개들은 내가 도로의 입구까지 돌아가도록 했습니다. '그들'은 행복했고, 나도 행복했습니다. 즐거운 만남이었습니다.

누구는 말할지 모릅니다. "하지만 케이티, 두려움은 생물학적인 게 아닌가요? 두려움은 싸우거나 도망치는 반응을 위해 필요하지 않나요? 으르렁거리는 개는 두려워하지 않을 수도 있겠죠. 그런데 만일 추락하는 비행기 안에 있다면 어떨까요. 정말 겁나지 않을까요?" 나의 대답은 이렇습니다. "길에 놓여 있는 새끼줄을 보고서 당신의 몸이 싸우거나 도망치는 반응을 보일까요? 절대로 그렇지 않습니다. 그렇게 한다면 미친 짓이겠죠. 오직 그 새끼줄을 뱀이라고 착각할 때만 심장이 두근두근 고동치기 시작합니다. 두려움을 불러일으켜 싸우거나 도망치게 하는 것은 당신의 '생각들'이지, 현실이 아닙니다." 물론, 가상의 상황에서 내가 어떻게 생각하고 느낄지는 모릅니다. 내가 말할 수 있는 것은, 두려움을 경험하지 않은 지 오래되었다는 말뿐입니다. 무척 흥미로운 상황에 처한 적은 몇 번 있습니다.

자기의 생각들에 질문하면, 두려움 없이 사는 것이 자연스러운 일입니다. 그런 삶이 어떠한지 궁금해하는 사람들에게 나는 가끔 손녀 말리가 태어났을 때의 일을 들려줍니다. 딸 록산이 진통을 시작했을 때, 우리—나와 남편, 사위, 사돈 부부—는 분만실에 있었습니다. 분만이 순조롭게 진행되고 있었는데, 갑자기 아기가 산도(産道; 아이를 낳을 때 태아가 지나는 통로)에 걸렸습니다. 아기는 자궁 속으로 물러나기 시작했고 심장이 위험한 상태에 빠졌습니다. 작은 병원인데다 늦은 밤, 새벽 세 시여서 직원도 부족했고 의사를 도울 정규 간호사도 없었습니다. 방에는 공황의 느낌이 엄습했습니다. 의사는 제왕절개 수술을 하기로 결정했고, 퉁명스러운 말투로 우리를 내보낸 뒤 산모를 데리고 수술실로 들어갔습니다. 산모는 계속 비명을 지르고 있었지만, 아무도 우리에게 상황을 얘기해 주려 하지 않았습니다. 그래서 우리에게는 산모와 아기가 심각한 문제를 겪고 있다고 믿을 이유들이 있었습니다.

그 뒤 비명이 그쳤습니다. 복도 끝에서는 화가 나서 혹은 패닉에 빠져서 지시하는 소리들이 들렸습니다. 응급실에서 보조원이 나를 향해 달려오더니, 어떤 번호로 전화를 한 뒤 응답하는 사람에게 즉시 병원으로 오라는 말을 전해 달라는 요청을 하고는 자초지종도 설명하지 않은 채 달려갔습니다. 나는 전화를 걸어 통화한 뒤 사돈 부부를 향해 걸어갔습니다. 그들은 나를 보고 "우리 함께 기도하실래요?"라고 했는데, 그 말이 내게는 놀라웠습니다. 나는 기도할 것이 없었기 때문입니다. 나는 그들의 사랑스러운, 지친, 겁에 질린 눈을 들여다보면서 생각했습니다. "내가 요청해야 할 것은 하나도 없어. 나는 신이 원하는 것이라면 무엇이든 원해." 하지만 물론 나는 그들과 함께했습니다. 그들은 내 손을 잡고서 눈을 감은 채 기도했고, 나는 어떤 결과를 원하는 것이 얼마나 고통스러운 일인지를 알기에 그들을 사랑하면서 그 자리에 함께 서 있었습니다.

이 경험을 하는 동안, 나의 내면에는 아무 저항이 없었고 두려움도 없었습니다. 내게는, 현실이 신입니다. 나는 언제나 현실을 신뢰할 수 있습니다. 나는 신의 의지가 무엇인지 짐작할 필요가 없습니다. 나의 딸과 손주가 살든 죽든, 일어나는 모든 일은 신의 뜻이며, 그러므로 그것은 나의 뜻입니다. 그래서 나의 기도는 이미 응답되었습니다. 나는 딸 록산을 가슴 깊이 사랑하며, 그 아이의 목숨을 구할 수 있다면 나의 목숨을 기꺼이 포기할 수 있지만, 그럴 필요는 없었습니다. 결국 제왕절개 수술은 잘되었고, 산모와 아기는 무사했기 때문입니다.

이와는 다른 길이 있습니다. 만일 내가 "우리 딸은 죽는 것보다 사는 것이 더 나아"라거나 "우리 손녀는 태어나야 해"라거나 "의사는 더 잘 준비해야 했어"라는 등의 생각을 믿었다면, 나는 몹시 화가 났을 것입니다. 그러면 응급실로 밀치고 들어가서 의료진을 더 힘들게 했을지도 모릅니다. 아마 화, 좌절, 공포, 기도(일종의 통제될 수 없는 것을 통제하려는 시도) 등이 있었을 것입니다. 이런 것들은 우리가 생각을 믿을 때 반응하는 몇 가지 방식입니다. 현실과 전쟁을 벌일 때는 이런 일이 자주 일어나는데, 그것은 제정신이 아닐 뿐더러 가망도 없고 몹시 고통스럽습니다. 하지만 마음에 질문을 던지면, 생각들은 들어 왔다가 나갈 뿐 어떤 스트레스도 일으키지 않습니다. 당신이 그 생각 들을 믿지 않기 때문입니다. 그리고 당신은 즉시 그 반대의 생각들도 그만큼 진실할 수 있다는 것을 깨닫습니다. 마음이 평화로울 때, 현 실은 아무 문제가 없으며 오직 해답들만 있음을 보여 줍니다. 일어나 는 모든 일은 일어나야 하는 일입니다. 당신은 그것을 내면 깊은 곳 에서 압니다. 만일 내가 손주나 딸을 잃는다면, 나는 애초에 내 것이 아니었던 것을 잃습니다. 그것은 좋은 일입니다. 그게 아니라면 신은 사디스트(sadist; 학대하는 것을 즐기는 자)일 텐데, 나의 경험으로는 그렇 지 않습니다.

나는 신에게 지시하지 않습니다. 나는 삶이나 죽음이 나에게 혹은 사랑하는 사람에게 더 나은지 여부를 안다고 여기지 않습니다. 내가 어떻게 그것을 알 수 있겠어요? 내가 아는 것은 오로지, 신은 모든 것 이며 신은 좋다는 것입니다. 그것이 나의 이야기이며, 나는 그것을 고수합니다.

47

성인은 떠남이 없이 도착하고,
바라봄 없이 빛을 보고,
함 없이 이룬다.

내 침대 옆 탁자 위에는 켜지 않는 등이 있고, 쓰지 않는 자명종이
있습니다. 나는 북 투어(book tour; 책 홍보를 위한 여행)를 하는 중인데,
이 여행은 연일 밤마다 진행되는 현실의 길입니다. 내게 필요한 것
너머의 필요를 채우기 위한……

나는 호텔들이 무척 고맙습니다. 호텔들은 내가 밤에 잠을 잘 자
는 데 필요한 모든 것, 베개와 매트리스, 침대 시트를 줍니다. 내가 원
한다고 생각하지 않아도, 모든 것이 언제나 보살핌을 받고 있습니다.
여기에는 창문이 있습니다. 화장지가 있습니다. 메모지와 펜이 있습
니다. 많은 사람이 소중히 여기는 성서도 서랍 속에 있습니다. 침대
탁자 위에는 아침에 마실 차를 위한 물도 한 병 있습니다.

나는 수돗물보다는 병에 든 생수를 더 좋아합니다. 그래서 그런 생
수를 식품점이나 주유소, 또는 호텔에 있는 작은 매점에서 삽니다.
나는 생수의 상표들을 보면서 내 손이 어느 것을 선택할지 궁금해하
며, 그 손이 실제로 생수 병을 고를 때까지는 도무지 알 수 없음을 사

214

랑합니다. 그리고 음료수 냉장고에서 계산대까지 가는 여행을 즐깁니다. 계산 담당자는 남자나 여자, 젊거나 나이 많은, 피부가 희거나 거무스름한 사람 또는 아시아인입니다. 우리는 대개 한두 마디 말을 주고받습니다. 그것은 사소한 일이 아닙니다. 나는 평생 이 사람과의 만남을 기다렸습니다. 내가 좋아하는 것들에 감사하는 마음이 밀려듭니다. 나는 그것들이 나를 데려가는 곳을 사랑합니다. 아침에 마시는 차를 사랑합니다.

48

모든 것이 자기의 길을 가도록 놓아두면
진정으로 통달하게 된다.

어떤 것을 더 가까이 바라볼수록, 실은 그것이 무엇인지 모른다는 것을 더욱 알아차리게 됩니다. 어떤 이름이 떠오르면, 그와 함께 "그게 진실인가?"라는 질문이 말없이 떠오르며, 모름에서 나오는 웃음에 휩싸이게 됩니다. "나는 바이런 케이티다"—그게 진실인가?" 그 질문이 (내가 바이런 케이티라는) 증거들을 하나하나 무효화시킬 때, 나는 아무 것도 아닌 것으로 남습니다. 다시 말해, 여기에 앉아 있는 여자로……. 나는 지금 태어났고, 호텔 방의 이 소파에 앉아 있으며, 상상 말고는 어떤 과거도 없습니다. 얼마나 즐거운지요! 얼마나 우스운지요!

내가 무엇을 보든지 그것에는 마음의 빛이 스며 있습니다. 그 빛은 지금 소파에 앉아 있는 사람을 비추며, 늘 깨어 있고 어디에나 있으며 영원합니다. 그 밝은 빛 안에서 모든 것이 사라집니다. 마침내 소파에 아무도 없을 때까지……. 영원한 웃음 말고 무엇이 살 수 있을까요? 빛이 있으라, 세상이 있으라. 왜냐하면 내가 이해하는 세상은 언제나 지금 태어나며, 지금은 세상이 언제나 끝나는 곳이기 때문입니다.

모든 것은 저마다 자기의 감미로운 길을 갑니다. 당신이 허용하든 안 하든 상관이 없습니다. 장미는 당신의 허락 없이 꽃을 피우고, 당신의 동의 없이 죽습니다. 당신이 지시하지 않아도 노면 전차들은 종을 울리고, 택시는 회색 양복을 입은 남자를 태우기 위해 멈춥니다. 세상은 완벽하게 돌아갑니다. 그 모든 것은 당신 없이 이루어집니다. 그 모든 것은 당신을 '위해' 이루어집니다. 당신이 개입을 하든 안 하든……. 심지어 당신의 개입마저도 당신을 통해 스스로 살아가는 삶입니다. 삶은 끊임없이 선물을 선사하며 자기의 감미로운 방식으로 스스로 살아갑니다. 당신이 할 일은 알아차리는 것뿐입니다. 그것이 진정한 통달입니다.

49

성인은 자기의 마음이 없다.
그녀는 사람들의 마음을 다룬다.

자유란 친절함으로, 친절함 안에서 사는 것을 의미합니다. 자유란 두려움, 화, 슬픔의 순간이 없음을 의미합니다. 그것은 완전히 노출된 삶이며, 하나의 선물입니다. 자유 안에는 개인적인 것이 아무것도 없습니다.

당신은 놓아 버리거나 이해하거나 용서할 필요가 없습니다. 용서란 일어났다고 생각한 일이 사실은 일어나지 않았음을 깨닫는 것입니다. 당신은 용서할 것이 하나도 없음을 깨닫습니다. '생각 작업'을 하면 그 점이 분명해집니다. 그 모든 것은 내면의 오해였을 뿐입니다. 당신이 그 점을 볼 수 있을 때 어떤 사람은 말할 것입니다. "오, 당신은 정말 용서를 잘하시는군요." 당신이 그러는 까닭은 용서할 것을 찾지 못하기 때문입니다. 그것이 진정한 용서입니다.

나는 당신이 그 점을 보도록 돕는 것을 좋아합니다. 그것은 분명한 것을 더욱 분명하게 하는 일일 뿐입니다. 나는 당신이 믿음에 집착하는 곳을 알아차리도록 도울 뿐 아무 일도 하지 않습니다. 내가 당신과 함께 '생각 작업'을 하는 이유는 단지 당신 자신이 그럴 필요가 있다고 생각하기 때문입니다. 나는 그런 생각을 하지 않습니다. 당신을 있는 그대로 사랑할 따름입니다. 당신은 나의 내적인 삶이며, 그래서 당신의 요청은 나의 요청입니다. 그것은 내가 나의 자유를 위해 나에게 요청하는 것입니다. 그것은 자기사랑입니다.

그 사랑은 완벽하게 탐욕적이어서, 당신이 모든 것을 갖기를 원합니다. 나는 당신과 너무나 하나 되어 있어서, 당신이 숨을 쉴 때 그것은 나의 호흡입니다. 당신이 앉아 있을 때, 앉아 있는 사람은 나입니다. 당신이 뭔가를 말하면, 나는 그 순간 절대적으로 그곳에 있습니다. 그것은 마치 내가 당신을 소유하고, 당신이 나를 소유하는 것과 같습니다. 당신의 목소리는 글자 그대로 나의 목소리입니다. 그런데 그것은 나에게 아무 의미도 갖지 않습니다. 그래서 편견이나 분리 없이, 나는 당신이 어디에 있든 당신과 함께할 수 있습니다.

성인은 자기의 마음이 없습니다. 그녀가 다루어야 하는 것은 오직 사람들의 마음뿐입니다. 사람들의 마음은 그녀의 마음입니다. 왜냐하면 사람들의 마음은 여전히 동일시되고 여전히 믿어지고 있는, 마음의 일부이기 때문입니다. 사람들은 여전히 그녀의 옛 마음—그녀는 그 마음으로부터 살아남았지만—을 가지고 있습니다. 그러므로 그녀가 다루는 것은 자기의 무지(無知)이며, 과거에 스스로 걸었고 이제는 알아차리는 주문(呪文)일 뿐입니다. 그녀는 스스로 주문을 걸었고, 깨어났으며, 그녀가 사람들과 함께 탐구할 때 그들도 깨어납니다. 그녀 자신의 자기로서……. 그들의 자유는 그녀의 자유입니다. 사람들의 마음을 다루는 일은 그녀의 기쁨이며 유일한 삶입니다.

그녀는 좋은 사람들을 좋게 대합니다. 그녀는 오직 좋음만을 볼 수 있기 때문입니다. 그녀에게는 좋지 않다고 판단할 기준이 없습니다. 그래서 그녀는 겉으로는 좋아 보이지 않는 사람들도 좋게 대합니다. 그녀는 그들을 몹시 힘든 시간을 보내고 있는, 혼란스러워하는 아이로 봅니다. 비열하고 이기적일 때는 고통스럽습니다. 그녀는 그럴 때 어떤 감정을 느끼게 되는지 경험으로 압니다. 그리고 그녀에게 손을 내미는 사람들을—그들이 아무리 '좋은' 사람이었거나 '나쁜' 사람이었어도—친절하게 대할 때, 그녀가 친절하게 대하는 사람은 다름 아닌 자기 자신입니다. 그녀는 자기 자신을 친절하게 대하는 것입니다. 그녀에게 그것은 언제나 좋음을 만나는 좋음이며, 자기 본성의 한결같고 끊어지지 않는 흐름입니다.

그녀는 신뢰할 만한 사람들을 신뢰하는 것만큼, 신뢰할 만하지 않은 사람들도 신뢰합니다. 그들은 모두 자기가 하는 대로 한다는 것을, 그녀는 완전히 신뢰합니다. 그들은 언제나 정확히 그렇게 하므로 그녀는 결코 실망할 수 없습니다. 사람들은 자기가 하는 대로 합니다. 그녀는 그러함을 신뢰할 수 있습니다. 이 사람이 진실을 말한 것은 좋습니다. 그로 인해 주어지는 선물들을 보세요. 저 사람이 거짓말을 한 것도 좋습니다. 그로 인해 주어지는 선물들을 보세요. 성인은 진실함이 자기의 가슴을 여는 열쇠라는 것을 이해합니다. 그러므로 그녀는 다른 사람도 그 점을 깨달을 때 기뻐합니다.

친구와 오후 7시에 식당에서 만나기로 했는데, 그는 아직 오지 않았습니다. 어쨌든 나는 식당에 들어가서 자리에 앉아 15분 동안 기다리고, 그 뒤에 식사를 주문합니다. 종업원들은 약속을 지키며 나의 식사 시중을 듭니다. 음식은 훌륭합니다. 나는 친구가 어디에 있는지 궁금해하지 않습니다. 그가 어디에 있든 그곳은 그가 지금 있어야 할 곳임을 알기 때문입니다. 잘못된 것은 하나도 없습니다. 나는 그에 대해 걱정하지도 않고 그가 늦는다고 해서 짜증이 나지도 않습니다. 그에 대해 아예 생각하지도 않습니다. 신경을 쓸 필요가 없습니다. 나의 모든 생각은 그것이 나온 근원으로 돌아갑니다. 종업원이 영수증을 얼른 가져오지 않아서 나는 계속 기다리다가, 친구가 달려오는 모습을 봅니다. 완벽한 타이밍입니다! 그는 내 옆에 앉고 가쁜 숨을 몰아쉬며, 무슨 일이 있었는지 들려줍니다. 한 명의 식사보다 나은 것이 무엇일까요? 둘이 함께하는 식사입니다—나를 위한 식사와 그를 위한 식사. 그가 약속을 지키지 않아서 좋습니다. 그가 신뢰할 만하지 않아서 좋습니다. 무엇이 그보다 더 만족스러울 수 있을까요?

하지만 그렇다고 해서 내가 도어매트(doormat; 사람들에게 안 좋은 일을 당하고도 가만히 있는 사람)라는 의미는 아닙니다. 사람들이 약속을 계속 어기면, 나는 내가 멀어짐으로써 그들의 움직임을 거울처럼 반영한다는 것을 알아차립니다. 나는 약속한 식사 장소에 연달아 두 번 나타나지 않은 사람과는 세 번째 저녁 식사 약속을 하지 않습니다. 어떤 사람이 약속을 두 번 취소하면, 나는 그가 자신이 하는 대로 하리라는 것을 신뢰하며, 따라서 세 번째 만남은 약속하지 않습니다. 만일 그가 세 번째로 초대하면 나는 아마 이렇게 말할 것입니다. "당신이 약속을 지키고 싶어 한다는 것은 알겠고, 당신이 최선을 다했다는 것도 알고, 당신의 마음은 기억하지 못할 때 기억할 수 없다는 것도 알아요. 우리는 '지금' 함께 있어요. 그러니 지금 이 시간을 활용합시다. 저는 당신과 만남을 약속하고 싶지 않습니다. 하지만 지금 이야기합시다. 저는 지금 당신과 완전히 함께할 수 있으니까요. 다 얘기해 보세요."

당신이 지금 있는 것을 사랑하는 사람이 될 때, 전쟁은 끝납니다. 나는 내 생각을 믿지 않기 때문에 희망이나 두려움, 기대가 없습니다. 나는 미래가 없는 여자입니다. 나는 모든 것이 나에게 다가오는 열린 공간에서 살고 있습니다. 현실은 있기에 아주 좋은 곳입니다. 그리고 언제든 자기의 마음에 질문을 하면, 당신도 그곳에 있음을 발견하게 됩니다.

50

그녀는 삶에서 아무것도 가로막지 않는다.
그러므로 그녀는 죽을 준비가 되어 있다.

설명할 수 없는 것을 어떻게 설명할 수 있을까요? 실재의 거울 이미지(거울에 비친 모습)에 불과한 것을 어떻게 존재하게 할 수 있을까요? 그것을 위한 이름들이 있습니다. 팔, 다리, 해, 달, 땅바닥, 소금, 물, 셔츠, 머리…… 이런 이름들은 '볼 수 없는 것', '알 수 없는 것'을 반영할 뿐입니다. 결코 이름 붙일 수 없는 것을 위한 많은 이름이 있습니다. 그것에 반대할 때, 어떤 것을 분리되어 있거나 받아들일 수 없는 것으로 경험할 때, 그 결과는 고통입니다. 탐구는 그 생각을 믿기 전에 느꼈던 평화로 당신을 다시 데려올 수 있습니다. 탐구는 문제들이 생기기 이전의 세계로 당신을 다시 데려올 수 있습니다. 어떤 반대도 없을 때, 색깔들은 서로 잘 어울리고, 음악은 다시 아름다워지며, 어떤 춤도 스텝에서 벗어나지 않으며, 모든 단어는 시(詩)가 됩니다.

현실은 언제나 안정적이며 어떤 경험에도 실망하지 않는 토대입니다. 실제로 있는 것을 바라볼 때, 나는 나(a me; 나라는 개인)를 발견할 수 없습니다. 나에게 정체성이 없을 때는 죽음에 저항할 사람이 없습니다. 죽음은 '나'라는 꿈을 포함하여 이제껏 꿈꾸어진 모든 것입니다. 그래서 순간순간 과거의 나는 죽고, 나는 그 순간 알아차림(앎)으로서 끊임없이 태어나며, 그것도 죽고, 나는 다시 태어납니다. 죽음을 생각하면 나는 흥분됩니다. 모두들 좋은 소설을 좋아하고 이야기가 어떻게 끝날지 즐거운 마음으로 기대합니다. 죽음은 개인적인 것이 아닙니다. 몸이 죽고 나면 마음은 무엇을 자기라고 여길까요? 꿈은 끝났고, 나는 절대적으로 완전했으며, 더 나은 삶을 살 수 없었습니다. 그리고 내가 무엇이든 간에 그것은 이 순간에 태어납니다. 이제까지 살았던 모든 좋은 것으로서.

아무것도 잃을 것이 없습니다. 그 점을 알기에 나는 삶의 어떤 것도 가로막지 않습니다. 나는 가진 모든 것을 삶에게 줍니다. 그러므로 나의 삶은 순간순간 언제나 완전합니다. 이루어지지 않은 것은 아무것도 없습니다. 내가 완전하지 않은 때는 내 삶에서 한순간도 없습니다.

오직 실재하는 것만을 본다면, 어떻게 어떤 경험이 좌절감을 안겨줄 수 있을까요? 실패하는 것처럼 보일 때도, 패배하는 것처럼 보일 때도, 내 안에는 감사와 기쁨이 끊임없이 이어집니다. 예를 들어 기계 때문에 난처해하는 나를 보는 것은 얼마나 재미있는지요. 나는 지금 암스테르담의 아파트에 있는데, 이제까지 호텔 방을 전전하면서 세 달 가까이 (사람들과 '생각 작업'을 하며) 여행을 했습니다. 그런데 이제, 6일 동안 아파트에서 지낼 수 있게 되었습니다! 아파트는 공원 근처에 있고 주방도 딸려 있으며, 조용한 광장을 내려다볼 수 있는 큰 거실까지 있습니다. 그리고 무엇보다 기쁜 점은 세탁기가 있다는 겁니다! 이보다 더 좋을 수는 없습니다. 흐음.

나는 푹스 이영양증*이라는 각막 질환 때문에 가끔은 볼 수 있고 가끔은 볼 수 없는데, 엊그제부터는 다시 앞을 볼 수 있게 되었습니다. 그렇지만 세탁기의 다이얼 글자들은 도저히 읽을 수가 없습니다. 그래서 두어 시간쯤 지나면 눈이 맑아질지 모른다고 생각하며 기다립니다. 한참이 지난 뒤 나는 다이얼의 글자들을 읽을 수 있게 된 것을 알아차리고 흥분합니다. 그런데 글자들이 독일어로 되어 있습니다. 나는 독일 친구에게 전화를 걸고, 그녀는 나를 위해 글을 해석해 줍니다. 나는 세탁기의 어떤 칸에 세제를 넣어야 하는지 짐작해 봅니다. 나는 내가 넣는 것이 정말로 세제이기를 바라고, 만일 그렇다면 세탁기용이길 바랍니다. 이 기계를 어떻게 돌리는지 어제 자세히 들어서 알고는 있지만, 몇 가지 중요한 지시 사항은 잊어버렸습니다. 오, 괜찮습니다. 나는 기계를 돌리고, 흥분합니다. 깨끗한 옷들을 기대하며!

세 시간 뒤에 살짝 들여다봅니다. 기계는 여전히 잘 돌아가고 있는데, 눈이 다시 보이지 않습니다. 옷들이 돌아서 세탁 코스가 다 끝날 때까지는 세탁기의 문이 열리지 않을 것입니다. 그래서 이제 나는 귀를 가까이 대고 금고털이범처럼 딸깍 하는 소리에 귀를 기울이며, 소리에 의지해 다이얼을 돌립니다. 세탁 코스가 끝났는데도 문은 여전히 열리지 않습니다. 나는 다이얼의 글자를 볼 수 없고 기계를 이해

---

* 각막의 내피세포에 이상이 생겨 각막이 혼탁해지고 부종이 생기는 질환.—옮긴이

하지도 못하며 뭘 더 해야 하는지도 몰라서 남편에게 전화를 하는데, 그도 어떻게 해야 하는지 모릅니다. 세탁기 안에는 한 무더기의 젖은 옷이 있지만, 문은 열리지 않고, 나는 내가 그 안에 넣은 것이 세제인지, 세제가 올바른 칸에 들어간 것인지, 젖은 옷들이 깨끗하기나 한 것인지 알지 못합니다. 그리고 나는 고요함을 느끼고 있음을 알아차립니다. 실제로 재미있어하며, 언제나 마음과 마음의 방식을 지켜봅니다. 잘못된 것은 아무것도 없고, 모든 것이 옳습니다. 기계가 작동해야 한다거나 옷들이 깨끗해야 한다는 생각은 나에게 떠오르지 않습니다. 나는 그저 현실이 다음에 어디로 가는지 지켜볼 뿐입니다. 그것은 정말 재미있습니다. 옷들은 결국 세탁될까요? 이 세탁기 안에서 옷들이 결국 세탁될까요? 모릅니다. 한두 시간 뒤에 우리는 거리의 빨래방을 향해 모험을 떠나고 있을지도 모릅니다.

그 뒤 갑자기, 집주인이 세탁기에 별난 점이 있다고 말한 것이 기억납니다. 세탁 코스를 마치고 문이 열리게 하려면 다이얼을 어떤 지점까지 돌려야 한다는 것이었죠. 다이얼을 돌리자 문이 열리고, 마침내 다섯 시간 만에, 브왈라(짜잔)! 세탁이 끝났습니다.

51

도는 모든 존재를 낳고……
소유 없이 창조하고,
기대 없이 행동하며,
간섭 없이 안내한다.

모든 것은 하나이지만 똑같은 것은 아닙니다. 똑같은 두 개의 지문은 없으며, 똑같은 두 개의 풀잎도, 똑같은 두 개의 눈송이도, 똑같은 두 개의 조약돌도 없습니다. 이 모든 것이 완벽하며 나뉘지 않은 채로 함께 '그것의 길'을 이룹니다. 분리되어 보이는 하나하나의 모습은 전체를 극히 어렴풋이 본 것들입니다. 발음된 단어 하나하나, 나뉜 음절 하나하나, 손짓 하나하나, 다리를 꼬는 행동 하나하나, 칫솔 위에 짠 치약 모양 하나하나도 그렇습니다. 하나하나는 다르며, 하나하나는 필요합니다. 어떤 사람은 살고, 어떤 사람은 죽고, 어떤 사람은 웃고, 어떤 사람은 슬퍼합니다. 지금은 그것이 '그것의 길'입니다. 그렇지 않을 때까지는.

내가 고개를 들면 당신이 거기에 있습니다. 당신은 이전에는 결코 존재한 적이 없습니다. 나는 처음으로 당신을 만나고 있고, 당신은 나의 모든 것입니다. 나는 지금 당신이 나타나서 기쁩니다. 생각들은 우리가 전에 만난 적이 있다고, 우리가 저녁 식사도 함께 했고 일도 함께 했다고 말할지 모릅니다. 하지만 내게는 당신이 완전히 새롭습니다. 나는 당신이 숨 쉬어지고 있고 건강해 보인다는 것을, 행복하거나 슬플 때도 잘 살아가고 있다는 것을, 당신이 완전히 도움받고 있다는 것을 알아차립니다. 바닥이 당신을 돕고 있고, 의자도 돕고 있으며, 당신에게는 머리카락까지 있습니다. 당신은 '그것의 길'입니다. 당신은 나의 내면적인, 늘 흐르는, 창조적인, 모든 것을 사랑하는 자기입니다.

만일 당신이 함께 '생각 작업'을 해 달라고 요청하면, 나는 기쁜 마음으로 당신과 함께합니다. 나는 탐구를 통해 이해될 수 있습니다. 나는 대답들 속의 당신입니다. 우리는 중심에서 만납니다. 중심은, 가슴속은 내가 보이거나 이해될 수 있는 유일한 길입니다.

당신이 나를 초대할 때마다, 나는 당신의 꿈속으로 뛰어들 것입니다. 나는 당신을 따라 터널을 통과하며, 어둠 속으로, 가장 어두운 고통의 동굴 속으로 들어갑니다. 나는 거기에서 당신을 만나고, 당신의 손을 잡고 데려가며, 우리는 함께 동굴에서 걸어 나와 빛 속으로 들어갈 것입니다. 내가 들어가지 않을 곳은 아무 데도 없습니다. 나는 모든 것이며, 모든 곳에 있습니다.

내가 많은 사람에게 들은 말은 "나를 위해 지옥으로 돌아와 주셔서 고마워요"였습니다. 당신은 나의 메아리며, 당신은 내가 너무나 혼란스러울 때 믿었던 모든 관념입니다. 이제껏 느낀 모든 고통—나는 고통의 선생입니다. 나는 나 자신에게 남아 있는 문제를 위해 돌아갑니다. 모든 고통은 지금은 끝났습니다. 여기에 전적인 자유가 있습니다. 그리고 바깥세계는 내면세계입니다. 그래서 고통받는 한 사람이 있는 한, 그것은 나의 고통입니다. 나는 여기에서는 그 고통을 경험하지 않지만, 분리는 없습니다. '거기'는 여기입니다. 그리고 나는 그 환상을 기억합니다. 사랑은 가장 순수한 상태에서도 그 자신과 연결되기 위해 돌아옵니다. 그것을 나는 재입장이라고 부릅니다. 당신이 자유롭기 전에는 나도 자유롭지 않습니다. 나는 당신이 자유롭다는 것을 압니다. 만일 당신이 자유롭지 않다고 말하면, 나는 이해합니다. 나도 전에는 그렇게 믿었기 때문입니다.

그리고 정말로 나에게는 당신이 고통을 받아야 한다거나 받지 않아야 한다는 개념이 없습니다. 나는 나의 길을 존중하는 것만큼 당신의 길을 존중합니다. 만일 당신이 자신이 누구라는 이야기에 사로잡혀 있다면, 그리고 지금은 그 이야기를 붙들고 싶어 한다면, 나는 그것을 이해합니다. 만일 당신이 정말로 고통받기를 원하지 않는다면, 나는 당신을 위해 준비되어 있습니다. 탐구를 통해 나는 당신이 원하는 만큼 깊이 당신을 만날 것입니다. 당신이 무슨 말을 하든 나는 그것을 만날 것입니다. 당신이 무엇을 요청하든 나는 줄 것입니다. 나는 당신을 사랑합니다. 나는 완전히 이기적이기 때문입니다. 당신을 사랑하는 것은 단순히 나 자신을 사랑하는 것일 뿐입니다.

나는 바꾸지 않으며, 당신이 변화되었다고 말할 때만 당신 안에서 변화를 봅니다. 당신은 내 안의 삶입니다. 당신은 나 자신의 목소리이며, 내가 건강한지를 항상 알려 줍니다. 질병이든 건강이든 나에게는 다 좋습니다. 당신은 슬프고, 슬프지 않고, 이해하지 못하고, 이해하고, 평화롭고, 속이 상해 있고, 당신은 이렇고, 당신은 저렇습니다. 나는 자기에 대해 알려 주는 하나하나의 세포입니다. 그리고 모든 변화의 너머에서, 나는 하나하나의 세포가 언제나 평화롭다는 것을 압니다.

그것을 최대한 가깝게 말로 표현하자면, 나는 당신의 가슴입니다. 나는 당신 내면의 모습입니다. 나는 당신의 가장 감미로운 근원입니다. 나는 아무도 아닙니다. 나는 거울입니다. 나는 거울에 비친 얼굴입니다.

52

처음에 도(道)가 있었다.
모든 것은 그것에서 나와
그것으로 돌아간다.

사람들은 사물의 기원에 매료됩니다. 그들은 묻습니다. "우주는 언제 시작되었나요?" "나는 어디에서 나오나요?" 당신이 좀 더 분명히 이해하면 이런 질문들에 대한 대답은 분명합니다. 우주가 언제 시작되었는가? 바로 지금(만약 시작된다면). 맑은 마음은 어떤 과거도 하나의 생각일 뿐임을 봅니다. 어떤 생각이 타당하다는 것을 뒷받침하는 증거는 또 하나의 생각뿐인데, 그 생각마저 가 버리며, 그 뒤에는 "그 생각이 가 버렸어"라는 생각까지도 가 버립니다. 오직 지금뿐이며, '지금'이라는 것도 과거의 생각입니다. 우주는 실제로는 시작도 없고 끝도 없습니다. 우주는 끊임없이 시작하며, 언제나 끝납니다. 내가 어디에서 나오는가? 바로 이 생각에서. 이런, 이제 나도 사라져 버렸습니다.

여기에는 신비할 것이 하나도 없습니다. 만일 그것이 이해하기 어려워 보인다면, 그것이 너무나 단순하고 분명해서 복잡한 마음은 볼 수 없기 때문입니다. 사람들이 '신비한 경험'이라고 말하는 것도 매우 명백한 것일 수 있으며, 잠시 동안의 은총 같은 것이지만, 결국은 거품처럼 사라집니다. 그것은 초대해야 하거나 거부해야 하는 경험이 아닙니다. 단지 마음의 움직임일 뿐입니다. 당신은 더없이 놀라운 계시를 받을 수도 있고, 시간의 처음부터 끝까지 모든 물질적인 창조를 볼 수도 있습니다. 우주가 어떻게 무(無)에서 시작되어 모든 것으로 변해 가고, 어떻게 무한 원점에서 활 모양을 그리며 그 자체로 돌아오는지, 그것이 어떻게 숫자들의 원(圓)처럼 보이는지, 그리고 각각의 숫자는 어떻게 단순히 하나의 숫자만이 아니라 빛과 소리와 색깔의 하나의 진동 혹은 에너지이며 아무 분리 없이 모두가 완벽히 조화로운지, 그리고 모든 존재, 모든 물체, 모든 원자도 역시 어떻게 하나의 진동이며 0부터 무한대까지 하나의 숫자인지, 불이 어떻게 하나의 숫자이며, 공기와 물과 별들이 그러한지, 어떻게 그 모든 것이—완전히 이해하면서—그 자체에게 돌아오는 그 자체이며, 서로 다른 숫자와 진동수로서 진동하는 모든 것—연필, 구름, 은하계, 개미, 원자—인지, 어떻게 숫자들이 끝까지 갔다가 0으로 돌아오는지, 어떻게 형상의 우주 전체가 (시간의 처음부터 끝, 그 사이의 모든 것이 불, 물, 얼음, 공기, 바위, 진흙, 인간, 동물, 고요함 등으로) 한순간에 갑자기 나타나고 있는지, 그리고 그 모든 것이 결국 무(無)로 돌아가는지를 볼 수도 있습니다. 당신은 우주의 기원과 삶의 궁극적인 의미를, 누구나 간절히 보고 싶었던 모든 것을 볼 수도 있지만, 그것은 아무 의미가 없을 것입니다. 왜냐하면 궁극적으로 우주 안의 모든 것은 '어떤 것(something)'으로 상상된 '없음(nothing)'이며, 당신은 자기라고 생각하는 모든 것 이전에 존재하기 때문입니다. 설령 당신이 한 생각 안의 모든 수준과 차원을 경험하고 그 생각의 모든 베일과 고리를 안다고 해도, 가장 깊은 지식조차 의미가 없습니다. 누구라도 어떤 수준에서든 그 속으로 들어갈 수 있으며, 정말 그럴 것입니다. 만일 당신이 믿으면 진실하지 않은 것은 아무것도 없지만, 믿든 믿지 않든, 진실한 것은 아무것도 없습니다. 당신은 '알아차림(앎, Awareness)'입니다. 알아차림(앎)은 모든 것을 포함합니다. 알아차림(앎)은 어떤 것도 배제하지 않으며, 무대들 위의 어떤 것도 제외하지 않습니다. 어떤 이야기도 배제되지 않습니다.

모든 것은 '나'에게서 나옵니다. 그것이 진실입니다. 생각이 없으면 세상도 없습니다. 자기를 투사할 '나'가 없다면, 기원도 끝도 없습니다. 그리고 '나'는 그저 나타납니다. 그것은 어떤 것에서 나오지 않으며, 어떤 것으로 돌아가지도 않습니다. 사실은 '없음'조차 '나'에게서 태어납니다. 그것조차 하나의 관념이기 때문입니다. '없음'이 있다고 생각함으로써 당신은 어떤 것을 계속 창조하고 있습니다.

'나'는 온 우주의 기원입니다. 모든 생각은 그 첫 번째 생각에서 태어나며, '나'는 이런 생각들 없이는 존재할 수 없습니다. 깨달음에 관한 모든 이야기는 가 버렸습니다. 그것은 그저 과거에 대한 또 하나의 이야기일 뿐입니다. 만일 그 생각이 5초 전에 일어났다면, 백만 년 전에 일어난 것이나 마찬가지입니다. 생각들은 '나'에게 정체성이 있다고 믿게 합니다. 그 점을 알면 깨달을 당신이 없다는 것을 알게 됩니다. 당신은 더이상 자신을 하나의 정체성으로 믿지 않으며, 당신은 모든 것과 같아집니다.

마음이 아무것도 자기 자신으로 동일시할 수 없을 때, 당신은 모든 것을, 아름다운 모든 것을 자기 자신으로 경험합니다. 나는 내 손과 손가락을 경이로운 투명한 것들로 보곤 했습니다. 나는 손가락에서, 손가락의 안쪽과 전체에서 반사되는 빛에 경탄하곤 했습니다. 그것은 태어나고 있는 분자들을, 결집되고 있는 몸을, 빛나는 그 모든 것을 지켜보는 것 같았고, 내 손가락들에 대해서만 그런 것이 아니라 모든 것에 대해 그러했습니다.

모든 것은 지금 그처럼 아름답습니다. 단지 내가 그만큼 놀라워하지는 않을 뿐입니다. 우주가 어떤 모습으로 보이든 이제 나는 그 모습에 익숙하며, 다 받아들일 수 있습니다. 그것은 언제나 새롭지만, 지금은 더 평범하게 느껴집니다. 그것*은 성숙해졌고 적응되었습니다. 1986년에 처음 깨어났을 때 나는 끊임없는 환희의 상태로 살았고, 기쁨에 너무나 도취되어 나 자신이 걸어 다니는 백열전구처럼 느껴졌습니다. 하지만 거기에는 어떤 분리감이 있어서, 그런 내 모습을 보고 어떤 사람들은 겁을 먹었고, 어떤 사람들은 나를 떠받들었습니다. 나는 기쁨으로 계속 빛났지만, 그런 경험은 점점 평범하게 느껴졌습니다. 그것은 평범해지고 균형 잡히기 전에는 사람들에게 별 가치가 없습니다. 그래서 어떤 사람이 요청하면 나는 그들을 만날 것입니다. 나는 그들을 만나도 될 만큼 성숙해졌습니다. 아무것도 특별하지 않습니다.

사람들은 그들의 사례를 통해 점차 나에게 소통하는 법을 가르치기 시작했습니다. 초기에는 어떤 사람이 "좋은 날이에요"라고 말하

---

* 케이티 자신을 가리킨다. 본래의 자기는 이름이 없고 이름을 붙일 수 없으므로 '그것'이라고 표현하고 있다.—옮긴이

면, 나는 킥킥 웃고 싶어졌습니다. 그렇게 웃기는 농담은 난생처음 들어 본 것 같았기 때문입니다. "하하! 재미있는 농담이네요. 사람들은 '어떤 날'이란 게 가능하다고 생각하나 봐요." 어떤 사람이 내 이름을 물으면, "저는 이름이 없어요"라고 대답했습니다. "당신은 누구인가요?"라고 물으면, "몰라요"라고 답했습니다. 사람들이 "당신의 이름은 케이티예요"라고 말하면, 나는 "아뇨, 그렇지 않아요"라고 말했습니다. 그들이 "당신은 여자예요"라고 말하면, "제 경험은 그렇지 않아요"라고 답했습니다. "무슨 생각 하세요?"라고 물으면, "생각하지 않아요"라고 대답했습니다.

그들은 내가 생각하고 있다는 것을 내게 알려 주고 싶어 했습니다. 어떤 두 명의 여성은 완강했습니다. 그들은 내가 실제로는 생각을 한다는 것을 어찌나 증명하고 싶었는지 나를 설득하려고 꼬박 이틀간 애를 썼습니다. 그들은 "당신이 얘기를 할 때는 생각을 하고 있어야만 해요"라고 말했고, 나는 "음, 저는 그렇지 않아요"라고 말했습니다. 그들은 "하지만 당신은 그래야만 해요"라고 하면서, 내가 부인하고 있으며 나 자신을 속이고 있을 뿐이라고 말했습니다. 마침내 나는 이해했습니다. "아, 당신은 생각이 올라오면 당신이 생각을 했다고 믿는군요." 나는 그들이 어째서 내가 생각을 한다고 믿는지 알 수 있었습니다. 하지만 진실은, 나는 생각하고 있지 않다는 것입니다. 생각들은 그저 일어납니다. 비록 그 말조차 진실이 아니지만……. 그리고 설령 생각이 일어난다고 해도, 생각을 '하는' 것은 내가 아닙니다. 나는 생각되고 있습니다.

그것은 더욱 성숙해졌고 더욱 통합되었습니다. 나는, 사람들의 이야기가 나에게 정체성을 부여하는 대로, 과거의 내적 자아의 세계를 이해해야 했고, 개인으로서의 자기 모습에 익숙해져야 했고, 거울에 비친 자기의 모습에 익숙해져야 했습니다. 그것은 마치 거울을 들고 계속 어린아이를 비춰 주는 것 같았는데, 그녀는 거울에 비친 모습에 어떤 흥미도 보이지 않습니다. 그 모습을 자기 자신으로 여기지 않기 때문입니다. 그 뒤 어느 날, 당신이 그녀에게 새로운 옷을 입혀 줄 때, 거울에 비친 모습이 자기의 이미지라는 것을 이해하면 그녀는 기쁨으로 가득 차며, 거울을 들여다볼 때 온 세계와 모든 은하계를 봅니다. 그것은 나의 몸입니다. 그것은 나의 옷이며 나의 맨몸입니다. 모든 것이 동시에 나타납니다. 그 모든 것이 나입니다, 지금.

해마다 내가 '거대한 사기'라고 부르는 것이 점점 더 알아볼 수 없게 되어 갑니다. 나는 진실을 벗어나서 말합니다. "저것은 나무입니다. 저것은 하늘입니다. 저는 케이티입니다." 사랑을 위해, 사람들이 있는 곳에서 그들을 만나기 위해……. 나의 언어는 평범해졌습니다. 나는 다른 사람보다 더 현명하거나 더 어리석어 보이지 않습니다. 나는 더 낫거나 더 못해 보이지 않습니다. 나는 그저 지켜보고 기다립니다. 내가 더 많이 카멜레온 같아지고 더 많이 똑같아질수록, 나는 더 힘을 얻고 더 신뢰받고 더 깊이 침투합니다. 나는 자연스러운 것이라면 어떤 말이든 하고 어떤 행동이든 할 것입니다.

그것은 이제 성숙해졌습니다. 사람들이 나에게 이름을 물으면, 나는 "케이티입니다"라고 말할 것입니다. "오늘 저녁은 시원하군요"라거나, "구름을 보세요, 스윗하트"라거나, "장미꽃 향기가 달콤하지 않나요?"라고 말할 것입니다. 만일 당신이 저것은 나무라고 말하면, 나는 동의할 것입니다. 그래서 내가 당신의 가슴에 들어가도록 당신이 허용하면, 나는 그 속으로 들어갑니다. 만일 당신이 진실에 흥미가 없다면, 우리는 그냥 함께 앉아서 근사한 시간을 보낼 수도 있습니다.

53

큰 도(道)는 쉽다.
그러나 사람들은 곁길을 더 좋아한다.

큰 도(道)는 쉽습니다. 그것은 바로 지금, 바로 여기에서 그 자신을 드러냅니다. "설거지를 해." "그 이메일에 답장해." "그 이메일에는 답장하지 마." 그것이 큰 도(道)입니다. 그것이 유일한 길이기 때문입니다. 당신이 무슨 일을 하든 하지 않든 그 모든 것은 현실에 대한 당신의 기여입니다. 이보다 쉬울 수는 없습니다. 그밖에 아무것도 필요하지 않으며, 당신은 그 일을 잘못할 수도 없습니다.

곁길이란 당신이 지금 하는 일이나 하지 않는 일에 대한 당신의 판단입니다. 자신이 하는 일에 대해 "잘못하고 있어", "멍청해", "쓸데없는 짓이야"라고 하면, 또는 어떤 일을 하고 나서 흠을 잡으면, 삶은 극도로 힘들어집니다. 당신이 이미 한 일을 '당신이 해야 했던 일'과 비교하는 것은, 그리고 그 일이 어떤 외적 기준에 부합해야 한다고 생각하는 것은 힘든 길입니다. '지금 있는 것'은 언제나 바로 지금 그래야 하는 길이며, 그것은 언제나 과거의 이야기가 됩니다. 당신은 과거와 언제까지나 다툴 수 있고, 과거가 실제와 달라야 했다는, 세상에서 가장 좋고 가장 설득력 있고 가장 인도적인 이유들을 찾을 수 있겠지만, 그래도 과거는 그대로입니다. 부디 과거를 통해 배우세요. 하지만 과거에 대해 죄책감이나 부끄러움을 느낀다면, 당신은 자기 자신에 대해 폭력을 가하고 있을 뿐이며, 폭력은 효과가 없습니다. 분명한 길, 큰 도(道)는 지금 시작하는 것입니다.

투사된 세상은 바꿀 수 없지만, 마음 즉 투사하는 자는 바꿀 수 있습니다. 뭔가가 균형을 잃을 때는 그저 알아차리세요. 생각으로 이해하려 할 필요는 없습니다. 그럴 때면 마치 내장된 신호등처럼 스트레스가 언제나 알려 줍니다. 삶에 대한 생각들에 질문을 하지 않으면 뭔가가 잘못되어 있다고 믿게 되는데, 그것은 결코 진실일 수 없습니다. 스트레스는 질문해야 할 때를 알려 줍니다. 이웃을 판단하고, 종이에 적고, 네 가지 질문을 하고, 뒤바꾸세요. 삶은 본래 힘이 들지 않습니다. 어떤 문제가 있다고 생각된다면, 그 생각을 탐구하세요. '그것의 길'이 얼마나 완벽한지 볼 수 있을 때까지.

54

도(道)에 뿌리내린 사람은
뿌리 뽑히지 않을 것이다.

우리는 살면서 세 가지 일만을 합니다. 앉고, 서고, 눕습니다. 그게
전부입니다. 다른 모든 것은 이야기입니다. 삶은 어렵지 않습니다. 삶
을 어렵게 만드는 것은 당신의 생각(thinking)입니다. 거기에서 행복
이나 고통이 나옵니다. 앉거나 서거나 눕는 데는 두 가지 길이 있습
니다. 하나는 편안히 그렇게 하는 것이고, 다른 하나는 스트레스를
받으면서 그렇게 하는 것입니다. 현재의 상태가 만족스럽지 않다면,
당신의 믿음들에 대해 한번 질문해 보세요.

자기의 내면으로 들어가서, '생각 작업'의 네 가지 질문에 대한 진
실한 대답을 발견하는 데는 많은 용기가 필요합니다. 그리고 진실한
대답을 발견하면 세상에 대한 당신의 모든 이야기를 잃게 됩니다. 당
신이 이해하는 모든 세상을 잃게 됩니다. 자기의 믿음들에 질문을 하
면 당신은 분명히 보기 시작합니다. 마음이 더는 자기와 전쟁을 벌이
지 않기 때문입니다. 실제로 당신은 현실에 대해 설레며 흥분하게 됩
니다. 심지어 일어날 수 있는 최악의 상황에 대해서도……. 당신은 현

실을 두 팔 벌려 환영합니다. 모든 문제는 진실하지 않은 생각을 믿기 때문에 생깁니다. 그렇지 않은 경우가 있으면 한번 보여 주세요.

무슨 일이 일어나든 나는 언제나 그 일에서 선물을 기대합니다. 나는 그 밖의 다른 것을 보지 못합니다. 설령 내가 어떤 것이나 어떤 사람을 잃는다고 해도, 나에게는 아무 문제가 없음을 압니다. 만일 남편이 나를 떠나면 나는 생각할 것입니다. "나에게 그이가 필요하지 않다는 걸 내가 어떻게 알지? 지금 내 곁에 그이가 없으니까." 만일 내가 두 다리를 잃는다면 나는 생각할 것입니다. "내게 두 다리가 필요하지 않다는 것을 내가 어떻게 알지? 내게 두 다리가 없으니까." 물론, 자유란 불친절한 일들이 일어나도록 허용한다는 것을 의미하지는 않습니다. 수동적이기만 하거나 마조히즘(학대받는 것을 좋아하는 성향)을 의미하는 것이 아닙니다. 누가 당신의 다리를 부러뜨리겠다고 협박하면, 얼른 도망치세요!

당신에게 암이 필요하다는 것을 어떻게 알까요? 당신에게 암이 있기 때문입니다. 하지만 암을 받아들인다는 것은 의자에 몸을 기댄 채 아무것도 하지 않는 것이 아닙니다. 그것은 부정(否定)입니다. 여건이 허락하는 한 가장 좋은 의사들을 만나 상담하고, 가장 좋은 치료를 받으세요. 긴장하고 두려워하면서 암을 적으로 보고 싸울 때, 몸이 가장 효율적으로 치유될까요? 아니면, '지금 있는 것'을 사랑하면서, 암이 있어서 당신의 삶이 실제로 더 나은 모든 점을 깨달을 때, 그리고 그 고요한 중심에 자리한 채 치유를 위해 할 수 있는 모든 일을 다 할 때 그렇게 될까요? 내면의 평화보다 더욱 생기를 불어넣는 것은 아무것도 없습니다.

당신이 고통을 받는 유일한 때는 현실과 다투는 생각을 믿을 때 뿐입니다. 당신이 받는 고통의 원인은 바로 당신 자신입니다. 하지만 오직 당신의 고통만의……. 세상에는 고통이 없습니다. 오직 그렇다고 믿게 만드는, 조사되지 않은 이야기가 있을 뿐입니다. 실재하는 세계에는 고통이 없습니다. 놀랍지 않나요?

즐거움과 아픔은 둘 다 투사이며, 그것을 이해하는 데는 맑은 마음이 필요합니다. 탐구를 하면 아픔의 경험이 변화됩니다. 아픔의 표면 밑에 언제나 있던 기쁨이 이제 주요한 것이 되고, 아픔은 그 밑에 있게 됩니다. '생각 작업'을 하는 사람들은 더이상 아픔을 두려워하지 않습니다. 그들은 아픔이 오더라도 편안히 경험합니다. 그들은 아픔이 오고 가는 것을 보며, 언제나 완벽한 순간에 오고 가는 것을 봅니다.

오늘 아침에는 내 눈에 아픔이 있습니다. 푹스 이영양증으로 각막 안쪽에 물집들이 있는데, 가끔은 아픔이 심하게 느껴집니다. 의사는 하루에 6~8번씩 식염수 한 방울을 눈에 넣으라고 했습니다. 이렇게 하면 시야를 흐릿하게 하는 습기는 없어지지만, 말 그대로 상처에 소금을 뿌리는 것과 같아서, 각막에 물집을 이루고 터져서 흉터 조직을 계속 만드는 손상 부위를 더 아프게 합니다. 그런데 식염수를 넣어도 손녀의 얼굴을 바라보면 흐릿한 형체만 보일 뿐입니다. 나는 "말리(손녀)는 얼마나 예쁜가!"라는 생각을 알아차립니다. 그리고 병이 이렇게 계속 진행되면 그 애의 얼굴을 두 번 다시 볼 수 없는 때가 올지 모른다는 생각이 떠오릅니다. 그런데 나는 그 얼굴을 볼 필요가 없음을 이해합니다. 그 얼굴을 보는 것이 정말로 중요하다는 증거를 내 안 어디에서도 찾을 수 없기 때문입니다. 나는 손주들이 자랄 때 그 애들의 얼굴을 전혀 보지 못할 수도 있습니다. 남편의 얼굴도, 내 아이들의 얼굴도 다시는 보지 못할 수 있습니다. 나는 그 점을 깨닫고 슬픔이 일어나기를 기다려 보지만, 오로지 기쁨만을 발견합니다. 삶에 대한 감사의 느낌이 내 안에서 가득히 솟아납니다. 삶은 얼마나 완전한지, 어떻게 어느 하나도 빠진 것이 없는지, 어떻게 모든 것이 그래야 하는 대로인지, 하는 감사의 느낌이…… 그 이상 필요한 것을 찾을 수 있는지 계속 기다리며 지켜보지만, 더 필요한 것은 나타나지 않습니다.

어느 날 나는 거실의 의자에 앉아서 주전자에 담긴 뜨거운 차를 찻잔에 따르는데, 찻잔이 깨진 것을 보지 못해, 뜨거운 찻물이 왼손 위로 흘러내립니다. 아야! 멋진 모험입니다! 심지어 손이 욱신거리기 시작할 때도 나는 내가 지켜보고 있는 것이 절대적인 완전함이라는 것을 알아차립니다. 손이 뎄는데, 데지 말아야 했다는 생각을 어떻게 내가 믿을 수 있겠어요? 내가 왜 현실을 떠나서, 내 손이 어떠해야 한다는 공상 속으로 들어가려 하겠어요? 탐구가 내면에서 살아 있을 때 당신은 무슨 일이 일어나든 그것을 사랑하며, 생각들은 그 사랑의 자리에서 당신을 끌어내지 못합니다. 아픔은 언제나 끝나 가고 있습니다. 아픔은 과거의 이야기입니다. 우리가 이제껏 겪은 모든 아픔은, 인간이 이 행성 위에서 이제껏 겪은 모든 아픔은 지금 이 순간에 사라집니다. 우리는 은총의 상태에서 살고 있습니다.

생각 작업

"그녀는 나를 떠나지 말아야 했어요."

브루스 "나는 내 여자친구에게 화가 난다. 왜냐하면 그녀는 나를 버렸고, 배척했고, 우리의 관계를 떠났기 때문이다."

케이티 "그녀는 당신을 버렸다"—그게 진실인가요?

브루스 예, 그래요. 실제로, 분명히, 그녀는 관계를 떠났고 감정적으로도 떠났습니다.

케이티 "그녀는 당신을 버렸다"—그게 진실인지 당신은 확실히 알 수 있나요?

브루스 예. 그런 일이 일어났어요.

케이티 그 생각을 믿을 때 당신은 어떻게 반응하나요?

브루스 무서워지고, 화가 나고, 나를 방어하려고 합니다.

케이티 그 생각을 몸 어디에서 느끼나요? 그 생각이 어디에서 당신에게 고통을 주나요?

브루스 가슴에서요. 가슴이 정말 답답합니다. 배가 아프고, 머리가 조금 어지럽고, 맥박이 빨라집니다. 가슴에서 시작해서 온몸으로 퍼지는 것 같습니다.

케이티 "그녀는 나를 버렸어"라는 생각을 믿을 때, 당신의 마음은 어디로 가나요?

브루스 그 믿음을 뒷받침해 줄 모든 영화 장면을 찾으려 합니다.

케이티 맞아요. 놀라운 영화죠! 그 생각이 일어나고, 마음은 영상들로 그 생각을 뒷받침합니다. 그렇게 해서 거짓된 세상이 탄생합니다. 계속 지켜보세요, 스윗하트.

브루스 음, 마치 도서관 같아요. 내 안에는 모든 영화 필름을 모아 놓은 도서관이 있죠.

케이티 그 뒤 영화들은 당신이 어디에서 실패했는지를 보여 주지 않나요? 그러면 당신은 온갖 죄책감과 수치심을 느끼게 되죠.

브루스 예, 그런 패턴인 것 같아요.

케이티 그 후 마음은 그녀를 공격하고, 다음에는 당신을 공격합니다.

브루스 맞아요. 원망합니다. 그녀를 지독하게 원망하죠. 때로는 그녀를 냉담하고 남자를 깔아뭉개는 년이라고 생각합니다. 그런데 때로는 그녀가 떠나는 게 맞았다고 생각합니다. 나는 완전히 실패자니까요.

케이티 "나는 완전히 실패자다"라는 생각에 질문해 보고 싶지만, 나중에 해 보죠. "그녀는 나를 버렸다"는 생각에 대해 계속 질문해 봅시다. 그 생각이 없다면 당신은 누구일까요?

브루스 화가 덜 날 겁니다. 화가 전혀 나지 않을지도 모르겠어요. 아마 그렇게 슬프지는 않을 거예요. 마음의 모든 공간을 다른 뭔가를 위해 쓸 수 있겠죠. 그리고 아마 지금 여기에 더 현존할 겁니다. 내가 잘못한 것들, 그녀가 잘못한 것들만 계속 생각하고 있지는 않겠죠. 그녀를 그렇게 많이 비난하지도 않을 거고요. 그건 정말 고통스러운 일이에요.

케이티 예, 마음은 자기가 정말로 믿지는 않는 생각을 증명할 필요가 없을 거예요. 그럴 필요가 없겠죠.

브루스 예, 그럴 것 같아요. 훨씬 행복할 겁니다. 하지만 나는 정말 그녀가 나를 버렸다고 믿습니다. 실제로 그런 일이 일어났으니까요. 내가 어떻게 해야 할까요?

케이티 알겠어요. 처음 두 가지 질문에 당신은 "예"라고 대답했습니다. 당신은 그녀가 당신을 버렸다는 것이 진실이라고 정말로 믿고 있습니다. 하지만 사실 그녀는 당신을 버린 게 아니라, 그저 살아가면서 앞으로 나아간 것인지도 모릅니다. 그런데 당신은 그녀가 자기를 버렸다고 확신합니다. 그것은 당신의 이야기입니다. 지금 우리는 세 번째, 네 번째 질문에 대한 당신의 대답을 살펴보고 있을 뿐입니다. 우리는 당신이 그 생각을 믿을 때는 어떻게 반응하는지, 그 생각이 없을 때는 어떠할지 보고 있습니다.

브루스 좋아요. 그 생각을 믿을 때 내가 보이는 반응 중에는 좋은 것이 하나도 없어요. 그건 정말 고통스러운 생각입니다.

케이티 우리는 그 생각이 '있으면' 당신이 화가 나고 원망하지만, 그 생각이 '없으면' 그런 스트레스가 전혀 없다는 것을 보고 있습니다. 그러니 당신의 고통을 일으키는 것은 여자친구가 아니라 그 생각입니다.

브루스 와아. 한 번도 그렇게 생각해 보지 못했어요.

케이티 그녀는 당신의 고통과 아무 상관이 없습니다. 고통의 원인은 오로지 당신이에요. 당신의 조사되지 않은 생각들이 원인입니다.

브루스 세상에! 놀랍네요.

케이티 "그녀는 나를 버렸다"—뒤바꿔 보세요.

브루스 음…… 나는 그녀를 버렸다?

케이티 좋아요. 이제 어떻게 그녀를 버렸는지 세 가지만 얘기해 보세요. 그녀와의 관계에서 어떻게 그녀를 버렸는지 세 가지 '진짜' 예를 얘기해 주세요.

브루스 걱정했던 대로 그 질문을 하시는군요. 음, 우리의 관계에서 내가 실천하겠다고 다짐한 것들을 실천하지 못한 적들이 있습니다. 그렇게 하면 감정이 폭발하는 상황으로 이어질까 봐 두려웠거든요.

케이티 예. 당신이 방어하고 정당화하는 걸 알아차리는 건 흥미로운 일이죠.

브루스 아. (잠시 침묵) 내가 그랬군요.

케이티 예. 질문에서 벗어나 자기의 이야기 속으로 들어갔어요. 방어와 정당화는 질문에 대답하지 못하도록 방해합니다. 마음은 자기가 옳다는 것을 증명하려는 패턴에 너무나 갇혀 있어서 당신을 질문들에서 벗어나게 합니다. 그저 그렇다는 것을 알아차리고, 부드럽게 질문으로 돌아오세요.

브루스 좋습니다.

케이티 어쨌든 그것이 하나의 방식이군요. 당신은 또 어떻게 그녀를 버렸나요? 두 가지 방식을 더 보여 주세요.

브루스 음, 그녀와 함께 있지만 마음은 떠나 있을 때가 있었습니다.

케이티 어떻게 했는데요?

브루스 마음을 거둬들이고, 불편한 관계를 그냥 방치하고, 그녀에게 마음의 문을 닫습니다.

케이티 두 번째 예로군요. 세 번째는요?

브루스 그녀는 실제 먼 곳으로 이사했습니다. 그래서 지난 2년 동안 멀리 떨어진 채로 관계를 이어 왔죠. 그런데 나는 그녀가 그렇게 떠나도록 내버려 두었어요. 그녀가 떠나는 데 나도 일조한 거죠. 어떤 면에서는 그 편이 더 편안하게 느껴졌거든요. 그녀에게 충실해야 한다는 압박감이 적었으니까요.

케이티 좋아요. 그게 세 번째입니다.

브루스 아까 정당화에 대해 얘기하신 건 정말 맞는 말씀입니다. 내 안에는 나를 방어하고 정당화하려는 정말 강한 반응이 있어요. 일부러 그러려고 하지 않을 때도 그렇죠. 와아.

케이티 알아차리면 기분이 참 좋지 않나요? 마음을 사랑하게 되면. 마음은 없는 것을 실제로 있는 것처럼 증명하려는 능력이 아주 탁월하죠. "그녀는 나를 버렸다"에 대한 뒤바꾸기를 하나 더 찾을 수 있나요?

브루스 나는 나를 버렸다.

케이티 어떻게 그렇게 했나요? 몇 가지 예를 들어 줄 수 있나요?

브루스 나는 나 자신에게 진실하지 않았습니다. 내게 필요한 것들을 분명히 얘기하지 않았어요. 아이러니하게도 그 역시 또 하나의 버리는 행동이죠. 그렇게 나와 온전히 함께하지 않음으로써 그녀도 버렸습니다.

케이티 또 하나의 뒤바꾸기를 찾을 수 있나요?

브루스 그녀는 나를 버리지 않았다? 하지만 그건 사실이 아니에요. 그녀는 그렇게 했으니까요!

케이티 뒤바꾸기는 진실을 탐구하는 하나의 방법입니다. 때로는 당신이 놓치는 뒤바꾸기들이 있고, 때로는 잘 들어맞지 않는 뒤바꾸기도 있는데, 나는 그런 뒤바꾸기들에 대해 묵상해 보는 것을 좋아합니다. '생각 작업'은 명상입니다. 만일 이 뒤바꾸기에 대해 한동안 곰곰이 묵상해 보면, 그것이 실제로 당신의 원래 문장보다 더 진실하다는 것을 발견하게 될 겁니다.

브루스 뒤바꾸기에는 세 가지만 있다고 생각했어요. 상대를 나로 바꾸고, 나와 남을 서로 바꾸고, 반대로 바꾸는 것이죠. 친구에게 그런 얘길 했더니 친구는 그러더군요. "나는 하나의 문장을 여섯 가지로 뒤바꿔 봤어. 그것들을 컴퓨터에 견본으로 저장해 놓았는데, 정말 놀랍더라!" 어떻게 해서 그런 일이 일어나는지 잘 모르겠어요.

케이티 그런 세 가지 기본적인 뒤바꾸기 외에도 다른 뒤바꾸기들이 가능할 때가 있습니다. 그중에는 잘 들어맞는 것도 있고, 그렇지 않은 것도 있죠. 친구는 아마 천천히 뒤바꾸기를 하고 오랫동안 살펴보았을 거예요. 마음을 활짝 열고 진실을 발견하려 했겠죠. 진실은 때가 되면 다가옵니다. 그는 그저 진실을 기다렸고, 알아차렸고, 필요한 것을 얻었을 거예요. 스윗하트, 당신이 이 탐구를 잘못할 수는 없답니다. 그럴 수는 없어요. 제때에 앞서 오는 생각은 하나도 없습니다. 다음 문장을 봅시다.

브루스 나는 쉴라가 돌아와서 사과하고, 다시는 나를 떠나지 않겠다고 약속하기를 원한다. 나는 그녀가 민감하게 반응하는 태도를 고치기를, 그리고 두려움으로 인한 반응으로 나와 남들에게 어떻게 상처 주는지를 알기 원한다. 나는 그녀가 자기를 존중하고 변덕스럽지 않기를 원한다.

케이티 그러면 당신이 돌아오기를 원하는 사람은 쉴라가 아니에요! 당신이 묘사하는 여자는 쉴라가 아니니까요.

브루스 예, 그녀는 (쉴라가 아니라) 내가 원하는 사람이죠…… 그게 문제입니다.

케이티 그녀는 쉴라가 아닙니다. 당신은 두려움으로 인한 반응이 당신에게 어떻게 상처를 주는지 아는 사람을 원합니다. 자기를 더 많이 존중하는 사람을 원합니다. 당신이 돌아오기를 원하는 건 그런 사람인데, 그런 사람은 그녀가 아닙니다. "나는 당신이 돌아오기를 원해요. 당신을 내가 원하는 대로 바꿀 수 있게."

브루스 (웃으며) 맞습니다.

케이티 "돌아와서, 내가 꿈꾸는 여성이 되어 주세요. 당신은 그런 여성이 아니니까요!"

브루스 맞아요.

케이티 "사실, 당신은 내가 함께 살고 싶은 사람도 아니에요. 내가 당신을 원하는 대로 바꾸기 전에는. 나중에 나에게 정말로 고마워할 그 모든 변화를 당신이 이뤄 내기 전에는."

브루스 맞아요. 그런데 뭐가 문제죠? (모두 웃는다.)

케이티 그래서 당신이 돌아오기를 원하는 사람은 쉴라가 아닙니다.

브루스 맞아요. 그건 쉴라가 아니에요. 맙소사.

케이티 그렇죠?

브루스 이건 정말 나의 패턴입니다. 누구와 사귀거나 일할 때, 또는 다른 경우에도, 나는 모든 것을 잠재력 면에서 바라보는 경향이 있어요. 그들이 지금 어떠한가가 아니라, 그들이 어떻게 될 수 있느냐는

250

관점에서 바라보죠.

케이티 그럼 당신은 그녀에게 말할 수 있습니다. "나는 당신이 돌아오기를 원해요. 나는 당신이 내가 받아들일 만한 사람이 될 잠재력을 가지고 있다고 보니까요."

브루스 (청중들과 함께 웃으며) 음, 정말 유혹적인 말이네요. 예. 하지만 나는 그렇게 했어요. 그랬어요.

케이티 예, 물론 그랬죠. 우리는 그렇게 하지 않을 때까지는 그렇게 합니다. 그것이 당신의 할 일이었습니다. 나는 지금 당신이 여기에서 그 일을 바꾸도록 돕고 있을 뿐입니다. 우리는 이런 이야기들이 없을 때 우리가 어떠한지를 보고 있습니다. 그래서, 스윗하트, "나는 그녀가 돌아오기를 원한다"—그게 진실인가요?

브루스 음……

케이티 그냥 한번 보세요. 왜냐하면 당신은 "나는 당신을 원해"라고 말할 수 있지만, 나중에 그녀가 돌아오면 그녀를 더이상 원하지 않을지도 모르고, 왜 그런지 의아해할 수도 있으니까요. "나는 그녀가 돌아오기를 원한다"—그게 진실인가요?

브루스 바뀐 모습으로요? 아니면 예전 모습 그대로요?

케이티 그녀는 바뀌지 않았습니다. 그녀는 그저 쉴라일 뿐입니다. 그녀는 당신이 상상하는 새로운, 나아진 여성이 아닙니다. 당신은 그녀가 돌아오기를 원하나요? 그저 있는 그대로의 그녀로?

브루스 (잠시 침묵) 그다지 원하지 않아요. 그녀가 돌아오기를 원하지만, 변화된 모습으로 오기를 원해요.

케이티 알아차려 줘서 고마워요. (청중이 웃는다.) 당신이 함께 살고 있

251

는 사람을 있는 그대로 사랑할 때, 당신은 어떤 일에도 놀라지 않게 됩니다. 그런 일들이 언제나 즐겁게 느껴집니다. 왜냐하면 그는 당신이 돌아오기를 원한 사람이기 때문입니다. 자기 자신에 대해서만 탐구하세요. 배우자는 당신이 겪는 고통의 원인일 수 없습니다. 그녀는 바뀔 필요가 전혀 없습니다. 자기 마음에 질문을 하면, 당신이 그녀에게서 바뀌기를 원했던 모든 것은 당신이 사랑하는 것이 됩니다. 하지만 먼저 당신이 돌아오기를 원하는 사람이 누구인지를 분명히 아세요. 자기를 속이지 마시고.

브루스 좋습니다.

케이티 그 점을 알면, 잠재적으로, 그녀는 바뀔 수 있습니다. 누가 알겠어요? 사람들은 바뀝니다.

브루스 그렇다는 걸 믿나요?

케이티 아니요. (브루스와 청중이 웃는다.) 그건 진실이 아닙니다. 마음이 변하면, 몸이 뒤따릅니다.

브루스 무슨 말인지 알겠습니다.

케이티 그래서 "나는 그녀가 돌아오기를 원한다"—그 생각을 믿을 때, 그런데 그녀가 떠나갈 때, 당신은 어떻게 반응하나요?

브루스 아, 고통스러워요! 나는 한 발은 미래에, 다른 발은 과거에 걸치고, 현재 위에 엉거주춤 앉아서 살고 있는 것 같아요. 여기에 있지 않은 거죠.

케이티 삶을 미루고 있는 거죠.

브루스 맞습니다.

케이티 "나는 그녀가 돌아오기를 원한다"는 그 생각이 없다면 당신은 누구일까요? 그 생각을 믿지 않는다면 당신은 누구일까요?

브루스 훨씬 더 중심 잡혀 있을 겁니다. 평화로울 거고, 훨씬 더 평화로울 거라고 생각해요. 점점 더 만족할 수 있는 공간이 생길 것 같아요.

케이티 그러면 당신이 돌아오기를 원하는 사람이 누구인지를 더 잘 알게 될 겁니다. 뒤바꿔 봅시다. "나는 그녀가 돌아오기를 원한다"—뒤바꿔 보세요.

브루스 나는 내가 돌아오기를 원한다.

케이티 예. 그녀가 돌아오기를 원할 때, 당신은 존재하지 않는 어떤 사람이 돌아오기를 원하고 있기 때문이고, 그럴 때는 자기 자신을 잃기 때문입니다. 그건 그녀에게 온당하지도 않습니다. 그녀는 당신이 꿈꾸는 여성이 될 수 없으니까요. 그녀는 그녀일 뿐입니다.

브루스 예. 그런데 내 마음이 번번이 하는 일들이 있어요. 그중 하나는, 사람들과 관계를 맺으면 그들과 함께 쌓은 역사가 생기는데, 나는 그 힘을 상대방에게 넘겨 줘 버리고, 그들이 떠날 때면 그 모든 역사도 함께 떠나 버린다는 겁니다. 그러면 나는 "맙소사, 나는 누구지? 나는 내 정체성을 다시 세워야 하나?"라고 느낍니다. 정말 피곤한 일이에요.

케이티 "나는 나의 정체성을 다시 세워야 한다"—그게 진실인가요?

브루스 아니요. 아니, 그렇지는 않습니다.

케이티 예. 당신의 정체성은 이미 있으니까요. 그러니 다시 세울 필요가 없습니다. 정체성은 이미 있습니다. 잠에서 깼을 때 그녀가 옆에 없으면, 그것이 당신의 정체성입니다. "나는 혼자 잠에서 깨는 사람이다."

브루스 맞습니다.

케이티 "나는 혼자서 아침 식사를 하는 사람이다."

브루스 이 문장을 티셔츠에 새기면 멋지겠네요. "나는 혼자 잠에서 깨는 사람이다." (청중이 웃는다.)

케이티 그 문장이 많은 여성을 유혹할 수도 있겠죠. (더 크게 웃는다.) 당신은 마케팅에 관심이 많은가 보군요. 그런데 당신은 그녀가 어떤 사람이라는 꿈에 집착합니다. 그리고 그녀는 당신이 원하는 사람이 되기 위해 아주 열심히 노력합니다.

브루스 아, 맞아요. 알겠어요.

케이티 하지만 그녀는 언제나 기대에 미치지 못합니다. 설령 그녀가 당신을 위해 온갖 노력을 다하고 당신이 원하는 사람으로 바뀐다고 해도, 당신은 또다시 그녀에게 그 이상을 요구할 겁니다.

브루스 예. 실제로 일 년 전에 그녀가 보낸 편지를 받았는데, 편지의 어떤 구절이 내 마음에 깊이 와 닿았어요. 그녀의 분노가 많이 담긴 구절이었죠. "나는 당신의 바람대로 이 모든 수업을 받았고 커뮤니케이션을 공부했어요. 당신이 원했던 모든 것을 했죠. 그런데도 당신은 여전히 만족하지 못해요." 나는 생각했어요. "와아, 그 모든 걸 나를 위해 한 거였구나!" 그리고 위험을 알리는 이 모든 적색 경보기들이 울렸고, 나는 생각했죠. "우와! 지금 무슨 일이 일어나고 있는 거지?"

케이티 이제 당신은 알죠.

브루스 예, 이제 알겠어요.

케이티 그것은 바로 여기, 당신이 쓴 양식에 있습니다. 다시 읽어 보세요.

브루스 나는 쉴라가 돌아와서 사과하고, 다시는…… (웃음) 이젠 이런 글들이 터무니없는 말로 들리네요! 나는 쉴라가 돌아와서 사과하고, 다시는 나를 떠나지 않겠다고 약속하기를 원한다. 나는 그녀가 민감하게 반응하는 태도를 고치기를, 그리고 두려움으로 인한 반응으로 나와 남들에게 어떻게 상처 주는지를 알기 원한다. 나는 그녀가 자기를 존중하고 변덕스럽지 않기를 원한다. 그리고 어쩌고저쩌고. (청중이 웃는다.)

케이티 좋아요. 이제 당신은 그녀가 왜 떠났는지 이해할 수 있습니다. (청중이 더 크게 웃는다.)

브루스 예. 끊임없이 자기를 향상시키려고 애쓰는 사람과 왜 함께 있고 싶어 하겠어요?

케이티 당신은 그렇게 하라고 요구했고, 그녀는 노력했죠.

브루스 맞습니다. 그런데 다른 사람과 사귀면 내 요구 사항들이 또 변하겠죠. 새로운 것들을 요구할 겁니다.

케이티 누가 알겠어요? 그러지 않을지도 모르죠. 당신은 자기를 잘 알게 될 수 있는데, 그러면 당신의 마음을 끌지 못하는 사람은 당신의 마음을 끌지 않을 겁니다. 무슨 말인지 이해되나요?

브루스 예.

케이티 당신의 마음을 끌지 못하는 사람은 당신의 마음을 끌지 않을 겁니다. 왜냐하면 당신은 그들에게 그 모든 것을 요구하지 않을 테니까요. 그들이 훨씬 더 나아질 수 있다는, 만일 그들이 이렇게, 이렇게, 이렇게만 한다면 얼마나 대단해질까 하는 당신의 이야기를……. 그럴 때 누가 당신의 마음을 끌면, 그건 진짜입니다. 당신은 그녀를 바꿀 필요가 없습니다. 그녀를 수리할 필요가 없습니다.

브루스 어떻게 해서 그렇게 되나요? 인간관계에서는 경험을 통해 상대를 알아 가야 하고, 그리고……

케이티 만일 당신이 그녀를 실제 있는 그대로 본다면, 미래의 잠재력을 통해 보지 않는다면, 그녀는 당신이 요구하는 것들을 갖고 있지 않은 여성이라는 것을 알게 됩니다. 당신은 있는 그대로의 그녀에게 끌리고 있는 겁니다. 그리고 당신의 마음이 맑기 때문에, 그것은 진정한 사랑입니다. 그때 당신이 끌리는 여성은 정말로 그녀입니다. 당신이 상상하고 바라는 여성이 아니라. '생각 작업'을 하면 그렇게 됩니다. 이제 뒤바꿔 봅시다. "나는 내가……"

브루스 나는 내가 나 자신에게 돌아오기를 원한다. 나는 내가 나 자신에게 사과하기를 원한다. 나는 내가 다시는 나 자신을 떠나지 않기를 원한다.

케이티 예, 배우자가 있든 없든.

브루스 맞아요, 맞습니다. 배우자가 있든 없든. 나는 내가 민감하게 반응하는 태도를 고치기를 원한다. 나는 두려움으로 인한 반응으로 나에게 어떻게 상처 주는지를 알기 원한다. 나는 내가 자기를 존중하고 변덕스럽지 않기를 원한다. 음, 정말 맞습니다. 내가 원하는 게 바로 그거예요.

케이티 당신은 잠재력이 있어요! (청중이 박수를 치고, 브루스가 웃는다.) 그녀에게 편지를 써서 말해 줄 수도 있겠죠. "나는 이런 것들에 대해 '생각 작업'을 하고 있어요."

브루스 그녀가 불쌍해요.

케이티 또 하나의 뒤바꾸기가 있습니다.

브루스 나는 내가 나 자신에게 돌아오기를 원한다……

케이티 그녀에게.

브루스 그녀에게요? 아, 세상에. 나는 내가 그녀에게 돌아오기를 원한다. 뭔가가 가슴을 콕 찌르네요.

케이티 예.

브루스 나는 내가 그녀에게 사과하기를 원한다. 그녀에게 사과를? 그건 안 돼요! (모두들 웃는다.)

케이티 우리는 사과하는 것이 '남들의' 일일 때는 좋아하죠.

브루스 와아. 나를 방어하려 하는 태도가 다시 전부 사라져 버렸네요.

케이티 하지만 당신은 "나는 돌아가서 그녀와 결혼하고 그녀를 영원히 사랑하고 이 모든 것을 받아들이기를 원한다"라고 말하지 않았습니다.

브루스 그 안의 내 몫에 대해 사과하라……

케이티 그저 그녀에게 돌아가는 것—그 부분을 읽어 보세요. "나는 내가……"(웃음) 그 말이 가슴을 콕 찌르는 건 당연하겠죠!

브루스 재미있게 생각해 주시니 좋네요.

케이티 그게 가슴을 콕 찌르는 건 당연합니다. 당신은 '자기 자신'을 떠났으니까요.

브루스 나는 내가 그녀에게 사과하고, 다시는 그녀를 떠나지 않겠다고 약속하기를 원한다.

케이티 몸으로 그렇게 할 필요는 없습니다.

브루스 아.

케이티 그녀가 할 수 없는 이런 것들, 당신이 그녀에게 요구하는 이런 것들 때문에 그녀를 다시 떠날 필요는 없습니다. 이것은 당신이 요구한 것들이지 그녀가 요구한 것들이 아니었어요.

브루스 맞습니다. 알겠어요. 나는 내가 그녀에게 돌아가서 사과하고, 다시는 그녀를 떠나지 않겠다고 약속하기를 원한다.

케이티 계속 읽어 보세요.

브루스 나는 이 부분에 갇혀 있었어요. "나는 그녀가 민감하게 반응하는 태도를 고치기를 원한다."

케이티 "나는 내가……"

브루스 나는 내가 민감하게 반응하는 태도를 고치기를 원한다.

케이티 그녀에게 이걸 알려 주세요. 고마워할 거예요.

브루스 아마 그녀는 내 면전에서 전화를 끊을 겁니다.

케이티 그래도 괜찮습니다. 이건 그녀가 아니라 당신을 위한 거니까요. 그냥 그녀에게 말해 보세요. "나는 민감하게 반응하는 태도를 고치려 하고 있어요. 나는 당신이 민감하게 반응하는 태도를 고쳐야 한다고 생각했는데, 사과할게요. 내가 꿈꾸던 것들, 내가 요구한 변화 목록들에 당신이 관심을 보이지 않으면 당신을 받아들이지 않았는데, 그 점에 대해서도." 계속 읽어 보세요.

브루스 나는 그녀가 민감하게 반응하는 태도를 고치고, 두려움으로 인한 반응으로 나와 남들에게 어떻게 상처를 주는지를 알기 원한다. 나는 그녀가 자기를 존중하고 변덕스럽지 않기를 원한다.

케이티 뒤바꿔 보세요.

브루스 나는 내가 민감하게 반응하는 태도를 고치고, 두려움으로 인한 반응으로 나와 남들에게 어떻게 상처 주는지를 알기 원한다. 나는 내가 자기를 존중하고 변덕스럽지 않기를 원한다. 이런 식으로 뒤바꿀 수 있는 내 생각이 아주 많습니다. 이 모든 뒤바꾸기가 어떤 점에서 내게 진실한지 발견할 수 있을 겁니다.

케이티 예. 이 중에서 납득되지 않는 뒤바꾸기가 있나요? 어떤 점에서 진실한지 다 발견할 수 있다고 하셨는데, 아직 잘 와 닿지 않는 뒤바꾸기가 있나요?

브루스 음, 변덕요. 나는 그다지 변덕스럽지는 않은 것 같거든요.

케이티 당신은 그녀에게 화를 내지 않았나요?

브루스 예, 화를 냈어요. 1에서 10까지 등급을 매기자면, 내 화는 1이고 그녀의 화는 20이었습니다만.

케이티 예, 그 1도 변덕입니다. 당신에게는. 다음 문장으로 가 봅시다.

브루스 좋아요. 쉴라는 두려움으로 행동해서는 안 된다. 그녀는 자기가 무엇을 원하는지 알고 주도적으로 행동해야 한다. 그녀는 다른 사람들의 감정과 방식을 인정하고 받아들여야 한다. (모두 웃는다.) 이런, 세상에. 정말 당황스럽네요.

케이티 당신 자신보다 더 재미있는 것이 또 있을까요?

브루스 없겠죠. 이건 정말 대단하네요. 내 에고가 여기에서 녹아내리고 있어요.

케이티 예, 그러네요. 질문들은 건너뜁시다. 뒤바꿔 보세요.

브루스 나는 두려움으로 행동해서는 안 된다. 나는 내가 무엇을 원하는지 알아야 한다. 흐음. 나는 다른 사람들의 감정과 방식을 인정하고 받아들여야 한다.

케이티 예, 특히 쉴라의 감정과 방식을……. 깊이 성찰해 보세요. 이런 생각들을 믿을 때 그녀를 어떻게 대했는지 보세요. 그건 마치 어떤 사람을 실험실에 집어넣고서 그를 새롭게 창조하려고 부단히 노력하는 것과 같습니다. 그녀는 그렇게 해 달라고 요청하지 않았어요. 우리는 그들에게 사랑한다고 말하지만, 그들에게 만족하지 못해서 그들을 새롭게 창조하려 합니다. 그러면 우리의 배우자들은 몹시 혼란스러워집니다.

브루스 내가 그런 식이라서 그녀를 사랑하지 않았다고 생각하시나요?

케이티 그건 당신만이 알 수 있습니다. 그녀는 당신이 원한 사람이 아니었어요. 당신이 변화시키고 싶었던 여자였죠. 당신은 미래의 여자를 사랑했어요.

브루스 내가 사랑한 건 실제 있는 그대로의 그녀가 아니었어요. 허구적인 그녀를 사랑했죠.

케이티 예, 미래에 어떻게 되기를 원한 사람. 당신은 그녀에게 여러 가지를 추가했고, 그녀가 미래에 그렇게 되기를 원했습니다. 마치 이브를 창조하는 신처럼.

브루스 예.

케이티 그리고 아담을. 당신은 자기 자신에게도 그렇게 합니다.

브루스 어떻게요?

케이티 당신은 자기 자신도 새롭게 창조하려고 노력합니다. 당신이 자기의 기대에 미치지 못하는 행동을 할 때 마음이 어떻게 반응하는지 보세요. 당신의 마음이 다른 수많은 마음들과 같을 때는 잔인해질 수 있습니다. "어떻게 네가 그런 짓을 다시 되풀이할 수 있지? 너는 뭐

하나 제대로 하질 못해. 어떻게 네가 그런 생각을 할 수 있어? 어떻게 네가 그런 말을 할 수 있지? 너는 왜 그렇게 한 거야?"

브루스 예, 정말 맞습니다. 나는 나 자신을 그렇게 가혹하게 대합니다.

케이티 마치 그렇게 폭력적으로 굴면 더 나은 뭔가를 창조할 수 있는 것처럼.

브루스 예, 수없이 많이 그렇게 했죠.

케이티 또 하나의 뒤바꾸기를 찾을 수 있나요? "쉴라는……"

브루스 쉴라는 두려움으로 행동해야 한다.

케이티 예.

브루스 그녀는 자기가 무엇을 원하는지 몰라야 한다.

케이티 이제 당신은 그녀를 만나고 있습니다.

브루스 (잠시 침묵) ……그리고 다른 사람들의 감정이나 방식을 인정하고 받아들이지 않아야 한다.

케이티 그게 쉴라입니다. 그녀가 사랑스럽지 않나요?

브루스 그건…… 예. 내가 그렇게 해야 한다. 나는 인정하고 받아들여야 한다.

케이티 행복한 삶을 살고 싶다면……. 당신은 독재자와 같았습니다. 당신은 그녀가 당신의 바람대로 살기를 기대했습니다. 당신이 자기 마음에 질문하여 이해하게 되면, 당신이 먼저 그렇게 사시고, 그 뒤 우리에게 우리의 잠재력을 가르쳐 주세요.

브루스 알겠습니다.

케이티 하지만 당신이 먼저 그렇게 살아야 합니다. 그렇게 살 수 있다는 것을 확인하기 위해서. 그러지 않으면 당신은 불가능한 것을 가르치고 있을지도 모르기 때문입니다. 그러니 남들에게 가르치기 전에 먼저 배우세요. 배우고 나면 가르칠 수 있습니다. 설교와 잔소리와 거부가 아니라 본보기를 통해서. 다음 문장을 봅시다.

브루스 좋아요. 내가 작업 양식에 쓴 말은…… 양식의 질문은 "당신은 그 사람이 어떻게 해 줄 필요가 있다고 느끼나요? 그 사람이 어떻게 해 주면 당신이 행복해질까요?"인데, 나는 화가 나서 이렇게 썼습니다. "나는 쉴라에게 아무것도 받을 필요가 없다. 나는 그녀가 필요하지 않다. 그녀는 내 행복에 책임이 없다." 하지만 내가 정말로 쓰고 싶었던 말이 무엇인지 알고 싶나요?

케이티 예.

브루스 "쉴라는 그녀의 배신을 사과할 필요가 있다."

케이티 첫 번째 문장으로 돌아가 봅시다. 뒤바꿔 보세요. 마음을 아주 너그럽게 하고 가슴을 여세요.

브루스 좋아요.

케이티 "나는……"

브루스 나는 나에게 아무것도 받을 필요가 없다.

케이티 계속 읽어 보세요.

브루스 나는 내 행복에 책임이 있다.

케이티 "……없다."

브루스 나는 내 행복에 책임이 없다?

케이티 그게 바로 마음과 가슴을 여시라고 말씀드린 이유입니다. 다시 해 보세요.

브루스 좋아요. 나는 나에게 아무것도 받을 필요가 없다. 나는 내 행복에 책임이 없다. (침묵) 조금 혼란스럽네요. 다른 분들은 이해되시나요? 나만 그런가요? (청중이 웃는다.) 이해되세요? 내 행복에 책임이 없다는 말이 잘 이해되지 않는 것 같아요.

케이티 스트레스를 주는 생각들이 없다면 당신은 누구일까요? 모든 행복은 이미 주어지고 있습니다. 하지만 질문되지 않은 마음이 너무나 시끄러워서 당신은 그 마음의 아래에 있는 행복을 깨닫지 못합니다.

브루스 아, 알겠어요…… 좋습니다.

케이티 당신은 그 행복에 책임이 없습니다. 행복은 이미 당신에게 있습니다. 나는 내 행복을 위해 아무것도 할 필요가 없습니다. 그저 나의 이야기가 없는 세계를 알아차릴 뿐이며, 그 안에서 내가 행복하다는 것을 알아차립니다. 행복은 언제나 주어지고 있습니다.

브루스 아.

케이티 하지만 질문되지 않은 마음은 당신에게 기쁨을 줄 것들에 대항하여 싸웁니다. 나와 친구 레슬리는 어제 한바탕 크게 웃었습니다. 왜냐하면 그녀는 토할 것 같다고 느꼈는데, 구토에 대한 몇 가지 생각을 했고(그녀에게 큰 의미는 없었지만), 이층으로 올라갔고, 토했는데, 토할 게 별로 없었고, 그녀는 그저 알아차리고 일층으로 내려왔기 때문입니다. 끝났습니다. 그래서 현실은 이와 같습니다. 토하는 여자, 방으로 걸어 들어오는 여자.

브루스 또 한 분의 선생님이군요! 훌륭합니다!

케이티 레슬리는 훌륭한 선생님입니다. 그것은 사건도 아니었습니다. 그녀는 밖으로 나갔고, 돌아왔습니다. 그녀는 마음에 질문을 했고, 그녀가 스트레스를 주는 생각들 밑에서 발견한 것은 행복이었습니다.

브루스 우리의 본성.

케이티 언제나 주어져 있는 것. 이런 뒤바꾸기들은 명상입니다. 만일 뒤바꾸기가 납득이 되지 않으면, 찬찬히 묵상해 보세요. 다음 문장을 들어 봅시다.

브루스 쉴라는 그녀의 배신을 사과할 필요가 있다.

케이티 그게 진실인가요?

브루스 아뇨. 이젠 이 말이 우스꽝스러워 보입니다.

케이티 "쉴라는 사과할 필요가 있다"는 생각을 믿을 때, 그런데 그녀는 그렇게 하지 않을 때, 당신은 어떻게 반응하나요?

브루스 마음을 거둬들입니다. 외롭고 화가 납니다.

케이티 그 뒤 당신의 마음은 어디로 가나요? "그녀는 사과할 필요가 있어"라는 생각을 믿을 때, 하지만 그녀는 사과하지 않을 때, 당신은 또 어떤 감정들을 느끼나요?

브루스 덫에 걸린 것처럼 느껴지고, 뭔가를 계속 기다리는 것처럼 느껴집니다. 마치 그녀가 내게 뭔가를 빚지고 있는 것처럼 그녀에게 분개합니다.

케이티 눈을 감고, "그녀는 사과할 필요가 있어"라는 생각을 믿을 때 떠오르는 마음의 그림들을 바라보세요. 당신의 마음은 그녀를 어떻게 공격하나요?

브루스 그녀가 무척 강해 보입니다. 그녀는 내게 필요한 뭔가를 가지고 있으니까요. 그녀가 무정하고 냉정해 보입니다. 나는 그녀의 발에 매달리고, 위축되고, 그녀가 사과하기를 기다립니다. 흐음, 참 좋네요. 내가 느끼는 감정들이 좋다는 말이 아니라, 내가 어떻게 하는지 알아차릴 수 있다는 것이 참 좋다는 말입니다.

케이티 예, 참 좋죠. 당신은 여기에서 자기를 조금 알아 가고 있습니다. 자, 이제 다음 문장을 봅시다.

브루스 쉴라는 충동적이고, 외향적이고, 조급하고, 즉각적이고, 감정적이고, 의존적이고, 나이브하다. 그녀는 섬세하고, 명석하고, 내가 만나 본 사람들 중에 가장 친절한 사람이다.

케이티 자, 목록을 봅시다. 당신이 쓴 목록을 다시 읽어 보세요.

브루스 예. 쉴라는 충동적이고, 외향적이고, 조급하고, 즉각적이고, 감정적이고, 의존적이고, 나이브하다……

케이티 "……그리고 나는 그녀가 돌아오기를 원한다."

브루스 (웃으며) "……그리고 나는 그녀가 돌아오기를 원한다." 예, 뭔가 매력이 있어요.

케이티 그렇죠. 만일 당신이 그 말을 진정으로 들을 수 있다면.

브루스 예. 그녀는 사랑스러워요. 그녀는 단지…… 실은 내가 나를 미치게 만드는 거죠.

케이티 이제 뒤바꿔 보세요. "나는……"

브루스 나는 충동적이고, 외향적이고, 조급하고, 즉각적이고, 감정적이고, 의존적이고, 나이브하다……

케이티 특히 쉴라에 대해서.

브루스 예. 아이러니하네요. 방금 전에는 돌아가서 그녀를 비난하고 싶었거든요.

케이티 예, 하지만 당신은 곧바로 그걸 알아차렸죠. 그게 놀랍지 않나요? 당신은 그저 알아차리고, 다시 시작합니다. 그리고 미소를 짓습니다. 당신은 알아차렸고, 미소를 지었어요. 그건 좋은 거예요.

브루스 예…… 나는 여기에 있고, 다시 하고 있어요!

케이티 멋지군요. 다음 문장으로 넘어갑시다.

브루스 나는 앞으로 다시는 버림받기를, 비난받는다고 느끼기를, 배척당했다고 느끼기를, 고통으로 인해 무력해지기를 원치 않는다.

케이티 뒤바꿔 보세요.

브루스 예. 이게 늘 어려워요.

케이티 "나는 기꺼이……"

브루스 나는 기꺼이…… 아……

케이티 예, 나는 기꺼이 합니다. 만일 그게 '그것의 길'이라면. 나에게 선택권이 있는 게 아니기 때문입니다. 생각은 다시 나타납니다.

브루스 나는 기꺼이 버림받고, 기꺼이 비난받는다고 느끼고, 기꺼이 배척당했다고 느끼고, 고통으로 인해 무력해지겠다.

케이티 예, 그런 일이 일어날 수 있으니까요. 그런 일은 삶에서 일어날 수 있습니다. 설령 삶에서는 일어나지 않더라도 마음속에서는 일어날 수 있습니다. 생각들은 그렇습니다. 우리는 생각들을 이해하기 전에는 생각들을 믿습니다. 그리고 우리가 생각들을 믿을 때, 스트레스는 우리를 탐구로 다시 데려옵니다. '생각 작업'은 무엇이 실재하고 무엇이 상상된 것인지를 알아차리게 합니다. 둘이 어떻게 다른지를 보여 줍니다.

브루스 '생각 작업'은 실제로는 일어나고 있지도 않은 고통스러운 일들을 어떻게 해 보려는 게 아닌 거죠. 당시에는 생생해 보이는 그런 감정들을……. '생각 작업'은 지금 이 순간 무엇이 현실인지를 알아차리려는 거죠.

케이티 예. 재미있지 않나요? 이제 "나는 고대한다"라는 문장을 얘기해 보시죠.

브루스 이게 힘들더군요. 나는 버림받기를 고대한다. 나는 비난받기를 고대한다. 나는 배척…… 나는 배척당했다고 느끼고 고통으로 인해 무력해지기를 고대한다.

케이티 "나는 그녀가 나를 다시 떠나기를 고대한다." 당신이 함께 살기를 원한다고 상상하는 사람이 누구든.

브루스 맞습니다. 그녀를 "미스 엑스(X)"라고 부르기로 하죠.

케이티 예, "미스 엑스." 그것을 고대하세요. 그런 일은 일어날 수 있습니다. 당신도 아마 들었을 거예요. 누가 나를 떠나더라도 나는 해를 입지 않는다고 하는 나의 말을……. 예외가 없습니다. 당신을 떠난 사람을 바라보세요. 당신은 해를 입지 않았습니다. 당신의 상상 속 여성은 당신의 기준에 맞추어 살 수 없었습니다. 당신은 그녀를 너무나 갈망해서 진짜 쉴라를 비난했습니다. 쉴라는 그런 사람이 아니었으니까요.

브루스 놀랍네요. 정말 알겠어요. 고마워요, 케이티.

케이티 천만에요.

55

그녀는 아무런 바람 없이
모든 것이 저절로 오고 가도록 놓아둔다.

지금 있는 현실과 조화로운 사람에게는 미래로 투사할 과거가 없습니다. 그래서 그녀는 아무것도 기대하지 않습니다. 무엇이 나타나든 그것은 언제나 새롭고 훌륭하고 놀랍고 분명하며, 정확히 그녀에게 필요한 것입니다. 그녀는 그것을 거저 주어지는 선물로 봅니다. 그리고 '그것의 길'에 놀라워합니다. 그녀는 소리와 소리 없음, 그것을 말하는 것과 그것을 경험하는 것, 그것을 보는 것과 그것으로 존재하는 것, 그것을 만지는 것과 그것이 그녀를 만지는 느낌을 구별하지 않습니다. 그녀는 그것을 끊임없는 사랑의 행위로 경험합니다. 삶은 그녀 자신의 사랑 이야기입니다.

그녀에게는 모든 것이 새롭습니다. 그녀는 그것을 이전에는 한 번도 본 적이 없습니다. 그녀는 실제 있는 그대로의 그것을 폄훼하는 믿음이 없습니다. 모름의 천진함으로, 알 필요가 없는 지혜로, 그녀는 이 순간에 나타나는 모든 것이 언제나 자비롭다는 것을 알 수 있습니다.

그녀는 모든 것이 오도록 놓아둡니다. 그것들은 어쨌든 여기로 오기 때문입니다. 그녀에게는 선택권이 없습니다. 그녀는 모든 것이 가도록 놓아둡니다. 그녀가 동의하든 안 하든 그것들은 가기 때문입니다. 그녀는 옴과 감을 즐거워합니다. 그녀에게 필요하기 전에는 아무것도 오지 않으며, 필요 없어지기 전에는 아무것도 가지 않습니다. 그녀는 그러함을 분명히 압니다. 아무것도 낭비되지 않습니다. 너무 남지도 너무 모자라지도 않습니다.

그녀는 결과를 기대하지 않습니다. 그녀에게는 미래가 없기 때문입니다. 그녀는 '그것의 길'이 효율적이며 필요하다는 것을, 그것이 어떠해야 한다는 모든 관념 너머에서, 그것이 얼마나 가득하며 풍요로운지를 깨닫습니다. 그 깨달음 안에서 그녀의 삶은 언제나 새로워집니다. 그녀 자신이 '그것의 길'이며, 오는 것에 언제나 열려 있으며, 언제나 만족합니다.

56

도(道)와 같아라.
도는 가까이 다가갈 수도 없고
멀어질 수도 없으며,
혜택을 입을 수도 없고 해를 입을 수도 없으며,
명예를 얻을 수도 없고 치욕을 받을 수도 없다.

남편은 내게 소크라테스에 대해 얘기해 주었습니다. 소크라테스는 "만일 내가 지혜롭다면, 오로지 모른다는 것을 알기 때문이다"라고 말했습니다. 나는 그 말을 좋아합니다! 소크라테스는 사람들이 그들의 믿음에 대해 질문하도록 도왔고, 독약을 마실 때가 왔을 때는 기꺼이 마셨습니다. 나는 그것도 좋아합니다. 그의 사랑하는, 깨어 있지 않은 제자들은 존재하지 않는 과거를 존재하지 않는 미래로 투사함으로써 두려워하고 슬퍼했지만, 소크라테스는 그러지 않았습니다. 그는 몸을 자기 자신으로 여기지 않았습니다. 마음이 몸을 떠날 때, 우리는 몸을 바닥에 놓아두고 떠나 갑니다. 그는 무슨 일이 일어나든 현실은 좋다는 것을 이해했습니다. 그러면 누구의 가슴에든 유쾌함이 찾아올 것입니다. 소크라테스의 철학이 뭔지는 모르지만, 그는 지금 있는 것을 사랑하는 사람으로 보입니다.

가슴이 유쾌하고 평화로울 때는 당신이 무엇을 하든 하지 않든, 당신이 살든 죽든 아무 문제가 되지 않습니다. 말을 해도 좋고 침묵해도 좋습니다. 둘은 같습니다. 어떤 사람들은 침묵이 말보다 더 영적이며, 명상이나 기도가 TV 시청이나 쓰레기를 버리는 것보다 신에게 더 가까이 데려간다고 생각합니다. 하지만 그것은 '분리'의 이야기입니다. 침묵은 아름다운 것이지만, 사람들이 도란도란 얘기하는 소리보다 더 아름답지는 않습니다. 나는 생각들이 마음을 지나갈 때도 사랑하고, 생각이 없을 때도 사랑합니다. 생각들은 전혀 문제가 될 수 없습니다. 나는 생각들에 질문을 했고, 어떤 생각도 진실하지 않음을 보았기 때문입니다.

명상을 하면 마음이 고요해지고 매우 평온해질 수 있지만, 일상생활로 돌아올 때는 주차위반 딱지를 받을 수 있습니다. 이런! 당신은 화가 납니다. 매사가 순조로울 때는 (이른바) 영적인 상태에 있는 것이 쉬운 일입니다. 생각들을 지켜보기만 하고 조사하지 않으면, 생각들은 스트레스를 일으키는 힘을 잃지 않습니다. 당신은 생각들을 믿든지, 아니면 믿지 않습니다. 다른 선택은 없습니다. 생각들은 속삭이는 사람과 같아서, 그 소리를 주의 깊게 듣지 않으면 들리지 않아서 반응하지 않게 됩니다. 하지만 그 사람이 크고 분명하게 말하는 소리를 들으면, 당신은 그의 말을 무시하지 못하고 그 말에 반응할지 모릅니다. 생각을 탐구하면 단순히 생각을 알아차리기만 하는 것이 아니라, 그 생각들이 현실과 맞지 않음을 알게 되고, 그 생각들의 결과가 무엇인지를 정확히 깨닫게 됩니다. 그리고 그 생각을 믿지 않으면 우리가 무엇일지를 언뜻 보게 되고, 정반대의 생각들도 적어도 그만큼은 타당한 것으로 경험합니다. 열린 마음은 자유의 시작입니다.

스트레스를 주는 생각을 놓아 버릴 수는 없습니다. 애초에 생각을 창조한 것은 당신이 아니기 때문입니다. 생각은 그저 나타납니다. 당신이 그렇게 하는 것이 아닙니다. 통제할 수 없는 것을 놓아 버릴 수는 없습니다. 그 생각에 질문을 하면, 당신이 생각을 놓아주는 것이 아니라, 생각이 당신을 놓아줍니다. 당신은 그 생각이 어떤 의미가 있다고 여겼지만, 그 생각은 이제 더이상 그 의미를 갖지 않습니다. 그러면 세상이 변합니다. 세상을 투사하는 마음이 변했기 때문입니다. 당신의 삶 전체가 변하지만, 당신은 신경 쓰지 않습니다. 필요한 모든 것을 이미 가지고 있다는 것을 깨닫기 때문입니다.

이것은 생각을 단순히 알아차리는 것 이상입니다. 당신은 생각들을 이해로 만나며, 그것은 생각들을 조건 없이 사랑할 수 있다는 뜻입니다. 그러나 생각들이 존재하지도 않음을 깊이 통찰하지 않는다면, 생각들의 지배를 받거나 생각들에 대항해 싸우면서 평생을 허비할 수도 있습니다. 명상을 하는 동안에는 단순히 생각을 알아차리는 것만으로도 충분합니다. 하지만 주차위반 딱지를 받을 때나 배우자가 떠날 때는 그다지 효과가 없을지도 모릅니다. 당신은 감정들을 찌꺼기 하나 없이 그저 알아차리나요? 나는 그렇게 생각하지 않습니다. 우리는 실제 그럴 때까지는 그런 자리에 있지 않습니다. 우리가 내면으로 들어가서 그런 생각들을 이해하며 진정으로 만날 때, 생각들은 변합니다. 생각들은 간파됩니다. 그 뒤에는 생각들이 다시 일어날 때, 우리는 맑음을 경험할 뿐입니다. 모든 사람을 포함하는 맑음을……

57

고정된 계획과 관념을 버리면
세상은 저절로 다스려질 것이다.

그것의 단순한 길을 따를 때, 현실은 당신에게 필요한 모든 지혜를
지니고 있음을 당신은 알아차립니다. 당신에게는 자기의 지혜가 필
요하지 않습니다. 계획은 필요하지 않습니다. 현실은 언제나 다음에
오는 것을 보여 줍니다. 당신이 스스로 발견할 수 있는 것보다 더 분
명하고 더 친절하고 더 효율적인 방식으로.

지난주에 코펜하겐에서 내 오른눈이 아플 때 쉬게 해 주기 위해 검
정 안대를 샀습니다. 해적처럼 분장할 수 있게 되었네요. 나의 두 눈
은 점차 시력이 약해지고 있고 통증이 심해졌습니다. 각막의 세포들
이 빠른 속도로 죽어 가는 것 같습니다. 나는 시각장애인들이 아는
것들을 발견하며 흥분합니다. 보이지 않는 세계의 친절함을, 어떻게
다른 감각들이 더 민감해지는지, 어떻게 손이 더듬으며 알아 가는 법
을 배우는지, 어떻게 친구들과 낯선 사람들이 기꺼이 도우려 하는지
를.

나는 시력을 완전히 잃을 수도 있고 그러지 않을 수도 있습니다.

273

유럽으로 여름 투어를 떠나기 전, 어느 안과 전문의는 각막이식 수술 같은 것이 있다고 알려 주었습니다. 좋습니다. 한순간에는 치료법이 없었는데, 다음 순간에는 있습니다. 의사는 앞으로 4~5년까지는 내게 이식의 기회가 오지 않을 것이라고 말했습니다. 좋습니다. 남편은 조금 알아본 뒤, 만일 수술을 받을 거라면 빠를수록 좋다는 것을 알게 됩니다. 좋습니다. 그러면 나는 새로운 눈으로 볼 수 있을 겁니다. 그는 더 많이 알아보고, 이제 우리는 수술을 하면 바늘땀 때문에 눈에서 계속 통증을 느끼게 되고, 회복하는 데 12~18개월이 걸린다는 것을 알게 됩니다. 수술한 지 16개월이 지났는데도 아직 눈에 바늘땀이 여섯 개 남아 있는 여성은 내게 시력이 무척 안 좋고 심한 통증을 느낀다고 말합니다. 좋습니다. 나는 감당할 수 있습니다. 사람들은 "케이티, 세계 여행을 그만두세요"라고 말합니다. 그게 '그것의 길'일까요? 누가 알겠어요? 수술이 성공하든 성공하지 않든, 내 몸이 새 각막을 거부하든 받아들이든, 내가 보든 보지 못하든, 나는 그런 상황에서 여행해 본 경험이 아직 없습니다. 현실이 알려 주겠지요. 현실이 지금 보여 주는 것은, 계속 움직이고 있다는 것입니다.

이제, 인터넷을 통해 남편은 디섹(DSEK; 각막내피이식 수술)이라는 새로운 종류의 각막이식 수술(그는 미소를 지으며 "최첨단 기법이라네요"라고 말합니다)이 있으며, 오리건 주 포틀랜드의 마크 테리 박사가 이 분야를 대표하는 의사라는 것을 알게 됩니다. 그것은 각막내피만을 이식하는 한 시간 정도의 수술이고, 봉합도 필요 없으며, 한다고 해도 기껏해야 2~3번만 하는 방법이며, 회복 기간도 몇 주 이하라고 합니다. 좋습니다. 그 뒤 그는 푹스 이영양증 관련 온라인 그룹 중 하나의 관리자가 "안 돼요, 그 수술은 하지 마세요. 그 방법은 실험적이라서 충분한 데이터가 없어요. 각막 전체를 제거하지 않으면 푹스 이영양증이 돌아올 수도 있습니다. 그들의 실험 대상이 되지 마세요!"라고 호소하고 있다는 것을 발견합니다. 좋습니다. 아마 전통적인 수술이 적합한 방법인가 봅니다. 그는 더 알아보고, 다른 의사 친구들과 대화를 하고, 많은 질문을 하고, 우리는 새로운 수술로 돌아옵니다. 좋습니다. 그게 더 쉽겠죠. 내가 수술받아야 한다는 것을 어떻게 알까요? 나에겐 결국 눈이 필요하지 않습니다. 하지만 통증은 점점 더 심해지고, 간혹 그 통증은 나를 기진맥진하게 하고, 사람들과 함께 탐구할 때 덜 효율적이게 합니다. 그런 현상들은 내게 '그것의 길'을 보여 줍니다. 그리고 바로 지금, 바로 여기에서는 아무 일도 일어나지 않았고, 나는 어떤 일이 일어날지 알 수 없습니다.

나는 지금 오른눈에 통증을 줄이는 안약을 넣은 뒤 남편에게 구술하고 있습니다. 나는 주말 집중 프로그램을 했고 한 시간가량 저자 사인회를 했는데, 눈이 쓰리기 시작했습니다. 지금 이 순간은 얼마나 아름다운지요. 내 말을 타이핑하고 있는 남편, 호텔 방의 열린 테라스 문을 지나 불어오는 산들바람, 스톡홀름의 하늘, 그리고 두 명의 의사에게 느끼는 감사…… 파스칼의 어머니는 응급 안약을 프랑스에서 특급우편으로 보내 주었고, 구스타프의 아버지는 스톡홀름에서 다른 안약을 처방해 주었습니다. 그들 역시 내가 지금 이 순간 계속 활동하게 해 주는 '그것의 길'입니다. 내일 아침, 구스타프는 아침 식사 후 우리를 차에 태우고, 암스테르담으로 가는 비행기를 타도록 공항에 데려다줄 겁니다. 내 눈의 상태가 어떻게 될지 누가 알겠어요?

나는 오직 그것이 좋은 것이라는 것을 알 뿐입니다. 내가 여기에 앉아서, 지금 하는 일을 하고, 있는 그대로 존재하듯이.

누구의 각막이 내게 주어질까요? 만일 수술이 잘된다면, 누가 죽고서 내게 새로운 시력을 주게 될까요? 나처럼, 당신처럼, 그 사람도 한순간도 이르거나 늦는 법이 없이 제때에 완벽하게 죽을 것이며, 나는 지금 그 사람 안에서 살고 있는 각막을 물려받을 것입니다. 그는 여자일까요, 남자일까요? 늙을까요, 젊을까요? 흑인일까요, 백인일까요, 황인일까요? (독일에 사는, '생각 작업'을 좋아하는 어느 멋진 남자분이 자신의 각막을 기증하고 싶다고 제안했습니다. 남편은 고마워하면서도 그에게는 자격이 없다고 말해 주었습니다. 그는 아직 살아 있으니까요.) 나는 '그것의 길'을 사랑합니다. 내가 죽을 때는 기쁘게도 내 몸 역시 나뉘어 재활용될 것입니다. 내 심장을, 장기를, 두 번째 눈을 가져가세요. 필요한 것은 무엇이든, 쓸 만한 것은 무엇이든 다 가져가세요. 그것들은 어쨌든 나의 것이 아니며, 나의 것이었던 적이 없습니다.

수술이 잘되지 못해 시각장애인이 될 수도 있겠지만, 나는 그런 결과를 고대합니다. 나는 이미, 거의 그런 상태를 경험해 보았습니다. 표지판도 볼 수 없고 모니터도 읽을 수 없는 상태로 공항 터미널을 걸어가기도 했고, 세상이 완전히 흐릿해 보일 때 호텔들 사이를 걸어간 적도 있고, 들어 올린 손을 볼 수 없을 때 천 명의 사람들 앞에 서 있기도 했습니다. 얼굴들이 없고 색깔들이 없는 세계, 그것은 아름다운 세계였고, 삶이 아주 단순한 세계였습니다. 남편은 안경을 쓰지 않고도 볼 수 있고 읽을 수 있습니다. 그래서 호텔 아침 뷔페에서 반숙한 달걀이 있는 곳, 카페인 없는 커피가 있는 곳, 빵을 토스터에 넣어 굽는 곳, 요거트와 과일이 있는 곳을 남편이 가리키면 나는 혼자서 그곳으로 갑니다. 나는 어떤 것도 알 필요가 없음을 알며, 지각력이 세상의 그림자와 질감, 감촉과 환한 불빛을 보여 줍니다. 나는 음식을 들고서, 아침에 일 때문에 만나기로 한 사람을 찾아 넓은 식당을 걸어갑니다. 식당을 걸어갈 때는 모든 것이 어둡지만, 그래도 조금씩 차이가 있습니다. 어두운 형체들은 어두운 것들이 있고 더 어두운 것들이 있습니다. 어두운 형체 하나가 움직입니다. 나는 "여보, 저분이 피터인가요?"라고 묻고, 남편은 "예, 맞네요"라고 대답합니다. 남편이 없이도 나는 아무 어려움 없이 걸어가서 "피터, 당신인가요?"라고 물었을 것입니다. 그리고 오늘은 '그것의 길'이 무척이나 친절해서 장애물도 없고, 통로로 튀어나온 의자도 없고, 바닥에는 걸려 넘어지게 하는 물건도 없습니다.

　나는 그 길이 분명하다는 것을 언제나 압니다. 그리고 어떤 물건에 걸려 넘어지면, 나는 바닥으로 넘어지는 과정을 즐깁니다. 넘어짐은 넘어지지 않음과 동등합니다. 다시 일어남과 일어나지 못함은 동등합니다. '그것의 길'을 알 수 있는 유일한 길은 분리 없이 그것과 하나 되는 것입니다. 그것은 오로지 '지금 있는 것'이라는 연인과만 나누는 끊임없는 사랑의 행위입니다.

　나는 모든 곳에서 공동선(共同善)을 봅니다. 쓰나미에 휩쓸려 가는 마을이 공동선으로 보입니다. 두 다리를 잃어 가는 남자가, 열심히 일한 대가로 임금이 인상되는 다른 남자가, 몸을 굽히기 힘들 만큼 뚱뚱한 여자가 그렇게 보입니다. 하수관에서 풍겨 오는 악취가, 푸른 하늘을 천천히 가로질러 가는 구름이 그렇게 보입니다. 다리 없는 남자는 다리를 잃지 않아야 했다는 생각을 나는 더이상 믿지 않습니다. 나는 그가 두 다리를 원하는 것을 보고, 두 다리가 필요하다고 생각하는 것을 보고, 그 생각을 믿을 때 오는 비통함을 봅니다. 현실과 벌이는 그의 전쟁이 그의 모든 괴로움을 일으키는 것을 봅니다. 다리의 상실은 결코 괴로움의 원인이 될 수 없습니다. 괴로움이 일어나는 까닭은 오로지 지금 없는 것을 원하기 때문입니다.

"나는 ……해야 해", "나는 ……하면 안 돼", "당신은 ……해야 해", "당신은 ……하면 안 돼", "나는 ……을 원해", "나는 ……이 필요해"와 같은 질문되지 않은 생각들이, 풀처럼 어디에나 있는 좋음을 보지 못하게 합니다.

그 생각들을 믿으면 마음이 좁아지고, 좁아진 마음은 다리를 잃는 것이 왜 좋은지, 보지 못하는 것이 왜 좋은지, 질병이, 배고픔이, 죽음이, 휩쓸려 간 마을이, 고통받는 듯한 세상이 왜 좋은지를 보지 못하게 합니다. 당신은 주변 어디에나 있는 좋음을 알아차리지 못하고, 마침내 그것을 알아차릴 때 느끼게 될 기쁨을 가로막고 있습니다. 당신이 무엇을 생각하든 현실은 그것의 자연스러운 길입니다. 그것은 그것이 어떠해야 한다는 당신의 생각을 따르지 않을 것이며, 당신이 동의하기를 기다리지도 않을 것입니다. 그것은 그저 있는 그대로, 순수한 좋음으로 있을 것입니다. 당신이 이해하든 못하든.

58

사람들을 도덕적인 인간으로 만들려 하면,
부도덕을 위한 토대를 닦게 된다.

지금 여기에 현존한다는 것은 통제하지 않고 산다는 뜻이며, 언제
나 필요가 채워진다는 뜻입니다. 고통에 지친 사람들에게는 통제할
수 없는 것을 통제하려고 애쓰는 것보다 더 나쁜 일이 없습니다. 진
정한 통제권을 원한다면, 통제할 수 있다는 환상을 놓아 버리세요.
삶이 당신을 살게 하세요. 어쨌든 삶은 그렇게 합니다. 당신은 단지
삶이 그렇지 않다는 이야기를 얘기하고 있을 뿐이며, 그것은 결코 실
제일 수 없는 이야기입니다. 당신은 해와 달, 비를 만들지 않았습니
다. 당신의 허파나 심장, 시력이나 호흡에 대한 통제권도 가지고 있
지 않습니다. 한순간 당신은 좋고 건강하다가, 다음 순간에는 그렇지
않습니다. 안전하기 위해 애쓸 때는 아주아주 조심하면서 살게 됩니
다. 그러면 삶을 전혀 누리지 못할 수도 있습니다. 모든 것이 우리에
게 좋은 자양분입니다. 나는 이렇게 말합니다. "조심하지 마세요. 당
신에게 해로울 수도 있습니다."

사람들을 도덕적인 인간으로 만들 수는 없습니다. 사람들은 그들

자신이며, 우리의 규범이 있든 없든, 그들이 하는 것을 할 것입니다. 금주법을 기억하시나요? 그 법안은 우리를 알코올의 유혹에서 구원하고 싶었던, 좋은 의도를 가진, 도덕적인 사람들이 통과시켰다고 사람들은 말합니다. 하지만 물론 그 법은 실패했습니다. 취하지 않은 맑은 정신은 오직 내면에서만 나올 수 있기 때문입니다. 사람들에게 취하지 않은 맑은 정신으로 살기를, 또는 정직하거나 친절하게 살기를 강요할 수는 없습니다. 사람들에게 "그러지 말지어다"라고 지쳐 쓰러질 때까지 말할 수 있겠지만, 그들은 어쨌든 그렇게 할 것입니다.

가장 좋은 길, 단 하나의 효과적인 길은 당신이 스스로 본보기가 되는 것이며, 사람들에게 자신의 의지를 강요하지 않는 것입니다. 나는 과거에 내 아이들에게 무엇을 해야 하고 무엇을 하면 안 되는지, 무엇을 좋아해야 하고 무엇을 좋아하면 안 되는지를 말해 주었고, 그렇게 해서 도덕적인 사람으로 만들려고 노력했습니다. 나는 혼란스러운 상태로 좋은 어머니가 되기 위해 노력하고 있었고, 이게 그 아이들을 좋은 사람으로 만드는 방법이라고 생각했습니다. 그리고 내가 원하는 대로 아이들이 하지 않으면 아이들에게 창피를 주거나 벌을 주었습니다. 그것이 아이들에게 좋은 일이라 믿으면서……

그런데 내가 아이들에게 가르친 것은 사실, 나의 규칙을 깨고서 나에게 걸리지 않으려고 몹시 조심하는 것이었습니다. 몰래 하고 거짓말하면 우리 가정에서 평화를 누릴 수 있다는 것이었습니다. 아이들에게는 하지 말라고 금지하면서도 정작 나 자신은 한 행위들이 많았고, 그중 일부는 아이들이 지켜볼 때조차 여전히 하고 있었습니다.

나는 그런 행위들을 아이들이 하지 않을 거라고 기대했습니다. 단지 내가 하지 말라고 했다는 이유로. 그것은 효과가 없었습니다. 그것은 혼란을 빚는 레시피였습니다.

나는 20년 전에 내 아이들을 잃었습니다. 그 아이들이 처음부터 나의 것이 아니었음을 알게 되었습니다. 그것은 지극한 상실이었으며, 그 아이들은 나에게 진실로 죽었습니다. 나는 내가 그 아이들이라고 생각했던 사람들이 실제로는 아예 존재한 적도 없음을 깨달았습니다. 그리고 지금 나는 그들을 말할 수 없이 친밀하게 경험합니다. 만일 오늘 내 아이들이 어떻게 해야 하는지 물으면, 나는 대답합니다. "얘야, 나는 모른단다." 또는 "나는 비슷한 상황에서 이렇게 했는데 내겐 효과가 있었어. 네가 어떤 결정을 내리든 나는 언제나 여기에서 네 말을 들어 줄 테고, 언제나 너를 사랑할 거야. 너는 어떻게 해야 하는지 알게 될 거야. 그리고 얘야, 넌 그걸 잘못할 수가 없단다. 정말로 그렇단다." 나는 마침내 내 아이들에게 진실을 말하는 법을 배웠습니다.

자녀들에게 무엇이 최선인지를 안다고 생각하면 고통을 받게 됩니다. 그것은 가망이 없습니다. 그들을 보호해야 한다고 생각할 때 당신은 걱정과 의존을 가르치고 있습니다. 하지만 만일 자기의 마음에 질문을 하고 자녀의 일에 마음으로 간섭하지 않는 법을 배운다면, 마침내 그 가정에는 하나의 본보기가 있게 됩니다. 행복하게 사는 법을 아는 사람이……. 자녀들은 당신이 일관되게 행동한다는 것을, 당신이 행복하다는 것을 알아차리며, 그래서 당신을 따르기 시작합니다. 이전에 당신은 그들에게 걱정하고 의존하는 법을 가르쳤습니다.

그런데 이제 그들은 다른 뭔가를, 자유란 어떤 것인지를 배우기 시작합니다. 내 아이들에게 그런 일이 일어났습니다. 그들은 삶에서 더는 많은 문제를 보지 않습니다. 아무 문젯거리가 없는 사람과 함께 있을 때는 그들도 문제에 집착할 수 없기 때문입니다. 만일 당신의 행복이 자녀의 행복에 좌우된다고 믿는다면, 당신은 그들을 인질로 삼게 됩니다. 나는 자녀들은 그냥 건너뛰고 지금 여기에서 행복할 것입니다. 그것이 훨씬 건강한 정신입니다. 그것은 조건 없는 사랑이라고 불립니다.

자녀들에게 무엇이 가장 좋은지를 나도 모르는데, 내가 왜 아이들에게 조언을 해야 할까요? 만일 자녀들이 하는 일이 그들에게 행복을 준다면, 그것은 내가 원하는 바입니다. 만일 그 일이 그들에게 불행을 가져온다면, 그 역시 내가 원하는 것입니다. 내가 가르쳐 줄 수 없는 것을 그들은 그런 경험을 통해 배우기 때문입니다. 나는 '그것의 길'을 찬미하며, 그들은 그 길을 신뢰하고, 나도 그 길을 신뢰합니다.

59

그녀는 정해 놓은 목적지가 없으며,
삶이 가져오는 것은
무엇이나 활용한다.

정해 놓은 목적지가 없으면 어디든지 갈 수 있습니다. 당신은 삶이 가져오는 것은 무엇이나 좋다는 것을 깨닫습니다. 그래서 그 모든 것을 고대합니다. 역경이라는 것은 없습니다. 역경이란 질문되지 않은 하나의 생각일 뿐입니다.

믿음이 없으면 분리도 없습니다. 역경과 행운은 다르지 않습니다. '생각 작업'이 당신 안에 살아 있을 때는 재난을 겪거나 지옥 같은 상황 속에 있더라도 아무런 문제를 발견하지 못합니다. 당신은 대단히 희한한 마음 상태를, 수십 년 동안 자신에게도 숨겨 온 깊은 감정들을 경험할 수도 있습니다. 최악의 두려움 속으로 들어갈 수도 있습니다. 하지만 생각을 탐구하면 무엇을 경험하든, 자신이 어떻게 보이든 문제가 되지 않습니다. 믿음이 없다면 당신은 모든 것입니다. 어떤 특정한 정체성에 갇혀 있다면, 탐구를 통해 해방될 수 있습니다.

1986년 어느 날, 나는 쇼핑몰에서 걸어가다가 보행기에 의지해 내 쪽으로 다가오는 몹시 늙은 여인을 보았습니다. 90대로 보이는 할머니였습니다. 그녀의 등은 굽었고 얼굴은 찡그리고 있었는데 아마 통증 때문인 것 같았습니다. 나는 계속 걷고 있었는데, 갑자기 놀랍게도 이 늙은 여인의 눈을 통해 케이티의 몸을 가진 사람, 방금 전까지 나였던 여자를 바라보고 있었습니다. 그녀는 무척 건강하고 활기찼으며 세상의 모든 빛만큼이나 밝아 보였습니다. 내가 지켜보는 동안 편안해 보이는 그 밝은 여성은 평소의 빠른 걸음으로 모퉁이를 돌기 시작했고, 나는 이제 내가 그 늙은 여인이라는 것을 알아차렸습니다. 나는 그녀의 통증을 느꼈습니다. 그 통증은 이제 그녀의 것이 아니라 나의 것이었습니다. 나의 늙어 가는 몸에서 역한 냄새가 풍겼습니다. 내 몸의 살이 뼈에서 분리되어 축 늘어진 것이 느껴졌습니다. 살은 쭈글쭈글 주름져 있었고 잿빛이었으며, 붙잡아 줄 근육이 없었습니다. 몸을 움직일 때마다 관절들에서 찌릿찌릿한 통증이 느껴졌습니다. 너무 느리기만 한 내 움직임은 화를 치밀게 했습니다. 그 분노와 함께 "나도 저 젊은 여자만큼 빨리 움직이고 싶어. 이건 부당해"라는 생각이 떠올랐습니다.

곧이어 그 상황에 대한 극심한 공포가 일어났습니다. 그 감정을 말로 표현할 수 있었다면, 아마 "오, 맙소사, 나는 여기에 갇혀 버렸어! 나는 저 젊고 밝은 사람이어야 해! 뭔가 실수가 있었던 것 같은데, 이젠 절대로 빠져나가지 못할 거야. 죽을 때까지 이렇게 살아야 할 거야!"라는 생각이었을 것입니다. 즉시 질문이 떠올랐습니다. "나는 이것이다—그게 진실인가? 내가 끝까지 이렇게 살아야 한다는 것이 진실인가? 그 생각을 믿을 때 나는 어떻게 반응하는가? 그 생각이 없다면 나는 누구일까?" 이 질문도 역시 말없이 이루어졌습니다. 그 질문은 말 없는 생각이 일어난 뒤에 온 것이 아니었고, 생각과 질문들은 같은 순간에 일어났으며 서로를 상쇄했습니다. 그 공포는 깊은 온화함, 어루만짐, 완전하고 확고한 받아들임과 동등했습니다. 어떠한 불쾌함도 없었습니다. 그것은 새로운 자리에서 자기의 삶 전부를 찬미하고, 늙은 여인으로 있는 자기를 사랑하고, 느린 걸음을, 시들어 버린 살을, 통증을, 역한 냄새를 좋아하기 시작했습니다. 그 악취는 봄의 향기처럼 감미로웠습니다. 나는 그것이 나를 위한 완벽한 집을 찾은 것을 사랑할 수 있었습니다. 다른 어떤 곳에 있기를 바라는 욕망은 티끌만큼도 없었습니다. 나는 지금 있는 것 말고는 아무것도 원하지 않았습니다. 그리고 이것을 깨닫자마자, 놀랍게도 걸음이 빠른 밝은 여자의 몸으로 쇼핑몰의 모퉁이를 돌고 있는 나 자신을 발견했습니다. 나에게 영원히 상실된 것 같았던 그 여자의 몸으로……

나는 그 죽어 가는 늙은 몸 안에서도 지금 여기에 있는 것만큼이나 편안해졌지만, 지금은 다시 케이티였습니다. 사람들은 내가 왜 내 손을 바라보며 황홀해할 수 있는지 의아해합니다. 그것은 죽음을 눈앞에 둔 몸 안에 영원히 갇혀 있던 것과 다르지 않습니다. 탐구는 어떤 조건이든, 그것이 무엇이든 사랑으로 알아차리는 상태에서 수용할 수 있습니다. 그 경험을 한 뒤로는 모든 것이 어린아이의 놀이 같았고, 어디에서나 자유로웠으며, 그 모든 것은 춤이었고 실체가 없는 것이었습니다.

탐구는 은총입니다. 탐구가 당신 안에서 깨어나 살아 있게 되면, 그것에 맞설 수 있는 고통은 없습니다. 그것이 당신을 떠맡을 것이며, 그러면 삶이 당신에게 무엇을 가져오든, '좋은' 것이든 '나쁜' 것이든, 아무 문제가 없습니다. 당신은 일어날 수 있는 최악의 일까지도 두 팔 벌려 환영합니다. 왜냐하면 그 모든 일을 겪는 동안에도 탐구는 당신을 안전하고 다정하게 품을 것이기 때문입니다. 가장 큰 문제까지도 그저 하나의 기분 좋고 자연스러운 일이 되고, 자기를 깨달을 기회가 됩니다. 다른 사람들이 공포를 경험하고 있을 때, 당신은 맑은 정신으로 연민을 느낍니다. 당신은 살아 있는 본보기입니다.

60

악(惡)에게 맞설 것을 주지 않으면
악은 저절로 사라질 것이다.

삶은 단순합니다. 모든 것은 당신'에게' 일어나는 것이 아니라, 당신을 '위해' 일어납니다. 모든 일은 정확히 제때에 일어납니다. 너무 이르지도 너무 늦지도 않습니다. 그러함을 좋아하지 않아도 되지만, 그러면 삶이 더 쉬워집니다. 만일 어떤 문제가 있다면, 그것은 생각에 질문해 보지 않았기 때문입니다. 과거가 실제 일어난 일과 달라야 했다는 생각을 믿을 때, 당신은 어떻게 반응하나요? 스스로 두려워하여 과거 속에 갇히게 됩니다. 뭔가에 저항하면 그것이 지속되기 때문입니다. 그래서 스트레스를 주는 당신의 세계, 당신의 상상 속에서만 존재하는 세계가 지속되고, 당신은 악몽에서 벗어나지 못합니다. 현실에 반대하면 고통을 당하게 됩니다. 현실에 반대하는 것은 자기 자신에게 반대하는 것이기 때문입니다.

생각에 질문하는 법을 알면 저항이 없습니다. 그럴 때 당신은 최악의 악몽까지 고대합니다. 그 악몽이 환영에 불과한 것으로 밝혀지기 때문입니다. '생각 작업'의 네 가지 질문은 내면으로 들어가서 그것을 깨닫게 하는 법을 제공합니다. 어둠 속에서 더듬으며 자유로 가는 길을 찾을 필요가 없습니다. 자리에 앉아서 언제든지 원하기만 하면 자신에게 그 길을 줄 수 있습니다.

19년 전에 의사는 내 얼굴에서 큰 종양을 제거했습니다. 나는 이미 탐구를 발견했기에—탐구가 나를 발견했기에—종양은 내게 아무런 문제가 되지 않았습니다. 오히려 종양이 오는 것을 보며 기뻐했고, 종양이 가는 것을 보며 행복했습니다. 얼굴에 큰 종양이 있는 모습은 정말로 보기 좋았고, 그래서 종양이 제거되기 전에도 나는 스스럼없이 사람들을 만나고 거리를 돌아다녔습니다. 사람들은 종양을 보면서도 못 본 척했는데, 그런 모습이 재미있었습니다. 어린 소녀가 종양을 빤히 쳐다보면 아이의 부모는 그녀에게 속삭이며 홱 잡아당겼습니다. 그들은 내 감정에 상처를 준다고 생각했을까요? 아니면 내가 괴짜라고? 나는 기분이 상하지 않았습니다. 내 얼굴 위의 종양은 내겐 정상적인 것이었습니다. 그것이 현실이었기 때문입니다. 때로는 어떤 사람이 종양을 바라보고 있다는 것을 알아차리는데, 그러면 그는 눈길을 돌리지만, 잠시 후에 다시 바라보고, 눈길을 돌리고, 다시 바라보고, 눈길을 돌립니다. 그러다가 마침내 우리의 눈길이 만나고, 우리는 둘 다 웃습니다. 내가 아무 이야기 없이 종양을 보기 때문에 그도 결국 그렇게 볼 수 있었고, 그러면 그것은 그저 재미있는 일이 됩니다.

모든 것은 결국 선물임이 밝혀집니다. 그게 요점입니다. 당신이 장애라고 보는 모든 것은 결국 정반대의 것으로 밝혀집니다. 하지만 오직 내면으로 들어가서, 세상의 진실이 아니라 자기 자신의 진실이 무엇인지를 발견할 때만 그렇다는 것을 알 수 있습니다. 그러면 그 모든 것이 당신에게 드러납니다. 당신이 해야 하는 것은 아무것도 없습니다. 당신이 책임져야 하는 것은 오로지 지금 이 순간 자기의 진실 뿐이며, 탐구는 당신을 그것으로 데려갑니다.

예전에 자기의 손가락을 부끄러워하던 여성과 '생각 작업'을 한 적이 있습니다. 열일곱 살에 류머티스성 관절염이 심해진 뒤로 그녀는 손가락들이 기형이 되었다고 믿었습니다. 정상이 아니라고 생각했고, 그 믿음 때문에 심한 고통을 받았습니다. 사람들이 그 손가락들을 보기만 해도 당황스러워했습니다. 하지만 그녀의 손가락들은 정상이었고, '그녀'에게 정상이었습니다. 그것들은 그녀가 열일곱 살 이후로 매일 아침 함께 깨어난 손가락이었습니다. 27년 동안 그녀의 정상적인 손가락이었습니다. 그녀는 알아차리지 못했을 뿐입니다.

지금 있는 것이 당신에게 정상이 아니라는 생각을 믿을 때, 당신은 어떻게 반응하나요? 부끄러움, 슬픔, 좌절. 그 생각이 없다면 당신은 누구일까요? 당신의 상태가 어떠하든 마음이 편안할 것입니다. 그것이 당신에게는 완전히 정상이라는 것을 깨닫기 때문입니다. 설령 99퍼센트의 사람들이 정상이 아니라고 여길지라도, 그들의 정상은 당신의 정상이 아닙니다. '이것'은 당신의 정상입니다. 그 사랑스러운 여성이 고통을 받은 원인은 그녀의 손가락 때문이 아니라 현실과 다투었기 때문입니다.

우리가 결점을 가져도 되도록 허용해 주세요. 당신의 본보기를 통해……. 왜냐하면 결점들은 정상이기 때문입니다. 당신이 결점을 숨기면 당신은 우리에게 결점을 숨겨야 한다고 가르치게 됩니다. 우리는 지금 우리의 모습 그대로 존재하도록 허용해 줄 한 명의 스승을, 단 한 명의 스승을 기다리고 있습니다. 나는 이 말을 자주 합니다. 당신은 이런 모습으로, 크거나 작은, 똑바르거나 굽은 모습으로 나타납니다. 그것은 아주 좋은 선물입니다. 그 선물을 주지 않으려 하면 고통을 받게 됩니다. 당신이 아니면 누가 우리에게 자유롭도록 허용할까요? 자기 자신을 위해서 그렇게 하세요. 그러면 우리가 따를 겁니다. 우리는 당신 생각의 반영입니다. 그래서 당신이 스스로 자유로워질 때 우리 모두 자유로워질 것입니다.

61

겸손이란 도(道)를 신뢰하는 것이다.

'왜?'에 대한 대답을 알았던 사람은 아무도 없습니다. 유일하게 진실한 대답은 '왜냐하면'입니다. 왜 별들은 반짝일까? 왜냐하면 별들이 반짝이니까. 왜 탁자 위에 유리잔이 놓여 있을까? 왜냐하면 그러니까. 그럴 뿐입니다. 현실에는 '왜'가 없습니다. 그러니 물어봐야 소용이 없습니다. 그 질문은 어디로도 갈 수 없기 때문입니다. 그렇다는 것을 알아차렸나요? 과학은 당신에게 어떤 대답을 줄지 모르지만, 그 '왜냐하면' 뒤에는 언제나 또 하나의 '왜'가 있습니다. 어떤 것에든 궁극의 대답은 없습니다. 알아야 할 것은 없으며, 알고 싶어 하는 사람도 없습니다. 그냥 질문하며 재미있게 노세요. 대답들은 하늘의 별만큼이나 무수히 많지만, 그중 어느 하나도 진실이 아니기 때문입니다. 별을 즐기세요. 하지만 그 뒤에 어떤 것이 있다고는 생각하지 마세요. 그리고 사실, 당신은 어떤 대답에 신경이나 쓰나요?

'생각 작업'은 훌륭합니다. 모든 대답 너머의 진짜를 당신에게 남겨주기 때문입니다. 그것은 당신이 어떠해야 한다는 어떤 관념도 남겨두지 않습니다. 여기에는 따라야 할 본보기도 없고 이상적인 사람도 없습니다. 그 목표는 현명한 사람이 되거나 영적인 사람이 되는 것이 아닙니다. 당신은 지금 있는 것을 그저 알아차릴 뿐입니다. 나는 "실제 자신보다 더 진보한 사람인 척 가장하지 마세요"라고 자주 말합니다. 그 말은 "영적인 사람이 되려 하지 마세요. 대신 정직하세요"라는 뜻입니다. 실제 자신보다 더 진보한 척 가장하는 것은, 그래서 배우는 학생의 자리에 있는 것이 자기에게 더 좋을 때에 가르치는 선생의 자리에 있는 것은 고통스러운 일입니다. 탐구는 진실을 알기 위한 것이며, 진실은 꼭 당신이 어떠할 것이라고 생각하는 방식대로 보이는 것은 아닙니다. 진실은 영성이라는 것을 더 높게 대우하지 않습니다. 진실은 오직 진실 자체를 지금 나타나는 그대로 존중할 뿐입니다. 그리고 그것은 심각한 것이 아닙니다. 그것은 우주적인 농담에 웃고 있는 신일 뿐입니다.

만일 누가 총을 들고 다가와서 당신을 죽이겠다고 말하면, 그래서 겁이 나면 얼른 도망치세요. 그것은 다른 어떤 반응보다 덜 영적인 것이 아닙니다. 하지만 만일 그 일에 대해 어떤 믿음이 없다면, 당신은 자유롭습니다. 당신은 도망칠 수도 있고 가만히 있을 수도 있습니다. 어떻게 해도 상관이 없습니다. 어떻게 하든 평화롭기 때문입니다. 당신은 "오, 그는 나를 죽일 거라고 생각하나 봐"라고 생각할지도 모릅니다. 그러면서 손톱을 다듬을 수도 있습니다. 그것이 자유입니다.

62

왜 옛 스승들은 도(道)를 존중했는가?
도와 하나이면
찾을 때 발견하기 때문이며
실수를 해도 용서받기 때문이다.

진실로 가치 있는 것은 보이지 않고 들리지도 않습니다. 그것은 아무것도 아니면서 모든 것이고, 어디에도 없으면서 바로 당신의 코밑에 있습니다. 그것은 당신의 코이며 사실 다른 모든 것입니다. 그것은 잡을 수도 없고 얻을 수도 없습니다. 그것을 찾으려 하는 순간, 그것을 떠나기 때문입니다. 그것은 얻을 필요가 없으며, 단지 알아차려질 뿐입니다.

누가 뭐라고 말하든 그 말은 진실이 아니며, 내면에서 어떤 생각이 떠오르든 그 생각은 진실이 아닙니다. 아무것도 없습니다. 그럼에도 여기에는 다시 세상이 있습니다. 하늘에는 해가 있습니다. 거리가 있습니다. 줄에 매여 종종걸음 치는 개가 있습니다.

자신이 현실과 하나라는 것을 이해하면, 아무것도 추구하지 않습니다. 자기에게 지금 있는 것이 자기가 원하는 것임을 깨닫기 때문입니다. 모든 것이 이해됩니다. 현실 위에 자기의 생각을 덧씌우지 않기 때문입니다. 그리고 실수를 할 때면 그것은 실수가 아니었다는 것

293

을 즉시 깨닫습니다. 그것은 일어나야 했던 일이었습니다. 그 일이 일어났기 때문입니다. 그 사실이 있기 전에는 무한한 가능성이 있었지만, 그 사실 다음에는 오직 하나만이 있었습니다. 그리고 '……했을 것이다', '……할 수 있었다', '……해야 했다'라는 생각은 단지 질문되지 않은 생각에 불과함을 더 분명히 깨달을수록, 실수로 보이는 것과 그로 인한 결과의 가치를 더 많이 알아볼 수 있습니다. 이 점을 아는 것이 완전한 용서입니다. 분명히 이해할 때는 용서가 필요하지 않습니다.

63

함 없이 하라.

귀여운 어린 손녀를 안아 들고, 코를 닦아 주고, 뽀뽀를 하고, 높은 의자에 앉혀 밥을 먹일 때, 나는 나를 위해서만이 아니라 '나에게' 이렇게 해 줍니다. 그 아이를 사랑하는 것은 나 자신을 사랑하는 것입니다. 나는 어떤 차이도 보지 못합니다. 나 자신을 사랑하기에 나는 내 삶에 들어오는 모든 사람을 사랑할 수 있습니다. 마흔세 살 때 나는 나의 첫 아이가 되었습니다. 나는 나를 사랑했고, 그 사랑에는 조건이 없었습니다. 그것은 '하나'의 힘입니다. 내가 나— 한 사람으로 보이는 이 존재—를 사랑하자, 수많은 사람이 자기를 사랑하는 법을 배우고 있습니다. 그들은 내게 그렇다고 말해 주었습니다.

1986년 2월의 어느 날 아침, 나는 나 자신과 사랑에 빠졌습니다. 몇 년 동안 우울증에 시달리며 자살 충동을 느끼던 나는 스스로 로스앤젤레스에 있는 요양원에 들어갔습니다. 일주일쯤 지난 어느 날, (침대에서 잘 자격도 없다고 느껴) 다락방 바닥에 누워 자고 있었는데, 바퀴벌레 한 마리가 발 위로 기어올라 왔고 나는 눈을 떴습니다. 그 순간 나는 태어나서 처음으로 관념이나 생각, 내면의 이야기 없이 바라보고 있었습니다. 나를 괴롭히던 모든 생각과 모든 분노가, 내 모든 세상이, 온 세상이 사라지고 없었습니다. 내가 없었습니다.* 마치 다른 무엇이 깨어난 것 같았습니다. '그것'은 자기의 눈을 떴습니다. '그것'은 케이티의 눈을 통해 바라보고 있었습니다. 그것은 활기차고 밝고 새로웠으며, 전에는 여기에 없던 것이었습니다. 아무것도 알아볼 수 없었습니다. 그것은 한없이 기뻐했습니다! 내면 깊은 곳에서 웃음이 샘솟듯이 솟아나와 흘러넘쳤습니다. 그것은 살아 있었고 황홀한 기쁨이었습니다. 그것은 기쁨에 취해 있었으며, 전적으로 모든 것을 원했습니다. 그것과 분리되어 있는 것은 아무것도 없었고, 그것이 받아들일 수 없는 것은 아무것도 없었습니다. 모든 것은 바로 그것 자신이었습니다. 처음으로 나─그것─는 자기 삶에 대한 사랑을 경험했습니다. 나─그것─는 경이로워했습니다!

이 모든 일은 시간 너머에서 일어났습니다. 하지만 그 일을 언어로 표현할 때는 기억을 더듬어서 말해야 합니다. 바닥에 누워 있는 동안 나는 이해했습니다. 내가 잠들어 있을 때, 바퀴벌레나 발이 나타나기 이전, 어떤 생각이 나타나기 이전, 어떤 세계가 나타나기 이전에는 아무것도 없다는 것을……. 그 순간, '생각 작업'의 네 가지 질문이 탄생했습니다. 나는 어떤 생각도 진실하지 않다는 것을 이해했습니다. 탐구 전체가 이미 그 이해 안에 존재했습니다. 그것은 마치 문을 닫으면서, 문이 딸깍 소리를 내며 닫히는 소리를 듣는 것과 같았습니다. 내가 깨어난 것이 아니었습니다. 깨어난 것은 탐구였습니다. 양극

---

* 여기에서 말하는 '나'는 개인으로서의 나, 개별적인 자아로서의 나를 말한다.─옮긴이

성, 모든 것의 왼쪽과 오른쪽, 그 모든 것의 '어떤 것(something)임/아무것도 아님(nothing)'이 깨어났습니다. 양쪽이 동등했습니다. 시간이 없던 그 첫 순간에 나는 이 점을 이해했습니다.

달리 말해 보겠습니다. 내가 알아차림(앎) 안에서, 알아차림(앎)으로서 그곳에 누워 있을 때, 생각이 떠올랐습니다. "저것은 발이다." 그리고 즉시 나는 그 생각이 진실하지 않음을 알았는데, 그건 그것의 기쁨이었습니다. 나는 완전히 오해하고 있었다는 것을 알게 되었습니다. 그것은 발이 아니었고, 그것은 바퀴벌레가 아니었습니다. 그것은 진실이 아니었는데, 그럼에도 발이 있고 바퀴벌레가 있었습니다. 하지만 이것들을 위한 이름은 없었습니다. 벽, 천장, 얼굴, 바퀴벌레, 발, 또는 그 어떤 것을 위한 분리된 단어는 없었습니다.

그것은 어떤 이름도 없는 자기의 몸 전체를 바라보고 있었고, 그 자신을 바라보고 있었습니다. 그것과 분리된 것은 아무것도 없었고, 그것의 바깥에는 아무것도 없었으며, 그것은 온통 생명과 기쁨으로 약동하고 있었고, 그것은 온통 하나의 중단되지 않는 경험이었습니다. 그 전체를 따로 따로 나누는 것은, 무언가를 그것 자체의 바깥에 있다고 보는 것은 진실이 아니었습니다. 발이 있었지만, 그럼에도 그것은 분리된 것이 아니었으며, 그것을 발이나 다른 어떤 것이라고 부르는 것은 터무니없게 느껴졌습니다. 웃음이 계속 뿜어져 나왔습니다. 나는 그 '바퀴벌레'와 '발'이 기쁨을 위한 이름들이라는 것을, 기쁨을 위한 천 가지 이름이 있다는 것을, 그럼에도 지금 실제로 나타나는 것을 위한 이름은 없다는 것을 깨달았습니다. 이것이 알아차림(앎)의 탄생이었습니다. 자기로서 반영되는 생각, 자기의 웃음이라는 드넓은 바다에 둘러싸인 채 자기를 모든 것으로 보는······.

그 뒤 그것은 자리에서 일어났는데, 경이로웠습니다. 아무런 생각도, 계획도 없었습니다. 그것은 그저 일어나서 욕실로 걸어갔습니다. 곧장 거울로 걸어갔고, 거울에 비친 자기의 모습에 눈길을 고정했고, 이해했습니다. 그러자 이전에 알았던 기쁨, 그것이 처음 눈을 떴을 때의 기쁨보다 더 깊은 기쁨이 솟아났습니다. 그것은 거울에 비친 존재와 사랑에 빠졌습니다. 마치 그 여성과 그 여성의 알아차림(앎)이 영원히 합일된 것 같았습니다. 오직 눈만 있었고, 절대적 드넓음이라는 느낌만 있었으며, 그 안에는 어떤 지식도 없었습니다. 마치 내가 —그녀가—전기로 가득 찬 것 같았습니다. 그것은 신이(너무나 사랑하고 밝고 광대한 신이) 그 여성의 몸을 통해 자기에게 생명을 주는 것 같았고, 그럼에도 그녀는 그것이 자기 자신인 것을 알았습니다. 그것은 그녀의 눈과 아주 깊이 연결되었습니다. 그것에는 아무 의미가 없었으며, 오직 그녀를 사로잡은 이름 없는 인식만이 있었습니다.

내가 그것을 위해 찾을 수 있는 최선의 단어는 사랑입니다. 그것은 나뉘어 있었지만, 이제는 하나 되었습니다. '그것'은 움직이고 있었고, 다음에는 거울 속에 있었으며, 그 뒤에는 분리될 때만큼이나 순식간에 합쳐졌습니다—그것은 모두 눈이었습니다. 거울 속의 눈은 그것의 눈이었습니다. 그리고 그것은 다시 만났을 때 자기를 돌려주었습니다. 그것에게 정체성을 주었는데, 그걸 나는 사랑이라 부릅니다. 그것이 거울 속에 보였을 때, 눈—가장 깊은 눈—은 실재하는 모든 것이었고, 존재하는 모든 것이었습니다. 그것 이전에는 아무것도, 눈도, 어떤 것도 없었고, 거기에 서 있을 때도 아무것도 없었습니다. 그 뒤 눈이 나와서 '그것'에게 그것인 것들을 줍니다.* 사람들은 사물들에게 벽, 천장, 발, 손이라는 이름을 붙입니다. 하지만 그것은 이런 것들을 위한 이름을 가지고 있지 않았습니다. 그것은 나뉠 수 없기 때문입니다. 그것은 보일 수도 없습니다. 눈 이전에는. 눈 이전에는. 나는 '그것'이 거울에 비친 자기의 모습을 바라볼 때 뺨을 타고 하염없이 흘러내리던 감사의 눈물을 기억합니다. '그것'은 응시하며 그곳에 서 있었습니다. 얼마나 오래 있었는지는 모릅니다.

이것들은 내가 그것으로 태어난, 혹은 그것이 나로 태어난 뒤의 첫 번째 순간들이었습니다. 케이티에 관한 것은 아무것도 남아 있지 않았습니다. 그녀의 기억은 문자 그대로 티끌만큼도 없었습니다. 과거도 없고, 미래도 없고, 현재도 없었습니다. 그리고 그 열림 안에는 크나큰 기쁨이 있었습니다. 나는 느꼈습니다. "이보다 좋은 것은 아무것도 없어. 이것 말고는 아무것도 없어. 만일 네가 너 자신을 더할 나위 없이 사랑한다면, 너는 너에게 이것을 줄 거야. 얼굴. 손. 호흡. 하지만 그것으로는 충분하지 않아. 벽. 천장. 창문. 침대. 전구들. 아아! 그리고 이것도! 이것도! 이것도!" 만일 내 기쁨이 표출될 수 있다면 요양원의 지붕을 날려 버렸을 것이라고, 이 행성 전체를 날려 버렸을 것이라고 느꼈습니다. 지금도 그렇게 느낍니다.

---

*   예컨대, 깊은 잠을 잘 때는 아무것도 없지만, 잠에서 깨면 눈이 (나와서) 온갖 것을 (보여) 주는데, 그 모든 것은 그것 자신, 자기 자신이다.—옮긴이

64

문제가 생기기 전에 방지하라.
사물들이 존재하기 전에 바로잡아라.

세상의 질서를 바로잡을 필요는 없습니다. 모든 것은 이미 바로잡혀 있습니다. 심지어 그것들이 존재하기 전에도……. 거리에 나가면 사람들과 차들, 개들, 새들, 나무들, 쓰레기들이 있고, 이 놀라운 혼돈 속에는 언제나 나를 기쁘게 하는 아름다움이 있습니다. 그 모든 것은 나를 위한 것이며, 그것은 그 자체를 완벽한 순간에 정확히 필요한 만큼 나에게 선물합니다. 거리를 걷는 것이 어떤 사람들에게는 대수롭지 않은 일로 보이겠지만, 나에게는 그것이 온 세상이며, 나의 비밀스러운 세상이며, 그곳에서 나는 언제나 모든 사람과 모든 것을 섬기며, 그들도 똑같이 나를 섬깁니다. 너무 크거나 너무 작은 일은 없습니다. 내가 할 일은 지금 내 앞에 있는 한 가지 일뿐이기 때문입니다. 할 일이 천 가지나 있는 것 같을지 모르지만, 사실은 한 가지 이상 있지 않습니다.

나는 끊임없는 명상 안에서 살고 있는데, 만일 어떤 생각이 좋지 않은 것으로 보인다면, 그 생각은 다른 사람들에게 혼란으로 번지게 됩니다. 그런데 그 다른 사람들은 나입니다. 그러니 나의 할 일은 그 점을 분명히 아는 것이며, 쓰고 버려진 장미를, 자동차들의 소리를, 바닥의 쓰레기를 사랑하는 것이며, 나에게 나의 세계를 주는 '쓰레기 버리는 사람'을 사랑하는 것입니다. 나는 쓰레기를 줍고, 설거지를 하고, 바닥을 쓸고, 아기의 코를 닦고, 나의 참된 본성에 대한 알아차림을 잃게 할 수 있는 생각에 질문을 합니다. 아무것도 아닌 것보다 친절한 것은 하나도 없습니다.

나는 산책을 끝내고 집에 돌아와서 점심을 준비하고, 우리가 식사를 할 때 남편은 말합니다. "저런, 샐러드 속에 개미들이 있네요." 나는 계속 씹고, 삶의 균형에 놀라워합니다. 내가 섭취하는 단백질은 필요량보다 많지도, 적지도 않습니다. 비가 내리려고 하면 개미들은 우리의 주방으로 들어옵니다. 개미들의 행렬은 가스레인지와 조리대를 지나 끊임없이 이어지는데, 나의 눈이 안개 낀 듯 너무 침침해서 그 멋진 작은 탐험가들을 보지 못합니다. 나중에 거실 소파에 앉아 있을 때 다리에, 팔에, 머리카락 속에 있는 개미들을 하나씩 느끼는데, 이 작은 마사지 테라피스트들은 지압점들 위를 걷고 간질이며, 때로는 나를 깨물지만 꼭 필요한 곳만 그렇게 합니다. 나는 손이 팔을 향해 움직이고 손가락 사이의 개미를 눌러, 내가 그렇게 죽기를 원할 만큼 재빨리, 죽이는 것을 알아차립니다. 그것은 내가 경험하고 있는 나 자신의 죽음이며, 나는 삶을 사랑하는 만큼 죽음을 사랑합니다. 나의 손은 다리로 움직여서, 종아리를 기어오르는 두 마리 작은 녀석을 누릅니다. 나는 "오, 내가 개미들을 죽이고 있어"라는 생각을 알아차리고 미소를 짓습니다. 얼마나 이상한지요. 손은 아무 계획 없이 자기의 일을 하면서 계속 저절로 움직입니다. '나'는 손을 멈추고, 나중에 알아차립니다. 내가 죽이는 방식을 의식하지 못할 때는 손이 다시 개미를 향한다는 것을……. 내가 바라보고 있지 않을 때는 누가 개미들을 죽이고 있었던 걸까요? 내가 그렇게 한 것일까요? 손이 멈춥니다. 그리고 다음에는 손이 어떻게 할지 누가 알겠어요?

딸이 찾아와서 머무르는 중입니다. 딸이 손녀 말리에게 줄 쌀죽을 사러 집을 나설 때 나는 말합니다. "근데 얘야, 개미 호텔도 몇 개 사 오렴." 내가 왜 그런 말을 했을까요? 왜냐하면 내가 그랬기 때문입니다. 그게 '그것의 길'입니다. 개미 호텔의 원리는 개미들이 제품 내부의 독에 이끌려 독을 먹은 뒤 집으로 돌아가서 다른 개미들에게도 독을 감염시키는 것입니다. 그러면 아마 집 안의 개미들에게 종말이 올 겁니다. 나는 개미를 죽이는 것이 왜 내게 아무런 문제가 되지 않는지 의아해합니다. 그리고 나 역시 독에 의해 죽게 된다는 것을 알게 됩니다. 내가 나만이 아니라 모든 사람이 마시는 물을 오염시킨 것들에 의해, 우리 모두가 숨 쉬는 공기를 오염시키는 내 차의 배기가스에 의해 그럴 것이라는 것을……. 나는 개미들과 무척 비슷합니다. 그리고 오랫동안 내 안에 죄책감을 일으킨 음식에 대한 탐욕, 마치 마음이 몸이고 고통이 실제로 가능하다는 듯이. 또 가끔 먹는 가공식품 속의 화학물질들, 내가 여전히 나를 독으로 오염시키는 많은 방식이 내 얼굴에 미소를 짓게 합니다. 내가 마조히스트라서 그런 것이 아닙니다. 나는 삶을 사랑합니다. 하지만 이 계속되는 오염은 내 손 안에 있지 않습니다. 그건 단지 '그것의 길'입니다. 내가 숨을 쉬고 있는가? 그렇게 보입니다. 나는 나의 소중한 자기와 함께 살아가는 방식으로 개미와 함께 살아갑니다. 몸들은 오고 갑니다. 그리고 마음이 자기를 이해할 때는, 진실하다고 믿는 것들로 자기를 오염시키는 행위를 멈출 때는 고통을 겪을 실질적인 경험이 없습니다.

이틀 뒤 내가 좋아하는 소파의 한쪽 구석에 앉아 있을 때, 다시 손과 목에서 작은 것들이 기어오르는 움직임을 느낍니다. 다시 개미들입니다. 결국 내가 개미들의 집이라는, 내가 바로 개미들이 독을 감염시키기 위해 돌아온 집이라는, 나는 독을 나 자신에게 가져왔을 뿐이라는 사실이 드러납니다. 뿌린 대로 거둡니다. 나는 그 점을 고마워합니다.

65

답을 안다고 생각하는 사람은
인도하기 어렵다.
모른다는 것을 아는 사람은
자기의 길을 찾을 수 있다.

나는 사람들을 교육시키려고 하지 않습니다. 내가 왜 그런 일을 하려 할까요? 내가 할 일은 오로지 자기 자신으로 돌아가는 길을 가리키는 것뿐입니다. 당신이—자기 안에, 모든 생각의 이면에 있는—경이로운 '모르는 마음'을 발견한다면, 당신은 집으로 오는 길을 찾았습니다. '모르는 마음'은 삶이 당신에게 가져오는 모든 것에 완전히 열린 마음입니다. 그 마음을 발견한다면 길을 발견한 것입니다.

나는 어른들이 믿는 관념들을 똑같이 믿어서 고통받는 네댓 살 어린아이들과 '생각 작업'을 합니다. 이런 관념들은 성스러운 종교들이며, 우리는 그런 관념들에 완전히 헌신합니다. "사람들은 와야 해", "사람들은 가야 해", "사람들은 나를 이해해야 해", "나는 너무 ⋯⋯ 해", "너는 너무 ⋯⋯해", "아내는 거짓말하지 말아야 해", "자녀들은 내게 감사해야 해", "남편은 나를 사랑하지 않아", "어머니가 나와 같은 방식으로 세상을 보면 훨씬 행복할 거야." 어떤 이야기에 집착하든지 우리는 그 이야기에 헌신합니다. 그 안에는 신을 위한 공간이 전혀 없습니다.

예루살렘에서 어느 여성과 '생각 작업'을 한 적이 있습니다. 그녀의 종교는 "내 다리는 날씬해야 해"였고, 다리만 날씬해지면 원하는 것들을 얻을 것이라고 그녀는 생각했습니다. 정말 귀여웠죠! 그녀는 진지하게 '생각 작업'을 해 보려는 의사가 없었고, 정직한 대답을 찾기 위해 내면으로 들어갈 수도 없었습니다. 정직하게 대답해 버리면 다리가 계속 뚱뚱한 채로 살아야 할 것이라는 생각을 믿어서 겁에 질렸기 때문입니다. 그녀는 운동을 하고 알맞게 먹으려면 두려움이라는 동기가 필요하다고 생각했습니다. 그녀는 분명히 날씬한 다리를 자유보다 더 좋아했습니다. 그래서 통제하려는 의지를 놓아 버리고 자기의 진실이 무엇인지 보기 위해 내면으로 깊이 들어가는 위험을 감수하지 않으려 했습니다. 그녀에게는 날씬한 다리가 성스러운 관념이었습니다. 어떤 사람에게는 더 많은 돈이, 어떤 사람에게는 인간관계가 그렇습니다. 나는 이런 사람들과 함께하는 것을 사랑합니다. 그들은 세상 그 무엇보다 자유를 더 원한다고 말하면서 울부짖으며 도움을 구합니다. 하지만 내가 그들의 성스러운 관념에 가까이 다가가자마자, 이런 영적 구도자들은, 30년, 40년 동안 그 길을 걸었던 그들은 자유에 조금도 관심을 보이지 않습니다. 제로(0). 그들은 자기의 진정한 종교가 위협을 받으면 방어하기 위해 성벽으로 달려갑니다. 나는 물었습니다. "바로 지금 당신의 다리가 지금보다 날씬해야 한다는 것이 진실인지, 당신은 확실히 알 수 있나요?" 그런데 이 여성은 놀라우리만치 재빨리 대답을 회피해 버리더군요. 그 질문을 자기에게 진정으로 던지기 위해 멈추지 않았습니다. 단 한 순간도. 그러고는 "예, 알 수 있어요!"라고 대답했습니다. 쾅! 성문이 닫히고, 성 안으로 들어가는 다리가 들어 올려지고, "나는 알아" 하는 마음은 성벽 뒤로 물러난 뒤 온 세상으로부터 자기를 방어할 태세를 갖추었습니다. 함께 '생각 작업'을 하는 사람에게 내가 "당신은 정말로 진실을 알기 원하나요?"라는 질문을 하는 것은 그 때문입니다.

당신에게 필요한 교육은 당신 안에 있습니다. 당신 안에 이미 있는 것을 어떻게 또 가르칠 수 있겠어요? 그것은 오직 알아차릴 수만 있습니다. 기꺼이 내면으로 들어가서 진실을 기다리려고 한다면, 당신에게 본래 있는 지혜가 질문을 만나고, 대답이 진실하게 울립니다. 마치 당신의 존재 안에 있는 소리굽쇠인 것처럼.

만일 당신이 어떤 문제가 있다고 믿는다면, 성인은 그렇지 않다는 것을 납득시키려 하지 않습니다. 그녀는 이해의 자리에 뿌리내리고 있습니다. 그녀는 당신에게 반사된 당신 자신입니다. 그녀는 생각을 믿을 때 말고는 문제들이 있을 수 없음을 이해합니다. 만일 무언가가 산다면, 오직 마음만이 삽니다. 성인은 언제나 당신에게 자기의 마음으로, 자기의 깨달음으로 돌아가는 길을 가리킬 것입니다. 그리고 그 감미로움의 일부는, 모든 자멸적인 성향을 완전히 만나는 것입니다. 마침내 내면에 있는 성인의 현존에서, 자기로 여겨지던 것이 자기 아닌 것으로 보일 때까지.

탐구를 통해서, 혼란스러운 마음은 괴로움을 주는 생각을 버리게 됩니다. 그 마음은 생각이 진실하지 않음을 보게 되고, 그 생각을 믿을 때의 구체적인 결과를 이해하게 됩니다. 생각을 믿을 때 치르게 되는 분노나 비통함이나 원망이라는 대가를, 그 생각이 없을 때 얻게 될 자유를, 또한 정반대의 생각들도 최소한 원래의 생각만큼은 진실할 수 있음을 보게 됩니다. 그리고 마침내 현실은 모두 마음이며, 자기의 인식이 변할 때 세상도 변한다는 것을 깨닫습니다. 두려움 없고 열린 마음으로 성인을 만나면, 당신이 알던 온 세상을 잃게 됩니다. 잔인한 세상, 파괴적인 세상, 가슴속 소망이 충족되지 않는 세상을 잊게 됩니다.

사람들이 답을 안다고 생각하면, 성인은 그들이 길을 찾도록 돕기 어렵습니다. 그럴 때 그녀는 닫힌 마음을 다루고 있으며, 닫힌 마음은 닫힌 가슴이기 때문입니다. 마음을 억지로 열 수는 없습니다. 그래서 그녀는 편안하게 귀 기울여 들으면서 열림을, 아주 가느다란 균열을 기다리는데, 그때는 그녀가 꿰뚫을 때입니다. 그것은 만남의 순간이며, 분명히 연결되는 순간입니다. 상대방이 문을 닫을 수는 있지만, 이미 너무 늦었습니다. 성인은 이미 들어왔기 때문입니다. 그리고 성인이 들어오는 순간에 모든 것이 변합니다. 충분한 분명함이 들어와서 인식되며, 마음은 결코 이전과 똑같아질 수 없습니다. 같은 것끼리 만났기 때문입니다. 둘은 하나가 되었습니다.

조금 열린 문을 통해서라도 성인이 한 번 안으로 들어가면, 학생의 마음은 계속해서 넓어지고, 자기 자신에게 가는 자연스러운 길이 보이게 됩니다. 그러면 그는 이전의 세계로 되돌아갈 수가 없습니다. 이전에는 굳게 확신했던 것을 사실은 알지 못한다는 것을 깨달을 때, 마음은 풀어지기 시작하며, 매듭들도 느슨해지면서 풀어지기 시작합니다. 그러면 성인은 할 일이 없어집니다. 그녀는 다시 아무도 아니게 됩니다.

"어머니는 죽음을 맞이하도록 허용되어야 했어요."

바바라 나는 어머니에 대해 썼습니다. 어머니는 열흘 전에 돌아가셨어요. 작년에 어머니는 언니에게 어머니의 건강에 관해 결정할 수 있는 법적 권리를 넘겨주셨어요. 그 뒤 어머니는 건강이 몹시 나빠지셨고, 돌아가시기 일주일 전에는 고통이 너무 심해서 생명유지 장치를 떼 내 달라고 부탁했죠. 언니는 다른 도시에 살아요. 그래서 언니가 이 문제에 대해 의사들과 상의하고 생각하는 데 일주일이 걸렸고, 그 뒤에야 연명 장치의 플러그를 떼 내는 최종 결정을 할 수 있었어요. 나는 병원에서 어머니의 병상을 지켰지만, 언니는 가까이 있지도 않았죠. 어머니는 원할 때 죽음을 맞이하도록 허용되어야 했어요. 나는 심한 무력감을 느꼈고 언니에게 머리끝까지 화가 났어요.

케이티 좋아요, 스윗하트. 당신이 쓴 내용을 한번 들어봅시다.

바바라 나는 언니에게 화가 난다. 왜냐하면 언니는 엄마가 죽지 못하고 기다리게 했기 때문이다.

케이티 그럼 어머니에게 가장 좋은 일은 실제로 돌아가시기 일주일 전에 죽는 것이었다는 말씀이군요. "언니는 동의를 해야 했다. 어머니는 일주일 동안 기다리지 않아야 했다"—그게 진실인가요?

바바라 예, 진실이에요. 나는 내가 완전히 무력하다고 느꼈어요. 나는 그 상황을 어떻게 할 수가 없었고, 어머니에게 가장 좋은 일은 죽는 것이라는 것을 알았지만, 언니가 결정할 때까지 기다려야 했어요. 그래서 미칠 것만 같았죠. 정말 좌절했어요. 플러그를 뽑고 어머니가 원하는 대로 해드릴 수만 있다면 무슨 짓이라도 했을 거예요.

케이티 좋아요, 스윗하트. 알겠어요. 이제 탐구로 돌아가 봅시다. "언니는 기다리지 말아야 했다"—그게 진실인지 당신은 확실히 알 수 있나요?

바바라 음, 나는…… 엄마는 일주일 동안 기다리면서 엄청난 고통을 받는 것 같았어요…… 그리고 그건 엄마의 몸이에요. 그건 엄마의 인생이고, 엄마의 결정이죠.

케이티 맞습니다. 그런데 당신은 그 일주일 동안의 기다림이 여러분 세 명 모두에게 가장 좋은 일이 아니었다는 걸 분명히 알 수 있나요? 그렇게 기다리지 않았다면 더 나았을 것이라는 걸 당신은 확실히 알 수 있나요?

바바라 (오랫동안 침묵한 뒤) 아니요. 확실히 알 수는 없어요.

케이티 놀랍네요. 그 '아니요'가 어디에서 나왔나요?

바바라 음, 그냥 멈추었고 당신의 질문을 귀 기울여 들었을 뿐이에요. 그건 정말 힘들었어요. 나는 옳고 언니는 틀렸다고 하는 생각들이 내겐 아주 많죠. 하지만 그 질문에 귀를 기울였을 때, 어머니에게 무엇이 최선이었는지를 내가 '확실히' 알 수는 없다는 것이 분명했어요. 내가 옳다고 아무리 열심히 생각해 봐도, 나는 그걸 알 수가 없어요.

케이티 예, 그래요. 아무 잘못이 없습니다. "언니는 기다리지 말아야 했다"는 이 생각을 믿을 때 당신은 어떻게 반응하나요?

바바라 나 자신을 비난해요. 내가 더 강해야 했다고 생각하거든요.

케이티 예. 어머니의 고통에 대해 자신을 비난할 때는 어떤 기분이 드나요?

바바라 끔찍한 기분이죠. 어머니를 위해 할 일을 제대로 해내지 못했다고 느껴요. 죄책감이 느껴지고 내가 나약하다고 느껴지죠. 언니에게 분노가 치밀고 목을 비틀어 버리고 싶어져요. 적어도 나 자신을 비난하는 만큼 언니를 비난해요.

케이티 이 생각을 내려놓을 이유를 볼 수 있나요? 내려놓으라는 말이 아니에요. 당신은 생각을 내려놓을 수 없습니다. 오직 생각을 이해로 만날 수만 있는데, 그러면 '생각'이 '당신'을 놓아줍니다.

바바라 그 생각은 이제 아무 쓸모가 없죠. 엄마는 돌아가셨으니까요.

케이티 나는 당신에게 더 관심이 있어요. 이건 '당신'의 평화를 위한 거예요. 이 생각을 간직할 평화로운 이유를 하나 얘기해 보세요.

바바라 그런 이유가 있을 것 같지는 않아요. 그건 나를 비참하게 만들 뿐이죠.

케이티 그 생각이 없다면 당신은 누구일까요? 만일 언니가 기다리지 말아야 했다는 생각을 믿지 않는다면, 당신은 어떠할까요?

바바라 언니와 연락하고 있을 거예요. 여전히 언니와 대화를 나누고 있겠죠.

케이티 예, 스윗하트. 그리고 고통을 겪으며 기다리지도 않겠지요. 어머니가 그랬듯이.

바바라 (눈에 눈물이 맺힌 채) 예, 맞아요.

케이티 우리는 남들을 구하려 하면서도 자신은 제외하지요. 흥미롭게도. 이제 뒤바꿔 보세요.

바바라 어머니는 기다려야 했다? 하지만 어머니는 고통이 너무 심했다구요!

케이티 당신이 탐구를 벗어나 다시 이야기 속으로 들어갈 때, 다시 방어하고 정당화하려 할 때, 그걸 알아차리세요. "어머니는 기다리지 말아야 했다"를 뒤바꾸면, "어머니는 기다려야 했다"입니다. 잠시 이 말에 대해 묵상해 보세요.

바바라 (오랫동안 침묵한 뒤) 음, 진실은, 어머니가 기다려야 했는지 말아야 했는지 나는 알 수 없다는 거네요.

케이티 좋아요, 스윗하트. 이제 그 말이 진실할 수 있는 세 가지 이유를 얘기해 보세요.

바바라 음, 아마 어머니는 기다려야 했을 거예요. 최선의 진찰을 받기 위해서요. (침묵) 어머니는 연명 장치의 플러그를 뽑아야 하는지 확신할 때까지 기다려야 했어요. (침묵) 그리고 어머니는 기다려야 했어요. 어머니가 돌아가실 때 온 가족이 그 자리에 모일 수 있도록.

케이티 와, 대단하네요. 늘 다른 길들도 있죠. 표면적인 데만 머무르지 마세요. 모든 일은 그래야 하는 대로 일어납니다. 그건 단지 '그것의 길'일 뿐입니다. 다음 문장을 봅시다.

바바라 언니는 다른 사람들의 말을 경청해야 하고, 언니가 유일한 길이라고 생각하는 대로만 하지는 말아야 한다.

케이티 그게 진실인가요?

바바라 진실은 아니에요. 언니는 그렇게 하니까……

케이티 맞아요. 그건 절대로 진실이 아닙니다. 언니가 다른 사람들의 말을 경청하지 않아야 한다는 것을 내가 어떻게 알까요? 언니는 그러지 않으니까요. 그것이 현실입니다.

바바라 하지만 나는 그게 싫어요.

케이티 알아요! (청중이 배꼽을 잡고 웃는다.) 신으로 있지 않기란 어려운 일이죠. 신이 말을 듣지 않을 때는 독재자처럼 굴기가 어렵습니다. 이 생각을 믿을 때 당신은 어떻게 반응하나요?

바바라 아…… 독선적이 되고, 언니를 비난하고, 기분이 몹시 나빠져요.

케이티 용서하지 않고 살면 어떻게 느껴지나요?

바바라 나 자신에게 가장 가혹하게 느껴져요. 언니를 비난할 때는 나 자신을 정말 무자비하게 대합니다.

케이티 이 생각이 없다면 당신은 누구일까요? "언니는 다른 사람들의 말을 경청해야 해"라는 이 거짓말이 없다면.

바바라 내 삶에 언니가 있겠죠. 언니를 사랑할 수 있을 거예요. 이 지독한 원망도 느끼지 않을 거구요.

케이티 예. 그 생각을 하면 당신은 화가 나고 독선적이 되고 원망을 합니다. 굉장한 스트레스죠. 반면에 그 생각이 없다면 언니를 사랑할 수 있게 됩니다. 당신이 괴로운 원인은 언니가 아니라 당신의 생각이라는 것을 알겠어요?

바바라 예. 확실히 알겠어요.

케이티 당신의 머릿속에 있는 언니는 당신을 불행하게 만드는 사람입니다. 그런데 진짜 언니는 자신의 결정에 대해 극심한 고통과 죄책감을 느끼며 살고 있을지도 모릅니다. 다른 사람의 마음을 누가 알겠어요? 당신은 언니를 사랑합니다. 그게 문제입니다. 당신이 이 일에 관해 할 수 있는 일은 하나도 없습니다. 이런 이야기들은 당신이 자기의 사랑을 경험하지 못하도록 가로막을 뿐입니다. 그리고 아무 소용 없이 자신에게 고통만을 줍니다. 만일 내가 바깥을 내다보며 '어떤 것은 어째서 사랑이 아니다'라는 이야기를 얘기한다면, 나는 그것을 스트레스로 느낄 겁니다. 거짓말은 그런 기분을 느끼게 합니다. 이제 뒤바꿔 보세요.

바바라 나는 나의 말을 경청해야 한다. 그리고 내가 유일한 길이라고 생각하는 대로 해야 한다. 또는 나의 길이라고 생각하는 대로 해야 한다.

케이티 예. 하나의 길은 언니에게 전화를 걸어 이렇게 말하는 거겠죠. "사랑해, 언니. 난 지금 엄마의 죽음에 관한 화와 슬픔에 대해 '생각 작업'을 하고 있어." 언니에 대한 생각에 질문했을 때 발견한 것들을 언니에게 알려 주세요.

바바라 흐음.

케이티 어머니의 생명과 고통을 손안에 쥐고 있던 그 일주일 동안 언니가 어떤 심정을 겪고 있었을지 당신은 정말로 알 수 있나요?

바바라 알 수 없죠. 알 수는 없지만, 언니는 어머니와 함께 있지 않았어요. 저는 있었구요. 언니는 멀리 떨어져 있었죠. 그래서 어머니를 볼 수 없었고 어머니의 말을 들을 수도 없었어요.

케이티 그런데 언니가 어떤 심정을 겪고 있었는지 상상할 수 있나요?

바바라 분명히 많이 힘들었을 거예요. 하지만 무슨 일이 있었는지는 모르겠어요. 상상할 수가 없어요.

케이티 맞아요. 그리고 마음이 닫혀 있을 때는 그걸 알아차릴 수가 없죠. 이제 눈을 감고, 당신의 이야기는 잠시 놓아둔 뒤 찬찬히 언니를 바라보세요. 결정을 내리려고 애쓰는 언니를 지켜보세요. 엄마가 맡긴 결정을요. 당신의 이야기를 그녀에게 덧씌우지는 말고……. 무엇이 보이나요?

바바라 언니에게 힘든 일이에요.

케이티 예, 스윗하트. 이제 또 하나의 뒤바꾸기를 발견할 수 있는지 봅시다. "언니는 다른 사람들의 말을 경청해야 한다."

바바라 나는 언니의 말을 경청해야 하고……

케이티 예.

바바라 ……언니가 유일한 길이라고 생각하는 대로 해야 한다. 세상에! 그건 어려운 일이에요.

케이티 아주 강하게 말씀하시는군요.

바바라 우리는 둘 다 너무 완고해요. 우리가 그럴 수 있다면 놀라운 일일 거예요.

케이티 예. 알다시피, 우리를 자유롭게 하는 것은 진실입니다. 그리고 우리는 오직 내면으로 들어갈 때만 진실을 발견할 수 있습니다. 바깥으로 나가서 해결책을 찾으려 하면, 당신의 길을 따르도록 언니를 설득하려 하면, 전쟁이 벌어집니다. 두려움은 보지도 못하고 듣지도 못합니다. 다음 문장을 봅시다.

바바라 언니는 나에게 짜증을 그만 낼 필요가 있다.

케이티 그게 진실인가요? 그게 당신이 원하는 것인가요?

바바라 아니요…… 음…… 그런 것 같기는 해요. 하지만 진실은, 내가 그걸 필요로 할 만큼 약하지는 않다는 거죠. 사실은 그럴 필요가 없어요.

케이티 자신에게 질문하는 건 대단하지 않나요? 당신은 죽을 때까지 언니가 당신에게 짜증을 그만 낼 필요가 있다고 믿을 수도 있습니다. 언니의 잘못이라고 하면서. 자신에게 질문하기 전에는. 그 생각을 믿을 때 당신은 어떻게 반응하나요? 언니를 어떻게 대하나요?

바바라 짜증이 나요.

케이티 예. 내가 이 순간 당신을 무엇으로 보든, 나는 그것입니다.

바바라 무슨 말인지 알겠어요.

케이티 "언니는 나에게 짜증을 그만 낼 필요가 있다"는 생각을 믿을 때, 그런데 당신이 짜증을 낼 때, 당신은 어떻게 반응하나요?

바바라 그걸 용납하지 못하고, 언니에게 화가 나고, 야비해지고 비참해져요.

케이티 예, 더 얘기해 보세요.

바바라 우울하고 외롭고 원망하고 무력해집니다.

케이티 자기 자신에게도 진실하지 않은 이 생각이 없다면 당신은 누구일까요?

바바라 차분하고 당당하고, 언니가 어떤 사람이 되기를 바라지도 않을 거예요. 언니가 짜증을 내더라도 문제가 되지 않겠죠.

케이티 원하는 것을 솔직하게 얘기하는 명쾌한 사람이겠지요. 그리고 경청하는 사람.

바바라 예. 그럼 기분이 훨씬 좋을 거예요. 훨씬 좋은 삶이 되겠죠.

케이티 뒤바꿔 보세요.

바바라 내가 어떤 일에 대한 감정이나 의견을 표현할 때, 나는 나에게 짜증을 그만 낼 필요가 있다.

케이티 그래서 이 모든 훌륭한 조언들은 당신이 들어야 할 것들입니다. 언니는 경청하지 않으니까요. 그렇다는 걸 알아차렸나요? 또 하나의 뒤바꾸기가 있군요. "나는 내가……"

바바라 언니가 어떤 일에 대한 의견이나 감정을 표현할 때, 나는 언니에게 짜증을 그만 낼 필요가 있다. 이 말도 맞을 거예요.

케이티 예, 언니는 연명 장치의 플러그를 뽑을 수 없는 모든 이유를 당신에게 들려주고 있었습니다. 당신은 경청하고 있었나요?

바바라 아니요. 엄마에게만 관심을 기울이고 있었어요.

케이티 그리고 '당신'이 원하던 것에.

바바라 음, 맞아요. 그래요. 그리고 이 문제에 관해 내 마음이 얼마나 편안한지 불편한지에도 관심을 기울이고 있었죠.

케이티 그래도 괜찮습니다. 이 탐구는 옳고 그름을 가리기 위한 것이 아닙니다. 무엇이 진실한지를 스스로 깨닫기 위한 것이고, 더 친절하게 행동하기 위한 것이죠. 그곳에 자유가 있으니까요. 화로부터의 자유, 원망으로부터의 자유.

바바라 나는 엄마가 원할 때 죽어야 한다는 게 진실이라고 정말로 믿었어요. 왜냐하면 엄마는……

케이티 그런데 그게 진실인가요?

바바라 엄마는 그렇다고 말씀하셨어요.

케이티 그래요. 엄마는 그렇게 말씀하셨죠.

바바라 하지만 진실은, 그런 일이 일어나지는 않았다는 거죠.

케이티 맞습니다. "어머니는 자신이 언제 떠나야 하는지를 알았다." 이 말은 진실해 보이지 않는군요. 어머니는 결정권을 언니에게 넘겨주었어요. 그게 사실이죠.

바바라 그러니까 엄마가 말과 얼굴 표정으로 그런 의사 표시를 했더라도 그게 진실인 건 아니죠. 그런 일이 일어나지는 않았으니까요.

케이티 그때 당신에게는 어머니와 대화하고 현실 속에 머무르면서도 동시에 완전히 사랑할 수 있는 길이 있었습니다. "어머니, 무슨 말인지 알겠어요. 어머니가 뭘 원하는지 듣고 있고, 제가 할 수 있는 일이면 뭐든지 할 거예요. 그런데 대리인의 권리는 언니에게 있어요. 언니가 결정을 내릴 때까지 저는 어머니의 손을 잡고 어머니를 위해 할 수 있는 일은 뭐든지 할 거예요."

바바라 그렇게 하긴 했어요.

케이티 모두 당신이 할 수 있는 일이었죠! 하지만 그렇게 하는 데는 두 가지 길이 있습니다. 하나는 무력감을 느끼면서 언니를 원망하는 길이고, 다른 하나는 어머니를 사랑하고 언니를 사랑하며, 언니가 그 고통스러운 일주일간의 결정을 내릴 때 언니의 말에 귀를 기울이는 길이죠.

바바라 첫 번째 길이 훨씬 힘들더군요.

케이티 예, 당신은 자기의 계획을 가지고 있었으니까요. 하지만 현실은 다른 계획을 가지고 있었죠.

바바라 예.

케이티 현실과 다툴 때마다 나는 집니다. 현실은 내가 신뢰할 수 있는 것입니다. 현실이 다스립니다. 현실은 현실이며, 잠시라도 현실을 바꾸기 위해 내가 할 수 있는 일은 아무것도 없습니다. 아무것도. 나는 현실을 사랑합니다! 현실은 모두가 정말 아름답습니다. 우리는 지금 숨을 쉬고 있고, 그 뒤에는 그러지 않으며, 태양이 떠오르고 환히 빛나고 지며, 나는 맑은 공기를 사랑하고, 심지어 스모그까지 사랑합니다. 나는 공항에서 많은 시간을 보내고 비행기의 배기가스도 많이 들이마십니다. 내가 달리 어떻게 제때에 죽을 수 있겠어요? 하나의 호흡도 너무 이르거나 너무 늦지 않습니다. 완벽한 질서가 작동하고 있습니다. 나는 지금 있는 것을 사랑합니다. 내 이야기가 없다면 나는 누구일까요? 내 이야기가 없다면, 지금 이 순간 신과 나는 하나입니다. 여기에는 분리가 없고, 결정도 없으며, 두려움도 없습니다. 그것은 그저 알 뿐입니다. 그리고 그것은 계획이 없는 우리 자신입니다. "사람들은 경청해야 해"—터무니없는 말이에요! 그들은 경청하기 전에는 경청하지 않습니다. 뒤바꿔 보세요—'나는 경청해야 한다. 내가 다룰 수 있는 것은 이것입니다. 나머지는 완전히 내 손 밖에 있습니다.

바바라 으음.

케이티 내가 자녀들에게 가르치고 설교하느라 소모한 그 모든 세월이란…… 아이들이 경청하지 않아서 정말 다행입니다. (청중이 웃는다.) 다음 문장을 봅시다. 쓰신 글들을 읽어 주세요.

바바라 좋아요. 이건 언니에 대해 쓴 판단들입니다. 언니는 고집불통이고, 완고하고, 성미가 급하고, 독선적이고, 활동적이고, 지성적이고, 이기적이고, 자기를 돌보지 않고, 어머니의 곰이고, 오만하고, 잘 보살피고, 친절하다.

케이티 예, 스윗하트. 뒤바꿔 보세요. 어떤 경험을 할지 한번 볼까요?

바바라 나는 고집불통이고……

케이티 "언니에 대해 나는……."

바바라 언니에 대해 나는 고집불통이고, 완고하고, 성미가 급하고, 독선적이고, 활동적이고, 지성적이고, 이기적이고, 자기를 돌보지 않고, 어머니의 곰이고……

케이티 "……언니의 곰이고……."

바바라 언니의 곰이고……

케이티 "……딸이고……."

바바라 딸이고…… 오만하고, 잘 보살피고, 친절하다.

케이티 예. 그게 처음 문장만큼 진실하거나 더 진실한가요?

바바라 그럴 수 있어요. 그럴 수 있어요.

케이티 자신에게로 뒤바꿀 때 어떤 말이 가장 어려웠나요?

바바라 '자기를 돌보지 않는'다는 말이 그랬어요.

케이티 오, 허니. 그건 평생 할 일이랍니다. 언니가 자기의 삶을 살면서 그곳에 있을 때, 당신도 정신적으로는 그곳에서 언니의 삶을 살고 있었죠. 그래서 여기에는 당신을 위한 사람이 아무도 없었어요.

바바라 맞아요. 예.

케이티 그러면 분리감과 외로움을 느끼게 됩니다. 그건 자기 자신의 상실이에요. 당신이 언니의 일에 관여할 때, 당신에게는 언니가 없습니다. 당신은 정신적으로 언니와 함께 저곳에 있어요. 언니를 비난하고, 언니한테 어떻게 해야 했다고 말하면서……. 그리고 자기 자신을 떠났죠.

바바라 예, 맞는 말이에요.

케이티 그러면 분리감과 외로움을 느끼게 됩니다. 한 사람의 가족을 잃는 것으로 충분합니다. 다음 글을 봅시다.

바바라 예. 나는 앞으로 다시는 어떤 사람이 죽는 결정을 하는 동안 기다리고 싶지 않고, 죽어 가는 사람이 늦게 오는 사람을 기다리며 고통당하는 모습을 지켜보고 싶지 않다.

케이티 예. 그런데 앞으로도 이 이야기를 마음속에서 계속 반복하여 재생할 수 있습니다.

바바라 틀림없이 그럴 거예요.

케이티 그러니 "나는 기꺼이……" 하고 말해 보세요. 그렇게 다시 읽어 보시고, 그런 의지를 정말로 경험해 보세요.

바바라 나는 기꺼이 어떤 사람이 죽는 결정을 하는 동안 기다리고, 죽어 가는 사람이 늦게 오는 사람을 기다리며 고통당하는 모습을 지켜보겠다.

케이티 "나는……고대한다."

바바라 나는 어떤 사람이 죽는 결정을 하는 동안 기다리기를, 죽어 가는 사람이 늦게 오는 사람을 기다리며 고통당하는 모습을 지켜보기를 고대한다.

케이티 예. 그리고 만일 그런 생각 때문에 원망과 슬픔, 분리감을 느끼게 되면, 언니에 대한 사랑보다 못한 어떤 것을 느끼게 되면, 그 생각을 종이에 쓰세요. 모든 전쟁은 종이 위에 표현됩니다. 깨어나지 못할 악몽은 없습니다. 당신은 그 일이 일어난 뒤로 이 이야기를 마음속에서 얼마나 많이 재연했나요?

바바라 아마 삼사십 번 정도?

케이티 좋아요. 삼사십 번. 그리고 어머니는 얼마나 많이 돌아가셨나요?

바바라 지난 두 달 동안 거의 세 번가량 돌아가실 뻔했어요.

케이티 예, 그래서 어머니는 얼마나 많이 돌아가셨나요?

바바라 실제로는 한 번요. 고통 속에서 돌아가셨죠.

케이티 예, 한 번입니다. "어머니는 고통 속에서 돌아가셨다"—그게 진실인가요?

바바라 정말 그런지는 모르겠어요. 아뇨.

케이티 그렇죠. "어머니는 고통 속에서 돌아가셨다"는 생각을 믿을 때 당신은 어떻게 반응하나요?

바바라 그걸 생각하면 몹시 괴로워요. 어머니의 얼굴이 보이고, 어머니가 하신 말씀 또는 어머니가 하셨다고 생각되는 말씀이 들리죠. 그리고 많이 괴로워해요.

케이티 그래서 당신은 어머니가 정말로 고통 속에 있었는지는 알 수 없지만, 어머니가 겪었을지 모르는 고통을 생각할 때는 당신이 바로 지금 고통 속에 있다는 것을 알 수 있습니다. 그런데 고통 속에 있는 사람은 한 명으로 충분합니다.

바바라 예.

케이티 "어머니는 고통 속에서 돌아가셨다"는 생각을 간직할 평화로운 이유를 찾을 수 있나요? 나는 어머니가 고통 속에서 돌아가시지 않았다고 말하는 게 아닙니다. 그 생각은 오래된 이야기입니다. 그것은 종교입니다. 하지만 그것을 내려놓으라는 말은 아닙니다.

바바라 사실은 어머니가 고통 속에서 돌아가셨다고 생각하지는 않아요. 실제로 돌아가시기까지 '가끔' 고통 속에 있는 것처럼 보인다고

말 힘든 광경을 보고 있지만 내가 할 수 있는 일은 하나도 없고, 지금 나는 괜찮다는 걸……. 그래서 나는 나에게 돌아왔죠.

케이티 좋아요. 그런데 어머니가 당신만큼 지혜롭지 않거나 유능하지 않다고 생각하나요? 우리 '모두'에게는 그 자리가 있습니다. 그래서 우리 모두는 충분히 깊이 들여다보기만 하면 그 자리를 발견할 수 있습니다. 아무리 큰 고통 속에 있더라도……. 고통이 얼마나 크든 상관이 없습니다. 그 자리는 언제나 거기에 있습니다.

바바라 예, 그 일주일 동안 어머니를 과소평가했던 것 같아요.

케이티 "나는 그 일주일 동안 어머니를 과소평가했다"—뒤바꿔 보세요.

바바라 나는 그 일주일 동안 나를 과소평가했다.

케이티 예, 허니. 그리고 언니도 과소평가했어요.

바바라 예.

케이티 아, 어머니들은 얼마나 아름다운지요. 어머니들은 우리를 위해 죽습니다. 그렇다는 걸 알겠어요? 모든 사람이 그러하듯이 그들은 죽습니다. 우리가 이해할 수 있도록 돕기 위해서. 아무 잘못이 없습니다. 그리고 그들은 완벽하게 죽습니다. 우리에게 가장 좋은 방식으로. 당신은 어머니가 돌아가신 방식을 선택하겠어요? 만일 당신이 신을 발견할 수 있는 유일한 길이 그것이었다면?

바바라 아……(침묵) 예, 그러겠어요.

케이티 예, 스윗하트. 그래요.

바바라 고마워요, 케이티. 무거운 짐을 내려놓은 기분이에요.

케이티 천만에요.

바바라 (웃으며) 언니에게 전화해서 내가 발견한 걸 얘기해 주면 재미 있을 것 같네요.

하기 위해 행성에 부딪치는 별똥별처럼 느껴졌습니다. 그럴 때면 "끔찍한 날이야"라는 말이 마음속에서 들렸는데, 누군가 그렇게 말하는 것 같았고, 내 몸은 마치 그 거짓말을 감당할 수 없다는 듯 부들부들 떨기 시작했습니다. 내가 그렇게 말했든 누가 그렇게 말했든 상관이 없었습니다. 그 모두가 나라는 것을 알았기 때문입니다. 내 안에서 그런 청소, 해소는 즉각적으로 이루어졌지만, 내가 사람들과 탐구를 할 때면 외견상 시간과 공간 안에서 그렇게 합니다—시간과 공간처럼 보이는 밀도 안에서. 하지만 내게는 '시간 없음'이 분명했습니다. 어떤 믿음이 떠오르면, 나는 자리에 앉아서 그 믿음을 종이에 쓰고, 그 믿음에 대해 네 가지 질문을 하고 뒤바꾸기를 했습니다. 그 첫 해에 나는 언제나 쓰고 있었습니다. 내내 울면서……. 하지만 속이 상하지는 않았습니다. 나는 탐구를 통해 죽어 가고 있던 이 여성을, 그동안 너무나 혼란스러웠던 이 여성을 사랑했습니다. 나는 그녀와 계속 사랑에 빠졌습니다. 그녀는 정말 사랑스러웠습니다.

아침마다 산책을 가기 전이나 다녀온 뒤에는 햇빛이 드는 창가에 앉아서 불편한 느낌이 나타나기를 기다렸습니다. 그리고 그런 느낌이 나타나면 전율을 느끼곤 했습니다. 왜냐하면 그런 느낌은 언제나 청소할 필요가 있는 어떤 생각의 결과라는 것을 알았기 때문입니다. 나는 이것이기도 했습니다. 그래서 생각을 종이에 적었는데, 그 과정에는 많은 유머가 있었습니다. 내가 종이에 적었던 생각들은 거의 항상 어머니에 대한 것이었습니다. 하나의 망상을 불사르면 그런 망상 모두를 불사른다는 것을 나는 알았습니다. 왜냐하면 나는 사람이 아니라 관념을 다루고 있었기 때문입니다. 그것들은 "어머니는 나를 사랑하지 않아", "어머니는 나보다 여동생과 남동생을 더 사랑해", "어머니는 나를 가족 모임에 초대해야 해", "내가 과거의 일에 대해 진실을 말하면 어머니는 그걸 부인할 테고, 아무도 내 말을 믿지 않을 거야"와 같은 생각들이었습니다. 그 첫해에는 하나의 생각을 마음속에서 탐구로 말없이 만나는 것으로는 충분하지 않았습니다. 그 생각은 종이에 쓰여야 했습니다. 우리는 마음의 혼돈을 멈추고 싶어도 그렇게 할 수 없습니다. 하지만 만일 혼돈의 한 조각을 알아차리고 종이 위에 고정시키면, 그다음에는 온 세상이 이해되기 시작합니다.

그래서 나는 생각을 종이에 적고, 그 생각에 질문을 합니다. 나는 생각을 이해로 만나기 위해 때로는 한 시간 동안, 때로는 아침과 오후 내내 자리에 앉아 있었습니다. 아무리 시간이 오래 걸려도 그렇게 했습니다. 나는 그런 생각이 진실하지 않음을, 잘못되고 근거 없는 추정임을 언제나 볼 수 있었습니다. 타당한 증거는 하나도 발견할 수 없었습니다. 그 뒤 나는 물었습니다. "그 생각을 믿을 때 나는 어떻게 반응하지?" 그리고 즉시 어머니가 아니라 '그 믿음'이 잠재적인 고통의 근원이라는 것을 알 수 있었습니다. 그런 다음에는 "그 생각 이전에 나는 무엇이었지? 그 생각이 없다면 나는 무엇일까?"라고 물었습니다. 그리고 그 생각에 대한 뒤바꾸기를 분명히 볼 수 있었습니다. 나는 원인과 결과, 그리고 양극성을 다루고 있었습니다. 나는 하나의 극성(極性)이 정반대의 극성만큼이나 진실하다는 것을 볼 수 있었습니다. "어머니는 나를 사랑하지 않아" : "어머니는 나를 사랑해." 나는 어떤 명분을 위해 죽을 수도 있었지만, 그 명분은 동등하게 진실한 정반대가 있었습니다. 그리고 탐구보다 못한 것으로는 양극성 사이

고, 녹는 것을 지켜보고, 달걀을 붓습니다. 달걀이 요리되는 동안, 신선한 공기와 햇빛 속에서 돌아다니는 닭들의 모습이 마음속에 떠오르고(달걀들은 놓아기른 닭이 낳은 방사란입니다), 닭장 속에 층층이 빼곡하게 갇힌 채 강제로 사육되는 닭들의 모습도 떠오릅니다. 나는 내가 닭장 속 어디에 있는지 스스로 물어보고, 침묵 속에서 기다립니다. 먼 옛날 내가 닭장 속에 있던 때가 생각납니다. 도무지 끝날 것 같지 않던 어둠의 시기, 출구도 없는 칠흑같이 어두운 닭장 속에 있던, 내 고통을 사실은 감당하고 있음에도 감당할 수 없다고 믿었던 때였습니다. 그 후 나는 열쇠를 발견했고, 문을 열었습니다. 그 뒤로는 이 새로운 세계에 하나의 문제가 떠오르는 것처럼 보일 때마다, 그것은 어린아이의 놀이 같았고, 나 자신이 마치 어떤 능숙한 마법사인 것 같았습니다. 마음을 한 번 쓰면 모든 것을 사라지게 만드는 마법사. 그 사이에 달걀이 요리되었습니다. 달걀은 내게 힘을 줍니다. 달걀이 죽는 것은 내가 살게 하기 위해서입니다. 나는 토스터에서 튀어 오른 토스트와 달걀을 두 개의 윤기 나는 접시에 담고, 식탁으로 갑니다. 식탁에는 차와 찻잔이 기다리고 있습니다. '아침 식사'란 얼마나 아름다운 말인지요. 얼마나 아름다운 세상인지요.

마음이 볼 수 있는 것 너머는 마음이 보는 것보다 더 친절합니다. 그것은 열린 마음의 특권입니다. 친절은 지금 이대로의 세계와 공명합니다. 친절은 내가 차를 마신다는 생각도 없이 차를 마시는 것입니다. 친절은 마치 내가 식물인 것처럼, 내게 물이 필요하다는 생각조차 없이, 나에게 물이 들어오는 것을 느끼는 것과 같습니다. 그것은 창문에 부딪치는 빗소리이며, 귀에 들리는 빗소리의 선물이며, 삶의 선물이며, 나는 아무 한 것도 없이 거저 그것을 누립니다. 친절은 내가 다음 계절에 먹어야 할 것을 준비합니다. 친절은 심지어 무지개까지 보여 줍니다. 그것은 무한합니다. 그것은 내 머리를 태양으로부터 보호해 주는 머리카락이며, 방바닥을 떠받치는 땅바닥입니다. 친절하지 않은 것은 아무것도 없습니다. 죽음은 일상적인 삶이 결코 할 수 없는 것을 해 줍니다. 정체성의 너머에 있는 것, 곧 몸이 없는 자기를, 한없이 자유로운 마음을 경험하게 해 줍니다.

자기의 근원이 어디인지를 깨달으면, 어떤 상상도 당신이 분리되어 있다고 믿게 만들 수 없습니다. 모든 것은 있는 그대로 보이며, 어느 누구도 정체성 말고는 아무것도 잃을 위험에 처해 있지 않다는 것을 당신은 이해합니다. 그리고 그 영원히 좋은 소식은 실재하는 것으로 나타나는 모든 것 안에 오로지 친절만이 남게 합니다. 그것은 가르칠 수 있는 것이 아닙니다. 그것은 경험이며, 스스로 기뻐함입니다. 내가 어떤 동기 없이 당신에게 줄 때, 나는 기쁩니다. 나는 친절함으로 행동합니다. 그렇게 하는 나 자신을 좋아하기 때문입니다. 친절은 오직 나 자신에게만 베풀어질 수 있습니다. 그것은 다른 누구를 포함하지 않으며, 외견상 받는 것처럼 보이는 사람도 포함하지 않습니다. 나는 주는 자이면서 동시에 받는 자입니다. 중요한 것은 그것입니다.

온 세상이 나에게 속합니다. 왜냐하면 나는 '찻잔을 들고 의자에 앉아 있는 여자'라는 마지막 이야기, 마지막 꿈속에서 살기 때문입니다. 나는 창밖을 바라봅니다. 내게 보이는 모든 것은 나의 세계입니다. 그 너머에는 아무것도 없으며, 하나의 생각도 없습니다. 이 세계는 나에게 충분합니다. 내가 하거나 될 필요가 있는 모든 것은 이 무

갔으며, 욕실로 기어가서, 치약을 칫솔에 묻히고, 상태가 엉망인 치아를 닦았습니다. 치아에 난 구멍들은 개의치 않았습니다. 단 한 가지에만 관심을 두었습니다. 내 안의 진실을 존중하는 것. 신의 계시를 받고 싶나요? 불타는 가시덤불 앞에 서고 싶나요?* 내 불타는 가시덤불은 이것입니다. "양치질을 해라."

'그것의 길'을 존중하는 것은 이 단순한 지시들을 따르는 것입니다. 설거지를 해야 한다는 생각이 들면, 설거지를 하세요. 그것이 천국입니다. 지옥은 "왜?"라고 묻는 것입니다. "나중에 할 거야", "그럴 필요가 없어", "내 차례가 아니야", "그건 공평하지 않아", "그건 다른 누가 해야 해" 등등 잠깐 사이에 떠오르는 오만 가지 생각이 지옥입니다. 어떤 일을 해야 한다는 목소리가 들리면, 그냥 그 일을 하세요. 그 행동에 관한 생각들에 질문하지 않으면 괴로움을 경험하게 됩니다. 마음속으로 다투지 않고 그냥 다음의 일을 하는 것은 신에게 헌신하는 것과 같습니다. 그저 경청하고 순종하는 것, 경청하고 행동하는 것은 즐거운 일입니다. 그 목소리를 따르면, 마침내 하나의 목소리조차 없다는 것을 깨닫게 됩니다. 목소리는 없고, 움직임만 있으며, 당신이 그 움직임이고, 당신은 그것이 스스로 행하는 것을 지켜볼 따름입니다. 그다음에 오는 것은 당신의 일이 아닙니다. 당신은 그냥 움직이고, 그것에 대한 모든 판단을 해소합니다. 어떤 판단 때문에 고통을 느끼면, 그 판단을 탐구하세요.

지금은 4월이고, 나는 워싱턴에서 북 투어(book tour; 새 책 발간에 맞

---

* 신이 불타는 가시덤불 가운데서 모세에게 계시를 주었다는 구약성서 출애굽기의 인용(출애굽기 3:2-4).—옮긴이

추어 각지를 돌며 저자 사인회와 강연회를 하는 것)를 하고 있습니다. 한 달 전에 의사는 내게 골다공증이 있으니 더 많이 걸어야 한다고 말했습니다. 더 많은 운동을 하고, 더 많은 칼슘을 섭취해야 하며, 매주 한 번씩 알약을 먹어야 한다고, 그러지 않으면 뼈들이 부서질 것이라고 했습니다. 나는 그의 의견을 사랑합니다. 그 의견은 나를 즐겁게 합니다. 그리고 나는 그의 지시를 따르는 것이 기쁩니다.

남편과 나, 우리의 친구 애덤이 호텔에 도착했을 때, 우리가 묵을 방은 오후 3시가 되어야 준비된다는 말을 들었습니다. 그때는 정오였으니 아직 세 시간이 남았습니다. 그러니 지금은 분명히 걸어야 할 때입니다. 제퍼슨 기념관 주변은 어떨까요? 택시는 우리를 교차로에 내려 주고, 우리는 걷기 시작합니다. 벚꽃이 피었군요! 우리의 눈길이 닿는 곳마다 형언할 수 없이 아름다운 꽃들이 있습니다. 벚꽃이 활짝 피었습니다. 지금이 절정이라고 합니다. 여기는 수많은 사람이 이 소중한 순간에 휴가를 보내려고 계획한 곳입니다. 우리는 벚꽃을 생각지도 못했는데, 갑자기 벚꽃들이 그 모든 아름다움으로 거기에 있습니다. 분명 마스터플랜은, 우리가 활짝 피어 있는 벚꽃을 보는 것이었습니다. 나를 위한 주치의의 계획은 걷는 것이었습니다. 호텔의 계획은 우리의 방을 청소할 때까지 우리를 들어가지 못하게 하는 것이었습니다. 우리는 5주일 동안 쉼 없이 여행한 지금 우리가 얼마나 많이 피곤한지, 우리가 얼마나 많이 쉴 필요가 있는지, 호텔이 얼마나 배려할 줄 모르는지, 홍보 담당자가 세운 계획이 얼마나 엉터리인지 등등의 이야기를 하면서 이런 경험을 할 수도 있었습니다. 그러나 만일 우리의 방이 그때 준비되었더라면, 우리는 벚꽃을 경험하지 못했을 것입니다. 길은 분명합니다. 하지만 오직 마음이 맑을 때만.

작년 9월에, 둘째 아들 로스의 개 오클리가 우리 집 앞의 수로(水路) 속으로 뛰어들었습니다. 현관 유리문이 열려 있었는데, 이 덩치 크고 천진난만한 골든 리트리버는 문을 박차고 달려나가더니 울타리를 뛰어넘고 물속으로 뛰어들어 오리들을 맹렬히 뒤쫓습니다. 태평하게 놀고 있던 오리들은 누가 그런 소란을 떨고 있는지 보고는 재빨리 다리를 저어 헤엄을 치고, 꽥꽥 울면서 개보다 더 빨리 헤엄쳐 달아납니다. 다음 날, 깨끗했던 거실 바닥 여기저기에 오클리의 진흙 묻은 발자국들이 찍혀 있습니다. 그 발자국들을 보고는 내 마음이 흐뭇해집니다. 거실 바닥을 청소하는 동안 나는 이 동물을 향한 크나큰 사랑을 경험합니다. 나는 그 발자국들이 어째서 생겼는지 압니다. 그 발자국들을 보며 나는 오클리와 내 아들을, 동물세계의 쾌활함을 떠올리고, 내가 그것임을 사랑합니다. 질문되지 않은 마음은 그 발자국들을 보고 화가 날 수도 있습니다. 생각들은 그 개를 공격하고, 개를 훈련시키지 않았다는 이유로 내 아들을 공격하고, 문이 열려 있는 것을 더 일찍 보지 못했다는 이유로 나 자신을 공격할 수도 있습니다. 마음이 몸과의 동일시를 유지하려는 목적으로 외견상 상대방을 공격하는 데 써 먹을 수 있는 조합은 수천 가지나 됩니다. 하지만 질문된 마음은 어떤 상대방도 보지 않습니다. 그 마음은 삶이 가져오는 모든 것을 기뻐하고 즐깁니다.

세 살배기 쌍둥이 손녀인 한나와 켈시는 부엌의 찬장을 열고 가장 신기해 보이는 보물들을 꺼냅니다. 냄비들과 스푼들, 그리고 커피 프레스의 내부 부속들. 며칠 뒤에 보니 커피 프레스는 여전히 밖에 놓여 있습니다. 나는 아이들이 그들의 호기심과 자유를 보여 주는 물건 하나를 남겨 놓은 것을 사랑합니다. 우리 집은 아주 단순하게 장식되어 있고 여분의 물건이 하나도 없습니다. 그리고 이제 커피 프레스가 있습니다. 나는 그것이 더해져서 좋습니다. 누가 실내를 장식할지, 그들이 나타나기 전에는 전혀 알 수 없습니다. 나는 커피 프레스를 오래된 익숙한 자리인 조리대 밑에 돌려놓습니다. 집은 언제나 완벽하게 장식됩니다.

오늘 아침 나는 샤워를 해야겠다고 생각했는데, 계속 이메일을 읽고 있다는 것을 알아차립니다. 이메일이 무척 재미있기 때문입니다. 샤워를 한다는 것은 좋은 생각입니다. 이 몸이 샤워를 하러 움직일까요, 그러지 않을까요? 삶이 어떤 일을 계속할 때, 자기의 속도로 움직이도록 허용하면서 기다리고 지켜보는 것은 신나는 일입니다. 수십 통의 이메일을 다 읽고 나서, 몸은 아무 이유 없이 자리에서 일어납니다. 몸이 어디로 가고 있나요? 몸은 샤워를 하러 가고 있다고 생각하지만, 알 길이 없습니다. 몸이 샤워 칸막이 안에 서서 수도꼭지를 틀 때까지는. 그리고 물이 나오기 전에는 여전히 샤워를 하게 될지 말지 알 길이 없습니다. 물이 몸 위로 쏟아져 나올 때 생각이 일어납니다. "샤워하길 참 잘했어!"

69

두 가지 큰 세력이 대립할 때는
지는 법을 아는 쪽에
승리가 돌아갈 것이다.

어떤 것이 당신과 대립할 수는 없습니다. 적(敵)이라는 것은 없습니다. 어떤 사람도, 어떤 믿음도, 심지어 에고조차 적이 아닙니다. 오해일 따름입니다. 우리는 어떤 것을 오해하여 적으로 인식하지만, 우리가 할 일은 오직 그것과 함께 현존하는 것입니다. 그것은 우리가 아직 이해하지 못한 형태로 떠오르는 사랑입니다. 그리고 마음에 질문을 하면 숨겨진 믿음들이 떠오르도록 허용하게 됩니다. 고요한 마음은 어떤 믿음도 진실하지 않음을 깨닫고, 그 깨달음 안에서 움직이지 않으며, 그래서 그 마음은 어떤 믿음에도 집착할 수가 없습니다. 그 마음은 편안히 그 모든 것과 함께합니다.

당신의 적은 당신이 아직 치유하지 않은 것이 무엇인지를 보여 주는 선생님입니다. 당신이 어딘가를 방어한다면, 그곳은 당신이 여전히 고통받는 자리입니다. 바깥에는 당신과 대립할 수 있는 것이 없습니다. 바람처럼 흐르는 움직임이 있을 뿐입니다. 당신은 지각하는 것에 이야기를 덧붙이며, 그 이야기는 당신에게 고통을 줍니다. 이제껏 내가 다른 사람이라고 부른 모든 것은 나 자신입니다. 그들은 언제나 나 자신이었습니다. 이제껏 내가 적이라고 부른 모든 것은 나 자신이 었습니다. 우리는 투사하기 때문에 현실을 '그들(a them)'과 '나(a me)' 로 보게 되지만, 현실은 훨씬 더 친절합니다. 모든 적은 친절한 선생 님이며, 당신이 그 점을 깨닫기를 기다리고 있습니다. (그렇다고 해서 그들을 저녁 식사에 초대해야 한다는 뜻은 아닙니다.) 누군가를 나의 믿음을 위협하는 사람으로 인식하지 않는다면, 아무도 나의 적이 될 수 없습 니다. 만일 내가 뭔가를 잃을까 봐 두려워한다면, 나는 적들이 존재 할 수 있는 세계를 창조했습니다. 무엇을 잃는다 해도 나는 그것이 없어서 오히려 더 낫지만, 그 세계에서는 그 점을 이해할 길이 없습 니다.

언젠가 여행을 마치고 집에 돌아와서 현관문을 열었는데, 집이 깨 끗이 비어 있습니다. 도둑들이 나의 돈과 보석, 텔레비전, 전축, CD 컬렉션, 가정용 기기들, 컴퓨터들을 다 가져갔고, 가구와 옷 몇 벌만 남겨 두었습니다. 집 안이 깔끔한 젠[禪] 스타일로 바뀌었습니다. 나 는 방들을 둘러보며 이 물건이 없어지고 저 물건이 없어진 것을 봅니 다. 뭔가를 잃었다거나 침해받았다는 느낌은 들지 않습니다. 그러는 대신, 나는 그 물건들을 받는 사람들을 마음속으로 그려 보고, 그 물 건들을 받고서 그들이 어떤 기쁨을 느낄지 상상해 봅니다. 아마 도둑 들은 보석을 아내나 연인에게 주거나 전당포에 팔아서 그 돈으로 자 녀들을 먹일 것입니다. 내 가슴은 감사로 가득 차오릅니다. 나의 감 사는 그 물건들 하나하나가 나에게는 명백히 필요하지 않다는 데서 나옵니다. 나에게 그 물건들이 필요하지 않다는 것을 내가 어떻게 알까요? 그것들이 없어졌기 때문입니다. 나의 삶은 왜 그 물건들 없이 더 나을까요? 내 삶은 이제 더 단순해졌기 때문입니다. 쉬운 문제입니다. 그 물건들은 이제 도둑들의 것이 되었고, 명백히 나보다 그들에게 더 필요했습니다. 우주는 그런 식으로 돌아갑니다. 나는 경찰서에서 조서를 작성할 때도 그들에 대해 큰 기쁨을 느낍니다. 나는 더 이상 우리의 것이 아닌 물건을 되찾아 오려 하는 세상의 길이 이상하게 여겨지지만, 그럼에도 그 길을 이해합니다. 조서를 작성하는 것도 역시 '그것의 길'입니다. 만일 그 물건들이 발견되면 나는 그것들의 귀환을 환영하겠지만, 그 물건들은 이후에도 영영 발견되지 않았습니다. 그래서 나는 소유권의 이전이 세상에게, 나에게, 도둑들에게 가장 좋은 것임을 이해합니다. 나에게 필요한 것은 언제든 나에게 있는 것뿐이며, 그보다 더 많지도 더 적지도 않습니다. 우리에게는 소유물에 관한 문제가 있을 수 없습니다. 유일한 문제는 우리가 소유하거나 소유하지 않은 것에 대한 우리의 생각입니다. 그 밖에 달리 어떻게 고통을 받을 수 있겠어요?

그것의 단순한 진실은, 지금 일어나는 일은 일어날 수 있는 최선의 일이라는 것입니다. 이 점을 보지 못하는 사람들은 자신의 생각을 믿고 있을 뿐입니다. 그들은 지금 있는 것과 전쟁을 벌이면서 제한된 세계라는 환영에 갇혀 있을 수밖에 없습니다. 이 전쟁에서 그들은 언제나 질 수밖에 없습니다. 그들이 현실과 다투기 때문이며, 현실은 언제나 자비롭기 때문입니다. 당신이 이해하든 못하든, 실제로 일어나는 일은 일어날 수 있는 최선의 일입니다. 그 점을 이해하기 전에는 평화가 없습니다.

현실은 우리가 현실에 대해 얘기하는 이야기보다 언제나 더 친절합니다. 만일 내가 현실에 대해 이야기한다면, 나는 사랑 이야기를 할 것입니다. 삶을 언제나 더욱더 친절하게 살고, 우여곡절을 겪더라도 그것을 미래로 투사할 수 없을 때, 그때는 사랑 이야기를 하게 될 것입니다. 예를 들어, 만일 딸이 죽는다면, 나는 영향받을 자아가 없다는 것을 깨닫습니다. 그것은 나의 일이 아닙니다. 이것은 그녀의 삶, 내 아이의 삶이며, 나는 그녀의 자유를 축하합니다. 정체성이 없는 마음의 자유를 알기 때문입니다. 마침내 자기 자신을 깨닫게 된, 몸이 없는 끊임없는 마음, 결코 하나의 그녀(a her)로 존재한 적이 없는 마음, 그리고 결코 죽을 수 없는 그녀(the her)의 자유를……. 그 안에서는 우리가 결코 분리되어 있지 않습니다. 그것은 시작일 뿐이며, 더욱더 친절해집니다. 나는 달리 가르치는 엄마가 없을 때 딸의 아이들이 어떻게 자라는지 보게 됩니다. 어떤 것을 잃을 때마다 나는 괜찮았습니다. 혼란스러운 마음이 잃음을 안 좋은 것이라고 판단하지만 않는다면, 모든 잃음은 얻음이 됩니다. 나는 딸이 있지 않을 때 무엇이 내 삶의 그 공간을 채우는지 보게 됩니다. 그리고 딸은 내 가슴속에 살아 있으므로 내 세계의 친절함은 결코 줄어들 수 없습니다. 내가 딸을 품고 있던 공간에 다른 무엇이 들어오기 때문입니다. 삶이 너무 좋아서 더이상 좋아질 수 없다고 생각할 때는 삶이 그렇게 됩니다. 그것은 법칙입니다.

나는 생명이 없는 듯 시들어 말라 버린 나뭇잎을 바라봅니다. 나무는 그 나뭇잎이 아무것도 아닌 듯이 떠나보내야 합니다. 나뭇잎은 바닥으로 떨어지고 제 할 일을, 이제는 다른 일을 하기 시작합니다. 나뭇잎은 자연스럽게 그렇게 하고, 뿌리를 덮어 주고, 물과 공기가 됩니다. 그리고 마침내 온갖 원소가 되고, 자양분을 주며 어머니 나무를 강하게 하는 일부가 되고, 물질과 물과 공기와 불이 되며, 지금 이 순간 제 할 일을 하는 모든 것이 됩니다.

70

나를 알고 싶다면
당신의 가슴을 들여다보라.

질문들에 열린 마음은 이 여행을 할 수 있는 유일한 마음입니다. 열린 마음은 두려움 없이 고통이 없는 삶을 찾으려 합니다. 대답들이 나오는 근원과 그 대답이 가져다주는 자유를 존중합니다. 그래서 탐구가 쉬워집니다. 마침내 마음은 소망하던 길을, 완전히 쉬는 자리로, 집으로, 자기 자신으로 돌아오는 길을 찾았음을 알아차립니다.

질문을 하고 대답이 표면에 떠오르도록 허용할 때, 마음은 자주 자기에게 깜짝 놀랍니다. 자기 안에 있는지도 모르고 있던 깊은 통찰을 발견하기 때문입니다. 이런 대답들은 더 깊이 숨겨진 대답들이 표면에 떠오르게 합니다. 그래서 마음의 모르는, 탐구하는 극성이 보고 이해하게 합니다. 마음은 자기의 본성을 알게 될 때 지혜를 신뢰하게 되며, 그 지혜는 자기 자신입니다. 마음은 그렇게 배우며, 그때 마음의 모든 고통과 망상, 두려움, 착각하고 있던 정체성이 끝나게 됩니다. 탐구는 당신이 상상하는 속도보다 더 빨리 세상을 바꿉니다. 나는 서둘러 마치고 싶었습니다. 이제 나는 질문들로서 걷고, 대답들로서 살아갑니다. 나는 열리고 싶었습니다. 그래서 결과들이 어떠하든 스스로 천국이라 부르는 세계에서 살지 않을 수 없습니다. 나는 내 치과의사까지도 사랑합니다.

처음에는 탐구를 해내기 어렵다고 느낄지도 모릅니다. 때로는 탐구가 마치 마취하지도 않은 채 가슴을 절개하는 것처럼 느껴질 수도 있습니다. 감추고 싶었던 모든 것이 표면으로 떠오르고, 당신은 그로 인한 모든 반향을 느낍니다. 자기 자신이라고 믿었던 자의 죽음을 계속 겪게 됩니다. 그런 고통 때문에 몸을 웅크릴지도 모르고, 구토할지도 모르고, 일시적인 마비 증세를 겪을지도 모릅니다. 심할 때는 몇 시간 동안 그런 일을 겪을 수도 있습니다. 당신은 아직도 자기를 하나의 개인으로 여기지만, 당신이 이제껏 불친절하고 무자비하고 어리석고 미쳤고 탐욕스럽고 야비하다고 보았던 모든 사람이 사실은 자기 자신임을 알아보기 시작하는데, 이런 알아차림이 너무 고통스러워서 가끔은 감당할 수 없다고 생각됩니다. 마음이 탐구를 계속하면 자기의 유일한 적은 바로 자기 자신이며, 세상은 온전히 자기의 투사이며, 자기만이 홀로 있으며, 타자(他者)가 없으며, 확실히 그러함을 점차 이해하게 됩니다. 뒤바꾸기는 언제나 마음을 인간다운 삶으로 초대합니다. 이 균형은 마음이 '아무것도 아님(nothing)'과 '어떤 것(something)' 사이에 머물게 하며, 마음에게 세상이라는 단단한 토대를 주며, 당신이 남아 있는 것을 기분 좋고 확실하게 계속 해결해 나갈 때 신뢰가 자라게 합니다.

마음이 자기 안에 완전히 뿌리내리면, 마음이 아닌 정체성은 상실됩니다. 마음은 다시는 자기 아닌 어떤 것일 수 없습니다. 마음은 자기 말고는 다른 것을 모릅니다. 마음이 인간이라는 정체성을 상실할 때는 큰 슬픔과 심한 상실감, 외로움을 경험할 수 있습니다. 그런데 이 지점에서 마음은 다른 정체성을, 놀랄 만한 정체성들을 발견하기 시작합니다. 당신은 날 줄 모르지만 한 마리 새이며, 서두를 때도 하나의 바위입니다. 당신은 영원히 그 자리에 앉아 있을 수 있는 바위이며, 언젠가는 부서져서 먼지로 변한다는 것을 알지만, 그때가 올 때까지는 팔도 없고 다리도 없는 바위로 그곳에 있습니다. 하지만 탐구의 힘으로 당신은 자신이 그것임을 사랑하며, 다른 어떤 정체성을 바라지 않습니다. 그리고 그 정체성마저도 가질 수 없음을, 자기의 정체성이란 없으며 오직 마음뿐임을 깨닫습니다. 그리고 마음으로서 당신은 모든 생각이 가 버리며, 그 생각이 있었다고 말하는 하나의 생각만이 그 증거로 남아 있는데, 그 생각마저도 가 버린다는 것을, 그리고 이 안에서 모든 생각이 가 버렸고, 모든 것이 이미 가 버렸다는 것을 깨닫습니다. 모든 것이⋯⋯.

탐구는 당신이 자기라고 생각하는 것을 계속해서 죽입니다. 마침내 당신이 다른 무엇을 발견할 때까지. 질문된 마음은 순수한 지혜이며, 그 마음은 온 세상을 치유합니다. 마음이 치유될 때 세상이 치유됩니다. 나는 죽기 전에는 살 수 없다는 것을 알게 되었습니다. 그리고 살고 있는 것은, 감사하게도, 내가 나라고 생각했던 내가 아닙니다. 나인 것은 아름답지 않은 것이 하나도 없습니다. 나는 모든 것으로, 옛것과 새로운 것으로, 시작과 끝으로 나타납니다. 나는 모든 것입니다. 나는 당신입니다.

당신은 어디든지 갈 수 있으며, 당신이 지금 있는 곳은 이 말이 진실함을 보여 줍니다. 당신은 어디에나 있습니다. 이름이 없다면 이곳은 무엇일까요? 마법 같은, 성스러운, 기적적인. 당신은 어떻게 여기에 왔나요? 당신에게 왜 목적지가 필요할까요? 그것은 어쨌든 이것 아니면 저것으로, 당신이 계획했던 것이나 계획하지 않았던 것으로 드러납니다. 당신은 현실이 당신의 계획과 부합하는 것을 좋아합니다. 이해합니다. 그런데 당신은 언제나 궁금해하던 미래로서 지금 여기에 있습니다. 당신은 마치 근사한 집에 있으면서 자기에게 실제 필요한 것 이상의, 지금 자기에게 이미 있는 것 이상의 것들에 관심을 기울이며, 거리에서 어떤 즐거움을 위해 쓰레기통을 뒤지고 있는 것과 같습니다. 당신은 식탁에 앉아서 필요 이상의 것들을, 필요하지도 않은 온갖 것을 바라보며, 지금 이 순간 자기 안에 가득히 있는 것을 마음속에서 스스로 박탈하고 있습니다. 이야기가 없을 때 당신은 괜찮지 않나요? 삶 자체의 목적지는 우리가 상상할 수 있는 것보다 더 놀랍지 않나요?

역경이란 무엇일까요? 역경이란 단지 현실이 당신의 이야기와 부합하지 않을 때를 가리키는 말입니다. 이를테면 "나는 두 팔을 가지고 살아야 하는 사람이야. 오른손으로는 나이프를 쥐고 왼손으로는 포크를 들어야 해"라는 이야기를 믿고 있는데, 나의 오른손이 없어져 버렸다고 가정해 봅시다. 아침에 잠에서 깨어났는데 난데없이 오른 팔이 없어져 버렸고, 작별 인사도 하지 못했는데 그 팔은 뒤뜰에 있는 쓰레기통 속 비닐봉지에 들어 있습니다. 이제 나는 왼손에 나이프를 쥔 사람이 되었고, 왼손이 오른손처럼 되었습니다. 그래서 이제 현실은 나의 이야기와, 내가 무척이나 소중하게 붙들고 있는 정체성과 부합하지 않습니다. 이제 나는 흔쾌히 새로운 방식을 배우는 사람일 수도 있고, 스테이크를 자르지 못하는 사람일 수도 있고, 기쁜 마음으로 채식하는 사람이 될 수도 있습니다. 내가 생각들에 질문을 던지고, 현실이 바로 나 자신임을, 현실은 늘 내가 붙들려고 애쓰는 정체성보다 더 친절하다는 것을 이해하기 전에는, 나는 언제나 내가 나 자신이라고 믿는 것입니다.

은총이란 자신이 지금 있는 곳이 자신이 언제나 있기를 원했던 곳임을 이해하는 것입니다. 은총이란 그 팔을 잃는 것이며, 지금 남아 있는 것을 온전히 인정하고 감사하며 알아차리는 것이며, 동시에 그 팔이 없을 때 당신의 삶이 얼마나 더 나은지를, 그리고 이 새로운 방식이 가져오는 모든 이로움을 보는 것입니다. 그리고 은총이란 매 순간 당신이 있는 곳이, 당신 자신인 것이, 모든 것인 그것이, 그 모든 것의 방식이 가슴이 소망하는 것임을, 상상 이상으로 충족되어 있음을 깨닫는 것입니다.

71

모름이 참된 앎이다.

무언가를 안다고 생각하는 것은 과거의 이야기를 믿는 것입니다. 그것은 터무니없는 생각입니다. 무언가를 안다고 생각할 때마다 고통을 받게 됩니다. 실제로는 알아야 할 것이 없기 때문입니다. 당신은 존재하지 않는 것을 붙들려고 애쓰고 있습니다. 알아야 할 것은 아무것도 없고, 알고 싶어 하는 사람도 없습니다.

모른다는 것을 아는 것이 훨씬 쉽습니다. 더 친절하기도 합니다. 나는 모르는 마음을 사랑합니다. 모른다는 것을 알면, 자연스럽게 현실에 열리게 되고, 현실이 당신을 원하는 대로 데려가도록 놓아두게 됩니다. 정체성을 버리고 실제 자신으로 존재할 수 있습니다. 한계 없는 자, 이름 없는 자로 존재할 수 있습니다. 사람들은 나를 '케이티'라고 부르지만, 나는 그 말을 믿지 않습니다.

어떤 사람은 "9시에 여기로 오겠어요"라고 말합니다. 미래가 없는 사람이 시계가 9시가 되는 것을 지켜보는 것은 어떠할까요? 아무도 모릅니다. 그 사건은 너무나 기적 같아서 말로는 설명할 수가 없습니다. 언제나 지금을 가리키는 시계에 따르면, 때는 8시 1분인데, 그 뒤

350

갑자기 8시 2분입니다. 그리고 이제는 8시 30분이고, 이제는 돌연 9시입니다. 그리고 그 사람이 나타나는데, 존재하지 않은 과거로부터 난데없이 불쑥 나타납니다. 그런 일들이 일어나는 것을 보며 나는 끊임없이 놀랍니다.

　이제 나는 거실을 향해 걷고 있습니다. 그렇다고 생각합니다. 나는 내가 창문을 열기 위해 가는 중이라고 생각합니다. 하지만 나는 몸이 실제 어디로 가고 있는지 모르며, 창문이 존재하는지도, 거실이라는 것이 있는지도 알지 못합니다. 몸이 움직일 때 딱딱한 마룻바닥을 걷는 발자국 소리가 들립니다. 마치 나의 발자국 소리인 양. 이 걸음, 그리고 다음 걸음, 그리고 다음 걸음. 모든 것이 느리게 슬로모션(slow motion)으로 경험됩니다. 더 정확히 말하자면, 나는 모든 것을 장면*, 장면, 장면으로 경험합니다. 각각의 순간은 내게 하나의 장면이며, 다른 장면과 반드시 연결되어 있는 것은 아닙니다. 그것은 마치 돋보기로 들여다보는 이끼 낀 바위와 같아서, 그 자체로 하나의 우주이며, 조금도 나뉘어 있지 않습니다. 길을 걸을 때, 걸음 하나하나의 모든 움직임은 그 자체로 완전합니다. 한 번에 한 걸음씩 내딛지만, 그 걸음은 사실 걸음 사이의 모든 것이기도 합니다. 지금. 지금. 지금. 여기에는 글자 그대로 시간도 없고 공간도 없으며, 과거도 없고 미래도 없고, 심지어 현재도 없고, 오는 사람도 없고, 가는 사람도 없으며, 아무 의미도 없고, 아무 동기도 없고, 아무런 목적도 없습니다. 그리고 마침내 당신은 아무것도 움직이지 않는 자리에 도달합니다. 그곳이 집입니다.

---

* 　frame. 영화 필름의 한 토막. 단 하나의 장면. 사진의 한 장면.—옮긴이

우리 모두가 소망하는 곳, 움직임이 없는 부동점, 우주의 중심, 절대 제로(0).

기적처럼 거실이 나타나고, 창문이 나타나며, 나는 아르투아 우물처럼 솟아나는 어린 소녀의 흥분을 경험합니다. 몸이 창문으로 갈까요? 그런 일이 일어나고 있는 것 같지만, 나는 알지 못합니다. 그저 다음 걸음을, 앞으로 움직이는 몸을, 또각거리는 구두 소리를 느낍니다. 몸이 창문을 열까요? 그게 '그것의 길'일까요? 나는 앞으로 뻗는 손을 알아차리고, 그때 전화벨이 울리자 몸이 반대 방향으로 걷기 위해 돌아설 때 안에서 터져 나오는 웃음을 경험합니다. 이것은 창문이 계속 닫혀 있을 수 있는 유일한 길이며, 지금 닫혀 있는 창문은 '그것의 길'입니다. 나는 손이 수화기를 드는 것을 보고, 손이 그렇게 한다는 이유만으로, 다시 '그것의 길'을 기뻐합니다. 입술이 움직이며 수화기에 대고 목소리가 말합니다. "여보세요." 그리고 나는 난데없이 나오는 익숙한 목소리에, 자기의 목소리에, 그리고 이 의미 없고 슬픔 없고 삶도 없고 죽음도 없는, 존재하지도 않는 것의 끝이 없고 마음이 없는 황홀한 꿈에 전율을 느낍니다. '있음'이 아닌 것은 아무것도 없고, 그러므로 아름답지 않은 것은 아무것도 없습니다.

내 몸이 부엌을, 가스레인지를 향해 걸어가는 것을 지켜봅니다. 내 손이 찜통을 들어 싱크대로 가져가는 것을 지켜봅니다. 그것이 앞으로 뭘 할지는 모릅니다. 그것이 실제로 어떤 일을 하기 전에는. 그것이 찜통에서 호박을 꺼내 먹을까요? 그것은 찬장에서 접시를 꺼내 그 위에 호박 한 조각을 얹습니다. 그리고 그것은 호박이고, 그것은 호박에서 올라오는 김이고, 그것은 몸이고, 접시고, 싱크대고, 조리대입니다. 그리고 나는 무엇일까요? 나는 분명…… 무엇? 모든 것이 다들 자기 자신으로 있느라 분주하지만, 나는 어떤 정체성도 발견할 수 없습니다. 그것이 정말 어떤 것일 필요가 있을까요? 그렇지 않으며, 그럴 수도 없습니다. 내가 어떤 것인 척할 수 있을까요? 아니, 너무 늦었습니다. 그럴 수 있는 나의 때는 지나가 버렸으며, 나는 오직 웃음으로서, 내면의 번개로서 깨어 있고, 알아차리고, 내 안에서 살아 있으며, 나는 이것이 아니고, 이것이 아니고, 이것도 아닙니다. 호박은 어떤 것이 되고, 싱크대는 어떤 것이 되지만, 나는 결코 어떤 것일 수 없습니다. 아무리 나 자신을 어떤 것으로 창조하려고 해 봐도. 나는 색깔들, 소리들을 상상할 수 있으며, 내가 호박을, 조리대를, 접시를 창조할 때, 나는—끊임없이 사라지고, 내가 알아차릴 때조차 가버리는—이 꿈 역시 창문이나 전화기라는 꿈처럼 생생하다는 것을 다시 알아차립니다. 그것은 오직 그 자신의 기쁨을 위해서만 살며, 시간으로 보이는 것 안에서의 섬광일 뿐입니다. 그것이 포크를 사용할까요? 손을 사용할까요? 나는 꿈을 지켜보며, 꿈을 사랑합니다. 그것이 호박을 먹는 것을 내가 알아차릴 때조차 호박은 존재할 수 없습니다. 맛? 나는 구태여 그것을 투사하지 않습니다. 그것은 나 없이도 투사하기 때문입니다. 호박은 맛있습니다. 맛이 꿈꾸어지고 있고, 호박이 꿈꾸어지고 있고, 조리대, 접시, 포크가 꿈꾸어지고 있고, 꿈꾸는 자 역시 꿈꾸어지고 있습니다. 그리고 나는 이것이 나일 수 있는 모든 것이고, 모든 것이 나에게서 생겨나며, 있는 것도 없고, 없는 것도 없다는 것을 알아차립니다. 그 모든 것은 하나의 거대하고 놀라운 농담입니다. 그러니 미소 지을 수 있다면 미소를 지을 것입니다.

72

경외심을 잃을 때
사람들은 종교에 의지한다.

어느 기독교인이 내게 예수를 만난 적이 있느냐고 물었습니다. 나는 신을 사랑합니다. 다시 말해, 현실을 사랑합니다. 그곳에서 당신을 만나고 싶습니다. 그곳은 지금, 여기입니다.

나는 예수에 대해 잘 모르지만, 그가 신을 사랑했다는 것은 압니다. 예수는 자기에게 효과가 있던 훌륭한 길을 알고 있었고, 진정으로 그렇게 살았던 사람이었습니다. 나는 그것이 무엇인지 압니다. 나도 훌륭한 길을 발견했고, 그렇게 살아갑니다. 그런데 물론 이 말도 진실은 아닙니다. 사실은 발견할 나(a me)조차 없었으므로 '내'가 길을 발견한 것이 아니라, 그것이 나를 발견했기 때문입니다. 길은 단순히 지금 있는 것입니다. 누가 그것이 어떠해야 한다고 생각할지라도 그것은 달라지지 않습니다. 그것은 있는 그대로 있으며, 무한히 지성적이며 친절합니다. 내 생각으로는, 만일 예수가 그 길이라면, 나는 그를 모든 사람 안에서 만납니다. 왜냐하면 그 길은 내 생각이 거울에 비친 이미지 이상의 어떤 것이 아니기 때문입니다.

기독교인들은 예수를 사랑한다고 말합니다. 모든 일이 뜻대로 이루어질 때는 그렇다고 믿는 것이 쉬운 일입니다. 만일 예수가 지금 이 방으로 걸어오면 모든 사람이 그를 사랑할 것이고, 어떤 사람들은 그의 발밑에 엎드려 절하고 그를 숭배할 것입니다. 그렇지만 만일 예수가 그들의 종교를, 그들이 그 순간 집착하는 관념을 위협하는 말을 하면, 그들은 그를 적으로 여길 것입니다. "그는 급진적이야. 내가 생각했던 분이 아니야. 그는 그릇된 사람들과 어울리고 있어. 영적 스승은 정치적인 발언을 하면 안 돼. 그는 성경 말씀을 부정하고 있어. 공상에 빠져 있어. 뭘 잘 몰라." 사람들은 세상에서 가장 명쾌하고 가장 사랑하는 사람이라도 자기의 믿음 체계에 반대하면 그를 하찮은 사람으로 볼 것입니다. 그들은 정말로 중요하다고 믿는 것을 보호하기 위해 그를 무시하고 부정하고 지우고, 그가 잘못되었음을, 사기꾼임을, 사회에 위험함을 증명하려 할 것입니다. 그들은 자유가 아니라 옳기를 원합니다.

영적 스승을 추앙할 때 당신이 추앙하는 것은 자기 자신입니다. 자기 자신 말고는 아무것도 투사할 수 없기 때문입니다. 그리고 내면에 치유되지 않은 것이 있는 한, 삶이 원하는 대로 되지 않거나 자기의 믿음 체계가 위협받을 때, 그것을 스승의 탓으로 돌리게 됩니다. 그가 어떤 말을 하면, 당신은 그 말에 의미를 덧붙이고, 그가 잘못되었거나 부족하다고 생각하며 추앙을 거두어들입니다. 당신은 그가 직접 한 말이 아니라, 당신이 들은 (자기 식대로 받아들인) 말에 반응하고 있습니다. 예수를 사랑하는 것은 좋은 일입니다. 하지만 괴물, 테러리스트, 아동 성추행범까지 사랑하지 않는다면, 그리고 최악의 적을 방어나 정당화 없이 만나지 않는다면, 예수에 대한 추앙은 아직 진짜가 아닙니다. 이 사람들 하나하나는 예수의 또 다른 모습일 뿐이기 때문입니다. 영적 스승을 진정으로 추앙하는 사람은 모든 것을 추앙합니다.

당신이 어떤 영적 스승에게 헌신하고 있다고 생각한다면, 그것은 훌륭한 시작입니다. 당신의 헌신이 우리 모두에게 향할 때 당신은 그 헌신이 실제 어떠한지를 알게 됩니다. 만일 당신이 어떤 적에게 무시, 부정, 두려움을 투사한다면, 조만간 그것을 영적 스승에게도 투사할 것입니다. 모든 사람이 당신의 스승입니다. 그리고 가장 효과적인 영적 수행은 당신을 비난하는 사람들과 많은 시간을 보내는 것입니다. 신체적으로 함께 있을 필요는 없습니다. 그들은 바로 지금 당신의 머릿속에 살고 있기 때문입니다. 그 뒤 자신이 더이상 방어하거나 정당화하지 않을 만큼 자랐다고 생각되면, 적들과 신체적으로도 함께 시간을 보내 보세요. 그리고 그들이 당신을 맹비난할 때 당신이 얼마나 마음이 가볍고 편안한지를 보세요. 그것이 진짜 시험입니다.

어떤 영적 스승이나 경전, 전통, 권위자 없이도 진실을 알아차린다면, 그것은 지금 있는 곳에서 스승을 만나는 것입니다. 나의 경우는 진실이 바로 코밑에 있었습니다. 말할 수 없이 놀라웠습니다. 진실은 감미롭고 단순했으며, 복잡할 것이 하나도 없었습니다. 그렇게 단순하지 않다면 나는 결코 진실을 발견하지 못했을 것입니다.

73

도(道)는 언제나 편안하다.

　균형 잡힌 마음은 언제나 편안합니다. 그 마음은 어떤 것에 찬성하지도, 반대하지도 않습니다. 그 마음은 오로지 지금 있는 것만을 원합니다. 그 마음은 편안합니다. 왜냐하면 대립되는 것이 하나도 없기 때문입니다. 아무것도 그 마음에 대립하지 않으며, 아무것도 그 마음을 방해하지 않습니다. 그 마음은 이 순간에 펼쳐지는 창조로서 행동하며, 그 행동은 민첩하고 자유롭습니다.

　그 마음은 즐거움에 집착하지 않습니다. 이미 가진 것 말고는 더 이상 필요한 게 없기 때문입니다. 대개 즐거움은 미묘한 형태의 불편함입니다. 예를 들어 섹스나 음식을 즐기고 있을 때도 즐거움에 집착하기 때문입니다. 그 즐거움이 지속되기를 원하고, 즐거움을 더 많이 원하고, 또는 즐거움을 경험하고 있을 때조차 그걸 잃을까 봐 두려워합니다. 즐거움과 기쁨의 차이? 오오…… 그 거리는 여기에서 달만큼이나 멀고, 여기에서 다른 은하계만큼이나 멉니다. 즐거움은 당신을 충족시키려는 시도입니다. 기쁨은 당신 자신입니다.

　자기 자신을 이해하면, 당신 자신이 바로 당신이 찾고 있던 즐거움입니다. 당신은 당신이 언제나 원했던 것입니다. 즐거움은 당신이, 지금 실제로 있는 것으로부터 눈길을 돌리기 전에, 이미 가지고 있는 것의 그림자(혹은, 거울에 비친 이미지)입니다. 찾으려는 노력을 그만둘 때, 찾는 노력에 의해 가려졌던 아름다움이 분명히 드러납니다. 당신이 찾기를 원했던 것은, 모든 이야기 너머에서, 지금 남아 있는 것입니다.

자기의 생각을 더는 믿지 않을 때는 감사와 기쁨의 느낌으로 즐거움을 경험합니다. 그 안에는 통제가 없기 때문입니다. 브로콜리의 맛…… 어떤 것이 그보다 더 깨우칠 수 있을까요? 또는 섹스…… 그것은 현실의 다른 이름인 신에게 내맡기는, 놓아 버리는 것의 완벽한 본보기입니다. 아무런 통제 없이 섹스를 할 때는 어떤 일이 일어날지 당신은 알지 못합니다. 오르가즘은 대단히 강렬하게 오랫동안 지속될 수 있으며, 그 때문에 죽을 것 같다고 느낄 수도 있습니다. 하지만 당신은 그 무엇에도 집착할 수 없으므로 그 오르가즘에 자기를 완전히 내맡깁니다.

지난 이십 년 동안 만난 이야기들 중에 내가 사랑하지 않은 이야기는 없었습니다. 만일 당신이 더없이 아름다운 꿈을 꾸고 있다면, 꿈에서 깨어나고 싶을까요? 나는 나의 행복한 꿈을 사랑합니다. "이것은 완벽한 세상이야. 사람들은 친절해. 신은 선해." 하지만 만일 악몽을 꾸고 있다면, 고통이라는 대가를 치르더라도 깨어나고 싶어 할 것입니다.

듣기로는, 즐거움에 반대하는 영적 길들이 많다고 합니다. 하지만 어떤 것에 반대할 때는 삶이 힘들어집니다. 적을 갖게 되면 고통을 겪게 됩니다. 그것은 자기와의 전쟁입니다. 생각들은 친구이며, 현실의 일부입니다. 그리고 생각들이 실재하지도 않는다는 것을 깊이 꿰뚫어보기 전에는 생각들에 대항하면서 평생을 허비할 것입니다.

사랑은 힘입니다. 그리고 아름다운 꿈은 맑은 거울에 비친 사랑의 모습일 뿐입니다. 모든 동일시는 그 안에서 느껴집니다. 그것은 우리 본성의 균형과 찬미로 느껴집니다. 그리고 진실이든 아니든, 그것은 균형 잡혀 있습니다. 우리가 이제껏 겪은 모든 고통은, 이 행성 위의 어떤 인간이 이제껏 겪은 모든 아픔은 이 지금 이 순간 끝이 납니다. 우리는 은총의 상태에서 살고 있습니다.

74

모든 것이 변한다는 것을 알아차리면,
어떤 것도 붙들려 하지 않을 것이다.

아기들이 태어난 곳은 환영의 세계가 아닙니다. 사물들에 이름을 붙이기 전에는……. 맑은 마음으로 아기를 지켜보면 정말 즐거워집니다. 나는 손주들과 함께 있는 것을 사랑하고, 내가 그 아이들에게 가르치는 말을 듣는 걸 사랑합니다. "이건 나무란다." "저건 하늘이야." "널 사랑해." "넌 할머니의 소중한 천사야." "넌 세상에서 제일 예쁜 아기야." 이 모든 거짓말, 하지만 그 아이들에게 이런 말을 얘기해 주는 것이 나에겐 즐거운 일입니다. 만일 내가 손주들에게 문젯거리를 안겨 주고 있다면, 그 아이들은 자라면서 자기에게 스트레스를 주는 생각에 질문할 수 있습니다. 나는 기쁨입니다. 나는 그 어느 것도 검열하지 않을 것입니다.

우리가 하는 모든 이야기는 몸-동일시*에 관한 것들입니다. 이야기가 없으면 몸도 없습니다. 자기를 이 몸이라고 믿으면, 당신은 한

---

* 몸을 자기라고 여기는 것.—옮긴이

정되고 작아지고, 자기를 하나의 분리된 모습 속에 있는 것으로 여기게 됩니다. 그러면 생각들은 온통 생존이나 건강, 안락함이나 즐거움이라는 주제를 둘러싸고 일어날 수밖에 없습니다. 당신이 잠시라도 느슨해지면 몸-동일시가 없을 것이기 때문입니다. 그래서 모든 생각은 '나'에 관한 것이 되며, 이를 통해 당신은 생존하게 됩니다. 그 후 당신이 작은 공간, 작은 집, 작은 차를 얻게 되면, 당신의 생각들은 곧바로 건강하고 안락해야 한다는 이야기로 향합니다. 당신이 쇼핑카트에 물건을 담고 집에 물건을 채워서 안락해지면, 곧바로 당신의 생각들은 즐거움으로 향합니다. 이것이 몸-동일시의 전체 과정이며, 이때 생각은 온통 몸에 관한 생각들입니다. 그런 식으로 작은 것들을 다 갖추게 되면 즐거움을 추구합니다. 그런데 모든 즐거움은 고통입니다. 진실을 이해하기 전에는.

몸은 당신의 일이 아닙니다. 아프면 의사에게 가세요. 그런 식으로 당신은 자유로워집니다. 몸은 의사의 일입니다. 당신이 할 일은 자기의 생각이며, 그 평화 안에서 당신은 무슨 일을 해야 할지 분명히 알게 됩니다. 그러면 몸은 아주 재미있는 것이 됩니다. 당신은 몸이 살든 죽든 잃을 것이 없기 때문입니다. 몸은 당신의 생각을 나타내는, 당신에게 거울처럼 반사되는 은유일 따름입니다.

몇 년 전 암스테르담에서 이른 아침부터 늦은 밤까지 사람들과 '생각 작업'을 했는데, 나는 고열에 시달리고 있었습니다. 쉬는 시간에는 몇 번 기진맥진한 채로 구석에서 오한에 떨며 몸을 웅크리고 있었습니다. 그런데 부들부들 떠는 것도, 기진맥진한 상태도 나에게는 좋았습니다. 몸이 아프든 건강하든, 부유한 사람을 위해서든 가난한 사들을 위해서든, 나는 그저 내 일을 하기 위해 그곳에 있었습니다. 그리고 그 분명함 안에서, 나는 언제나 좋아 보였습니다. 이야기도 없었고, 아픔도 없었습니다. 거기에는 눈이 있었고, 추위가 있었고, 하늘이 있었고, 사람들이 있었고, 호흡이 있었고, 열이 있었고, 기진맥진함이 있었고, 기쁨이 있었습니다. 그 모든 것이! 이야기가 없다면 나는 자유롭습니다.

예전에 나는 27일 동안 음식을 먹지 않고 지낸 적이 있습니다. 특별한 이유는 없었고, 그냥 먹지 않아야 한다고 느꼈습니다. 그 기간에는 조금도 배고픔을 느끼지 않았습니다. 배고픔이란 또 하나의 미신일 뿐이었습니다. 가족과 친구들은 내 생명을 걱정했지만 나는 개의치 않았습니다. 나 자신이 건강하고 튼튼하게 느껴졌고, 날마다 사막에서 활기차게 많이 걸어 다녔습니다. 배고픔과 복통, 체중 감소는 전혀 경험하지 않았습니다. 죽음의 두려움을 직면하지 않아야 할 타당한 필요는 하나도 발견할 수 없었습니다. 그리고 27일이 지난 뒤에는 아무 이유 없이 다시 음식을 먹었습니다.

하나의 몸을 자기와 동일시하지 않는다면, 마음은 가끔 자기가 은하계나 바위나 나무나 달, 나뭇잎, 새라는 것을 발견할 수도 있습니다. 마음은 무한히 넓은 자기 안의 어느 곳과도 동일시할 수 있습니다. 나는 이것인가? 나는 이것인가? 인간으로 있는 것은 하나의 바위나 먼지로 있는 것보다 더 중요하지도 덜 중요하지도 않습니다. 모두가 동등하게 중요하며, 모두가 같은 것입니다. 그것은 한계가 없습니다. 그것은 고요합니다. 우리 모두는 그것입니다. 어떤 이야기를 믿지 않을 때는, 어떤 몸을 자기라고 믿지 않을 때는.

꿈을 꿀 때 당신은 꿈 전체이며, 꿈속에 있는 모든 것입니다. 그렇지 않을 수 없습니다. 당신이 꿈꾸는 자이기 때문입니다. 당신은 몸이 없으며, 자유롭습니다. 당신은 남자이고, 여자이고, 개이고, 나무이며, 동시에 그 모든 것입니다. 당신은 한순간 주방에 있다가, 다음 순간에는 산꼭대기에 있습니다. 뉴욕에 있다가 다음 순간에는 갑자기 하와이에 있습니다. 안정된 것은 아무것도 없습니다. 당신은 몸과 동일시할 수 없기 때문입니다. 거기에는 당신이 집착할 수 있는 동일시가 없습니다. 어떤 몸을 자기라고 여기지 않을 때는 그처럼 마음에 한계가 없습니다.

제한되어 있다는 이야기가 없다면, 당신은 무한합니다. 당신은 모든 것이며 새로운 매 순간이며, 그 모든 것은 투사됩니다. 이 진실을 아는 것보다 더 기쁜 일은 없습니다. 사람들은 그 무한함이 무섭다고 생각합니다. 탐구를 모르기 때문입니다. 하지만 그것은 거실에 앉아 있는 것만큼이나 무서울 것이 없습니다. 그것은 처음 깨어나는 경험을 한 뒤와 같습니다. 에고는 그런 경험을 하지 못하도록 온갖 방해를 합니다. 만일 그런 경험이 일어나게 되면, 에고는 자기가 안다고 생각하는 것을 붙들기 위해 더 높은 수준에서 몸과 동일시를 합니다. 에고는 그런 경험이 다시 일어나지 않도록 막기 위해 몸-동일시를 통제하려 합니다. 탐구를 모르는 사람들의 경우, 에고는 "돌아갈 길이 없어"라고 말할 수도 있고, "나는 미치고 말 거야"라는 생각이 일어날 수도 있습니다. 그러나 탐구가 내면에 살아 있다면, 두려움을 주는 생각에 집착할 수 없습니다. 당신이 케이티든 새든 은하계든 바위든 나무든 모래 한 알갱이든 상관이 없습니다.

마침내 두려움이 없어집니다. 당신은 온전한 받아들임을 느끼게 됩니다. "나는 이거야, 지금은." 그리고 모든 것이 좋습니다. 나는 지금 이 순간 당신과 함께 여기에 있습니다. 다음 순간에는 늙은 여자입니다. 그다음 순간에는 갈매기입니다. 수백 년 동안 나는 삼나무입니다. 이제는 한 마리 모기이고, 이제는 한 점의 먼지이고, 이제는 방금 탄생했고 앞으로 수십억 년 동안 타오르다가 소멸할 별입니다. 시간은 상관이 없습니다. 나는 현실이 어떠하든 나를 온전히 내줍니다.

이것들은 외견상 변신일 뿐 실제 변신이 아닙니다. '그것'은 언제나 그것 자체이며, 자기를 무엇과 동일시하지 못하며, 그 자체를 알아차리며, 그 자체를 모든 것으로서 기뻐합니다. 이 무한히 사랑하는 상태에서 그것은 자기가 무엇인지 알기 위해, 즐기기 위해, 자기 자신에게 아직 드러내지 않은 것을 보기 위해 불쑥 나타납니다. 그리고 하나하나의 경험을 할 때 당신은 자기가 '아무것도 아님(nothing)'을 깨닫습니다. 자기가 생각 이전에 있음을, 한 명의 여자나 한 마리 새가 아니라 단지 알아차림(앎)일 뿐임을 깨닫습니다. 감사하면서 바깥—안—을, 자기 자신을 바라보는, 완전히 고요한 마음임을…….

364

75

사람들의 유익을 위해 행동하라.
그들을 신뢰하라. 그들을 내버려 두어라.

나는 모든 사람을 신뢰합니다. 그들이 지금 하는 일을 한다는 것을 신뢰하며, 조금도 실망하지 않습니다. 사람들을 신뢰하므로 나는 그들이 자기의 길을 찾도록 놓아두어야 한다는 것을 압니다. 탐구에서 좋은 점은, 당신을 안내할 사람이 당신 말고는 아무도 없다는 것입니다. 뛰어난 지혜로 당신에게 해답을 보여 주는 선생도 없고 스승도 없습니다. 오직 당신의 대답들만이 당신을 도울 수 있습니다. 당신 자신이 길이며 진리이며 생명입니다. 그리고 이 점을 깨달을 때, 세상은 무척 친절해집니다.

딸 록산이 나의 워크샵에 처음 참석한 것은 1993년이었는데, 그 모임에는 많은 테라피스트도 단체로 참석했습니다. 그 애는 '최악의 어머니'에 대해 '생각 작업'을 했습니다. 그 애가 성장기에 경험한 나는 가끔 그런 어머니였습니다. 그 '생각 작업'을 하는 동안 그 애는 차마 나를 바라보지도 못했고, 내 목소리를 듣는 것조차 힘겨워했습니다. 그 애는 내가 자기 문제의 근원이자 구원자였다고 생각했고, 그

365

런 괴물에게 도움을 요청해야 했다는 사실이 그 애를 분노하게 했습니다. 그러다가 어느 순간 그 애는 몹시 격정적으로 변했고 내 얼굴을 똑바로 바라보면서, 내가 어머니로서 그 애를 다르게 보살펴야 했다고 말했습니다. 나는 말했습니다. "그건 내 일이 아니란다. 얘야, 네가 너를 보살피렴. '너' 자신이 네가 언제나 원했던 어머니가 되렴." 나중에 그 애는, 그 말이 내가 이제까지 그 애에게 준 모든 선물 중에 가장 큰 선물이었다고 말했습니다. 그 애는 그렇게 자유로워졌습니다. 나를 보살피는 것은 나의 특권입니다. 그것을 다른 사람의 일로 보면 희망이 없습니다. 나는 내 모든 자녀에게 말했습니다. "너희에게는 완벽한 어머니가 있단다. 너희의 모든 문제는 나에게 책임이 있지만, 그 해답들에 책임이 있는 건 너희 자신이야."

궁극에는 당신만이 있습니다. 당신이 자기의 고통이고, 자기의 행복입니다. 당신이 주는 것은 당신이 받는 것이며, 나는 그것을 사랑합니다. 내가 다른 사람들에게 주는 것은 언제나 내가 받습니다. 나에게는 '희생'이라는 말이 어떤 의미도 없습니다. 내 경험으로는, 무언가를 주는 것은 포기하는 것이 아니며 그럴 수도 없기 때문입니다. 내가 무엇을 당신에게 줄 때, 나는 나 자신에게 주고 있습니다. 분리는 없습니다.

어제 어느 젊은 여성은 내가 얼마나 아름답고 친절하며 현명한지를 5분 동안 얘기했습니다. 그녀의 얼굴은 나에게 얘기하는 기쁨으로 발갛게 상기되어 있었고, 그녀는 바이런 케이티에 대한 자기의 이야기와 사랑에 빠져 있었습니다. 그녀의 눈을 들여다보며 그 말을 듣는 동안 나는 자신에게 "뒤바꿔 보세요"라고 말할 필요도 없었습니다. 뒤바꾸기가 내 안에서 자동적으로 이루어지고 있었기 때문입니다. 그녀가 나에 대해 말한 모든 것을 나는 그녀 안에서 보고 있었습니다. 나는 오직 그녀를 반영하는 이미지일 수밖에 없기 때문입니다. 그녀의 생각들을 통해 나는 '그녀'가 누구인지 보고 있었고, 그녀가 묘사하고 있는 것은 그녀 자신의 본성이었습니다. 만일 내가 다른 사람들에게 수없이 들었던 슬픈 이야기를, 이를테면 "나는 길을 잃었어, 나는 비참해, 말도 안 돼, 나는 좋은 사람이 아니야, 삶은 불공평해, 어떻게 그가 나에게 그럴 수가 있어?"라는 이야기를 그녀가 했다면, 나는 슬픔이나 염려 없이 앉아 있었을 것입니다. 왜냐하면 그 모든 말이 진실이 아니라는 것을, 모든 사람이 가장 깊은 수준에서는 알아차린다는 것을 알고 있기 때문입니다. 어떤 사람이 슬픈 이야기를 할 때, 나는 '없는 것을 믿는다고 믿는' 마음의 말을 듣고, 실재하지 않는 것을 실재하는 것으로 만들려는 불가능한 시도에 감동을 받습니다. 그리고 그 마음을 나의 마음으로서 다시 경험하고, 어제의 행복한, 좋아하는, 사랑스러운 젊은 여성과 함께 앉아 있을 때와 똑같은 기쁨을 느낍니다.

기대함과 기대하지 않음은 같은 것입니다. 나는 어떤 일이 일어나기를 기대하고, 어떤 일이 일어납니다. 나는 아무 일도 일어나지 않기를 기대하고, 궁극에는 늘 어떤 일도 일어나지 않습니다. 아무 일도 일어난 적이 없습니다. 하나의 생각 말고는……. 나는 당신이 나를 사랑하기를 기대하며, 당신이 나에 대해 어떻게 행동하고 어떤 감정을 느끼든, 당신이 언제나 나를 사랑한다는 것은 사실입니다. 당신은 나를 사랑하지 않는다고 생각할지 모르지만, 사랑하지 않을 수가 없습니다. 생각들은 이 알아차림(앎)을 가로막는 것처럼 보이는데, 만일 생각들이 스트레스를 준다면, 그 생각들에 질문하여 스스로 해방되세요. 깨어난 마음은 그 자신의 우주입니다. 그 바깥에는 아무것도 없습니다. (기쁘게도, 그 안에도 역시 아무것도 없습니다.)

마음이 다른 것으로서 투사할 때, 마음은 오로지 자기를 다시 만날 뿐입니다. 둘은 있을 수 없습니다. 어떤 사람이 "안녕, 케이티, 멋진 날이에요" 하고 말합니다. 난데없이 자기를 이렇게 환영하니, '그것의 길'은 얼마나 자애로운지요. 다른 사람은 "끔찍한 날이에요"라고 말하고, 마음은 자기에 대한 순수한 경험으로 떨 듯이 기뻐합니다. "나는 알아" 하는 마음(I-know mind)은, 고통당하는 것처럼 보이는 그 마음은, 그 굉장한, 사랑스러운, 유머러스한 사기꾼은 균형 잡힌 자기가 계속 깨어날 때 그의 지혜와 온전한 정신에 도전할 것입니다. 하지만 궁극에는 어떤 분리도 없습니다. 모든 생각은 그것이 기쁨, 유쾌함, 포용, 좋음, 너그러움, 황홀, 그리고 (내가 좋아하는 용어인) 우정이라고 이름 붙인 것의 세계를 이룹니다. 결국, 마음은 자기의 친구가 됩니다.

76

부드럽고 유연한 것이 이길 것이다.

모든 것이 변합니다. 지각이 끊임없이 변하기 때문입니다. 마음이 자기를 깨달으면, 세상은 자기 생각의 반영이라는 것을 알아차리면, 당신은 이런 변화들에 놀라지 않습니다. 당신은 유연해지고, 변화를 기뻐할 수 있으며, 창조가 좋다는 것을, 어떻게 해서 계속 더 나은 창조가 이루어질 수 있는지를 압니다. 지금 있는 것이 언제나 더 좋다는 것을 알아본다면, 마음이 왜 과거의 것에 집착할까요?

나는 새로운 각막을 받았습니다. 훌륭한 선구자이며 탁월한 외과 의사인 마크 테리 박사 덕분입니다. 포틀랜드에서 진행된 이식 수술은 큰 성공을 거두었습니다. 그 후 39시간이 지나자 내 오른눈의 시력은 0.6이 되었습니다(일주일 뒤 환자의 시력이 0.2가 되면 수술은 성공적이라고 여겨집니다). 한 달이 지난 지금은 시력이 1.0입니다. 아주 작은 글자도 읽을 수 있습니다. 나는 선명하고 깨끗하고 다채로운 풍경을 봅니다. 오랫동안 모르고 지냈던 세계입니다. 오른눈에는 이제 통증이 없고, 앞이 보이지 않던 상태, 가까운 것을 보지 못하던 상태도 더는 없습니다. 왼눈을 위한 이식 수술은 2달 뒤로 계획이 잡혔습니다.

다른 사람의(그게 진실인가요?) 각막을 가지고 돌아다니는 것은 얼마나 감동적인지요! 필요하지 않은 시력을 받는 기적은, '언제나 필요 이상'으로 풍부한 현실을 사랑하는 기쁨은 말로 표현할 수가 없습니다. 남편이 없었다면 수술은 아마 이루어지지 않았을 겁니다. 뿌연 창유리 같은 두 각막으로도 나는 완벽하게 행복했기 때문입니다. 시력이 있든 없든 나는 볼 필요가 있는 모든 것을 봅니다. 그것은, 다른 모든 사람이 그렇듯이, 내가 언제나 아름답고 완벽해 보이는 세계입니다. 설령 내가 눈 화장을 턱에 하고 토마토소스를 스웨터에 묻힌다 한들, 내가 어떻게 그걸 알겠어요? 그리고 어디에 문제가 있나요? 다른 사람의 마음속 말고는……. 남편은 모든 조사를 했고 나의 시력회복을 간절히 원했습니다. 그래서 나는 그의 마음이 창조한 것이, 온통 뿌옇지 않은 이 깨끗하고 산뜻한 세상이, 통증의 부재가 고맙습니다. 기증자와 그분의 가족도 정말 고맙습니다.

자기가 원하는 것이 곧 자기에게 가장 좋은 것이라고 믿는다면, 그것은 출구 없는 막다른 골목입니다. 그러면 마음은 뻣뻣해지고 경직되며, '그것의 길'의 지혜에 열리는 대신 어떤 현실의 그림 속에 갇히게 됩니다. 지금 있는 것은 움직이지 않습니다. 그것은 끊임없이 변하고 있으며, 물처럼 흐르고, 마음이 창조할 수 있는 수많은 유연하고 아름다운 모습을, 무한히 많은 모습을 가지고 있으며, 그 모든 것의 안에서, 뒤에서 그저 기다립니다. 가슴은 움직이지 않으며, 그저 기다립니다. 가슴의 말을 경청할 필요는 없지만, 그렇게 하기 전에는 고통을 받을 것입니다. 그리고 가슴은 오직 한 가지만을 말합니다. "있는 것이 있습니다." '생각 작업'을 할 때 당신은 실제로는 벗어난 적이 없는 자리로, 가슴으로, 우주의 감미로운 중심으로 돌아갑니다. '가슴'은 열린 마음을 가리키는 또 하나의 이름입니다. 그보다 달콤한 것은 아무것도 없습니다.

77

성인은 계속 줄 수 있다.
그녀의 풍요에는 끝이 없기 때문이다.

예수와 붓다는 옷 한 벌만을 입었고 아무것도 소유하지 않았습니다. 그래서 자유란 그런 모습일 거라고 우리는 생각합니다. 하지만 당신은 평범한 삶을 살면서도 자유로울 수 있나요? 바로 지금, 여기에서 자유로울 수 있나요? 내가 당신에게 바라는 것은 그것입니다. 우리는 같은 것을, 당신의 자유를 소망합니다. 그리고 나는 당신이 물질적인 대상—가지고 있는 것이든 가지고 있지 않은 것이든—에 집착하는 것을 사랑합니다. 그럴 때 모든 고통은 세상이 아니라 마음에서 나온다는 것을 깨달을 수 있기 때문입니다.

어떤 물건은 당신의 생각을 상징합니다. 그것은 욕망의 은유, "나는 원해", "나는 필요해"의 은유입니다. 우리는 가진 것을 포기할 필요가 없습니다. 그것들은 오거나 가며, 우리는 오고 감을 통제할 수 없습니다. 그렇지 않다고 생각할지 모르지만, 실제로는 그렇습니다. 소유물을 버려야 한다고, 심지어 모든 소유물을 포기해야 한다고 가르친 사람들은 조금 오해했습니다. 우리는 모든 것을 잃었을 때 훨씬 자유롭다는 것을 알아차릴 때가 있습니다. 그래서 소유물 없이 사는 것이 낫다고 생각하지만, 나중에는 더이상 자유롭지 않다는 것을 알아차립니다. 그러나 우리가 생각들에 대해 '생각 작업'을 하면, 재산이 많은 것은 재산이 없는 것과 동등합니다. 유일한 자유는 현실을 사랑하는 마음입니다.

풍요는 돈과는 아무 상관이 없습니다. 부유함과 가난함은 내면적인 것입니다. 자신이 뭔가를 안다고 생각하고 스트레스를 받을 때마다, 당신은 가난을 경험하고 있습니다. 지금 가진 것으로 충분하며 오히려 그 이상이라는 것을 깨달을 때, 당신은 부유합니다.

내면의 세계로, 탐구의 세계로 들어가는 사람들에게는 일자리가 부차적인 것이 됩니다. 당신이 다니는 일자리는 돈을 벌고, 사람들과 일하고, 친구들에게 좋은 인상을 주고, 사람들에게 존경을 받고, 안전한 삶이 보장되는 재산을 모으기 위한 것이 아닙니다. 그곳은 이제 당신이 판단하고, 탐구하고, 자기 자신을 알기 위한 장소입니다. 모든 것—모든 남자, 여자, 아이들, 모든 나무, 모든 돌, 모든 태풍, 모든 전쟁—은 당신의 자유에 관한 문제가 됩니다. 일자리들은 오고 가며, 회사들과 나라들은 흥하고 쇠하지만, 당신은 그런 일에 좌우되지 않습니다. 자유는 우리 모두가 원하는 것이며, 우리가 이미 그 자유입니다. 그리고 일단 진실을 이해하게 되면, 당신은 바라는 만큼 훌륭하고 창조적으로 일할 수 있으며, 그 일에 모든 에너지를 쏟을 수 있습니다. 실패할 가능성이 더는 없기 때문입니다. 당신은 일어날 수 있는 최악의 일이란 하나의 생각일 뿐임을 깨닫습니다.

돈은 당신이 관심 둘 일이 아닙니다. 당신이 관심 둘 일은 진실입니다. "나는 더 많은 돈이 필요해"라는 이야기는 자신의 부유함을 깨닫지 못하게 합니다. 필요한 것들이 채워지지 않았다고 느낄 때마다, 당신은 어떤 미래의 이야기를 얘기하고 있습니다. 바로 지금, 당신은 정확히 지금 가진 것만큼의 돈을 가져야 합니다. 이것은 이론이 아니라 현실입니다. 당신은 얼마나 많은 돈을 가지고 있나요? 그냥 그만큼입니다. 당신은 정확히 그만큼의 돈을 가져야 합니다. 이 말이 믿기지 않으면 통장을 보세요. 더 많은 돈을 가져야 할 때가 언제인지를 어떻게 알까요? 더 많은 돈을 가질 때입니다. 더 적은 돈을 가져야 할 때가 언제인지를 어떻게 알까요? 더 적은 돈을 가질 때입니다. 이것을 깨닫는 것이 진정한 풍요입니다. 그러면 일자리를 구할 때든, 일하러 갈 때든, 산책을 할 때든, 물건 살 돈이 없음을 알아차릴 때든 세상에 근심거리가 없습니다.

가슴은 노래할 수 있습니다. 당신이 돈을 원한 이유는 애초에 그 때문입니다. 돈에 관한 부분은 건너뛰고, 그냥 노래할 수 있습니다. 그렇다고 해서 돈을 벌지 말라는 말이 아닙니다. 당신은 (세상 사람들의 기준에 따르면) 더 부유하든 가난하든 노래할 수 있나요?

나는 돈을 갖는 것도 사랑하고, 돈을 갖지 않는 것도 사랑합니다. 나의 경우, 돈을 쓴다는 것은 애초에 나에게 속하지 않은 것을 전달하는 것에 불과합니다. 돈이 전달될 필요가 있는 한, 그걸 피하기 위해 내가 할 수 있는 일은 없습니다. 돈이 전달될 필요가 없다면, 돈이 올 필요가 없습니다. 나는 돈이 오는 것을 사랑하고, 돈이 가는 것을 사랑합니다.

돈을 받을 때면 나는 전율을 느낍니다. 그 돈은 나의 것이 아니라는 것을 완전히 알고 있기 때문입니다. 나는 통로일 뿐이며, 돈을 관리하는 사람조차 아닙니다. 나는 돈의 관찰자가 되어 그 돈이 어떻게 쓰이는지를 봅니다. 내가 돈을 저기에서 얻는 순간, 그 돈을 위한 필요가 여기에 나타납니다. 나는 돈을 주는 것을 사랑합니다. 나는 사람들에게 돈을 빌려 주지 않으며 그냥 주는데, 그들은 그것을 빌린 돈이라고 말합니다. 그들이 돈을 갚으면, 그때 비로소 나는 그것이 빌려 준 돈이었음을 알게 됩니다.

78

그러므로 성인은
고난을 당하는 중에도 고요하다.
악은 그녀의 가슴속으로 들어올 수 없다.
도우려 하지 않으므로 그녀는
사람들에게 가장 큰 도움이 된다.

깨어난 마음은 물과 같습니다. 그 마음은 흐르는 대로 흐르고, 도중에 있는 모든 것을 감싸며, 어떤 것도 바꾸려 하지 않지만, 그 한결같음으로 모든 것이 변합니다. 그 마음은 들어가고 나오며, 우회하고 넘으며, 위로 가고 아래로 가며, 의도하지 않지만 그럴 수 있는 곳이면 어디나 꿰뚫습니다. 그 마음은 자기의 움직임을 기뻐하며, 자기를 허용하거나 허용하지 않는 모든 것을 기뻐합니다. 그리고 마침내 모든 것이 그 마음을 허용합니다.

옛 친구가 나를 불친절한 사람으로 여깁니다. 그는 그 믿음을 뒷받침하는 온갖 증거를 가지고 있습니다. 이제 나는 그가 25년이나 30년 전에 알던 사람이 아니지만, 그는 예전에 나를 경험했던 기억을 지금 자기 앞에 있는 여자에게 계속 투사합니다. 지난 20년 동안 그는 생각 속의 그 여자를 계속 만났습니다. 그러나 오늘의 그 여자는 물과 같습니다. 나는 물러나지 않으며, 회피하지 않으며, 그의 마음을 바꾸려고 하지 않으며, 방어하거나 정정하지 않으며, 그가 나에 관한 이야기를 하는 동안 배우는 학생의 자리에서 그의 말을 경청하고, 계속 안으로 밖으로, 위로 아래로 둘레로 흐르며, 언제나 경청하며, 그의 눈을 들여다보며, 그를 사랑합니다. 그리고 오늘, 처음으로 나는 그가 나에 대해 얘기할 때 그의 마음이 가벼워지고 신뢰하는 것 같았음을 알아차렸습니다. 함께 공원을 산책하는 동안 그는 내 손을 잡았습니다. 우리는 나무 아래 앉았고, 그는 자기의 내면에서 일어나고 있는 일을 얘기했습니다. 무척이나 친밀한 대화였습니다. 드디어 그는 지금의 나를 만난 것 같았고, 그의 옛 투사가 아닌 것을 보고 반응하는 것 같았습니다. 마치 내가 그의 안에서 다시 태어난 나 자신을 지켜보는 것 같았고, 그는 우리가 둘 다 아는 사람, 즉 친구와 앉아 있는 것 같았습니다. 그는 존재하지 않았던 여자, 그의 문젯거리였던 사람에 대해서가 아니라, 그의 슬픔과 행복에 대해 얘기했습니다. 우리는 많이 웃었고, 나는 하나로 만나서 함께 흐르는 물 같은 우리 두 사람과 함께 앉아 있었습니다. 변화된 것은 물이 아니라 바위였습니다. 그렇게 변하는 와중에도 물은 계속 흐릅니다.

1986년에 깨어났을 때, 나는 내가 표현하려 애쓰는 것을 사람들이 이해하지 못하는 걸 보면서, 그들이 보는 분리들을 진짜라고 믿는 걸 보면서 몹시 놀랐습니다. 이런 일은 일 년가량 지속되었습니다. 나는 많이 울었습니다. 그것은 죽음과 같았습니다. 그 눈물은 모든 고통이 상상된 것임을 사람들이 이해하지 못하는 데 대한 놀라움의 눈물이었습니다. 그들의 순진함이 내 감정을 움직였습니다. 그것은 마치 자기를 해치는 아기들을 지켜보는 것 같았고, 자기를 칼로 베는 순진한 사람들을 지켜보는 것 같았습니다. 그런 행동을 멈출 수 있는 가능성도 없는 채로…… "그럴 필요가 없어요"라고 나는 말하지 못했습니다. 그것은 그들을 찌르는 또 하나의 비수가 될 것이기 때문입니다.

그리고 언제나 눈물은 놀라움과 감사의 눈물이었습니다. 어떤 사람이 처음으로 내게 차 한 잔을 주었을 때가 기억납니다. 나는 그 모든 것의 아름다움에 가슴이 녹아내렸습니다. 이전에는 차를 본 적이 없었습니다. 나는 우리가 여기에서 차를 마신다는 것을 알지 못했습니다. 그는 찻잔에 차를 따랐고, 나의 눈에서는 그가 따르고 있는 찻물처럼 눈물이 넘쳐흐르기 시작했습니다. 그것은 정말 아름다웠고, 그 안에는 그런 아낌없는 베풂이 있었습니다. 내가 느낀 사랑은 너무나 커서 나는 그 속에 빠져 죽을 수 있었고, 계속 죽을 수 있었습니다. 그 사랑은 너무나 커서 무엇으로도 담을 수가 없었습니다. 찻물이 찻잔에 부어지는 것은 순수한 친절의 행위였고, 내게서도 그만큼 눈물이 쏟아졌습니다. 나는 받았고 쏟아 냈고, 그 자체에게 돌려주었습니다. 그것은 누구에게 주는 것도 아니고, 누구에게 받는 것도 아니었습니다. 내가 흐느끼는 이유를 아무도 이해할 수 없었습니다. 그들은 내가 슬퍼한다고 생각했습니다. 내가 어째서 감동했는지를 설명할 길은 없었고, 나에게서 솟아나고 있던 것은 감사였습니다.

성인은 도우려 하지 않습니다. 도울 사람이 아무도 없다는 것을 알기 때문입니다. 그녀는 자기의 본성을 사랑하고 이해합니다. 그러므로 모든 행위를 할 때 자기가 자기를 섬기고 있으며, 자기의 발밑에 앉아 있다는 것을 깨닫습니다. 그녀는 무언가를 줄 때마다 동시에 받습니다. 똑같은 내적 경험으로서…… 주지 않는 것처럼 보일 때도 그녀는 그것을 주고 있습니다. 성인은 당신의 차를 들이받아 찌그러 뜨리는 여자이며, 계산대 앞에 줄 서 있는 당신 앞으로 끼어드는 남자이며, 당신이 이기적이고 불친절했다고 비난하는 옛 친구입니다. 그래도 당신은 성인을 사랑하나요? 그러기 전에는 평화가 없습니다. 이것이 당신의 할 일이며, 유일한 할 일이며, 성인의 할 일입니다.

79

실패는 기회다.

어떤 일에든 실패한다는 것은 불가능합니다. 당신은 성공하고 있지만, 단지 당신이 생각했던 방식과 다를 뿐입니다. 만일 A 지점에서 C 지점으로 가는 것이 목표인데 A 지점에서 B 지점으로 갔다면, 그것은 절반의 성공이 아니라 완전한 성공입니다. 만일 C 지점까지 곧바로 갈 수 있다면, 좋은 일입니다. 우리는 꿈이 이루어지는 것을 좋아하니까요. 하지만 설령 절반만 간다고 해도, 그 일에 실패했다고 생각할 합당한 이유는 없습니다. 당신이 할 일은 마음을 열고서, C보다 B로 간 것이 더 나은 이유를 깨닫는 것입니다. 삶에는 당신의 꿈보다 더 달콤한 꿈이 있는데, 그것은 현실입니다. 그것은 궁극의 꿈이며, 가장 친절한 꿈입니다. 우리는 우리가 어디로 가고 있는지 모릅니다. 단지 자신이 안다고 상상하기를 좋아할 뿐입니다. 나는 우리가 안다는 생각을 믿지 않습니다. 그래서 내가 어디에 있든 나의 여행은 완료되며, 나는 성공한 사람입니다. 나는 여기에 있기 때문입니다.

우리의 본성은 좋음입니다. 나는 정말 그렇다는 것을 압니다. 무언가를 좋지 않게 보는 생각은 늘 스트레스로 느껴지기 때문입니다. 나는 거부될 수 없습니다. 그럴 수는 없습니다. 만일 누가 "당신과 함께 있고 싶지 않아요"라고 말하면, 나는 "참 좋은 일이야! 그는 나와 함께 있지 않을 사람이 누구인지 알려 주고 있어"라고 생각합니다. 나는 그 말을 개인적인 일로 받아들이지 않습니다. 나 역시 나와 함께 있고 싶지 않았던 때를 기억합니다. 그래서 그의 감정을 존중하고 그의 말에 동의할 수 있습니다. 그리고 그가 나와 함께 있고 싶어 하지 않는 까닭은 나에 대한 생각을 믿기 때문이라는 것을 이해합니다. 그는 그러지 않을 수 없습니다. 자기의 마음에 질문하지 않았기 때문입니다.

실패했다고 생각할 때마다, 당신은 자기를 실패자로 여깁니다. 그리고 이런 동일시가 일어날 때마다, 그것을 증명하려는 다른 생각들이 떠오릅니다. 그렇게 해서 혼란된 마음은 혼란된 채로 있고, 마음은 존재한 적이 없는 과거의 환영 속에 살게 됩니다. 만일 누가 "케이티, 당신은 제 이메일에 답변하지 못했어요"*라고 말하면, 나는 혼자 웃고 생각할 것입니다. "그렇겠죠. 그 길만이 나다운 사람으로 존재하는 데 성공하는 길이니까요." (그러고는 "당신의 이메일이 무슨 내용이었는지 말해 주시겠어요?"라고 물을 수도 있습니다.)

나는 어느 여성 잡지에 실려 있는 테스트를 해 보았습니다. 미용실에서 차례를 기다리는 중에 그 잡지에 눈길이 가서 여기저기 들춰 보는데, '당신은 얼마나 좋은 연인인가요?'라는 제목이 있었고, 그 밑에는 많은 질문이 있었습니다. "당신은 그를 맞을 준비를 하나요?" 아

---

* 원문을 글자 그대로 옮기면, "케이티, 당신은 제 이메일에 답변하는 데 실패했어요"가 된다.—옮긴이

니요. "당신은 섹시한 란제리를 입나요?" 아니요. "당신은 그를 만족시키기 위한 특별한 테크닉을 시도하나요?" 아니요. 마지막에 내가 받은 점수를 더해 보니 그 테스트에 낙제했다는 결과가 나왔습니다. 나는 그 결과를 사랑합니다. 그들의 마음이 보기에 나는 실패자입니다. 하지만 내 마음이 보기에 나는 완벽한 연인입니다. 왜 내가 그를 맞을 준비를 해야 할까요? 내가 어떻게 남편 스티븐보다 더 나은 것을 투사할 수 있을까요? 그리고 왜 내가 신경 써야 할까요? 그가 문으로 들어올 때 그는 내가 원하는 전부입니다. 모든 순간에 그렇습니다. 내가 섹시한 란제리를 입는가? 그러면 재미있을지 모르지만, 나는 그런 생각이 전혀 떠오르지 않는다는 것을 알아차립니다. 그럴 필요가 없다는 것도 알아차립니다. 나는 그를 만족시키기 위한 특별한 테크닉을 알고 있는가? 왜 내가 그를 즐겁게 하기 위해 애써야 할까요? 그는 이미 만족하고 있고, 나는 그를 만족시키기 위해 아무것도 하지 않았습니다. 이런 편집자들은 무슨 생각을 하고 있었던 걸까요? 사랑은 행위가 아니며, 사랑을 나누는 것도 행위가 아닙니다. 가슴이 활짝 열려 있을 때 누가 소품이나 기법을 필요로 하겠어요? '그것의 길'이 언제나 진정한 계획이며, 그 길은 어떤 계획도 세울 필요가 없게 합니다. 나는 누구를 만족시키거나 누구에 의해 만족되는 것에 관해서는 아무것도 모릅니다. 그래서 나는 완벽한 연인이 되지 않을 수 없습니다.

80

한 나라가 현명하게 다스려지면
백성들이 만족할 것이다.

나는 앞에 있는 일을 하며 만족합니다. 내 마음은 내가 하는 일과 충돌하지 않기 때문입니다. 충돌할 이유가 없으며, 방해되는 믿음도 없습니다. 세상은 안에 있습니다. 그러므로 나는 어떤 것도 바깥에서 찾지 않습니다. 바깥에 있는 모든 것은 안에 있습니다. 나는 내 삶으로 들어오는 사람 말고는 어떤 사람도 만날 필요가 없습니다. 그래서 내 삶은 계속되는 초대입니다. 나는 모든 사람과 모든 것이 저마다 원하는 대로 오고 가도록 초대합니다. 여기에서는 모든 경험이 환영을 받습니다. 자기 자신과 평화로운 마음에게는 이질적인 것이 전혀 없습니다. 그것은 그 자신의 기쁨에 겨운 공동체입니다.

아침 4시에 일어나서 나는 방금 일어난 자리의 따뜻함을, 베개를, 구겨진 침대보를, 남편의 자는 몸을, 일어나는 이 몸을 알아차리고, 욕실로 걸어갈 때, 그 모든 것의 실체 없음을, 내가 지금 세면대 앞에 서 있다는 꿈을 알아차리고, 그 자리에 서 있는 동안 내가 이 '모름' 속으로 바로 지금 글자 그대로 태어나고 있음을 알아차립니다. 내가 그것을 벽, 거울, 천장이라고 부른다고 해서 그것이 실제로 벽, 거울, 천장이 되는 것은 아닙니다. 그것은 어떤 단어가 나타낼 수 있는 것보다 훨씬 더 아름다운 것입니다.

현실은 순간순간 끊임없이 이어지는 창조이며, 눈부시도록 단순합니다. 나는 기뻐하는 구경꾼으로서 그것이 화장실에 가고, 양치질을 하고, 계단을 내려가고, 차를 끓이고, 자리에 앉는 것을 지켜봅니다. 마치 부리는 사람 없이 움직이는 꼭두각시 같은 그것을……. 그것이 다음에는 무엇을 할까요? 그것은 소파의 한쪽에 몸을 파묻고, 차를 마시는 여자가 되고, 그 여자는 벽이나 천장처럼 가만히 있습니다.

그리고 그것은 숨을 쉬는, 숨을 들이쉬고 내쉬는 여자를 알아차리고, 살짝 움직이는 손가락 하나를 알아차리며, 나는 컵이고, 찻물이고, 여인의 입술이며, 나는 어둠 속에서 목을 타고 배로 내려가는, 몹시 어둡고 끝이 없는 몸속을 통과하여 흘러가는, 그 결말을 투사하지 않는, 무엇이든 이보다 더 좋을 수 있는 것에 열리고 그 길을 따르는 찻물이며, 이제 나는 아무것도 아니고, 이제 나는 연못이고, 이제 나는 아무것도 아니며, 이제 나는 구름이고, 이제 나는 빗줄기며, 이제 나는 다시 정원을 가꾸고 있고, 물을 주고 있고, 이 토마토가 되고, 이 당근이, 이 세포가, 이 인간의 몸이, 이 아무도 아님이, 그것의 근원이고 끝이고 기쁨인 이 '아무것도 아닌 것'이 됩니다.

81

사람들을 위해 더 많이 행할수록
그녀는 더 행복하다.
사람들에게 더 많이 줄수록
그녀는 더 부유하다.

언젠가 많은 청중 앞에 서 있을 때, 나는 다시 말할 필요가 없음을 깨달았습니다. 그때만이 아니라 한 번도 없음을. 지상의 어떤 힘도 내 입에서 단어 하나도 끄집어 낼 수 없고, 말할 것이 하나도 없으며, 말은 전혀 필요하지 않다는 것을 알았습니다. 그래서 그냥 그 자리에 서 있었고, 다음에 무엇이 올지 기다리며 매료되었습니다. 마침내, 긴 침묵이 흐른 뒤 청중 가운데 어떤 사람이 질문을 했습니다. 그리고 나는, 그것은 말을 했습니다. 그것은 반응을 하도록 요청받았고, 그것의 대답은 질문과 만났습니다. 그 반응은 누구에게도 필요하지 않았고, 내가 할 수 있는 말 중에 사람들이 이미 알고 있지 않은 것은 하나도 없었습니다. 그런데도 그런 반응이 일어났습니다. 그것은 필요했습니다. 그런 반응이 필요했다는 것을 내가 어떻게 알까요? 그런 반응이 일어났기 때문입니다.

이것이 말을 하는 이유는 그렇게 하기 때문입니다. 만일 나 자신이 말하고 있다고 생각했다면, 나는 어리석은 바보가 아니었을 것입니다. 나의 유일한 목적은 내가 외견상 하는 행위를 하는 것입니다. 어떤 사람과 '생각 작업'을 할 때 나의 목적은 그 사람과 함께 앉는 것이며, 질문을 하는 것입니다. 만일 누가 질문하면, 나의 목적은 내 대답을 통해 내 경험을 전하는 것입니다. 나는 그들이 경험하는 고통의 결과입니다. 여기에는 어떤 원인도 일어나지 않습니다. 그 원인은 사람들이 나의 바깥이라고 부르는 것이며, 그들의 바깥은 나의 안입니다. 어떤 사람이 얘기할 때, 나는 듣는 자입니다. 어떤 사람이 질문할 때, 나는 반응하는 자입니다.

침묵하는 영적 스승들을 이해합니다. 그런데 이 사람(케이티)은 말을 합니다. 그것은 끝까지 가야 했습니다. 그것은 모든 위험을 감수해야 했습니다. 그것은 "어떤 말도 진실이 아니니까 나는 아무 말도 하지 말아야 해"라는 어떤 관념도 자기를 멈추도록 허용하지 않을 것입니다. 그것은 '당신과 나'라고 말하며, 거기에서 속임이 시작됩니다.*

1986년 요양원에서 깨어나는 경험을 한 뒤에는 어떤 말도 하기가 어려웠습니다. '탁자'는 거짓말이었습니다. '새'는 거짓말이었습니다. '나무'는 거짓말이었습니다. 모든 단어는 세상을 조각조각 나누었고, 모든 단어는 존재하지 않는 것을 가르치는 것 같았습니다. '나'라는 단어를 말할 때마다 나는 온전함의 상실을 느꼈습니다. 마침내 나는 그보다는 덜 거짓되어 보이는 대화 방법을 발견했습니다. 예를 들어, "나는 물 한 잔 마시고 싶어"라고 말하는 대신에 "그녀는 자기가 지금 물 한 잔 마시고 싶다고 생각해"라고 말했고, "나는 배고파"라고 말

---

* 실제로는 '당신'과 '나'가 따로 없기 때문이다.—옮긴이

하는 대신에 "그것은 자기가 지금 배고프다고 생각해"라고 말했습니다. 그것은 온전함을 최대한 떠나지 않으면서도 의사소통을 할 수 있는 방법이었습니다. 나중에 더욱 성숙하게 소통하게 되었을 때는 "나는 배고파" 또는 "나는 물 한 잔 마시고 싶어"라고 말하기 시작했습니다. 이것은 터무니없이 속이는 행동이면서도 동시에 용기로 보였습니다. 왜냐하면 그것은 마치, 언어를 통해, 내가 거짓말을 가르치는 것 같았고, 존재하지 않는 것 속에서 다시 길을 잃을 것처럼 느껴졌기 때문입니다. 하지만 나는 '나'라는 단어를 사용했습니다. 사람들과 함께하기를 원했기 때문입니다. 그것은 나 자신을 그들에게 주는 길이었습니다. 나는 사랑으로 그런 언어를 사용하게 되었습니다. 그렇지만 여전히 때로는 나 자신을 '그녀'나 '우리'나 '당신'이라고 말할 것입니다. 어떤 대명사든지 사용할 것입니다. 그런데 사람들은 가끔 그런 표현을 이해하는 데 어려움을 겪습니다. 나는 어떤 분리도 실재하는 것으로 볼 수가 없습니다.

그래서 그것은 원래 거짓말쟁이로 나타났습니다. 사랑을 위해서……. 그것은 사랑을 위해서라면 무슨 일이든 하고, 무슨 말이든 할 것입니다. 사랑을 위해 죽을 것입니다. 다시, 다시, 또다시. 그럴 수만 있다면 자기의 평화까지 팔 것입니다. 그것은 자기를 돌보지 않습니다. 그것은 자기를 위해 죽고, 자기를 위해 삽니다. 그것은 내면에서 어떤 사람, 어떤 것과도 함께할 것입니다. 그것은 이미 상대방이기 때문입니다.

그것은 말이나 물건에 집착하지 않습니다. 그래서 당신에게 자기가 가진 모든 것을, 자기 자신인 모든 것을 마음껏 줍니다. 세상의 모든 것이 이와 같아서 끊임없이 자기를 주고 있고, 끊임없이 자기를 세상으로서 세상에 쏟아 붓고 있습니다. 아낌없이 주는 것은 우리의 본성입니다. 우리가 그렇지 않은 척 가장하려 할 때, 주지 않으려 하거나 어떤 동기를 가지고 줄 때, 우리는 고통을 받습니다. 동기란 그저 질문되지 않은 생각일 뿐입니다. 우리 생각의 반대편에서는 자연스럽게 아낌없는 베풂이 나타납니다. 그러기 위해 우리가 해야 할 일은 없습니다. 그것은 그냥 우리 자신이기 때문입니다.

생각 작업을 하는 방법

'생각 작업(The Work)'이 너무 단순하다는 말을 자주 듣습니다. 사람들은 "자유는 이렇게 단순할 수가 없어요!"라고 말합니다. 그러면 나는 묻습니다. "당신은 그게 진실인지 정말로 알 수 있나요?"

다른 사람을 판단하고, 종이에 쓰고, 네 가지 질문을 하고, 뒤바꾸세요. 자유는 복잡해야 한다고 누가 말하나요?

마음을 종이에 옮기기

'생각 작업'의 첫 단계는 당신을 힘들게 하는 사람이나 상황에 대한 판단을 종이에 쓰는 것입니다. 당신에게 스트레스를 주는 과거, 현재, 미래의 상황에 대해, 그리고 당신을 화나게 하거나 슬프게 하거나 두렵게 하는 사람, 애증의 감정이 엇갈리는 사람, 당신이 싫어하거나 염려하는 사람에 대해 쓰세요. 생각하는 그대로 솔직하게 쓰기 바랍니다.

389

이 일이 어렵게 느껴져도 이상할 것은 없습니다. 우리는 수천 년 동안 남을 판단하지 말도록 교육받았기 때문입니다. 그러나 이제는 직시합시다. 여전히 우리는 끊임없이 남을 판단합니다. 진실은, 우리의 머릿속에서는 남에 대한 판단이 멈추지 않는다는 것입니다. 우리는 '생각 작업'을 통해서 그런 판단들이 마침내 종이에 있는 그대로 표현될 수 있도록 허용합니다. 그리고 가장 역겨운 생각들까지도 조건 없는 사랑과 만날 수 있다는 것을 알게 됩니다.

처음에는 아직 완전히 용서하지 못한 사람에 대해 쓰기를 권합니다. 그 사람은 부모나 애인일 수 있고, 적일 수도 있습니다. 이곳은 가장 효과적으로 시작할 수 있는 자리입니다. 비록 그 사람을 99퍼센트 용서했다고 해도, 완전히 용서하기 전에는 당신은 자유롭지 않습니다. 아직 용서하지 않은 나머지 1퍼센트는 당신이 맺고 있는 (자기 자신과의 관계를 포함하여) 모든 관계에서도 똑같이 갇혀 있는 바로 그 자리입니다.

'생각 작업'을 처음 접하는 분이라면 처음에는 자기 자신에 대해 쓰지 않기를 간곡히 권합니다. 처음부터 자기를 판단하게 되면, 질문에 대한 대답은 어떤 동기를 갖게 되거나, 아무 소용이 없던 해결책을 내세우게 됩니다. 먼저 다른 사람을 판단하고, 질문하고, 뒤바꾸는 것은 참된 이해를 향해 곧장 가는 길입니다. 충분히 오랜 기간 질문하여 진실의 힘을 신뢰하게 된 뒤에는 자기를 판단해도 좋습니다.

처음 시작할 때 비난하는 손가락으로 바깥을 가리키면, 초점은 자기에게 맞추어져 있지 않습니다. 그러면 편안한 마음으로 가감 없이 자기의 대답을 들을 수 있습니다. 우리는 다른 사람에게 무엇이 필요한지, 그들이 어떻게 살아야 하는지, 그들이 누구와 함께 살아야 하는지를 안다고 굳게 믿는 경우가 많습니다. 우리의 시력은 다른 사람을 볼 때는 좋은 편이지만 자기 자신을 볼 때는 그렇지 않습니다.

'생각 작업'을 하다 보면 당신이 다른 사람을 어떻게 생각하는지 알게 되고, 이를 통해 자신이 어떠한지 알게 됩니다. 그리고 마침내 자기 바깥의 모든 것이 자기 생각의 반영임을 알게 됩니다. 당신은 이야기꾼이자, 모든 이야기를 바깥으로 투사하는 사람이며, 세상은 당신의 생각들이 투사된 이미지입니다.

태초부터 사람들은 행복해지기 위해 세상을 바꾸려고 노력했지만, 이 시도는 한 번도 성공한 적이 없습니다. 문제에 거꾸로 접근하기 때문입니다. 우리가 '생각 작업'을 통해 배우는 것은, 투사된 대상이 아니라 투사하는 영사기(마음)를 바꾸는 방법입니다. 이것은 영사기 렌즈에 보풀이 있는 거친 헝겊을 대고 있는 것과 같습니다. 우리는 스크린에 흠집이 있다고 생각하고서, 흠집이 있는 것으로 보이는 사람을 모조리 바꾸려고 애씁니다. 하지만 투사된 모습들을 바꾸려 애쓰는 것은 부질없는 일입니다. 거친 헝겊이 어디에 있는지를 바르게 깨닫는다면, 영사기의 렌즈를 깨끗이 할 수 있습니다. 그러면 고통이 끝나고 천국에서의 작은 기쁨이 시작됩니다.

왜, 어떻게 종이에 쓰는가

'생각 작업'을 할 때는 판단들을 쓰지 않고 그냥 진행하려는 유혹을 따르지 않기 바랍니다. 생각을 종이에 옮기지 않은 채 머리로만 '생각 작업'을 하려 하면, 마음은 당신을 교묘하게 속일 것입니다. 마음은 미처 알아차리기도 전에 빠져나가서, 원래의 문장(판단, 생각)을 뒷받침하는 다른 이야기로 도망칠 것입니다. 마음은 빛의 속도보다 더 빨리 자기를 정당화할 수 있지만, 종이에 쓰는 행위를 통해 멈춰질 수 있습니다. 일단 마음이 종이 위에서 멈추면, 생각들은 움직이지 않고 그대로 있는 까닭에 쉽게 조사될 수 있습니다.

생각들을 종이에 쓸 때는 스스로 검열하지 말고 솔직하게 쓰세요. 펜과 종이를 들고 앉아서 기다리세요. 말들이 찾아올 것입니다. 이야기가 올 것입니다. 만일 정말로 진실을 알고 싶다면, 또 종이에 쓰인 자신의 이야기를 기꺼이 보려 한다면, 에고는 미친 듯이 써 나갈 것입니다. 에고는 개의치 않습니다. 에고는 전혀 제약받지 않습니다. 에고는 오랫동안 이 날을 기다렸습니다. 에고로 하여금 종이 위에서 살아 움직이게 하세요. 에고는 당신이 단 한 번이라도 멈추기를, 진정으로 자기에게 귀 기울여 주기를 기다렸습니다. 에고는 어린아이처럼 당신에게 모든 것을 털어놓을 것입니다. 이렇게 마음이 종이 위에 표현되고 나면, 이제 당신은 질문할 수 있습니다.

마음껏 비판하고, 가혹하고 유치하고 옹졸하기를 권합니다. 슬프고 화나고 겁에 질리고 어찌할 바를 모르는 어린아이처럼 충동적으로 쓰세요. 지혜롭거나 영적인 사람, 너그러운 사람이 되려 하지 마세요. 지금은 느끼는 감정을 있는 그대로 정직하게 인정해야 할 때입니다. 당신의 감정들이 결과를 걱정하거나 처벌을 두려워하지 않고 완전히 표현되도록 허용하세요.

어느 정도 '생각 작업'을 계속한 사람들은 더욱더 옹졸하게 표현합니다. 그럴수록 남아 있는 장애를 더 쉽게 찾을 수 있기 때문입니다. 문제들이 없어질수록 더 미묘하고 분간하기 힘든 믿음들이 남아 있게 됩니다. 그것들은 마지막까지 남아서 "야호! 나 여기 있어! 나 찾아봐라!" 하고 외치는 어린아이와 같습니다. '생각 작업'을 계속할수록 더욱더 솔직하고 옹졸하게 표현하고 싶어집니다. 마음 상하게 하는 문제를 찾기가 더 어려워지기 때문입니다. 그리고 마침내 어떤 문제도 보지 못하게 됩니다. 수천 명의 사람들이 그런 경험을 했다고 내게 말해 주었습니다.

마음속에 떠오르는 생각과 이야기들, 화나 원망, 슬픔 등 고통을 일으키는 생각들을 종이에 쓰세요. 당신에게 상처를 입힌 사람들, 가장 친했던 사람들, 당신이 질투하는 사람들, 용납할 수 없는 사람들에게 먼저 비난의 손가락을 가리키세요. "남편은 나를 떠났어", "애인은 내게 에이즈를 감염시켰어", "어머니는 나를 사랑하지 않았어", "내 아이들은 나를 존경하지 않아", "친구가 나를 배신했어", "직장 상사가 싫어", "이웃 사람들이 너무 싫어, 그들 때문에 내 삶이 엉망이 되어버렸어." 오늘 아침 신문에서 읽은 기사에 대해, 살해당한 사람에 대해, 기근이나 전쟁으로 집을 잃은 사람들에 대해 쓰세요. 동작이 너무 굼뜬 가게의 계산원, 고속도로에서 갑자기 앞으로 끼어드는 운전자에 대해 쓰세요. 모든 문제는 한 가지 주제의 변형입니다: "이런 일은 일어나지 않아야 해. 나는 이런 일을 겪지 않아야 해. 신은 불공평해. 삶은 공평하지 않아."

처음 '생각 작업'을 할 때는 가끔 이런 생각이 들곤 합니다. "뭘 써야 할지 모르겠어. 대체 왜 '생각 작업'을 해야 하는 거지? 나는 누구에게도 화가 나 있지 않아. 나를 정말로 괴롭히는 건 아무것도 없다고." 무엇에 대해 써야 할지 모르겠다면, 기다리세요. 삶은 이야깃거리를 줄 것입니다. 전화하겠다고 약속한 친구가 제시간에 전화하지 않아서 실망할 수도 있습니다. 어릴 때 하지도 않은 일로 어머니에게 혼난 기억이 떠오를 수도 있습니다. 신문을 읽거나 세상의 고통에 대해 생각하며 화가 나거나 두려워질 수도 있습니다.

마음이 얘기하는 이런 이야기들을 종이에 옮기세요. 아무리 오래 노력해도 머릿속에서는 이야기를 멈출 수 없습니다. 그럴 수는 없습니다. 하지만 그 이야기를 종이에 옮기고, 모든 고통과 좌절과 분노와 슬픔을 마음이 얘기하는 대로 적으면, 내면에서 소용돌이치는 것을 바라볼 수 있게 됩니다. 눈에 보이는 형태로 물질세계에 들어온 그것을 볼 수 있습니다. 그리고 마침내 '생각 작업'을 통해서 그것을 이해하기 시작합니다.

길을 잃은 어린아이는 심한 공포를 느낄 것입니다. 마음의 혼돈 속에서 길을 잃었을 때도 똑같은 두려움을 느낄 수 있습니다. 하지만 '생각 작업'을 시작하면 정신을 차리고 집으로 돌아가는 길을 발견할 수 있습니다. 지금 어느 거리를 걷고 있든 거기에는 뭔가 익숙한 것이 있습니다. 당신은 그곳이 어디인지 알아봅니다. 설령 어떤 사람이 당신을 납치해서 한 달간 감금한 뒤 눈가리개를 씌우고 차 밖으로 내보냈다 해도, 눈가리개를 벗고 건물들과 거리를 바라보면, 곧 공중전화 부스나 상점을 알아보기 시작하며 모든 것이 익숙해집니다. 이제 집으로 가는 길을 찾을 수 있습니다. '생각 작업'은 이런 역할을 합니다. 마음을 이해하기만 하면, 마음은 언제나 집으로 돌아가는 길을 찾을 수 있습니다. 길을 잃거나 혼란스러운 채로 계속 있을 수 있는 곳은 어디에도 없습니다.

이웃을 판단하는 양식

1986년에 내 삶이 바뀐 뒤, 나는 집 가까이에 있는 사막에서 많은 시간을 보내며 나 자신에게 귀를 기울였습니다. 오랜 세월 인류를 괴롭혀 온 이야기들이 내면에서 떠올랐습니다. 오래지 않아 나는 모든 관념을 지켜보았습니다. 그리고 나는 사막에 홀로 있었지만 온 세상이 나와 함께 있다는 것을 알게 되었습니다. 그것은 이런 식으로 들렸습니다. "나는 ……을 원해", "나는 ……이 필요해", "그들은 ……해야 해", "그들은 ……하지 말아야 해", "나는 화가 나, 왜냐하면", "나는 슬퍼", "이제 다시는 ……하지 않겠어", "나는 ……하고 싶지 않아." 마음속에서 계속 되풀이된 이런 말들은 '이웃을 판단하는 양식'에 있는 여섯 가지 질문의 기초가 되었습니다. 이 양식의 목적은 자기의 고통스러운 이야기들과 판단들을 종이에 쓰도록 돕는 것입니다. 이 양식은 종이에 쓰지 않으면 발견하기 어려운 판단들을 드러내기 위한 것입니다.

이 양식에 쓰는 판단들은 '생각 작업'에 사용될 재료입니다. 우리는 이 양식에 쓴 문장 하나하나에 순서대로 네 가지 질문을 하게 되며, 이 질문들은 우리를 진실로 안내할 것입니다.

다음은 '이웃을 판단하는 양식'을 완성한 보기입니다. 이것은 내가 두 번째 남편인 폴에 대해 쓴 사례입니다(이 내용은 폴의 허락을 받고 여기에 실렸습니다). 이 판단들은 내 삶이 변화되기 전까지 평소 그에 대해 생각하던 것들입니다. 이 양식을 읽는 동안 폴 대신 이 자리에 어울리는, 당신의 삶에 있는 다른 사람의 이름을 넣어 읽어 보기를 권합니다.

1. 당신을 화나게 하거나 슬프게 하거나 실망시키는 사람은 누구인가요? 당신은 그 사람의 어떤 점이 마음에 들지 않요? (가혹하고 유치하고 옹졸하세요.)

나는 폴에게 화가 난다. 왜냐하면 그는 나를 존중하지 않기 때문이다. 나는 폴에게 화가 난다. 왜냐하면 그는 내 말을 귀 기울여 듣지 않기 때문이다. 나는 폴이 싫다. 왜냐하면 그는 내가 하는 말마다 트집을 잡기 때문이다.

2. 당신은 그 사람이 어떻게 바뀌기를 원하나요? 당신은 그 사람이 어떻게 하기를 원하나요?

나는 폴이 내게 충분히 관심을 기울여 주기를 원한다. 나는 폴이 나를 완전히 사랑해 주기를 원한다. 나는 폴이 내가 하는 말마다 트집 잡지 않기를 원한다. 나는 폴이 내 말에 동의해 주기를 원한다. 나는 폴이 더 많이 운동하기를 원한다.

3. 그 사람이 해야 하거나 하지 말아야 할 것들(행위, 태도, 생각, 느낌)은 무엇인가요? 당신이 해 줄 수 있는 조언은 어떤 것들인가요?

폴은 텔레비전을 너무 많이 보지 말아야 한다. 폴은 담배를 끊어야 한다. 폴은 내게 사랑한다고 말해야 한다. 폴은 내 말을 무시하지 말아야 한다.

4. 당신은 그 사람이 어떻게 해 줄 필요가 있다고 느끼나요? 그 사람이 어떻게 해 주면 당신이 행복해질까요?

폴은 내 말에 경청할 필요가 있다. 폴은 내게 거짓말하지 않을 필요가 있다. 폴은 자기의 감정을 얘기하고, 나와 마음을 나눌 필요가 있다. 폴은 내게 자상하고 친절하고 너그러울 필요가 있다.

5. 당신은 그 사람을 어떻게 생각하나요? 목록을 만들어 보세요. (이성적이거나 친절하지 마세요.)

폴은 정직하지 않다. 폴은 부주의하다. 폴은 내 아이들의 안전과 행복에 위험하다. 폴은 자기가 규칙을 따를 필요가 없다고 생각한다. 폴은 무관심하며, 나를 위해 시간을 내지 않는다. 폴은 무책임하다. 폴은 도박을 그만두어야 하고, 돈에 대해 거짓말하지 말아야 한다.

6. 당신이 그 사람과 다시는 경험하고 싶지 않은 점은 무엇인가요?

나는 폴이 바뀌지 않는다면 다시는 폴과 함께 살고 싶지 않다. 나는 다시는 폴과 다투고 싶지 않다. 나는 다시는 폴의 거짓말에 속고 싶지 않다. 나는 다시는 폴이 나 몰래 어떤 신용 카드를 숨기고 있는지, 얼마나 돈을 썼는지 걱정하고 싶지 않다.

탐구: 네 가지 질문과 뒤바꾸기

1. 그게 진실인가요?
2. 당신은 그게 진실인지 확실히 알 수 있나요?
3. 그 생각을 믿을 때 당신은 어떻게 반응하나요?
4. 그 생각이 없다면 당신은 누구일까요?

그리고

뒤바꿔 보세요.

이제 네 가지 질문을 이용해서 앞의 사례에 있는 양식 1번의 첫 번째 문장(폴은 나를 존중하지 않는다)을 살펴봅시다. 글을 읽으면서, 당신을 존중하지 않는다고 여겨지는 사람을 생각해 보세요.

1. 그게 진실인가요?

자신에게 물어보세요. "폴이 나를 존중하지 않는다는 것이 진실인가?" 가만히 있어 보세요. 정말로 진실을 알고 싶다면, 대답은 질문에 맞게 떠오를 것입니다. 마음이 질문하게 하고, 대답이 떠오르기를 기다리세요.

내가 볼 때 현실은 진실한 것입니다. 지금 당신 앞에 있는 것이 무엇이든, 지금 실제로 일어나고 있는 일이 무엇이든, 그것은 진실합니다. 당신이 좋아하든 싫어하든, 지금 비가 내리고 있습니다. "비가 내리면 안 돼"는 하나의 생각일 뿐입니다. 현실에는 "……해야 해"나 "……하면 안 돼"와 같은 것은 없습니다. 이것들은 우리가 현실에 덧

398

씌우는 생각들일 뿐입니다. "……해야 해"와 "……하면 안 돼"가 없다면, 우리는 현실을 있는 그대로 볼 수 있고, 그러면 효율적으로, 분명하게, 온전한 정신으로 행동하게 됩니다.

첫 번째 질문을 할 때는 서두르지 마세요. '생각 작업'은 가장 깊은 내면에서 무엇이 진실인지를 발견하려는 것입니다. 당신은 지금 자기의 대답을 귀 기울여 듣고 있습니다. 그것은 다른 사람의 대답이 아니며, 당신이 어디에서 배운 것도 아닙니다. 이럴 때는 심한 불안을 느낄 수 있습니다. 모르는 곳으로 들어가고 있기 때문입니다. 내면으로 깊이 들어가면서, 내면의 진실이 떠올라 질문과 만나게 하세요. 탐구를 할 때는 다정한 마음으로 하세요. 이 경험에 자신을 완전히 내맡기세요.

2. 당신은 그게 진실인지 확실히 알 수 있나요?

만일 질문 1에 대한 대답이 '아니요'라면, '질문 3'으로 가세요. '질문 1'에 대한 대답이 '예'라면, 스스로 물어보세요. "그게 진실인지 내가 확실히 알 수 있는가?" 자신이 쓴 문장이 진실해 보일 때가 많습니다. 당연히 그럴 것입니다. 하지만 당신의 관점들을 떠받치는 것은 평생 갖게 된 믿음들이며, 그 믿음들을 지탱하는 것은 검증되지 않은 증거들입니다.

1986년에 현실로 깨어난 뒤, 나는 대화를 하면서 또는 대중 매체와 책을 통해서 사람들이 이렇게 말하는 것을 많이 들었습니다. "세상에는 이해와 관심이 부족해요", "요즘은 너무 폭력적이에요", "우리는 서로 더 많이 사랑해야 해요." 나도 전에는 이런 이야기들을 믿었습니다. 이 이야기들이 세심하고 선하며 다정해 보이지만, 나는 그런 이야기를 믿을 때 내면에서 평화롭지 않은 스트레스와 근심이 생긴다는 것을 알게 되었습니다.

예를 들어 "사람들은 더 많이 사랑해야 해"라는 이야기를 들을 때, 내면에서 이런 물음이 떠올랐습니다. "그 말이 진실인지 내가 확실히 알 수 있는가? 사람들이 더 많이 사랑해야 하는지 내가 스스로, 내 안에서 정말로 알 수 있는가? 온 세상이 내게 그렇다고 말한다 해도 그 말이 정말 진실인가?" 그런데 내 안에서 대답을 들었을 때, 놀랍게도 나는 세상이, 조금도 남거나 모자람이 없이, 있는 그대로 있다는 것을 알게 되었습니다. 현실에 관해서는 '……해야 한다'는 것이 없습니다. 오직 지금 있는 것이 있는 그대로, 바로 지금 있을 뿐입니다. 진실은 모든 이야기에 우선합니다. 그리고 조사되지 않은 모든 이야기는 진실을 가립니다.

나는 마음을 불편하게 할 수 있는 모든 이야기에 질문을 했습니다. "그게 진실인지 내가 확실히 알 수 있는가?" 그리고 대답은, 질문처럼 하나의 경험이었습니다. "아니요." 나는 그 대답 안에 뿌리내리고 서 있을 것입니다. 홀로, 평화롭게, 자유롭게.

'아니요'가 어떻게 옳은 대답일 수 있는가? 내가 아는 사람들과 내가 읽은 책들은 하나같이 그 대답이 '예'이어야 한다고 말했습니다. 하지만 진실은 진실 그 자체이며, 누구도 좌우할 수 없다는 것을 알게 되었습니다. '아니요'라는 내면의 대답을 통해 나는 세상이 늘 그래야 하는 대로 있다는 것을 알게 되었습니다. 내가 반대하든 안 하든 상관없이……. 나는 온 가슴으로 현실을 껴안게 되었습니다. 나는 아무 조건 없이 세상을 사랑합니다.

만일 당신의 대답이 여전히 '예'라면, 좋습니다. 만일 그것이 진실인지 확실히 알 수 있다고 생각한다면, '질문 3'으로 넘어가면 됩니다. 그래도 늘 좋습니다.

3. 그 생각을 믿을 때 당신은 어떻게 반응하나요?

우리는 이 질문을 통해 내적인 원인과 결과를 깨닫기 시작합니다. 그리고 생각을 믿을 때는 가벼운 불안에서부터 두려움이나 공포심에 이르기까지 마음이 불편해지고 동요한다는 것을 알게 됩니다.

폴이 당신을 존중하지 않는다는 생각을 믿을 때 당신은 어떻게 반응하나요? 이제 눈을 감고서, 당신이 그 생각을 믿을 때 폴을 어떻게 대하는지 지켜보세요. 목록을 만들어 보세요. 예를 들면, "나는 그를 노려본다. 그의 말을 가로챈다. 그가 하는 말에 관심을 보이지 않는 것으로 그에게 복수한다. 토라지고, 마음을 거둬들이고, 그를 더 이상 존중하지 않으며, 내가 이제까지 그에게 해 준 모든 친절한 행위를 떠올리며 억울해한다." 내면으로 더 깊이 들어가면서 계속 목록을 만들어 보세요. 그리고 그 상황에서 당신이 자기를 어떻게 대하는지, 그게 어떻게 느껴지는지 보세요. "나는 그의 곁을 떠나는 것을 상상한다. 그가 없었더라면 내 삶이 얼마나 더 좋았을지, 내가 떠나 버리면 그가 얼마나 후회할지 상상하고, 아무도 나만큼 그를 존중해 주지 않을 것이라고 상상한다. 나는 자기연민에 사로잡힌다. 마음의 문을 닫아 버린다. 스스로 고립된다. 많이 먹고 많이 자고, 며칠씩 온종일 텔레비전을 본다. 우울해지고 외로워진다." "폴은 나를 존중하지 않아"라는 생각을 믿을 때 일어나는 모든 결과를 알아차리세요. 그 생각이 당신의 몸 가운데 어느 곳에 영향을 주는지 알아차리세요. 눈을 감고 살펴보세요. 그 생각이 당신의 몸에 얼마나 많은 영향을 미치는지 보세요.

네 가지 질문이 나를 발견한 뒤*, 나는 "사람들은 더 많이 사랑해야 해"와 같은 생각들을 알아차렸고, 그런 생각들이 마음을 불편하게 한다는 것을 알게 되었습니다. 그 생각들이 일어나기 전에는 평화로웠습니다. 내 마음은 고요하고 평온했습니다. 나의 이야기(story)가 없을 때 나는 이렇습니다. 그리고 고요히 알아차리는 가운데, 나는 그런 생각을 믿거나 집착할 때 일어나는 느낌들을 알아차렸습니다. 그 고요함 가운데, 그런 생각을 믿으면 마음이 불편해지고 슬퍼진다는 것을 알 수 있었습니다. 내가 "사람들이 더 많이 사랑해야 한다는 생각을 믿을 때 나는 어떻게 반응하지?"라고 물었을 때, 나는 (명백히) 마음이 불편했을 뿐 아니라, 그 생각이 진실임을 증명하기 위해 마음속의 그림(과거의 기억들의 영상)들로 반응했다는 것을 알았습니다. 나는 존재하지 않는 세계로 떠났습니다. 내 몸은 스트레스를 받았고, 나는 겁에 질린 눈으로 모든 것을 보았으며, 끝없는 악몽에 빠져 있는 몽유병자와 같았습니다. 이 질병에 대한 치료약은 그저 조사하는 것이었습니다.

나는 '질문 3'을 좋아합니다. 이 질문에 스스로 대답하면, 그리고 한 생각의 원인과 결과를 알면, 모든 고통이 사라지기 시작합니다.

---

* 케이티는 자신이 네 가지 질문을 발견한 것이 아니라, 네 가지 질문이 자신을 발견했다고 말한다.—옮긴이

4. 그 생각이 없다면 당신은 누구일까요?

이 질문은 대단히 강력합니다. 당신은 그 사람이 어떻게 해야 한다고 생각하는데 그가 그렇게 하지 않거나, 어떻게 하면 안 된다고 생각하는데 그렇게 하고 있을 때, 그 사람 앞에 있는 당신의 모습을 그려 보세요. 예를 들어 "폴은 나를 존중하지 않아"라는 생각이 없다면 당신은 누구일지 곰곰이 생각해 보세요. 그 생각을 아예 생각할 수조차 없다면 당신은 누구일까요? 눈을 감고서, 폴이 당신을 존중하지 않는 모습을 마음속에 그려 보세요. 폴이 당신을 존중하지 않는다는 생각이 없다고, 또는 그가 당신을 존중해야 한다는 생각조차 없다고 상상해 보세요. 충분히 여유를 가지세요. 무엇이 펼쳐지나요? 무엇이 보이나요? 그것이 어떻게 느껴지나요?

많은 사람들은 자신의 이야기가 없을 때 삶이 어떠할지를 상상하지 못합니다. 참고할 자료가 없기 때문입니다. 그래서 대부분의 사람들은 이 질문에 대해 "모르겠어요"라고 대답합니다. 어떤 사람들은 "자유로울 거예요", "평화로울 겁니다", "더 사랑하는 사람일 거예요"라고 대답합니다. 또는 이렇게 말할 수도 있습니다. "마음이 맑고 깨끗해져서 그 상황을 제대로 이해하고 효율적으로 행동할 거예요." 우리의 이야기가 없을 때 우리는 분명하고 친절하고 두려움 없이 행동할 수 있습니다. 그럴 때 우리는 다정한 친구이며 귀 기울여 듣는 사람입니다. 우리는 행복하게 사는 사람들입니다. 우리는 호흡처럼 자연스럽게 존중하고 감사합니다. 행복은 자연스러운 상태입니다. 알아야 할 것은 아무것도 없음을 아는 사람에게는, 필요한 모든 것은 이미 자신에게, 바로 지금 여기에 있음을 아는 사람에게는……

뒤바꿔 보세요.

뒤바꾸기를 할 때는 당신이 쓴 문장을 다시 고쳐 씁니다. 먼저, 그 문장을 마치 자신에 대해 쓴 것처럼 바꿉니다. 어떤 사람의 이름 대신 자기 자신을 넣는 것입니다. '그'나 '그녀' 대신에 '나'를 넣습니다. 예를 들어, "폴은 나를 존중하지 않는다"를 뒤바꾸면, "나는 폴을 존중하지 않는다"와 "나는 나를 존중하지 않는다"가 됩니다. 또 하나의 유형은 그 문장을 정반대로 180도 뒤바꾸는(회전시키는) 것인데, 이때 윗 문장은 "폴은 나를 존중한다"가 됩니다. 각각의 뒤바꾸기를 위해, 그 뒤바꾸기가 어떻게 당신의 삶에서 진실한지를 보여 주는 세 가지 이유를 찾아보세요. 뒤바꾸기는 자기 자신을 비난하거나 죄책감을 느끼게 하려는 것이 아닙니다. 자기에게 평화를 가져올 수 있는 대안들을 발견하려는 것입니다.

'생각 작업'에서 뒤바꾸기는 매우 힘 있는 역할을 합니다. 자기 문제의 원인이 '밖에' 있다고 생각하는 한, 자기의 고통이 다른 사람이나 다른 무엇 때문이라고 생각하는 한, 그 상황은 나아질 희망이 없습니다. 그럴 때 당신은 언제까지나 피해자의 역할을 하게 되고, 낙원에 살면서도 고통을 겪게 됩니다. 그러니 진실을 깨닫고 자유로워지세요. 뒤바꾸기와 결합된 탐구는 자기를 깨닫는 지름길입니다.

6번 문장을 위한 뒤바꾸기

'이웃을 판단하는 양식'에 있는 6번 문장에 대한 뒤바꾸기는 다른 것들과 조금 다릅니다. "나는 다시는 ……하고 싶지 않다"는 "나는 기꺼이 ……하겠다"와 "나는 ……하기를 고대한다"로 바뀝니다. 예를 들어 "나는 다시는 폴과 다투고 싶지 않다"는 문장은 "나는 기꺼이 폴과 다시 다투겠다"와 "나는 폴과 다시 다투기를 고대한다"로 바뀝니다. 왜 그것을 고대할까요? 이 뒤바꾸기는 두려움 없이 마음과 삶을 온전히 껴안고 현실에 마음을 열기 위한 것입니다. 그리고 모든 생각과 경험을 두 팔 벌려 환영하기 위한 것입니다. 만일 당신이 폴과 다시 다투게 된다면, 좋습니다. 그 일 때문에 가슴이 아프면 생각들을 종이에 옮겨 조사할 수 있습니다. 불편한 느낌들은 단지 우리가 자신에게 진실하지 않을 수 있는 생각에 집착하고 있음을 알려 주는 신호일 뿐입니다. 그런 느낌들은 '생각 작업'을 할 때라는 것을 알려 줍니다.

만일 어떤 생각에 대한 저항이 느껴진다면, 당신의 '생각 작업'은 아직 끝나지 않았습니다. 불편한 경험들을 정직하게 고대할 수 있게 되면, 삶에는 더 이상 두려워할 것이 하나도 없게 되고, 당신은 모든 것을 자기실현을 위한 선물로 봅니다.

똑같은 감정이나 상황이, 생각 속에서라도, 다시 일어날 수 있음을 인정하는 편이 좋습니다. 고통과 불편한 느낌이 탐구로 초대하는 신호임을 알게 되면, 불편한 느낌들을 진심으로 고대할 수 있습니다. 나아가 그런 느낌들이, 아직 완전히 조사하지 않은 믿음을 알려 주기 위해 찾아오는 친구로 느껴질 수도 있습니다. 이제는 조화롭고 평화롭기 위해 사람이나 상황이 바뀌기를 기다릴 필요가 없습니다. '생각 작업'은 행복으로 가는 직접적인 길입니다. 행복은 내면에서 발견되며, '생각 작업'은 당신을 그곳으로 데려갑니다.

작업 양식의 첫 번째 문장에 대한 뒤바꾸기를 마친 뒤에는 두 번째 문장—"폴은 내 말에 귀를 기울이지 않는다"—에 대해 계속 '생각 작업'을 합니다. 그런 식으로 작업 양식에 쓴 모든 문장에 대해 '생각 작업'을 하면 됩니다. 더 많은 안내 사항을 알고 싶으면,《네 가지 질문》을 읽어 보세요.

스스로 하기: 양식

이제 직접 '생각 작업'을 해 보세요. 처음에는 자기의 생각을 종이에 씁니다. 당신이 아직 100퍼센트 용서하지는 않은 사람에 대해 아래의 빈 란들에 쓰세요. '비난이나 판단의 손가락을 밖으로 가리킬 것'을 기억하세요. 당신은 현재의 입장이나 다섯 살 또는 스물다섯 살의 관점에서 쓸 수 있습니다. 아직 자신에 대해서는 쓰지 마세요. 짧고 단순하게 쓰세요. 제발 자기를 검열하지 마세요. 당신이 실제 느끼는 대로 옹졸하게 마음껏 비판하세요. 영적인 척하거나 관대하려 하지 마세요.

1. 당신을 화나게 하거나 슬프게 하거나 실망시키는 사람은 누구인가요? 당신은 그 사람의 어떤 점이 마음에 들지 않요? (가혹하고 유치하고 옹졸하세요.)

(예: 나는 (이름) 때문에 화가 난다(슬프다, 괴롭다 등등). 왜냐하면 (이름)은 _____ 때문이다.)

---

2. 당신은 그 사람이 어떻게 바뀌기를 원하나요? 당신은 그 사람이 어떻게 하기를

원하나요?

(예: 나는 (이름)이 _____를 원한다.)

_____

_____

3. 그 사람이 해야 하거나 하지 말아야 할 것들(행위, 태도, 생각, 느낌 등)은 무엇

인가요?

(예: (이름)은 _____ 해야 한다(또는, 하지 말아야 한다.)

_____

_____

4. 당신은 그 사람이 어떻게 해줄 필요가 있다고 느끼나요? 그 사람이 어떻게 해

주면 당신이 행복해질까요? (오늘은 당신의 생일이라서 원하는 것은 뭐든지 가질

수 있다고 상상하세요.)

(예: (이름)은 _____ 할 필요가 있다.)

_____

_____

5. 당신은 그 사람을 어떻게 생각하나요? 목록을 만들어 보세요. (이성적이거나

친절하지 마세요.)

(예: (이름)은 _____ 하다.)

_____

_____

6. 당신이 그 사람과 다시는 경험하고 싶지 않은 점은 무엇인가요?

(예: 나는 앞으로 다시는 _____ 하고 싶지 않다(또는, 하지 않겠다.))

_____

_____

스스로 하기: 탐구

'이웃을 판단하는 양식'에 쓴 문장들에 대해 하나씩 작업해 보세요. 문장 하나씩에 대해 네 가지 질문을 차례로 묻고 나서, 그 문장을 뒤바꾼 뒤 각각의 뒤바꾸기가 진실한 세 가지 사례를 찾아보세요. (혹시 도움이 필요하면, 앞에 소개된 사례를 참고하세요.) 이미 안다고 생각하는 것 너머에 있는 가능성들에 마음의 문을 열어 보세요. '모르는 마음'을 발견하는 것처럼 신나는 일은 없습니다.

이것은 물속으로 잠수하는 것과 같습니다. 계속 질문하며 기다리세요. 대답이 당신을 찾게 하세요. 당신 자신과 당신의 세계에 대한 계시들을, 자신의 삶 전체를 영원히 바꿀 수 있는 계시들을 경험하기 시작할 것입니다.

질문과 대답

다른 사람들에 대해 쓰는 것이 힘듭니다. 나 자신에 대해 써도 될까요?

자기 자신을 알고 싶다면, 다른 사람에 대해 쓰기를 권합니다. 처음에는 바깥에 대해 '생각 작업'을 하세요. 그러면 당신 바깥의 모든 것이 자기 생각의 직접적인 반영임을 알게 될 것입니다. 모두가 당신 자신에 관한 것입니다. 우리 대부분은 오랜 세월 자기를 비난하고 판단했지만, 아직 아무것도 해결하지 못했습니다. 다른 사람을 판단하고, 질문하고, 뒤바꾸는 것은 진실을 이해하고 자기를 깨닫는 지름길입니다.

꼭 써야만 하나요? 문제가 있을 때 머릿속에서 질문하고 뒤바꾸면 안 되나요?

마음은 자기가 옳기를 바라며, 빛의 속도보다 더 빨리 자기를 정당화할 수 있습니다. 두려움과 화, 슬픔, 원망의 근원이 되는 생각들을 종이에 옮겨 그것들을 정지시키세요. 일단 마음이 종이 위에 멈추면, 조사하기가 훨씬 쉬워집니다. 그러다 보면 마침내 '생각 작업'은 쓰지 않아도 자동적으로 이루어지기 시작합니다.

다른 사람과 아무 문제가 없다면 어떤가요? 그러면 내 몸과 같은 것들에 대해 써도 되나요?

그렇습니다. 스트레스를 주는 것이라면 어떤 주제에 대해서도 '생각 작업'을 하세요. 네 가지 질문과 뒤바꾸기에 익숙해지면, 몸과 질병, 직업, 심지어 신과 같은 주제에 대해서도 질문할 수 있습니다. 이런 주제들에 대해 뒤바꾸기를 할 때는 그 주제를 '내 생각'으로 바꾸어

실험해 보세요.

예를 들어, "내 몸은 유연하고 건강해야 한다"는 생각은 "내 생각은 유연하고 건강해야 한다"로 뒤바뀝니다.

당신이 정말로 원하던 것은 그것—균형 잡히고 건강한 마음—이 아닌가요? 아픈 몸이 문제였나요? 아니면, 몸에 대한 당신의 생각이 문제를 일으켰나요? 자세히 살펴보세요. 당신은 자기의 생각을 보살피고, 의사는 당신의 몸을 보살피게 하세요. 자유에는 건강한 몸이 필요하지 않습니다. 마음을 해방시키세요. 그러면 몸이 따를 것입니다.

당신은 현실을 사랑하는 사람이라고 말합니다. 전쟁, 강간, 가난, 폭력, 아동 폭력에 대해서는 어떤가요? 당신은 그것들을 용납하나요?

정반대입니다. 내가 어떻게 친절하지 않은 행위를 용납할 수 있겠어요? 나는 단지, 그것들이 있는데, 없어야 한다고 믿으면 고통받는다는 것을 알아차릴 뿐입니다. 나는 내 안의 전쟁을 끝낼 수 있는가? 나는 나 자신과 남들을 폭력적인 생각과 행동들로 강간하지 않을 수 있는가? 만일 그럴 수 없다면, 나는 세상에서 끝내기를 원하는 바로 그 행위를 나 자신에게 계속 가하고 있는 것입니다. 나는 나의 고통을, 나의 전쟁을 먼저 끝냅니다. 이것은 평생의 과제입니다.

그러면 나는 현실을 그저 있는 그대로 받아들이고 현실과 다투지 말아야 한다는 말이로군요. 맞나요?

'생각 작업'은 누가 무엇을 해야 한다거나 하지 말아야 한다고 말하지 않습니다. 우리는 단순히 물을 뿐입니다. "현실과 다투는 결과는 무엇인가? 그것이 어떻게 느껴지는가?" 이 '생각 작업'은 고통스러운 생각에 대한 집착의 원인과 결과를 탐구하고, 이를 통해 우리는 자유를 발견합니다. 단순히 현실과 다투지 말아야 한다고만 말한다면, 그것은 또 하나의 이야기, 또 하나의 철학이나 종교를 더하는 것뿐입니다. 그것은 효과가 없었습니다.

'지금 있는 것'을 사랑한다는 것은 아무것도 원하지 않는다는 말처럼 들립니다. 뭔가를 원하는 것이 더 흥미롭지 않을까요?

내 경험에 따르면, 나는 언제나 뭔가를 원합니다. 내가 원하는 것은 지금 있는 것입니다. 그것은 재미있을 뿐 아니라 황홀합니다! 내가 원하는 것은 이미 내게 있는 것입니다. 이미 내게 있는 것을 원할 때 생각과 행동은 분리되지 않습니다. 둘은 갈등 없이 하나로 움직입니다. 무엇이든 부족한 것을 발견하거든 당신의 생각을 쓰고 질문하세요. 내가 아는 한, 삶은 결코 모자라지 않으며 미래를 필요로 하지도 않습니다. 내게 필요한 모든 것은 늘 빠짐없이 주어집니다. 이를 위해 내가 해야 할 일은 아무것도 없습니다. 지금 있는 것을 사랑하는 것보다 더 신나는 일은 아무것도 없습니다.

탐구는 생각하는 과정인가요? 그렇지 않다면 그것은 무엇인가요?

탐구는 생각하는 과정처럼 보이지만 실제로는 생각을 풀어주는 방법입니다. 생각들은 단지 마음속에 나타나는 것임을 깨닫게 되면, 생각은 우리를 지배하는 힘을 잃습니다. 생각들은 개인의 것이 아닙니다.

우리는 '생각 작업'을 통해서, 생각을 억압하거나 회피하는 대신 두 팔 벌려 만나는 법을 배우게 됩니다.

나는 신을 믿지 않습니다. 그래도 내가 '생각 작업'에서 혜택을 받을 수 있을까요?

그렇습니다. 무신론자, 불가지론자, 기독교인, 유대인, 이슬람교인, 불교인, 힌두교인, 다른 종교인…… 우리 모두에게 공통적인 것은, 우리가 행복과 평화를 원한다는 것입니다. 만일 당신이 고통에 지쳤다면, 나는 당신을 '생각 작업'으로 초대합니다.

'생각 작업'으로 더 깊이 들어가는 방법이 있나요?

"정말로 자유롭기를 원한다면, '생각 작업'으로 아침 식사를 하세요"라고 나는 자주 말합니다. 더 많이 탐구할수록, 더 많이 해방됩니다. 어떤 사람들은 조직적인 프로그램에 참여하여 '생각 작업' 하는 것을 선호합니다. 이런 분들을 위해 나는 9일간의 생각 작업 스쿨을 제공하는데, 여기에서 집중적이고 삶을 변화시키는 내면 여행을 할 수 있습니다. 더 자세한 내용은 홈페이지(www.thework.com)를 참고하세요.

탐구의 과정이 머리로는 이해되지만, 실제로 '생각 작업'을 해 보면 변화가 느껴지지 않습니다. 내가 뭔가를 놓치고 있나요?

만일 질문들에 대해 '생각하는 마음'으로 피상적인 대답을 한다면, 내면과 연결되었다는 느낌이 들지 않을 것입니다. 질문을 하고 더 깊이 들어가려 해 보세요. 집중하기 위해서는 같은 질문을 여러 번 물어야 할 수도 있지만, 이런 식으로 해 보면 대답이 천천히 올라올 것입니다. 대답이 내면에서 나오게 되면, 깨달음과 전환은 자연스럽게 뒤따릅니다.

판단을 할 때마다 뒤바꾸기를 했는데, 효과는 없으면서 우울해지고 혼란스러워지기만 합니다. 왜 그런 걸까요?

단순히 머리로만 생각을 뒤바꾸는 것은 거의 효과가 없습니다. 내면으로 들어가야 합니다. 질문들은 탐사선처럼 마음속으로 깊이 잠수하여 더 깊은 앎이 표면으로 떠오르게 합니다. 먼저 질문을 하고, 기다리세요. 대답들이 떠오르면, 표면의 마음과 더 깊은 마음이 만나게 되며, 뒤바꾸기가 진실한 발견으로 느껴집니다.

감사의 말

애덤 조셉 루이스에게 감사드립니다. 그는 변함없는 사랑과 따뜻한 마음으로 '생각 작업'을 수많은 세상 사람이 이용할 수 있게 해 주었습니다.

이 책의 모양을 갖추도록 도와준 나의 대리인 마이클 카츠와 홍보 담당자 조쉬 배런, 원고를 꼼꼼히 읽고 많은 조언을 해 준 데이비드 소스키스 박사와 캐럴 윌리엄스에게 깊은 감사를 드립니다. 빌 버졸, 리사 비스컵, 파올라 브리튼, 멜로니 멀룹, 미셸 밀러, 레슬리 폴릿에게 감사드립니다. 평화의 이름으로 '생각 작업'에 참여한 수많은 분에게 감사드립니다.

추천의 글

"단언컨대, 이 책은 진정 최고의 책이다!"

침묵의 향기 편집자가 한번 읽어봐 달라며 이 책의 원고를 내게 보냈을 때 나는 단순히 그의 부탁대로 원고 중간 중간에 형광펜으로 칠해져 있는, 좀 더 세밀하게 검토해 보아야 할 부분들에 대해서만 읽어 보며 나름의 조언을 할 생각이었다. 그런데 '서문'에서 바이런 케이티와 남편 스티븐 미첼이 도덕경에 대해 대화를 나누면서 케이티가 도(道)의 의미가 무엇인지 물었을 때, "도의 원래 글자 뜻은 '길'이며, 궁극의 현실을 가리키는 단어"라는 남편의 대답을 듣고 케이티가 한 다음의 말에 나는 눈이 번쩍 뜨였다. 케이티는 이렇게 말한다.

"하지만 나는 '궁극의' 같은 말을 이해하지 못하겠어요. 내게는 현실이 단순해요. 그 뒤에는 아무것도 없고, 그 위에도 아무것도 없고, 그것은 어떤 비밀도 지니고 있지 않아요. 그것은 무엇이든 당신 앞에 있는 것이고, 무엇이든 지금 일어나고 있는 일이에요. 당신이 그것과 다투면 당신이 지게 돼요. '지금 있는 것'을 사랑하지 않으면 고통을 받게 되죠."

즉, 도란 바로 지금 이 순간에 일어나거나 사라지는 이것, 우리 눈 앞에 훤히 드러나 있어서 조금도 감추어져 있지 않은 이것, 매 순간 있는 그대로의 이것이라는 말이다. 우리가 이미 그 자체여서 조금도 부족한 것이 없고, 단 한 순간도 떠나 있지 않아서 따로 찾거나 구할 필요가 조금도 없는 이것이 바로 도라는 말이다. 케이티의 이 명쾌하고도 분명한 말에 내 가슴은 커다란 공명(共鳴)으로 울렁거렸고, 그것은 말할 수 없는 기쁨과 반가움으로 나의 전부를 사로잡았다.

이때부터 나는 책에 빨려 들어가기 시작했다. 한 장 한 장 읽어 나갈수록 너무나 재미있어서 도무지 책에서 눈을 뗄 수가 없었고, 밥을 먹거나 화장실에 가기 위해 자리에서 일어서는 것조차 아까워 아예 책상 위에 밥이랑 반찬을 가져와서 홀린 듯 읽기도 했다. 아, 내가 책을 읽기 시작한 이래로 이렇게나 가슴 뛰며 읽은 책이 또 있었던가. 첫 페이지를 열고 나서 마지막 페이지를 덮을 때까지 이렇게나 설레어하며 단숨에 읽은 적이 있던가. 나는 케이티의 단순하고 투명하며 아름답게 이어지는 말들 앞에서 때로는 웃기도 하고 때로는 울컥 눈시울이 붉어지기도 했으며, 너무나 절묘하게 표현되는 말들 앞에서는 나도 모르게 탄성을 내지르며 머리를 흔들기도 했다. 말할 수 없는 것들에 대해 이보다 더 분명하고 섬세하며 눈부시게 말할 수 있는 사람이 또 있을까…… 나는 케이티를 읽는 내내 너무나 즐거웠고, 감사했으며, 행복했다.

케이티는 한결같이 지금 이 순간의 삶 속에서 우리가 진정으로 자유롭고 행복할 수 있는 '길'에 대해서 말하고 있다. 그 '길'은 멀리 있지 않으며, 힘들거나 수고롭지도 않고, 어디에나 있지 않은 곳이 없어서 차라리 '길'이라고도 말할 수 없는 것이다. 그 '길'은 바로 지금 이 순간 우리 자신 안에도 있기에, 케이티가 한없는 따뜻함과 애정을 가지고 자세하고 정확하게 가리키고 있는 그 '길'을 가만히 따라가다 보면 우리는 어느새 진정한 '나'를 만나고, 내면의 깊은 평화를 만나며, 천 가지 이름으로 언제나 꽃 피어 있는 기쁨을 만나고, 우리의 본질인 사랑을 만나게 된다.

우리가 단 한 번도 떠난 적이 없지만 어느새 까마득히 잊고 있었던 그 모든 참된 것들을 케이티의 부드럽고 아름다운 안내를 받으며 이윽고 다시 만나게 되면, 우리는 비로소 지금 이 순간을 즐거워하게 되고, 삶의 모든 것들에 대해 감사하게 되며, 더할 나위 없는 마음의 풍요 속에서 진정 자유롭고 행복하게 살아가게 된다. 나는 케이티가 언제나 두 팔 벌려 환영하고 있는, 이 아름답고 눈부신 지금 이 순간의 축제 속으로 여러분을 초대하고 싶다.

김기태,
《지금 이대로 완전하다》의 저자

옮긴이 **김윤**

서울대학교 경영학과를 졸업했다. 지금은 자유롭고 평화로운 삶으로 안내하는 글들을 우리말로 옮기고 소개하는 일을 하고 있다. 그동안 번역한 책으로는 《네 가지 질문》《기쁨의 천 가지 이름》《가장 깊은 받아들임》《아잔 차 스님의 오두막》《지금 여기에 현존하라》《고요한 현존》《현존 명상》《모든 것은 하나다》 등이 있고, 공역한 책으로는 《순수한 앎의 빛》《사랑에 대한 네 가지 질문》《직접적인 길》《요가 매트 위의 명상》 등이 있다.

기쁨의 천 가지 이름

초판   1쇄 발행일 2014년 12월 27일
      3쇄 발행일 2019년 3월 28일
개정판 1쇄 발행일 2020년 11월 18일
      6쇄 발행일 2024년 8월 30일

지은이 바이런 케이티, 스티븐 미첼
옮긴이 김윤

펴낸이 김윤
펴낸곳 침묵의 향기
출판등록 2000년 8월 30일, 제1-2836호
주소 10401 경기도 고양시 일산동구 무궁화로 8-28,
      삼성메르헨하우스 913호
전화 031) 905-9425
팩스 031) 629-5429
전자우편 chimmukbooks@naver.com
블로그 http://blog.naver.com/chimmukbooks

ISBN 978-89-89590-86-6 03840

* 책값은 뒤표지에 있습니다.